BASTEI
LÜBBE

Über die Autorin:

Constance O'Banyon wuchs in Texas auf und lebt dort heute mit ihrem Mann Jim und ihrem Sohn Jason. Ihre Bücher wurden in sechs Sprachen übersetzt und haben sich insgesamt acht Millionen Mal verkauft. Für jeden ihrer historischen Romane betreibt sie aufwändige Recherchen, wenn möglich reist sie an den Schauplatz der Geschichte: Weitere Romane von ihr sind *Wenn Liebe zu zerbrechen droht* (Band 18 251), *Wilder Zauber des Glücks* (Band 18 278) und *Sinnliche Verführung* (Band 18 284). Mehr Informationen zu dieser Autorin finden Sie unter http://www.romcom.com/o'banyon.

CONSTANCE O'BANYON

Und der Wind erzählt von Glück

ROMAN

Ins Deutsche übertragen von
Elke Herms-Guttzeit

BASTEI
LÜBBE

BASTEI LÜBBE TASCHENBUCH
Band 18 295

1. Auflage: März 2002

Vollständige Taschenbuchausgabe

Bastei Lübbe Taschenbücher ist ein Imprint der
Verlagsgruppe Lübbe

Titel der amerikanischen Originalausgabe:
Ride the wind

Titelillustration: Pino Daeni/Agentur Thomas Schlück
Umschlaggestaltung: Beate Stefer
Satz: Heinrich Fanslau, EDV & Kommunikation, Düsseldorf
Druck und Verarbeitung: AIT Trondheim, Norwegen
Printed in Norway
ISBN 3-404-18295-2

Sie finden uns im Internet unter
http://www.luebbe.de
und
http://www.bastei.de

Der Preis dieses Bandes versteht sich einschließlich
der gesetzlichen Mehrwertsteuer.

Für Margret Alice (Maggie),
die die Liebenswürdigkeit ihrer Urgroßmutter hat,
der ersten Margret Alice in der Familie.
Maggie, du bist etwas ganz Besonderes für Omi,
und ich liebe dich.

Denn wer Wind sät, wird Sturm ernten.

Hosea 8, 7

Prolog

Fort Worth
März 1868

Saber Vincente lauschte auf Winna Maes sanftes Atmen und strich ihr Kissen glatt, neidisch darauf, dass ihre Haushälterin so leicht hatte einschlafen könnten. Das Hotelbett war uneben. Sie rutschte hin und her und drehte sich auf den Rücken, um in eine bequemere Lage zu kommen.

Was war los mit ihr? Dies sollte eigentlich die glücklichste Zeit ihres Lebens sein. Warum hatte sie ein solch starkes Gefühl innerer Unruhe? Sie tat doch das Richtige, wenn sie Matthew heiratete, oder?

Morgen würden sie sich zum ersten Mal nach zwei Jahren wiedersehen. Er würde sie nach Fort Griffin begleiten, wo er stationiert war. Dort würde die Hochzeit in drei Wochen stattfinden, wenn ihr Bruder Noble und dessen Frau Rachel eingetroffen waren. Es waren mehrere Hochzeits-Partys für das Brautpaar geplant, und sie hätte eigentlich glücklich sein müssen. Was war nur mit ihr los? Tief in ihrem Herzen fühlte sie eine solche Schwere.

Aber was, wenn Matthew ihr nicht mehr gewogen war – wenn er sie nicht mehr liebte und sie lediglich aus Pflichtgefühl heiratete? Immerhin waren zwei Jahre eine lange Zeit, in denen die einzige Verbindung zwischen ihnen Briefe gewesen waren. Aber seine Briefe waren voller Pläne für ihre gemeinsame Zukunft gewesen, und er hatte darin seine von Herzen kommende Zuneigung für sie ausgedrückt. Sie schob ihre törichten Zweifel beiseite, wobei sie sich an die vielen zärtlichen Gefühle erinnerte, die Matthew in seinen Briefen geäußert hatte. Und er hatte ihr regelmäßig geschrieben. Manchmal hatte sie zwei Briefe in einer Woche erhalten. Sogar ihre Hochzeit hatten sie brieflich geplant. Wegen seiner Offizierspflichten hatten sie entschieden, in Fort Griffin zu heiraten. Seine Familie kam deshalb den weiten Weg von Philadelphia, um an der Trauung teilzunehmen und sie kennen zu lernen.

Saber versuchte, sich ihr Wiedersehen mit Matthew vorzustellen. Sie würde zurückhaltend sein, er würde in seiner blauen Uniform sehr stattlich aussehen und sich ihr gegenüber außerordentlich galant verhalten. Ihre Hände würden sich berühren, und wenn sie allein wären, würde er sie küssen.

Matthew hatte sie nur einmal geküsst, aber der Kuss hatte ihr Herz schmelzen lassen und ihr klar gemacht, dass sie den Rest ihres Lebens mit ihm verbringen wollte. Es waren Hindernisse zu überwinden, denn er war ein Yankee, und sie kam aus dem Süden. Sie hatte ihn während des Krieges kennen gelernt, aber sie wusste, dass sie und ihre Tante ohne Matthews Hilfe nicht überlebt hätten.

Saber hatte ihren Vater angefleht, sie nicht nach Georgia zu schicken. Aber er hatte darauf bestanden, sie für die Dauer des Krieges bei der Familie ihrer Mutter unterzubringen, wo er sie in Sicherheit glaubte. Sie hatte damals nicht gewusst, dass ihr Vater ein todkranker Mann war. Ihr Bruder Noble diente als Offizier auf der Seite des Südens. Erst später wurde ihr klar, dass ihr Vater nicht gewollt hatte, dass sie ihn sterben sah; und außerdem hatte er sie nicht allein und schutzlos zurücklassen wollen.

Sie hasste es, sich an die schreckliche Zeit in Georgia zu erinnern, als sie den Eindruck gehabt hatte, dass die ganze Welt in Flammen stand.

Sie hatte nie geglaubt, dass die Yankees den Krieg bis in die Plantagen ihrer Großeltern in Georgia tragen würden – aber sie taten es. Das Haus ging in Flammen auf, das gesamte Vieh wurde gestohlen. Sie war froh, dass ihre geliebten Großeltern nicht mehr am Leben waren und zusehen mussten, wie sich alles, was ihnen lieb und teuer gewesen war, in Rauch auflöste.

Saber und ihre Großtante Ellen waren gezwungen, in die verlassene Hütte des Vorarbeiters zu ziehen. Nachdem die Armee der Yankees Atlanta niedergebrannt hatte, zogen Soldaten in ganz Georgia herum und verwüsteten das Land. Jeder Tag war ein Kampf ums Überleben. Feindliche Truppen hatten ihre Lager am Oppossum Creek aufgeschlagen, der durch das Land ihrer Großeltern floss, und sie lebte ständig in der Angst, dass die Soldaten die Hütte des Vorarbeiters entdecken könnten.

Saber wollte unbedingt auf die Farm ihres Vaters in Texas, Casa del Sol, zurückkehren, aber wegen des Krieges konnte sie es nicht wagen, die Reise anzutreten.

Tante Ellen hatte sie davor gewarnt, sich tagsüber hinauszuwagen, aber sie hatten nichts zu essen, und ihre Tante war krank und brauchte Nahrung. Saber wartete fast bis zum Sonnenuntergang, um sich zu dem ausgebrannten Wohnhaus zu stehlen, in der Hoffnung, etwas Gemüse in dem von Unkraut überwucherten Garten hinter der Küche zu finden. Natürlich gab es da nichts mehr für sie – die Yankees hatten selbst die letzten kümmerlichen Pflanzen mitgenommen. Verzweiflung stieg in ihr auf, denn sie wusste, dass ihre Großtante sterben würde, wenn sie nichts Essbares für sie fand.

Dieser Tag stand Saber auch jetzt noch lebhaft vor Augen. Bodennebel wallte um sie herum, als sie auf die Knie fiel, ihre Hände in die Erde grub und bittere Tränen weinte. Sie war so versunken in ihren Kummer, dass sie den Reiter erst hörte, als er sie erreicht hatte. Das Aufbäumen seines Pferdes und das Klirren des Zaumzeugs ließen sie auf die Füße springen, bereit zur Flucht. Als sie die blaue Uniform des Feindes sah, wich sie zurück und fragte sich, ob sie es wohl bis zum Wald schaffen würde, bevor er sie zu fassen bekam.

Der Unionsoffizier war blond und auf jungenhafte Weise gut aussehend. Dass er groß war, konnte sie daran erkennen, wie hoch er im Sattel saß. In seinen blauen Augen lag eine Aufrichtigkeit, die ihre Befürchtungen verringerte. Er musste die

Unsicherheit in ihren Augen gesehen haben, denn er lächelte und zog galant den Hut vor ihr.

»Madam, ich werde Ihnen nichts tun. Laufen Sie nicht davon.«

Da war etwas in seiner Stimme oder vielleicht in seinem Auftreten, das sie beruhigte, und sie begann, ihm zu vertrauen. Das war der Tag, an dem sie sich in Matthew Halloway, Major bei den feindlichen Yankees, verliebte.

Matthew stieg ab und ging mit ihr zur Hütte. Als er sah, wie krank Tante Ellen war, ließ er noch am selben Tag Lebensmittel und Medikamente bringen.

Danach kam Matthew täglich mit Lebensmitteln und Vorräten. Sie machten lange Spaziergänge. Saber erzählte von ihren Jugendjahren in Texas und er von seiner Familie in Philadelphia. Natürlich verriet sie ihm nicht, dass ihr Bruder Noble Offizier der Konföderierten war, obwohl er es wahrscheinlich ohnehin vermutete.

Eines Tages, als sie gerade durch ein Wäldchen spazierten, blieb er stehen, nahm ihre Hand und presste sie an seine Brust.

Saber konnte noch immer den Klang seiner Stimme hören, als er ihr seine Liebe gestand. Er hatte sie so zärtlich geküsst, dass ihr Herz wie beflügelt war. Er erklärte ihr, dass er nach Savannah beordert sei, um dort mit General Sherman zusammenzutreffen, und bat sie, auf ihn zu warten, bis der Krieg vorüber sei. Sie hatten beide gewusst, dass das Ende des Krieges kurz bevorstand, und beide wussten auch, dass der Süden verlieren würde.

Nachdem es ihrer Tante wieder besser ging, hatte diese darauf bestanden, dass Saber mit ihr nach Mobile ins Haus ihres Großonkels John zog. Saber hatte ziemlich lange dort gewohnt, aber nie aufgehört, sich nach Texas zu sehnen. Darum war sie nach dem Krieg nach Texas zurückgekehrt, um ihren Bruder Noble wiederzusehen und auf Matthew zu warten.

Sie schloss ihre Augen, presste sie fest zusammen und

hoffte, endlich einschlafen zu können. Doch dann öffnete sie ihre Augen wieder und warf einen Blick auf den Schrankkoffer, der ihr Hochzeitskleid und ihren Schleier enthielt. Nun hatte das Warten ein Ende. Bald würde sie Matthews Frau sein.

Morgen – oh, morgen würde sie ihren Geliebten sehen!

Saber hörte, wie Winna Mae sich bewegte, aber sie wechselte nur ihre Lage. Die Straßen waren nun ruhig bis auf das gelegentliche Bellen eines Hundes, das die Stille unterbrach.

Langsam fielen Sabers Augen zu, und sie schlief endlich ein.

Das Zimmer war dunkel und so still, dass Saber sich fragte, was sie aufgeweckt hatte. Sie blickte zum offenen Fenster, aber es ließ nur wenig Licht herein, da die Nacht mondlos war. Sie erstarrte, als sie plötzlich das Gefühl hatte, dass noch jemand im Zimmer sei. Mit einem Ruck setzte sie sich auf und wollte nach Winna Mae rufen, als eine harte Hand ihr den Mund verschloss und eine raue Stimme an ihrem Ohr flüsterte: »Kein Ton oder du stirbst!«

Sie konnte den stinkenden Atem des Mannes riechen und wusste, dass er getrunken hatte. Sie würgte, ihre Lungen schrien nach Luft.

Winna Mae? Was war Winna Mae zugestoßen, fragte sie sich verzweifelt.

Die raue Stimme sprach erneut. »Mach dir keine Sorgen um dein Mädchen. Sie hat nur 'n bisschen was abgekriegt. Wir brauchen sie lebend, um 'ne Nachricht zu überbringen.«

Grobe Hände zogen sie aus ihrem Bett, und dieselbe hasserfüllte Stimme knurrte an ihrem Ohr. »Wir werden Sie auf einen kleinen Ausritt mitnehmen, Miss Vincente. Wenn Sie das tun, was ich Ihnen sag, wird Ihnen nix gescheh'n.«

Andere Hände, grobe Hände hoben Saber hoch, und es wurde ihr etwas über den Kopf geworfen. Sie warf sich herum und kämpfte, um sich zu befreien, aber etwas Hartes schlug ihr auf den Kopf, und sie erschlaffte und glitt in völlige Dunkelheit.

Winna Mae kam gerade rechtzeitig zu Bewusstsein, um die Männer aus der Stadt reiten zu hören. Mit wackeligen Knien erhob sie sich und hielt inne, als ihre guten Ohren vernahmen, dass die Reiter in die Stadt zurückkehrten, um dann in die entgegengesetzte Richtung davonzureiten.

Das Klappern der Hufe verlor sich in der Dunkelheit. Noch ehe Winna Mae es bis nach unten schaffte, um Alarm zu schlagen, waren die Entführer längst weit weg von Fort Worth.

1

Reese Starretts Augen waren stahlgrau und strahlten etwa ebenso viel Wärme aus wie der kalte Winterhimmel über den leeren Straßen von Fort Worth. Ein Wirbelsturm am Ende des Winters hatte mit aller Macht zugeschlagen, ein eisiger Wind fegte um die Häuser und wirbelte den Schnee wie wild durch die Luft. Die Kälte kroch mit eisigen Fingern unter Reese' Haut; er klappte den Kragen seines knöchellangen Schaffellmantels hoch und betrat das Frontier Hotel.

Suchend blickte er sich in der kleinen Eingangshalle um und stellte fest, dass sie leer war. Niemand war hinter dem Empfangstresen, aber Reese hatte um diese Zeit auch niemanden erwartet. Sicher hatte der Hotelangestellte bei diesem Wirbelsturm nicht mit Gästen gerechnet, und wahrscheinlich war er tatsächlich der einzige Narr, der diesem Wetter die Stirn bot.

Reese zog das Gästebuch zu sich heran und fuhr mit dem Finger die Seite hinunter, bis er zu dem Namen kam, den er suchte: Major Matthew Halloway – Zimmer zwölf.

Ohne Eile stieg er die Treppe hinauf und fragte sich, was so dringend war, dass Matthew ihn bei diesem Sturm hatte holen lassen. Reese hatte nicht viele Freunde, aber Major Halloway war einer der wenigen. Wenn Matthew ihn brauchte, würde er alles stehen und liegen lassen, um ihm zu helfen.

Reese hatte Matthew zum ersten Mal vergangenen Sommer auf dem Gebiet der Komantschen getroffen, wo er als ziviler Fährtensucher für die Armee gearbeitet hatte. Er hatte sehr bald Achtung vor dem Major gewonnen, obwohl dieser ein Yankee war. Matthew lehnte die Einstellung einiger seiner Mitoffiziere ab, die alle Südstaatler für Kriegsverbrecher hielten. Er bestand stets darauf, dass jeder, der unter seinem Befehl diente, die Südstaatler mit Achtung behandelte. Er zeigte auch Mitgefühl für die Indianer, und das hatte ihm mehr als alles andere Reese' Anerkennung verschafft.

Reese fand Zimmer 12 und klopfte an die Tür. Als er hörte, wie ihn eine tiefe Stimme aufforderte einzutreten, stieß er die Tür auf. Er war überrascht, Matthew im Bett zu sehen, ein Bein verbunden, geschient und durch mehrere Kissen erhöht.

Reese zog seinen Mantel aus und hing ihn über einen Stuhl. Dann schwang er den Hut vom Kopf und schlug ihn gegen sein Bein, um den Schnee abzuschütteln. Er zog sich einen Stuhl heran, drehte ihn zu sich und setzte sich breitbeinig darauf. »Wenn ich meinen Augen trauen darf, so scheint's, dass du dir dein Bein gebrochen hast, Yankee.«

»Nein, es ist nicht gebrochen, aber immerhin stark verstaucht.« In Matthews Blick lag Verärgerung. »Du hast lange gebraucht, um hierher zu kommen!«

Reese lächelte. »Falls du es nicht bemerkt haben solltest: Ich musste durch einen Schneesturm reiten, um nach Fort Worth zu kommen. Und außerdem ... wenn ich sonst in die Stadt komme, dann nur, um ein paar schöne Tage mit einer Frau zu verbringen. Wenn du eine schöne Frau wärest, wär' ich sicher früher hier gewesen.«

Reese merkte, dass Matthew nicht besonders amüsiert war. Er zuckte mit den Schultern und erwiderte den Blick seines Freundes. »Was ist mit dir passiert? Du siehst ja schlimm aus.«

Matthew zuckte vor Schmerz zusammen, als er sich, auf seinen Ellbogen gestützt, aufrichtete. Er stöhnte und ließ seinen Kopf schnell wieder auf das Kissen zurücksinken. »Dieser verdammte, von Flöhen gebissene Gaul hat mich abgeworfen; und als ob das noch nicht genug wäre, ist er auch noch auf mein Bein gefallen.«

Reese Starretts Mund verzog sich zu einem Lächeln. »Du willst mir doch nicht erzählen, dass ein alter Kavallerist wie du einem Pferd gegenüber den Kürzeren zieht? Das Pferd ist also unbeschadet davongekommen und du nicht.«

»So ungefähr.« Ruhig musterte Matthew den Mann, der für viele Texaner eine Legende war.

Reese trug außer einem Wildlederhemd eine Hose, die er nur anhatte, wenn er für die Armee als Fährtensucher arbeitete. Er besaß einen kleinen Flecken Land außerhalb von Fort Worth und war eigentlich ein Einzelgänger, der sich von den Leuten fernhielt. Er war etwa einen Meter vierundneunzig groß und auf markige Weise gut aussehend. Sein Haar war zu lang, aber Reese hielt sich eben nicht an die Regeln, nach denen andere Leute lebten. Seine grauen Augen blitzten jetzt humorvoll auf, aber Matthew wusste, wie angsteinflößend ihr Blick sein konnte. Es war allgemein bekannt, dass Reese der beste Fährtenleser im Staat war, und Matthew zählte auf seine Hilfe.

»Du musst etwas für mich tun, Reese.«

Reeses Augen wurden schmal. »Ich sehe, dass du über etwas besorgt bist, und es scheint nicht dein Bein zu sein. Wo ist die Frau, von der du schwärmst, seit ich dich kenne? Hat sie dir geschrieben und die Hochzeit abgesagt, Yankee?«

»Reese«, sagte Matthew voller Sorge. »Ich weiß kaum, wo ich anfangen soll.«

»Ich habe immer festgestellt, dass es am besten ist, am Anfang zu beginnen.«

In Matthews blauen Augen stand pure Verzweiflung, und als er versuchte, sich wieder aufzusetzen, sank er schmerzerfüllt wieder zurück. »Ich brauche deine Erfahrung als Spurensucher, Reese. Und ich bin bereit, dich anständig dafür zu bezahlen.«

Reese runzelte missbilligend die Stirn. »Keine Beleidigungen. Wenn ein Freund Hilfe braucht, spielt Geld keine Rolle.«

»Aber …«

»Vergiss es. Sag mir einfach, was ich für dich tun kann, Yankee.«

»Was ich von dir verlange, wird dich unter Umständen in Lebensgefahr bringen, aber ich kenne niemanden, an den ich mich sonst wenden kann. Du bist der Einzige, der das für mich tun kann.«

»Willst du mich endlos beschwatzen oder zur Sache kommen?«

»Saber war ...« Matthew hielt inne, als könnte er nicht fortfahren. Er schluckte heftig und sah Reese an. »Saber ist entführt worden!«

»Oh, verdammt!« Reese verschwendete keine Zeit mit unnötigen Fragen, sondern kam sofort zum Kern der Sache. »Erzähl mir, was du über ihre Entführung weißt.«

»Nicht viel. Ich habe Angst um sie, Reese. Wenn ich die Schweine, die sie entführt haben, in die Finger kriegen könnte, würde ich sie gnadenlos umbringen.« Für einen Moment schloss er die Augen, bevor er fortfahren konnte. »Ich kann ihr nicht helfen. Ich kann nicht einmal gehen oder auf einem Pferd sitzen – mindestens eine Woche lang. Wirst du sie für mich suchen, Reese?«

Reese sah ihn nachdenklich an. Seine silberfarbenen Augen wirkten beinahe farblos in dem schwachen Licht des Zimmers. »Mit was für Männern haben wir es hier zu tun, Matthew?«

»Mit der Sorte von Männern, die eine unschuldige Frau mitten in der Nacht entführen. Das sind Feiglinge! Abschaum – Sattelstrolche.«

Reese hatte oft gehört, wie Matthew von seiner Verlobten geschwärmt hatte. Er langweilte jeden, der ihm zuhörte, mit Lobliedern auf die Schönheit und die Vorzüge von Saber Vincente. Oft hatte sich Reese über Matthews Einschätzung seiner zukünftigen Braut lustig gemacht. Keine Frau war so vollkommen! Reese hatte einmal zugegeben, dass es Matthew zustand, sie als Ausbund an Tugend zu betrachten, aber er hatte seinen Freund darum gebeten, ihn mit Einzelheiten über Miss Vincente zu verschonen.

»Kannst du mir helfen, Reese?«

Reese glaubte daran, dass es das Beste war, in jeder Situation der Wahrheit ins Gesicht zu sehen, und es lag an ihm, Matthew auf das Offensichtliche hinzuweisen. »Es ist gut möglich, dass sie bereits tot ist. Wenn sie aber gut aussieht, kann sie ein noch viel schlimmeres Schicksal erleiden.«

Matthew wurde blass. »Ich habe beide Möglichkeiten erwogen. Aber sie muss noch am Leben sein – sie *muss* einfach!«

Reese sah die Verzweiflung in den Augen des Majors und fragte sich, wie einem Mann wohl zumute war, der eine Frau so sehr liebte. Er selbst hatte unzählige Frauen gehabt, aber es war keine darunter gewesen, deren Verlust ihm das Herz zerrissen hätte. Reese' Drang, mit Frauen zu schlafen, war mächtig. Aber nach kurzer Zeit wurde er ihrer überdrüssig; und so nahm er die nächste, ohne jemals einer sein Herz zu schenken.

In Matthews Augen stand Qual. »Es gibt doch eine Chance, dass sie noch lebt, oder, Reese?«

Reese nickte bedächtig. »Diese Chance gibt es immer. Wenn ich jetzt darüber nachdenke, warum hätten sie sich die Mühe machen sollen, sie zu entführen, wenn sie die Absicht hatten, sie zu töten? Wenn ich mich recht erinnere, kommt deine zukünftige Braut aus einer reichen Familie. Das stimmt doch, oder?«

»Ja. Du hast sicher von ihrem Bruder Noble Vincente gehört.«

Nachdenklich runzelte Reese die Stirn. »Ich habe von den Vincentes gehört, die die Casa del Sol Ranch und halb Texas besitzen. Meinst du den?«

»Ja. Das ist ihr Bruder Noble.« Hoffnung keimte in Major Halloway auf, als er in Reese' blasse Augen sah. »Meinst du, dass sie vielleicht Lösegeld für sie fordern?«

»Das ist schon vorgekommen. Das ist der wahrscheinlichste Grund für ihre Entführung.«

Matthew biss die Zähne zusammen, als er versuchte, seine Sitzposition zu ändern. »Dieses verdammte Bein! Ich würde sie ja selbst suchen, aber hiermit würde ich es nie schaffen.«

Reese nickte. »Sag mir alles. Wie wurde sie gefangen genommen? Wo war sie, als sie entführt wurde? Wer hat dich benachrichtigt? Erzähl mir alles, was du darüber weißt.«

»Sie reiste mit einer Begleiterin, Winna Mae, ihrer Haushälterin, die wohl schon als Mitglied der Familie gilt. Saber hat oft über sie geschrieben. Sie ist indianischer Herkunft.« Matthew blickte auf seine geballten Fäuste und schwieg einen Augenblick.

»Meine Absicht war, Saber und Winna Mae hier in Fort Worth zu treffen und sie nach Fort Griffin zu begleiten, wo die Hochzeit stattfinden sollte.« Er ließ den Kopf auf die Brust sinken, als könne er nicht fortfahren. »Meine Leute sind auf dem Weg von Philadelphia hierher, um an der Hochzeit teilzunehmen.« Seine Stimme wurde immer leiser. »Wir sollten in drei Wochen getraut werden.«

»Aber warum reisten die beiden Frauen allein nach Fort Worth?«

»Weil ich Saber dazu ermutigt habe, sich hier mit mir zu treffen.« Er schüttelte den Kopf. »Ihr Bruder wollte nicht, dass sie die Reise antrat, bevor nicht er und seine Frau sie begleiten konnten. Es ist meine Schuld, dass sie verschwunden ist.«

»Du solltest dich nicht selbst beschuldigen. Wie hättest du wissen können, dass so etwas passiert?«

»Ihr Bruder gab ihr drei Begleiter mit, und darum glaubte ich, sie sei sicher. Aber offensichtlich schickte Saber sie zurück, als sie in der Stadt angekommen war, in dem Glauben, dass sie sie nun nicht mehr benötige.«

»Wo ist diese Winna Mae? Ich muss alles wissen, was sie mir sagen kann.«

»Den Gang hinunter, Zimmer vierzehn. Winna Mae sagt, dass die Männer durch das Fenster des Hotelzimmers eingedrungen und auf demselben Wege wieder mit Saber verschwunden sind.«

In Reese' Augen blitzte ein Verdacht auf. »Sie haben Winna Mae nichts getan oder versucht, sie mitzunehmen?«

»Sie haben sie wohl geschlagen; der Arzt musste einige gebrochene Rippen verbinden. Ich glaube, es geht ihr gut, aber ganz genau weiß ich's nicht. Wie die meisten Indianer ist sie stolz und zeigt ihre Schmerzen nicht.«

»Warum, glaubst du, ließen sie sie am Leben? Ist sie vielleicht irgendwie in die Sache verwickelt?«

»Nein. Nicht sie. Sie ist der Familie Vincente treu ergeben. Ich glaube, sie ließen sie am Leben, damit sie mir die Nachricht von Sabers Entführung überbringen konnte.«

»Manchmal trügt der Schein. Bist du dir ihrer Treue sicher?«

»Sie würde für Saber sterben, ehe sie zuließe, dass ihr irgendetwas geschieht. Darauf wette ich mein Leben.«

»Ich nehme an, die Entführer haben bisher noch keine Forderungen gestellt?«

»Das gerade macht mir Sorgen. Sie haben überhaupt nichts verlangt.« Matthew starrte an die Decke. »Ich selber habe kein Vermögen, und meine Familie auch nicht. Deshalb können sie von mir kein Lösegeld erwarten.«

»Womit wir wieder bei ihrem Bruder wären«, überlegte Reese. »Er hat das Geld.«

»Noble Vincente ist nicht nur von Hause aus reich, sondern er hat Rachel Rutledge geheiratet, der die an die Casa del Sol angrenzende Ranch gehört. Auf diese Weise hat er sein Vermögen beträchtlich vermehrt.«

»Und Miss Vincente – verfügt sie selbst über Geld?«

Matthew nickte. »Ich weiß nicht, wie viel, aber ich glaube, sie hat ein großes Vermögen geerbt.« Er sah seinem Freund in die Augen. »Ich würde Saber heiraten, selbst wenn sie ohne einen Penny und barfuß wäre. Ich liebe sie. Kannst du dir vorstellen, wie einem zumute ist, wenn man eine Frau so sehr liebt, dass man sich kaum auf seine Arbeit konzentrieren kann?«

»Nein, kann ich nicht«, sagte Reese schlicht. Dann brachte

er das Gespräch wieder auf die Entführung. »Wie kam sie in Fort Worth an?«

»In einer privaten Kutsche. Winna Mae sagte, dass Noble Vincente seiner Schwester nicht erlaubt habe, in einer Postkutsche zu reisen.« In seinen Augen stand Furcht. »Wenn ihr irgendetwas zugestoßen ist …«

»Hast du ihren Bruder benachrichtigt?«

»Nein. Ich bin so in Sorge um Saber, dass ich bisher keinen Gedanken an ihre Familie verschwendet habe. Ich müsste das wohl umgehend tun.«

»Ja. Das meine ich auch.«

Matthew ballte die Fäuste und schlug auf sein gesundes Bein. »Diesen verdammten Unfall hatte ich nur zehn Meilen vor der Stadt, ungefähr zur selben Zeit, als sie entführt wurde. Ich hätte hier sein müssen, um sie zu schützen!«

»Für mich sieht es so aus, als ob die Entführung von langer Hand geplant war. Wieso hat dein Pferd gescheut?«

»Ich geriet in einen Steinschlag, und mein Pferd spielte verrückt.«

»Das war vielleicht kein Unfall. Außerdem glaube ich nicht, dass du die Kerle hättest aufhalten können, selbst wenn du mit einer ganzen Reitertruppe hier gewesen wärst.«

Matthew erzitterte vor Zorn. »Aber du glaubst, *du* hättest sie retten können, wenn du hier gewesen wärst! Willst du das damit sagen, Reese?«

»Nein, das will ich nicht sagen, und das weißt du auch. Matthew, wenn ich deine Verlobte finde, werde ich sie dir zurückbringen.«

Matthews Gesicht wurde noch blasser. »Diese Männer haben keine Achtung vor Frauen. Angenommen, sie haben …« Er fuhr sich mit der Zunge über die Lippen. »Was soll ich tun, wenn sie sie vergewaltigt haben?«

Reese sah seinen Freund lange und eindringlich an. »Wie sehr liebst du diese Frau?«

»Mehr als mein Leben. Aber wenn sie sie … angerührt haben, dann weiß ich nicht, ob ich sie noch heiraten kann.«

Reese starrte Matthew ungläubig an. Wenn er wirklich meinte, was er da gesagt hatte, dann war Matthew der selbstsüchtigste Mistkerl, den er je getroffen hatte. Zornentbrannt sprang er auf die Füße. »Wenn wirklich das Schlimmste geschehen ist, dann wird sie deine Liebe und dein Verständnis mehr denn je brauchen«, sagte er kalt. Er ging zur Tür, öffnete sie und sah Matthew noch einmal scharf an. »Ich werde jetzt die Haushälterin Winna Mae befragen. Ich schlage vor, dass du Sabers Bruder über die Ereignisse benachrichtigst. Wir brauchen vielleicht seine Hilfe.«

Matthew nickte. »Ich wünschte, ich könnte ihm anderes berichten. Noble Vincente wird wahrscheinlich glauben, dass es meine Schuld ist.«

»Trotzdem musst du ihm die Wahrheit sagen«, erwiderte Reese, ging zur Tür hinaus und schloss sie fest hinter sich.

Eigentlich hatte Reese erwartet, Winna Mae händeringend und hysterisch vorzufinden, aber das war nicht so. Obwohl sie ruhelos im Zimmer auf und ab lief, hielt sie sich aufrecht und wirkte gefasst.

Ihre indianische Abstammung zeigte sich deutlich an ihrer Hautfarbe und den hohen Wangenknochen. Sie war groß und hatte ihr graues Haar zu einem Zopf geflochten, der ihr über den Rücken fiel. Ihre dunklen klugen Augen sahen Reese eindringlich an. Sein Blick fiel auf ihre Hände, die so vernarbt waren, als ob sie früher einmal schlimme Verbrennungen erlitten hätten. Er vermutete eine tragische Geschichte hinter diesen Narben.

Winna Maes Stimme verriet ihre Verärgerung. »Ich vermute, Sie taugen genauso wenig wie der Sheriff und die Schwachköpfe, die er in sein Aufgebot genommen hat. Ich habe ihnen gesagt, in welche Richtung die Entführer geflohen sind, aber sie haben mir nicht geglaubt, weil gestern Abend jemand drei Fremde in die entgegengesetzte Richtung reiten sah.«

Hinter der Verachtung in ihren Augen sah Reese die Sorge um Miss Vincente. »Erzählen Sie mir doch mal alles, was Sie wissen. Ich will sogar Ihre bloßen Eindrücke erfahren, alles, was Sie vermuten, und alles, wovon Sie meinen, dass es mir helfen könnte. Wenn ich Ihre Geschichte gehört habe, werde ich mich entscheiden, in welcher Richtung ich die Stadt verlassen werde.«

»Ich sage Ihnen alles, was Sie wissen müssen, wenn Sie mich mitnehmen.«

Reese schüttelte den Kopf. »Sie wissen, dass ich das nicht tun kann, Ma'am. Sie würden mich nur aufhalten. Ich muss schnell vorwärts kommen, wenn ich Miss Vincente finden will.«

Nach kurzem Zögern nickte sie und ließ sich auf einem Stuhl nieder, wobei sie versuchte, ein schmerzliches Zusammenzucken zu verbergen. »Ich habe dem Sheriff gesagt, dass die Männer ein großes Täuschungsmanöver veranstalteten, indem sie nach Süden ritten. Aber kurz darauf hörte ich Pferde nach Norden galoppieren, und ich weiß, dass es die Entführer waren.«

»Sie irren sich nicht?«

»Ich habe gute Ohren, Mr. Starrett. Sie ritten nach Norden. Wenn Sabers Bruder Noble hier wäre, der würde mir glauben und entsprechend handeln.« Sie senkte ihren Kopf. »Aber ich muss Ihnen vertrauen, weil zu viel Zeit verloren ginge, bevor Noble hier wäre. Dann wäre die Spur kalt.«

»Es sieht so aus, als ob ich der Einzige bin, auf den Sie bauen können. Äh, wie heißen Sie übrigens?«

»Winna Mae.«

»Winna Mae, Sie müssen mir ganz einfach vertrauen.«

»Wollen Sie behaupten, dass Sie sie finden und zurückbringen können?«

»Ich sage nur, dass ich, zum Teufel noch mal, entschlossen bin, es zu versuchen.« Er holte tief Luft. »Haben Sie vielleicht zufällig etwas gehört, was mir helfen könnte?«

Winna Mae runzelte die Stirn. »Sie haben mich bewusstlos

geschlagen, und ich weiß nicht, wie lange ich ohne Bewusstsein war. Aber als ich zu mir kam, hielt ich meine Augen geschlossen, damit sie glaubten, ich sei noch bewusstlos. Ich hörte dann, wie einer der Männer sagte, dass sie sich mit einem Mann namens Felton in Dallas treffen müssten.«

Reese sah sie prüfend an. »Sind Sie sicher, dass sie diesen Namen nannten?«

»Ja, ich bin sicher. Können Sie damit etwas anfangen?«

»Yeah. Ich weiß, dass er nicht ganz richtig im Kopf ist und jeder ihn fürchtet.« Reese verlagerte sein Gewicht und versuchte, sich an alles zu erinnern, was er über Graham Felton gehört hatte. Sein Blick ging zurück zu Winna Mae. »Gibt's sonst noch etwas, was ich wissen müsste?«

»Ich hörte, wie einer der Männer prahlte, dass man nach der Entführung mehr Respekt vor den Miller-Brüdern haben würde.«

Reese' breite Stirn legte sich in Falten. »Wie viele waren es?«

»Ich habe nur zwei gesehen. Aber ich hatte das Gefühl, dass noch einer unten bei den Pferden wartete.« Sie sah in seine Augen, als ob sie dort die Wahrheit suchte. »Wissen Sie, wer die Miller-Brüder sind, Mr. Starrett?«

Reese nickte, und sein Magen krampfte sich zusammen. »Ich habe den Verdacht, dass es Earl und Eugene Miller sind. Sie haben einen jüngeren Bruder – den könnten sie mit in die Sache hineingezogen haben. Er könnte der Dritte sein.«

Reese übedachte noch einmal alles, was Winna Mae gesagt hatte. Sie hatte ein gutes Gedächtnis für Einzelheiten. Der Sheriff war ein verdammter Narr, nicht auf sie zu hören.

Er erhob sich und ging zur Tür. »Ich werde tun, was ich kann, Winna Mae. Seien Sie vorsichtig mit Ihren Rippen.«

»In welche Richtung reiten Sie?« Ihre dunklen Augen sahen ihn eindringlich an.

Er setzte seinen Hut auf und lächelte sie grimmig an. »Ich reite nach Osten und versuche, Graham Felton aufzuspüren, und dann nach Norden, um Ihre Herrin zu finden.«

In Winna Maes Blick lag Hochachtung. Dieser Mann ließ sich von niemandem etwas vormachen. Wenn überhaupt jemand Saber finden konnte, dann er. »Saber ist nicht besonders ängstlich, aber vor diesen Männern wird sie Angst haben. Finden Sie sie rasch!«

Reese schenkte ihr ein flüchtiges Lächeln. »Ich werde mein Bestes tun.«

Als er zur Stadt hinausritt, versuchte er, alle Puzzleteile zusammenzusetzen. Er kannte nur Graham Feltons Ruf, und der war denkbar schlecht. Angeblich besaß er einen Saloon, aber Reese wusste nicht wo. Doch eins wusste er sicher: dass sie beide zusammentreffen würden. Das Schicksal würde sie zusammenführen, und er beabsichtigte, als Sieger aus dieser Begegnung hervorzugehen. Er hatte von den Miller-Brüdern gehört. Sie waren nicht viel mehr als Diebe und Satteltramps. Sie waren keine Gefahr für ihn – die Gefahr ging von Graham Felton aus.

2

Saber wachte auf, stöhnte und warf ihren Kopf hin und her. Ein dumpfer Schmerz entsprang an ihrem Hinterkopf und lief über den ganzen Kopf bis zur Stirn. Als sie versuchte, ihren Kopf zu heben, wurde aus dem Schmerz ein quälendes Stechen, das ihr Übelkeit verursachte. Das Zimmer schien sich zu drehen sich und verschwamm wie im Nebel. Deshalb schloss sie die Augen wieder und hoffte, dass alles von selbst wieder in Ordnung käme.

Als sie sich nach einer Weile etwas besser fühlte, besah sie sich aufmerksam die Umgebung. Das war nicht ihr Hotelzimmer. Es ähnelte zwar einer Hotelhalle, aber es war staubig, die wenigen Möbel waren schäbig, und in jeder Ecke hingen Spinnweben.

Wo war sie?

Allmählich kam die Erinnerung an die Ereignisse ihrer Entführung zurück. Sie setzte sich rasch auf, aber schwarze Finsternis drohte sie zu verschlingen, und ihr Kopf sank wieder zurück. Die Einrichtung bestand nur aus einem Ofen, der kaum Wärme spendete, einem Feldbett, zwei Bänken und einem wackeligen Tisch. Eine Treppe führte in das obere Stockwerk, aber die Stufen waren morsch und zersplittert. Sie würde es nicht wagen, dort hinaufzusteigen.

Eine tiefe Stimme ertönte neben ihr. »Wir hatten ganz schön Angst, dass Sie nich mehr aufwachen, Miss Vincente. Wir dachten nämlich, dass Earl Sie zu fest geschlagen hat.«

Ihr Magen drehte sich um, und sie schloss die Augen. Dann wandte sie ihren Kopf, um zu sehen, wer da sprach, aber es war so dunkel in dem Zimmer, dass sie den Mann nur verschwommen wahrnahm. Sie fuhr sich mit der Zunge über ihre trockenen Lippen. »Alles dreht sich.«

»Sie müssen 'ne Weile liegen bleiben, bis der Schwindel vorbei is«, sagte der Mann.

»Wer sind Sie? Was wollen Sie von mir?«

»Hat nix zu sagen, wer ich bin. Stehen Sie nur nich auf. Ich will's nich mit 'ner kranken Frau zu tun haben. Und denken Sie nich an Flucht – Sie würden nich mal durch die Tür kommen.«

Saber fragte sich, ob sie eine Gehirnerschütterung hatte. Das Innere ihres Mundes fühlte sich wie Baumwolle an, und jedes Mal, wenn sie ihren Kopf bewegte, war der Schmerz unerträglich. Ein schrecklicher Gedanke kam ihr, und sie unterdrückte ein Schluchzen: Was, wenn die Männer sie während ihrer Ohnmacht vergewaltigt hatten?

Sie erschauerte vor Abscheu und dachte an Matthew. Er würde sie jetzt nicht mehr wollen. Nicht, wenn ihre Befürchtung zutraf.

Sie öffnete die Augen, als sie hörte, wie der Mann sich zu ihr herunterbeugte. Der Ausdruck in seinen Augen entsetzte sie. Sie schrie auf, als er ihr dreist die Hand auf die Brust legte, sie knetete und drückte. Angewidert schob sie seine Hand zur Seite.

»Was haben Sie mir angetan?«, fragte sie matt.

Er kam näher und flüsterte in ihr Ohr, wobei sein stinkender Atem sie zum Würgen brachte. »Was glaubst du, was dir der olle Eugene getan hat, süßer Fratz?«

»Sie würden doch nicht ... Sie haben doch nicht ...«

»Süße, du bist ein feines Blümchen, das einem Mann den Kopf verdrehen kann. Nun mal dir selber aus, was du willst, vielleicht isses ja wahr.«

Unter großer Anstrengung drehte sie ihren Kopf zur Wand und rollte sich zusammen. Sie war zugrunde gerichtet. »Warum haben Sie mich nicht einfach getötet?«, flüsterte sie. »Das wäre menschlicher gewesen.«

Seine Hand wühlte in ihrem Haar und mit einem Ruck drehte er ihren Kopf herum. »Dich umbringen ist das Letzte, woran ich denken tu, Süße.«

»Lass sie in Ruh!«, befahl eine harte Stimme.

Das war das Letzte, was Saber vernahm. Sie versank wieder in der Dunkelheit, in der es keine Furcht gab.

Erst zwei Tage später fühlte sich Saber wohl genug, um sich aufzusetzen. Sie sah sich in dem staubigen Zimmer um und fragte sich, wo sie war. Immer noch hämmerte es in ihrem Kopf, und ihr Magen war auch noch nicht in Ordnung, aber es gelang ihr, sich aufrecht zu halten.

Unbeholfen humpelte sie auf eines der Fenster zu. Da sie an ihren Knöcheln gefesselt war, konnte sie nur kleine Schritte machen. Ihre Hände waren an den Gelenken zusammengebunden, und das Seil schnitt ihr ins weiche Fleisch.

Sie rieb mit ihrer Handfläche über die staubige Fensterscheibe und starrte niedergeschlagen auf die leere, von Unkraut überwucherte Straße. Der Wind erfasste Schmutz und Abfälle und fegte sie ziellos durch die verlassene Stadt. Sie erinnerte sich an die sanften Winde, die im Frühling vom Brazos River zu ihrer Ranch herüberwehten und beinahe wie Musik klangen; aber dieser Wind hier jagte um die Ecken, durch zerbrochene Fensterscheiben und klang wie das Heulen von hundert Hyänen.

Saber wurde klar, dass dies eine verlassene Stadt war – eine Geisterstadt. Sie ließ ihren Blick über die heruntergekommenen Gebäude schweifen, die von einer einst blühenden Gemeinde zeugten. Auf der gegenüberliegenden Straßenseite schwang ein Schild in rostigen Angeln hin und her. Vergeblich versuchte sie, die verblichenen Buchstaben zu entziffern. Die Stadt war nicht groß gewesen, und es standen nur noch sechs oder sieben verfallene Häuser. Der Ort schien recht planlos errichtet worden zu sein, so, als ob die Erbauer in Eile gewesen wären. Wahrscheinlich war die Stadt einmal sehr wohlhabend gewesen, denn Saber konnte verblasste Buchstaben erkennen, die ein Gebäude als Bank auswiesen. Sie reckte ihren Hals und stellte sich auf die Zehenspitzen. Am Stadtrand konnte sie einen Friedhof mit verblichenen Holzkreuzen und abbröckelnden Grabsteinen sehen.

Tiefe Traurigkeit umfing sie – dies war einst ein Ort gewesen, an dem Menschen lebten, lachten, Familien gründeten … und starben. Sie las die verblichenen Schriftzüge von Gregorys Sattlerei auf dem dritten Gebäude ihr gegenüber. Sie fragte sich, ob Gregory auf dem Hügel begraben war oder überlebt und in einer anderen Stadt sein Geschäft weiter betrieben hatte. Was war der Grund dafür gewesen, dass man die Stadt verlassen hatte? Nach der Anzahl der Grabsteine zu urteilen, die sie auf dem Friedhof sehen konnte, wäre sie nicht überrascht gewesen, wenn irgendeine Art Krankheit die Stadt in eine Geisterstadt verwandelt hätte. Was auch immer hier geschehen war, diese Stadt war das letzte Vermächtnis der früheren Einwohner, und für viele von ihnen war sie zur letzten Ruhestätte geworden. Die vernachlässigten Grabsteine und die von Unkraut überwucherten Gräber waren beinahe alles, was übrig geblieben war.

Saber zitterte. Sie wandte sich ab und humpelte zu dem Feldbett zurück. Dort setzte sie sich hin und versuchte, nicht an das Ungeziefer zu denken, das in den Falten der welligen Matratze hauste. Sie hatte keine Hoffnung, dass irgendjemand sie hier finden würde. Die einzigen Bewohner dieser Stadt waren die Männer, die sie entführt hatten, es sei denn, sie zählte die Klapperschlangen und die ausgewilderten Kaninchen mit.

Saber fragte sich, warum die Männer sie entführt hatten. Obwohl sie sie immer wieder gefragt hatte, hatte sie nur geheimnisvolles Schweigen als Antwort erhalten. Durch das Mithören ihrer Gespräche hatte sie allerdings erfahren, dass die drei Männer Brüder waren und ihr Familienname Miller.

Earl Miller schien der Älteste zu sein. Es war offensichtlich, dass er alle Entscheidungen traf und die beiden anderen ihm gehorchten. Saber schätzte ihn auf Ende dreißig. Er hatte schwarzes Haar und noch schwärzere Augen. Er war kleiner als seine beiden Brüder und sehr viel ernster, und wenn er etwas sagte, war es meistens ein Befehl für die anderen.

Eugene, der mittlere Bruder, hatte starke Arme und einen Brustkorb wie ein Fass. Eine lange Narbe lief an seinem dichten schwarzen Bart und seiner Kinnlade entlang. Vor ihm hatte Saber mehr Angst als vor den beiden anderen. Er schien überhaupt nicht umgänglich zu sein – er war boshaft und gemein, und er beobachtete sie ständig. Jedes Mal, wenn er in ihrer Nähe war, brachte er es fertig, sie zu berühren oder gegen sie zu stoßen. Sie schwebte noch immer in Angst und Schrecken davor, zu erfahren, was er ihr wohl während ihrer Ohnmacht angetan hatte.

Sam war der Jüngste. Er konnte nicht viel älter als sechzehn sein, weil er noch zu jung war, um sich rasieren zu müssen; und es umgab ihn ein Hauch von Unschuld, der ihn nicht so gefühllos und gemein wie seine Brüder erscheinen ließ. Sam versuchte, seinen Brüdern nachzueifern, indem er mit zwei Revolvern an den Hüften herumstolzierte und damit prahlte, wie er sein Geld ausgeben würde, das sie von jemandem namens Graham Felton bekommen würden.

Abgesehen von der Beule an ihrem Hinterkopf und dem, was ihr möglicherweise während ihrer Ohnmacht widerfahren war, war Saber nicht misshandelt worden.

Sam hatte ihr eins seiner Hemden und eine Hose angeboten, denn sie war ja in ihrem Nachthemd entführt worden. Zunächst hatte sie sich geweigert, auf sein Angebot einzugehen, aber dann hatte sie gemerkt, dass Eugene nicht aufhörte, sie anzüglich anzugrinsen. Die Hose war ihr natürlich zu groß gewesen und deshalb hatte Sam ihr ein Stück Seil gegeben, das sie um die Taille binden konnte. Eines Tages war Earl ausgeritten, und als er wiederkam, hatte er ein Paar Schuhe für sie. Sie wollte gar nicht wissen, wem sie gehört hatten, als sie hineinglitt und merkte, dass sie gut passten.

Später hörte sie Eugene lachen, als er seinen Brüdern erzählte, wie er die Nacht mit einer Hure in Diggers Saloon verbracht und ihr später die Schuhe gestohlen hatte. Saber würgte den Ekel hinunter, der sie zu ersticken drohte. Sie hatte noch nie eine jener geschminkten Damen getroffen, und nun trug sie Schuhe, die einer von ihnen gehörten.

Reese ritt hinauf zur Miller-Farm und blickte sich vorsichtig um. Er glaubte nicht wirklich, dass die Brüder hier waren, aber er musste sich vergewissern. Er konnte in die Scheune hineinsehen, aber da stand nur ein Ackergaul mit niedriger Kruppe.

Er sah auf den ersten Blick, dass hier nicht viel zu holen war. Es war der Hof eines illegalen Siedlers mit einer heruntergekommenen Holzhütte, einer kleinen Scheune, zwei Milchkühen und einem verrottenden, auseinanderfallenden Zaun um eine Weide. Reese sah, wie sich die Vorhänge teilten und das Gesicht einer Frau am Fenster erschien.

Als er vom Pferd stieg, kam die Frau heraus. Ihr ausgemergeltes Gesicht war zerfurcht von Sorge, und wahrscheinlich sah sie älter aus, als sie wirklich war. Reese nahm an, dass sie die Mutter der Miller-Brüder war.

»Was wollen Sie, Mister?«, fragte sie und sah ihn argwöhnisch an. Er bemühte sich um ein freundliches Lächeln. »Ich suche Ihre Söhne, Ma'am.«

»Sind Sie ein Freund von Ihnen?«

»Nein, Ma'am. Ich bin ihnen nie begegnet.«

Traurigkeit lag in ihren Augen, als sie eine Strähne ihres grauen Haares aus dem Gesicht strich. »Nun, sie sind nich hier, und ich weiß nich, wo sie sind. Ich weiß auch nich, ob ich's Ihnen sagen würde, wenn ich's wissen tät.«

Er entschied, dass es das Beste war, ehrlich gegenüber Mrs. Miller zu sein. »Ich bin Reese Starrett, Ma'am. Ich vermute, dass Ihre Söhne eine Frau entführt haben, und ihre Familie will sie zurückhaben. Ihre Jungs stecken da in einem großen Schlamassel, aber das Gesetz wird schonender mit ihnen umgehen, wenn sie die Frau unverletzt herausrücken.«

In den sorgenumwölkten Augen der Frau lag Furcht. Ihre abgearbeiteten Hände zitterten, als sie eine Träne wegwischte, die ihr die Wange hinunterlief. »Gott möge Ihnen helfen«, sagte sie leise. »Hätte nie gedacht, dass sie so weit herunterkommen und 'ner Frau was antun. Stimmt'n das überhaupt, was Sie da sagen, Mister?«

»Ja, Ma'am. Sonst wäre ich nicht hier und würde Sie damit belästigen.«

Sie sah ihn fest an. »Ich hab von Ihnen gehört, Mr. Starrett. Man sagt, dass Sie einer von der ehrlichen, anständigen Sorte sind. Wenn's wahr is, was Sie sagen, dann schäme ich mich wirklich für meine Jungs.«

»Es ist wahr. Ich muss diese Frau finden, bevor sie ihr etwas antun, Mrs. Miller. Falls Sie mir helfen könnten, würde ich das zu schätzen wissen.«

»Wer ist die Frau? Es könnt sein, dass sie freiwillig mit ihnen gegangen ist. Eugene versteht sich auf Frauen.«

»Das glaube ich nicht. Sie heißt Saber Vincente. Vielleicht haben Sie von ihrem Bruder Noble Vincente gehört.«

Mrs. Millers Augen weiteten sich vor nackter Furcht, und sie ließ ihren Kopf sinken. »Noble Vincentes Schwester wird nich freiwillig mit meinen Jungs gegangen sein – nich 'ne Lady wie die.« Sie schüttelte ihren Kopf, und Tränen erstickten ihre Stimme. »O Herr, hab Erbarmen! Wissen Sie was Genaueres?«

»Es gibt einen Zeugen, der sagt, dass Miss Vincente von ihren Söhnen aus einem Hotelzimmer entführt wurde, Ma'am.«

»Versprechen Sie mir eins: Wenn Sie meine Jungs finden, schießen Sie sie nich einfach tot. Wenn Sie mir Ihr Wort darauf geben, sag ich Ihnen, was ich weiß, obwohl das nich viel ist. Mein kleiner Sam ist noch so jung. Er ist nich böse; er macht nur, was seine Brüder sagen.«

»Mrs. Miller, ich verspreche Ihnen, dass ich nicht als Erster die Waffe ziehen werde. Aber wenn sie vor mir ziehen, muss ich mich verteidigen.«

In ihrem Gesichtsausdruck lag Zustimmung, und sie schien vor Reese' Augen zu altern.

»Ich weiß wirklich nicht, wo sie sind, Mr. Starrett. Sie war'n vor ein paar Wochen hier, und ich hab gehört, wie sie darüber redeten, sich mit 'nem Mr. Felton in irgend 'nem Saloon in Dallas zu treffen.«

»Ist das vielleicht Graham Felton, Ma'am?«

»Ich weiß nicht, Mr. Starrett. Ich kenn den Mann nich, und soweit ich verstanden hab, tun ihn auch meine Jungs nich kennen. Ich glaub, sie wollten für ihn arbeiten.« Ihre Stimme wurde leiser. Dann blickte sie Reese in die Augen. »Ich hoffe, sie ham der Vincente-Frau nix angetan. Was ich von Noble Vincente weiß, wird er nich eher aufgeben, bis meine Jungs tot sind.«

»Dann dürfte es für sie besser sein, wenn ich sie als Erster finde.« Reese tippte an seinen Hutrand. »Danke für Ihre Hilfe, Ma'am. Ich werde sehen, dass ich sie finde. Guten Tag.«

»Mr. Starrett, passen Sie auf meinen Sam auf. Wenn er nach Hause kommt, werd ich ihm das Fell gerben und dafür sorgen, dass er nie wieder in so 'n Schlamassel kommt.«

»Ich werde mein Bestes tun, Ma'am.«

Reese empfand Mitleid für Mrs. Miller. Sie schien eine ehrliche, hart arbeitende Frau zu sein. Sie wusste, dass ihre Söhne in Schwierigkeiten steckten. Wahrscheinlich hatte sie schon lange gewusst, dass es mit ihnen ein böses Ende nehmen würde. Er ahnte, dass er vielleicht einen von ihnen oder alle töten musste, und sie ahnte es wahrscheinlich auch.

Seine Gedanken eilten in die Zukunft. Er musste entscheiden, was sein nächster Schritt sein sollte.

3

Es war früh am Morgen. Saber hatte eine weitere schlaflose Nacht hinter sich. Eugene betrat den Raum, und sie schrak innerlich zusammen, als sie sah, wie er sie anstarrte. Er kam langsam auf sie zu, zog sie hoch und presste seinen Körper gegen ihren. Sie wehrte sich und versuchte, sich zu befreien, doch er hielt sie fest.

»Sie machen mich krank«, sagte sie und wandte ihr Gesicht ab, als er versuchte, sie zu küssen.

»Wirklich, mein Goldstück? Das woll'n wir doch erst mal seh'n.«

Sie kämpfte und wand sich, während er sie auf das Feldbett niederdrückte und ihren Körper mit dem seinen bedeckte. In diesem Augenblick flog die Tür auf und Earl trat ein. Als er sah, was im Gange war, war er mit einem Satz bei Eugene und riss ihn von Saber herunter.

»Wenn du sie noch mal anfasst, wirst du den nächsten Sonnenuntergang nicht mehr erleben«, sagte Earl wütend. »Sie soll uns Geld einbringen. Das kann sie aber nicht, wenn du deine Hände nicht von ihr lässt.«

Eingeschnappt knallte Eugene die Tür hinter sich zu. Für den Rest des Tages hielt er sich von Saber fern, obwohl er sie die ganze Zeit nicht aus den Augen zu lassen schien. Er gab ihr das Gefühl, als wisse er, wie sie ohne Kleider aussah.

Sie kuschelte sich auf ihrem Feldbett zusammen und fragte sich, ob sie diese Männer jemals loswerden und sich jemals wieder wohl und sauber fühlen würde.

Saber war davon überzeugt, dass der jüngste Bruder der am wenigsten Bedrohliche war. Sie hoffte, ihn irgendwann allein anzutreffen, um sein Vertrauen und damit vielleicht auch ihre Freiheit zu gewinnen.

Es war nicht wahrscheinlich, dass er ihr helfen würde, aber sie war verzweifelt, und er war vielleicht ihre einzige Hoffnung.

Die Gelegenheit ergab sich früher als erwartet. Earl befahl Eugene, auf den Hügel zu reiten und die Straße zu beobachten, weil er wegreiten müsse, um jemanden zu treffen. Kurz darauf bestieg er sein Pferd und ritt davon, während Eugene murrend sein Gewehr nahm und verschwand.

Saber wartete, bis sie sicher sein konnte, dass die beiden älteren Brüder weg waren, bevor sie sich Sam näherte. Sie würde nie eine bessere Gelegenheit bekommen, mit ihm allein zu sprechen. Vorsichtig erhob sie sich von dem Feldbett und humpelte zu ihm hinüber, um sich neben ihm auf die wackelige Bank in der Nähe des Holzofens zu setzen.

Sam sah sie misstrauisch an und sagte mit mürrischer Stimme: »Am besten gehen Sie gleich zurück zum Bett. Earl wird's wohl nicht gefallen, wenn er mich mit Ihnen schwätzen sieht.«

»Bitte, schick mich nicht weg. Ich bin so einsam und habe solche Angst. Lass mich kurz mit dir sprechen. Wenn wir deine Brüder zurückkommen hören – das verspreche ich dir –, gehe ich gleich zurück zum Bett.«

Er lehnte sich zurück und sah sie lange an. »An Ihrer Stelle hätte ich auch Angst.«

Sie blickte ihm entschlossen in die Augen, und ihre Lippen zitterten. »Werden deine Brüder mich töten?«

Er schüttelte den Kopf. »Nich uns müssen Sie fürchten. Natürlich müssen Sie sich vor Eugene in Acht nehmen. Er war schon immer gemein zu den Weibern, und ich hab geseh'n, wie er Sie ankuckt. Bleiben Sie weg von ihm.«

Saber konnte den Schauder, der sie überlief, nicht unterdrücken. Bei der bloßen Berührung durch Eugenes Hand hatte sie sich innerlich krank gefühlt. »Hat er irgendetwas mit mir gemacht, bevor ich aufgewacht bin?«

Sam sah ihre Angst und versuchte, sie zu beruhigen. »Ich weiß nich. Er war über eine Stunde allein mit Ihnen, nachdem wir Sie hierher gebracht haben. Aber Sie brauchen ihn von jetzt ab nich mehr zu fürchten – Earl wird keine Verletzung von Ihnen nich zulassen.« Seine Stimme wurde leiser, obwohl nur sie beide im Zimmer waren. »Sie müssen nur aufpassen, dass Sie nich alleine mit ihm sind.« Seine Augen weiteten sich, und Schamröte färbte seine rauen Wangen. »Sie sind die schönste Frau, die ich je gesehen hab. Ich hab noch nie mit 'ner großen Dame gesprochen. Wie is'n Ihr erster Name?«

»Mein was?«

»Ihr erster Name – Sie wissen doch, Ihr Rufname?«

»Saber. Ich heiße Saber.«

Er lächelte jungenhaft. »Das hört sich ja mehr wie 'ne Waffe an als wie 'n Name, Ma'am.«

»Es ist ein Familienname von meines Vaters Seite.« Sie konnte sehen, dass er ihr gegenüber nachgiebig wurde, und sie wollte diese Nachgiebigkeit so lange wie möglich nutzen. »Darf ich dich Sam nennen?«

Er nickte, unfähig, in ihre glänzenden blauen Augen zu sehen. »Schätze, dass kann nich schaden. Aber nur, wenn wir allein sind.«

»Das verstehe ich, Sam. Ich glaube, wir hätten Freunde sein können, wenn wir uns unter anderen Umständen getroffen hätten.«

Sie sah ihn hart schlucken, als er sie anblickte. »Sie hätten mich nich angesprochen, Ma'am, wenn wir uns auf der Straße begegnet wär'n. Sie wär'n an mir vorbeistolziert in Ihren schönen Kleidern und hätten mich nich mal gesehen. Ich bin nich gut genug …«

»Ach was.« Sie streckte ihre Hand nach ihm aus, ließ sie aber gleich fallen, als sie ihn schon wieder erröten sah. »Du bist freundlich zu mir gewesen, und ich glaube daran, dass man Freundlichkeit mit Freundlichkeit vergelten soll.«

Er sprang auf. »Ich kann Ihnen keine Hilfe nich sein. Also,

wenn Sie glauben, mich gegen meine Brüder rumzukriegen, vergessen Sie's!«

Saber schüttelte den Kopf. »Nein, das erwarte ich nicht von dir. Es ist nur so: Ich habe ganz einfach fürchterliche Angst.«

Er wandte sich ihr zu, und in seinen Augen lag Mitleid. »Ich weiß nich, was mit Ihnen geschieht, wenn wir Sie Graham Felton übergeben. Er ist ein gemeiner Kerl und hat uns nie gesagt, was er eigentlich mit Ihnen vorhat.«

Ihr Herz schlug schneller. »Soll das heißen, dass meine Entführung keine zufällige Angelegenheit war, sondern dass jemand dich und deine Brüder beauftragt hat, mich zu entführen?«

Er zitterte, und in seinen Augen lag Furcht. Saber sah, wie er seine schwitzenden Handflächen an seiner fleckigen Hose abstreifte. »Sie erzählen doch meinen Brüdern nich, dass ich Ihnen das über Mr. Felton gesagt hab, oder? Ich weiß nich was Earl tun würde. Dass ich sein Bruder bin, wär ihm dann egal.«

»Natürlich nicht, Sam. Ich würde niemals etwas tun, was dich in Schwierigkeiten bringen könnte. Erzähl mir alles, was du weißt.«

»Nun, dieser Graham Felton hat uns angeheuert, Sie hierher zu bringen. Earl ist in die Stadt geritten, um ihm zu sagen, dass wir Sie haben. Und Felton sagt uns dann, wo wir Sie hinbringen sollen.«

»Wer ist Graham Felton? Ich habe noch nie von ihm gehört.«

»Wir haben ihn auch noch nie getroffen. Einer von seinen Leuten is zu uns gekommen und hat uns den Auftrag gegeben. Wir haben's getan, weil – der hat uns 'ne Menge Geld angeboten.«

»Was könnte er von mir wollen?«

Sam sah ratlos vor sich hin und schüttelte den Kopf. »Sie müssen wissen, dass Felton wahrscheinlich der fieseste Schweinehund is, der je auf Erden rumgelaufen is. Wenn er

Sie mitnimmt, ist es wohl besser für Sie, zu tun, was er sagt. Ich hab gehört, er bringt Leute um, einfach so.«

»Sam, was will er von mir?«

»Geld sehr wahrscheinlich. Ihr Bruder ist reich. Stimmt doch, oder?«

»Ja, das stimmt.« Saber dachte einen Augenblick lang nach. »Sam, wenn du und deine Brüder mich zurückbrächten, würde mein Bruder euch mehr Geld bezahlen, als euch dieser Mr. Felton anbietet.«

»Nein!« Er wurde blass. »Wir werden so was auf keinen Fall nich tun. Vielleicht glauben Sie, Earl is nur 'n Nichtsnutz, aber wenn er 'ne Abmachung trifft, hält er sich dran.«

Saber wurde mutlos. »Kannst du mir etwas mehr über Mr. Felton erzählen?«

»Ich hab Ihnen doch schon gesagt, den Kerl hab ich noch keinmal nich geseh'n. Schätze, Sie werden ihn früher treffen, als Ihnen lieb is.«

Keiner von beiden hatte gehört, wie Eugene herangeritten war. Er stand in der Tür und sah seinen Bruder zornig an.

»Sam! Mach, dass du wegkommst, und beobachte 'n Weilchen die Straße. Ich bewach die Gefangene.«

»Nee, das mach ich nich«, sagte Sam trotzig. »Earl hat mir gesagt, ich soll bei der Frau bleiben, und genau das mach ich.«

Eugenes Gesicht wurde rot vor Zorn. »Junge, du tust, was ich dir sag, und du tust es auf der Stelle. Ich hab nun mal was übrig für die schöne Dame. Es wird ihr nix ausmachen, wenn ich es ihr besorge.«

Sam überraschte sie beide, als er sich schützend vor Saber stellte. »Wenn du sie nicht in Ruhe lässt, erzähl ich's Earl, wenn er zurückkommt. Du weißt, dass er's nich will. Wahrscheinlich knallt er dich um wie 'nen tollwütigen Köter.«

Saber erzitterte vor Furcht, als sie den mörderischen Ausdruck in Eugenes Augen sah.

»Du würdest es Earl nich sagen, weil – wenn du's tust, lebste noch grad lang genug, um's zu bedauern«, drohte Eugene.

Der jüngere Bruder blieb standhaft zwischen Saber und Eugene stehen. »Ich werd dich nich an sie ranlassen. Ich schwör's dir, ich niete dich um, wenn du sie anpackst.«

Saber sah, wie Eugene unschlüssig wurde. Dann ging seine Hand zu seiner Waffe, und in diesem Augenblick wusste sie, dass er nicht zögern würde, seinen eigenen Bruder niederzuschießen. »Wenn Sam es Earl nicht sagt, werde ich es ihm sagen.« Sie warf ihren Kopf zurück und sah ihn scharf an. »Wenn Sie Sam oder mir nur ein Haar krümmen, wird er es erfahren.«

Eugene hielt in der Bewegung inne. *Verdammt*! Die stellte ihn kalt, und er wollte sie unter sich haben. Aber sein Verstand gewann die Oberhand über seine brennende Begierde … fürs Erste jedenfalls.

»Ich frag mich, was Graham Felton sagen tät, wenn er wüsste, dass du die Frau angerührt hast«, sagte Sam mit kalter Stimme. »Wir wissen nich, was er von ihr will. Vielleicht will er sie als seine Frau. Felton is keiner, mit dem man sich anlegt. Er hat gesagt, er will die Frau unverletzt, und er hat's auch so gemeint.«

Als Graham Feltons Name fiel, wurde Eugenes Gesicht blass. Er wirbelte herum, stürmte durch die Tür und knallte sie hinter sich zu.

Saber presste die Hand auf ihr Herz, in größerer Furcht als je zuvor. Aber sie versuchte, diese Furcht beiseite zu schieben, wohl wissend, dass sie sie daran hindern würde, einen klaren Gedanken zu fassen. Wenn ein Mann wie Eugene Angst vor Mr. Felton hatte, was für eine Art Ungeheuer musste der dann sein?

Sam trat ans Fenster und sah seinem davonreitenden Bruder nach. »Ich glaub, der wird Sie nich mehr belästigen. Bestimmt nich. Er is kein Feigling nich, aber er will auf keinen Fall nich Graham Felton reizen.«

Saber legte sich wieder auf die harte Bank, ohne auf Splitter zu achten. Die Angst kroch wieder in ihr hoch, und sie zitterte am ganzen Körper. Sie wendete ihren Kopf zur Wand, schloss die Augen und weinte still vor sich hin. Es gab keine Hilfe für sie. Nicht einmal ihr Bruder Noble konnte ihr jetzt helfen. Und Matthew, der jetzt sicher wusste, dass sie entführt worden war – was musste er denken?

»Er wird Sie nich mehr belästigen«, wiederholte Sam, im Glauben, sie weine wegen seines Bruders Eugene.

»Aber was ist mit Graham Felton?«

Sam drehte sich wieder zum Fenster um. Er hasste es, sich diese sanfte, wunderschöne Frau in den Händen eines tollwütigen Hundes vorzustellen. Er mochte Saber Vincente – er hatte sich dagegen gesträubt, aber sie war einfach nett. »Wahrscheinlich hat er Sie irgendwo geseh'n und will Sie zu seiner Frau machen.«

Seine Worte beruhigten Saber nicht, und sie ließ ihren Tränen freien Lauf.

4

Reese hatte aufgrund einer starken Ahnung schon drei Tage an der Straße südlich von Dallas sein Lager aufgeschlagen. Er hatte die Leute beobachtet, die an ihm vorbeizogen, aber die Miller-Brüder waren nicht darunter. Einer der Männer, mit denen er sprach, konnte ihm eine gute Beschreibung der beiden älteren Brüder geben.

Nach seiner Einschätzung war es durchaus möglich, dass die Millers Miss Vincente bereits an Graham Felton übergeben hatten. Aber er hoffte natürlich, dass das Treffen noch nicht stattgefunden hatte. Felton würde vorsichtig sein, da er wusste, dass ganz Texas nach der Schwester von Noble Vincente suchte. Reese erwartete, dass er sich mit den Brüdern treffen und dann darüber entscheiden würde, wo die Frau ausgetauscht werden sollte.

Er verließ sich ebenfalls darauf, dass die Miller-Brüder versuchen würden, sich durch Dallas davonzumachen, indem sie mit ihren Pferden über den Trinity-Fluss setzten, statt die Fähre zu nehmen, auf der sie vielleicht erkannt wurden.

Reese hielt die Hand vor die Augen, um nicht von der Sonne geblendet zu werden. Es musste zwölf Uhr mittags sein. Falls keiner der Miller-Brüder bis zum Abend auftauchte, würde er nach Dallas reiten, um dort nach ihnen zu suchen.

Es war am späten Nachmittag, als er einen einzelnen Reiter in einer Staubwolke näher kommen sah. Er drängte sein Pferd hinter einen dichten Wacholderbusch und wartete gespannt.

Als der Reiter nahe genug herangekommen war, lenkte Reese sein Pferd auf den Weg und zielte mit seinem Gewehr auf das Herz des Mannes. »Halt«, kommandierte er mit harter Stimme. »Und keine Bewegung!«

Der Fremde zügelte sein Pferd und sah Reese, anscheinend unbeeindruckt, an. »Wenn Sie hinter Geld her sind, werden Sie von mir nicht viel bekommen, Mister.«

Reese schüttelte den Kopf. »Ihr Geld will ich nicht. Was ich suche, sind Informationen.« Der Fremde hatte eine große Ähnlichkeit mit Mrs. Miller. Sie hatten dieselbe Gesichtsform, dieselbe Augenfarbe. Nach den Beschreibungen, die man Reese gegeben hatte, handelte es sich um Earl, den ältesten Bruder. Reese konnte eine Menge über einen Mann sagen, wenn er ihm in die Augen sah. Während Mrs. Millers Augen ehrlich und voller Traurigkeit gewesen waren, lag in den Augen ihres Sohnes ein Ausdruck von Verlogenheit, und es lauerte etwas Verschlagenes und Falsches in diesen dunklen Tiefen.

»Schnallen Sie Ihren Revolvergürtel ab und lassen Sie ihn fallen!«, befahl Reese. »Und dann ziehen Sie vorsichtig das Gewehr aus dem Halfter und lassen es auch fallen.«

Earl Miller sah in die harten, kalten Augen des Fremden und wusste, dass er genau das meinte, was er sagte. Langsam löste er den Gürtel und ließ ihn fallen. Dann nahm er das Gewehr aus dem Halfter und ließ es ebenfalls zu Boden gleiten.

Reese machte eine Bewegung mit seinem Gewehr. »Steigen Sie langsam ab, und halten Sie die Hände da, wo ich sie die ganze Zeit sehen kann.«

Earl tat, wie ihm befohlen wurde, obwohl er Schwierigkeiten hatte, seinen Fuß aus dem Steigbügel zu ziehen, während er die Hände in die Höhe hielt. Reese half ihm nach, indem er das Gewehr so auf ihn anlegte, dass es genau zwischen seine Augen zielte.

»Verdammt, was wollen Sie von mir?«

»Fangen wir bei Ihrem Namen an. Wer sind Sie?«

Earls Augen verengten sich. Hier ging etwas vor, was er nicht ganz verstand. Wenn dieser Mann nicht sein Geld wollte, was wollte er dann? Niemand konnte wissen, dass er Saber Vincente entführt hatte – dafür hatte er seine Spuren viel zu sorgfältig verwischt. Aber was, wenn er Unrecht hatte? Was, wenn dieser Mann ein Gesetzeshüter war? Was, wenn er von der Entführung erfahren und ihn aufgespürt hatte?

»Lassen Sie die Hände oben!«, befahl Reese, als Earl einen Arm sinken ließ.

Earl starrte in das Gesicht des Fremden. Der war sicher kein Feigling, und es lag etwas in diesen silbrigen Augen, das ihn warnte. Der Fremde würde nicht zögern, ihn zu erschießen.

»Und wenn ich keine Lust habe, Ihnen meinen Namen zu nennen?«, fragte Earl den Fremden prüfend, ungeachtet der Gefahr.

Reese zuckte gleichmütig die Schultern. »Dann werden Sie sich nur selbst schaden.«

Ohne zu zögern, zielte er und schoss.

Earl stieß einen Schmerzensschrei aus, dem er mehrere wütende Flüche hinterherschickte. Er griff an sein Ohr, und Blut quoll zwischen seinen Fingern hervor. »Verdammt noch mal! Warum hast du mein Ohr angeschossen, du Schweinehund?«

»Damit du weißt, dass ich es ernst meine«, antwortete Reese mit einer Stimme, die hart wie Stahl klang. »Vielleicht hilft es dir, wenn du dich daran erinnerst, dass ich immer treffe, worauf ich ziele.« Das Gewehr richtete sich auf Earls Herz. »Nun frage ich dich noch einmal«, warnte Reese. »Wie heißt du?«

Earl fuhr sich mit der Zunge über seine trockenen Lippen. Trotz der kühlen Luft stand ihm der Schweiß auf der Oberlippe. Er hatte keinen Zweifel, dass der Mann mit dem Gewehr meinte, was er sagte. Und er hatte das Gefühl, dass dieser Mann längst wusste, wer er war; und deshalb wagte er es nicht, ihn anzulügen – jedenfalls so lange nicht, wie dieses Gewehr auf sein Herz zielte. »Ich heiße Earl«, sagte er rasch. »Earl Miller.« Er fragte sich, ob er den Derringer, den er in seinem Ärmel verbarg, erreichen konnte, bevor der Mann den Abzug seines Gewehrs durchzog. »Wer bist du, und warum willst du meinen Namen wissen?«

Reese beugte sich vor, legte das Gewehr quer über seinen Arm und sagte leise: »Earl, ich bin deine allerschlimmste Befürchtung.«

Earl konnte nicht mehr länger in diese kalten, durchdringenden Augen sehen. »Ich kenn dich nich. Was hast du gegen mich?«

Das Sattelleder knarrte, als Reese abstieg, die Waffe auf Earl Miller gerichtet. »Sagen wir mal so: Du hast etwas, was einem meiner Freunde gehört, und er will es zurückhaben.«

»Ich weiß gar nicht, wovon du sprichst.« Earl spürte das Metall des verborgenen Derringers an seiner nackten Haut. Wenn er den Mann am Sprechen halten und ihn ablenken konnte, hatte er vielleicht die Chance für einen guten Schuss. Aber er würde auf sein Herz zielen müssen, denn wenn er diesen Mann nicht tötete, war er es, der sterben musste. »Was glaubt denn dein Freund, was ich habe und was ihm gehört?«

Reese trat einen Schritt näher, und Earl wich zurück. »Hören wir auf mit dem Gerede, Earl. Du hast eine Frau in deiner Gewalt, die dir nicht gehört, und du wirst mich jetzt sofort zu ihr bringen.« Er machte noch einen Schritt auf Earl zu. »Aber zuerst will ich von dir wissen, was für eine Abmachung du mit Graham Felton hast und wo in Dallas du ihn treffen sollst.«

Plötzlich schwand alle Farbe aus Earls Gesicht. Er sah beinahe komisch aus mit dem Blut, das aus seinem Ohr tropfte und mit seinen vor Furcht zusammengebissenen Zähnen.

Earl wusste in seinem tiefsten Innern, dass ihm keine andere Wahl blieb, als dem Fremden alles zu sagen. »Warum hast du mich denn nicht gleich danach gefragt? Du hättest mich deshalb nicht anzuschießen brauchen.«

Reese lächelte kalt. Es war ein Lächeln, das Earl Schauder über den Rücken jagte. »Es schien mir so das Richtige zu sein. Ich glaube nicht, dass du geredet hättest, wenn ich dir nicht gezeigt hätte, dass ich es todernst meine.«

Earl blickte in die kalten grauen Augen und sah dann schnell zu Boden. »Wenn du die Kanone weglegst, werd ich dir von der Frau erzählen.«

»Man hat mir schon viele Namen gegeben in meinem Leben, Earl, aber *Narr* war noch nicht dabei. Nun beantworte mir folgende Frage: Du und Felton – seid ihr beide euch je begegnet?«

»Nein, aber du weißt ja schon so viel, dass ich sicher bin, dass du auch das schon gewusst hast.«

»Wo ist Saber Vincente? Bring mich zu ihr.«

Earl wurde noch bleicher. Er riss seinen rechten Arm nach vorne, sodass der verborgene Derringer in seine Handfläche glitt. Er war schnell, aber nicht schnell genug. Das Gewehr feuerte, schlug ihn zurück und schleuderte ihn zu Boden.

Earl versuchte, sich zu bewegen, als der Fremde sich über ihn beugte, aber er hatte keine Kraft dazu. »Du hast mich voll erwischt, stimmt's?«, stieß er hervor und rang nach Luft.

»Ja, so ist es. Du hast einen Bauchschuss und nicht mehr lange zu leben. Sieht so aus, als ob ich an deiner Stelle mit Felton zusammentreffen werde. Ich hätte es vorgezogen, mit deiner Hilfe an das Mädchen heranzukommen, aber du hast mich gezwungen, das Problem auf andere Weise zu lösen. Möchtest du mir vielleicht noch sagen, wo du Felton treffen wolltest?«

Earl starrte in die klaren silbernen Augen des Mannes und erschauderte. »Fahr zur Hölle!«

»Nicht heute, Earl – da fährst du jetzt hin.« Er beobachtete, wie Earls Körper sich krümmte und zuckte und sein letzter Atemzug ihn in einem röchelnden Seufzer verließ.

Reese stieg auf und lenkte sein Pferd in Richtung Dallas.

Reese versuchte, sich in Graham Feltons Lage zu versetzen und so zu denken, wie er gedacht hätte. Was wollte Felton von Miss Vincente? Da gab es zwar die Möglichkeit eines Lösegeldes, aber Felton benötigte kein Geld. Hegte er vielleicht irgendeinen Groll gegen die Familie Vincente? Das war am wahrscheinlichsten. Noble Vincente hatte sich möglicherweise über die Jahre viele Feinde gemacht; so erging es reichen und mächtigen Männern oft. Es konnte aber auch sein, dass Felton die Frau lediglich in seinem Bett haben wollte.

Reese' Wissen über die Familie Vincente beschränkte sich darauf, was er von anderen gehört hatte. Noble Vincente herrschte wie ein König auf einer Ranch, die größer war als einige Länder dieser Erde.

Reese' Lippen kräuselten sich vor Verachtung. Er konnte sich vorstellen, welcher Typ Frau Saber Vincente war: verweichlicht, wunderschön, hochmütig und erfüllt von der eigenen Wichtigkeit. Wahrscheinlich war sie stets von Dienern umgeben gewesen und nicht daran gewöhnt, auch nur einen Schritt ohne irgendjemandes Hilfe zu tun. Sie war genau jene Art Frau, die Reese immer verabscheut hatte. Er hatte ihresgleichen schon getroffen, war sogar gelegentlich mit ihnen ins Bett gegangen, aber sie hatten ihn immer kalt gelassen. Er wollte eine Frau, die eigenständig dachte und handelte, nicht irgendeine dekorative Verzierung, die verwöhnt und verhätschelt werden wollte. Diese Sorte Frau war gerade richtig für Matthew. Denn Matthew gehörte zu den Männern, die eine Frau von tadelloser Abstammung brauchten, eine Ehefrau, die man bei seinen Freunden im Osten herumzeigen konnte, um dazu zu sagen: »Ich besitze sie – seht her, aber rührt sie nicht an!«

Aber gleichgültig, was für eine Art von Frau Miss Vincente war, sie hatte es nicht verdient, dass man ihr etwas Böses antat. Und er würde alles in seiner Macht Stehende tun, um sie Matthew zurückzubringen.

Es dämmerte, als Reese in Dallas einritt. Sein Blick wanderte gemächlich über die Gebäude, während er Vermutungen darüber anstellte, wo das Treffen stattfinden sollte. Er wusste, dass es einer der Saloons sein würde, aber welcher? Es gab drei. Nach dem Bürgerkrieg war es Dallas, im Unterschied zu vielen anderen Städten in Texas, gut gegangen. Es gab eine Wagen- und eine Kutschenfabrik, eine Bank und eine Zeitung. Dallas war das Zentrum des Rinderhandels, und es gab Gerüchte, dass die Eisenbahn bald die Stadt durchqueren und noch größeren Wohlstand bringen würde.

Reese hielt vor dem Saloon »Zur Glücks-Sieben« und warf einen Blick hinein. Er war lärmend voll. Nein, Felton hatte sicher einen weniger überlaufenen Saloon für sein Treffen mit Earl ausgewählt. Nun, da er wusste, dass sich die beiden Männer nie von Angesicht zu Angesicht gegenübergestanden hatten, hatte er den Vorteil, den er brauchte, um sich Graham Felton zu nähern. Wenn er seine Rolle gut spielte, konnte er vielleicht Matthew seine Frau zurückbringen, ohne dass sie oder er selbst bei dem ganzen Unternehmen getötet würden.

Reese ritt an einem weiteren lauten Saloon vorüber und stieg dann vor dem »Blue Dog« ab. Er band sein Pferd an den Pfosten, stieß die halbhohen Flügeltüren auf und betrat das dämmrige Innere. Seine Augen brauchten einen Moment, um sich an das Dämmerlicht zu gewöhnen. Der Mann, der das blechern klingende Klavier bearbeitete, sang so falsch, dass es Reese auf die Nerven ging. Er roch den abgestandenen Tabakrauch, gemischt mit den unangenehmen Ausdünstungen ungewaschener Körper und dem Übelkeit erregenden Duft billigen Parfums.

Zwei Cowboys hingen an der Bar, ihre Arme um grell gekleidete Frauen geschlungen, und drei Männer saßen an einem Tisch und spielten Karten. Er entschied, dass keiner von ihnen Felton war, obwohl sie seine Männer sein konnten, zumal sie jede seiner Bewegungen genau verfolgten.

Reese' Blick fiel auf einen Mann im Hintergrund des Raumes, der allein an einem Tisch saß. Er atmete tief durch. Das war wahrscheinlich Graham Felton. Mit zusammengepressten Kiefern schritt Reese quer durch den Saloon auf den allein sitzenden Mann zu.

Als Reese sich näherte, sah der Mann weder hoch noch reagierte er sonst irgendwie auf Reese' Anwesenheit. Reese ließ sich auf dem Stuhl ihm gegenüber nieder.

»Hat Ihnen jemand erlaubt, an meinem Tisch Platz zu nehmen?«

Statt einer Antwort ergriff Reese die Whiskeyflasche und nahm einen langen Zug. »Scheint ja ein guter Stoff zu sein, den man Ihnen serviert.«

»Es ist der beste. Und es gefällt mir gar nicht, wenn irgendjemand sich selbst einlädt und von meinem privaten Vorrat trinkt.«

Reese schob dem Mann die Flasche wieder zu. »Wenn Sie der sind, für den ich Sie halte, werden Sie mit mir sprechen. Ich habe nämlich etwas, was Sie wollen.«

Nun blickte der Mann auf und sah ihn an. »Sie müssen Earl Miller sein.«

Reese nickte und musterte den Mann. Er suchte nach irgendeinem Anzeichen des Misstrauens in dessen Augen. Entweder glaubte Graham Felton ihm oder er war ein verdammt guter Schauspieler. Felton war Ende dreißig oder Anfang vierzig. Es war schwer, sein Alter genau zu schätzen. Er war mittelgroß, hatte hellbraunes Haar, das an den Schläfen grau wurde. Seine Augen waren von einem so hellen Blauton, dass sie im Dämmerlicht des Saloons farblos erschienen. Sein Gesicht war pockennarbig, und er hatte einen Hakennase, die aussah, als sei sie wiederholt gebrochen worden.

Felton lehnte sich in seinem Stuhl zurück und musterte Reese unverhohlen. Schließlich fragte er: »Sie haben also die Frau?«

Reese nickte.

»Wo ist sie?«

»Nun, ich wäre ein Narr, wenn ich Ihnen das sagen würde, bevor ich mein Geld bekommen habe, nicht wahr?«

Grahams Augen verengten sich. »Sie wären ein Narr, wenn Sie versuchten, mit mir Spielchen zu spielen. Sie kommen nicht mehr aus dem Saloon hier raus, wenn Sie versuchen, mich reinzulegen. Jeder Mann hier drin, eingeschlossen der Klavierspieler, steht in meinem Sold.«

Reese deutete ein Lächeln an. »Aber warum sollte ich Sie denn reinlegen wollen, zumal ich ja einige Schwierigkeiten hinter mir habe, um überhaupt hierher zu kommen?«

»Wenn Sie gekommen sind, um mehr Geld zu verlangen oder mir zu sagen, dass die Frau tot ist oder dass entweder Sie oder einer Ihrer Brüder sie missbraucht hat, dann sind Sie so gut wie tot.«

»Ich will genauso wie Sie, dass sie unverletzt bleibt. Aber ich weiß nicht, warum Sie eigentlich so scharf auf sie sind. Was ist so besonders an ihr?«

»Ich habe nicht die Angewohnheit, kleinen, beschränkten Dieben, wie Sie einer sind, meine Absichten zu erklären.« Er drückte seine Zigarette aus und erwiderte Reese' Blick. »Wo ist sie?«

»Dort, wo wir es ausgemacht hatten.«

Graham nickte. »Las Lomas.«

Reese runzelte die Stirn, als er sich den Namen durch den Kopf gehen ließ. Las Lomas war eine Geisterstadt hundert Meilen östlich von Fort Worth. Er kannte sie gut, da er einmal eine ganze Herde Vieh durch die Stadt getrieben hatte.

Felton nahm einen Schluck aus seinem Glas und schob es beiseite. »Man braucht vier Tage zu Pferd von Las Lomas bis an die Grenze. Überqueren Sie den Rio Grande bei El Paso und kommen Sie in den ersten Saloon hinter der Grenze. Ich weiß, wie lange Sie brauchen, um zurückzukommen. Sie haben zwei Wochen von heute ab gerechnet, um mir die Frau zu bringen. Keinen Tag länger. Danach werden Sie mich nicht mehr finden – dann finde ich Sie.«

Reese erhob sich. Er hatte die Information, wegen der er gekommen war. Er wusste nun, wo die Frau gefangen gehalten wurde. »Bis zum nächsten Mal«, sagte er, tippte an seinen Hut und ging.

Noch ehe Reese an der Tür war, kam Felton ihm nach, wobei er mit kalter Stimme rief: »Tun Sie der Frau nichts an.

Ich will der Erste sein, der sie hat. Haben Sie das verstanden?«

Reese drehte sich um und sah, wie Felton auf ihn zuhinkte. Er hatte nicht gewusst, dass der Mann hinkte. Beinahe hätte er eine wichtige Einzelheit nicht mitbekommen, und das hätte katastrophale Folgen haben können. »Verstehe. Nun habe ich auch eine Bedingung für Sie. Sollte einer Ihrer Leute mir folgen, werden Sie die Frau nie lebend bekommen. Ist das klar?«

Felton nickte. »Bis in zwei Wochen an der Grenze. Sie vergeuden besser keine Zeit hier, wenn Sie's schaffen wollen.«

Reese trat hinaus in die Nacht und nahm einen tiefen, reinigenden Atemzug. »Zum Teufel«, murmelte er und schwang sich in den Sattel. Es war kaum zu erwarten, dass Saber Vincente noch Jungfrau war, denn die Miller-Brüder waren nicht gerade berühmt für ihre Ritterlichkeit Damen gegenüber. Er fragte sich, ob Matthew diese Frau tatsächlich noch heiraten würde, wenn die Brüder sie vergewaltigt hatten. Matthew verlangte von sich selbst immer Vollkommenheit und bestand auch bei denjenigen darauf, die ihn umgaben. Er hatte sich seine Ehefrau sicher in jeder Hinsicht vollkommen gewünscht. Reese konnte nur hoffen, dass Matthew seine Braut so sehr liebte, dass er es verkraften würde, wenn sie tatsächlich nicht mehr unbewührt war.

Wenn er, Reese, diese Frau liebte und sie von diesen Schweinehunden vergewaltigt worden wäre, würde er sie wahrscheinlich nur noch mehr lieben wegen der Schmerzen, die sie hatte erleiden müssen. Aber natürlich war er nicht Matthew Halloway von den Halloways aus Philadelphia.

Reese' Mutter hatte seinen Vater und ihn verlassen, als er fünf war, und um alles noch schlimmer zu machen, hatte sie sich mit dem besten Freund seines Vaters davongemacht. Reese hatte miterlebt, wie sein Vater versucht hatte, mehr schlecht als recht seinen Lebensunterhalt zu verdienen und die Bank davon abzuhalten, ihnen die Ranch wegzunehmen. Frank Starretts Verbitterung war von Tag zu Tag gewachsen, und schließlich war er als gebrochener Mann gestorben. Er ließ den fünfzehnjährigen Reese zurück, der von nun an auf eigenen Füßen stehen musste.

Reese hatte sich geschworen, dass keine Frau ihm jemals das antun würde, was seine Mutter seinem Vater angetan hatte.

Und er würde nie einen Freund so betrügen, wie der beste Freund seines Vaters seinen Vater.

Ein grimmiger Ausdruck glomm in seinen Augen. Es bestand nur eine sehr geringe Chance, dass die Frau aus alledem so unberührt hervorgehen würde, wie sie es vor ihrer Entführung gewesen war. Sein Herz war voller Mitleid für sie. Sie verdiente nicht, was ihr widerfuhr, und er würde sie retten oder bei dem Versuch, sie zu retten, sterben.

5

Es war kälter geworden, und Saber lag zusammengekauert unter ihrer dünnen Decke. Obwohl sie fror, weigerte sie sich, die warme Wolldecke zu nehmen, die Sam ihr angeboten hatte, denn die stank und war schmutzig.

Sie horchte auf das Heulen des Windes, der durch die Ritzen des alten Gebäudes drang und an den Fenstern und der Tür rüttelte, sodass es klang, als versuche jemand, gewaltsam einzudringen.

Saber wusste nicht mehr, wie viele Tage seit ihrer Entführung vergangen waren, und sie hatte schon längst die Hoffnung auf Rettung aufgegeben. Sie wagte nicht, daran zu denken, was die Zukunft ihr bringen würde. Obwohl sie Sam weiter befragte, weigerte er sich, ihr zu sagen, warum sie entführt worden war und wer Graham Felton war.

Sam tauchte neben ihr auf und löste die Stricke an ihren Handgelenken und Knöcheln. Dann reichte er ihr eine Tasse mit dampfendem Kaffee. Seit kurzem hatte er damit begonnen, ihr während des Essens die Fesseln abzunehmen, denn sie konnte ja nirgendwohin entfliehen. »Der Kaffee ist ziemlich stark und heiß. Er wird Sie ein bisschen aufwärmen, Miss Vincente.«

Erfreut nahm sie das dampfende Getränk an und nahm einen Schluck. »Was habt ihr mit mir vor, Sam?«

Er zögerte und wich ihrem Blick aus. In der kurzen Zeit, in der er Saber Vincente kannte, hatte er gelernt, sie zu achten und sich um sie zu kümmern. Er war nie zuvor einer Frau begegnet, die ihr in Aussehen und Auftreten geglichen hätte. Außerdem war sie mutig, obwohl sie, wie er wusste, große Angst hatte. In den letzten Tagen hatte er mit dem Gedanken gekämpft, sie nach Fort Worth zu ihren Angehörigen zu bringen. Aber er traute sich natürlich nicht, dieser Regung nachzugeben. Er wäre ein toter Mann gewesen, noch ehe er die Stadtgrenze von Las Lomas überschritten hätte – dafür hätte Eugene gesorgt.

Alles, was er tun konnte, war, Eugene von ihr fern zu halten. Abends, wenn er sein Bett machte, legte er jetzt immer seine Decke neben ihr Bett, und bis jetzt hatte Eugene sie in Ruhe gelassen. Aber er wünschte, dass Earl zurückkäme, weil es immer schwieriger wurde, Eugene in Schach zu halten. Mit jedem Tag wurde sein Bruder dreister und verfolgte die Gefangene unausgesetzt mit seinen Blicken.

Sam nahm den Wassereimer. »Ich geh grad mal zum Brunnen und hol frisches Wasser. Bleiben Sie hier, es is nich gut, wenn Eugene Sie auf der Straße rumlaufen sieht.«

»Lass mich nicht allein!«, flehte Saber ihn an. Ihr Magen zog sich zusammen. »Was ist, wenn er zurückkommt, und ich bin allein hier?«

»Ich bin ganz in der Nähe, und ich hör Sie, wenn Sie rufen.«

Sie sah, wie Sam nach draußen ging, und fühlte sich hilflos und verzweifelt. Bisher hatte es in ihrem Leben keine Situation gegeben, in der sie sich nicht zu helfen gewusst hätte. Nicht einmal während des Krieges, als die Yankees die Plantage ihrer Großmutter niedergebrannt hatten, war sie so voller Angst gewesen wie jetzt.

Saber hielt den Atem an, als sie hörte, wie die Eingangstür geöffnet wurde. Als sie Eugene erblickte, wollte sie schreien, doch kein Laut drang aus ihrer Kehle. Sam hatte sie nicht gefesselt, und sie fragte sich, ob sie es wagen konnte, um ihr Leben zu laufen. Konnte sie die Tür erreichen, bevor er sie zu fassen bekam?

Eugene kam auf sie zu, seinen Blick auf ihre Brüste gerichtet, die sich unter ihrem Hemd abzeichneten. »Endlich hab ich dich ganz allein für mich. Du hast mich 'ne Reihe schlafloser Nächte gekostet, süßer Fratz. Aber ich wette, heut Nacht schlaf ich gut.«

Sie presste sich mit dem Rücken gegen die Wand. »Sam wird jeden Augenblick wieder zurück sein«, stieß sie hastig hervor. »Er ist nur zum Brunnen, um Wasser zu holen.«

Eugene schnallte seinen Revolvergürtel ab und ließ ihn auf den Tisch fallen. »Nein, mein Bruder wird uns so bald nicht stören. Wenn er's wieder kann, wird's zu spät für dich sein. Ich hab ihn nämlich mit dem Gewehrkolben ins Reich der Träume geschickt.«

»Nein!«, schrie sie und schaute zur Tür, als ob Sam jeden Augenblick hereinkommen könnte. »Ich werde schreien, wenn Sie mich anfassen.«

Er lachte und kam näher. »Niemand wird dich hören. Los, schrei, so viel du willst.«

Mit einer schnellen Bewegung umfasste sie die Kaffeetasse und schüttete das heiße Gebräu in Eugenes Gesicht. Dann warf sie sich nach vorn, schnellte in Richtung Tür, während Eugene seine Augen zuhielt und vor Schmerz aufbrüllte. Sie riss die Tür auf und rannte in die Dunkelheit hinaus. Sie hatte gehofft, Eugenes Pferd draußen angebunden zu finden, aber das Glück war nicht auf ihrer Seite – da stand kein Pferd. Er hatte es wohl am Stadtrand stehen lassen.

Saber konnte hören, wie Eugene fluchte und ihren Namen rief. Die Furcht verlieh ihr Flügel, und sie rannte einfach los, ohne zu wissen wohin. Sie wusste nur, sie durfte sich von ihm nicht einholen lassen. Ihre einzige Hoffnung war, ihn in der Dunkelheit abzuschütteln.

Saber hatte beinahe den Friedhof erreicht, als ein Mann sich ihr entgegenstellte. Sie stieß einen Schrei aus, als er sie an den Schultern packte und festhielt.

Im Glauben, Eugene es sei, der es geschafft hatte, sie zu überholen, versetzte Saber ihm einen Faustschlag.

Sie hörte einen gedämpften Schmerzenslaut, winkelte ihr Bein an und trat ihn in den Unterleib. Er lockerte seinen Griff und krümmte sich vor Schmerzen.

Saber drehte sich um und sah zu ihrem Entsetzen Eugene

vor sich stehen. Wenn Eugene vor ihr stand, wer war dann der Mann, den sie gerade angegriffen hatte?

Eugene packte sie am Arm und zog sie mit einem Ruck zu sich heran. »Ich krieg dich, und ich werd dich nich mit Samthandschuhen anfassen. Du hast noch 'ne Rechnung bei mir offen für den Kaffee, den du mir ins Gesicht geschüttet hast.«

Eine tiefe Stimme ertönte hinter ihr: »Lass sie los!«

Eugene starrte angestrengt in die Dunkelheit. »Wer zum Teufel sind Sie?« Er wollte nach seinem Revolver greifen, als er sich erinnerte, dass er ihn auf dem Tisch zurückgelassen hatte.

Der Fremde legte seine Hand schwer auf Sabers Schulter und zog die vor Angst zitternde Frau hinter sich. »Ich bin der Mann, der dich töten wird, wenn du Saber Vincente irgendetwas angetan hast.«

»*Wer* sind Sie?«, fragte Eugene noch einmal.

Saber kannte den Mann nicht, aber da er ihren Namen wusste, kam er vielleicht von ihrem Bruder! Doch seine nächsten Worte zerstörten ihre Hoffnungen und ließen sie wieder vor Angst zittern.

»Mein Name ist Graham Felton. Ich nehme an, du hast schon von mir gehört.«

Saber strengte sich an, um in der Dunkelheit etwas erkennen zu können. Sie war überwältigt von der Größe des Mannes. Er war größer als ihr Bruder, und Noble war immerhin über einen Meter achtzig groß. Seine Schultern waren breit, seine Stimme tief, beinahe rau. Er trug einen langen Mantel, der aufgeschlagen war, sodass er das Revolverhalfter an seiner Hüfte schnell erreichen konnte. Ihr Blick fiel auf die Waffe, und sie fürchtete sich mehr als je zuvor. Die meisten Männer in Texas trugen Waffen, aber sie hatte das Gefühl, dass dieser Mann besser als die meisten damit umzugehen verstand. Sie hatte genau gemerkt, wie Eugene einige Schritte zurückgetreten war – sogar er hatte Angst vor Graham Felton.

»Ich hab ihr nix getan. Ich hatt nur 'n bisschen Spaß mit ihr«, sagte Eugene mit zittriger Stimme.

Obwohl der Fremde kräftig gebaut war, hielt er Sabers Handgelenke nicht allzu fest umgriffen. Der Druck seiner Hände war gerade nur so stark, dass sie sich nicht befreien konnte. Saber fragte sich, ob sie es am Ende noch bereuen würde, ihn angegriffen zu haben.

Reese blickte auf Eugene nieder, und seine Lippen wurden zu einem dünnen, harten Strich. »Bringen wir sie aus der Kälte«, sagte er mit gepresster Stimme. »Dann reden wir.«

Eugene war plötzlich zerknirscht und versuchte, den Mann zu beschwichtigen, dessen Name ihn bis ins Innerste aufwühlte. »Wir haben ein Feuer dort, wo wir uns verkrochen haben. Es ist schön warm da.«

»Bring mich dorthin. Begleiten Sie uns bitte, Miss Vincente.«

Er führte sie durch die Dunkelheit und stützte sie, wenn sie stolperte. Saber versuchte zwar, sich ohne seine Hilfe aufrecht zu halten, aber ihre Beine versagten ihr fast den Dienst. Die geringe Hoffnung auf Rettung, die sie gehegt hatte, war verflogen. Sie spürte, wie die Hand des Mannes von ihrem Handgelenk zur Schulter wanderte, als er sie weiter vorwärts führte. Seine Berührung war überraschend sanft, aber das tröstete sie wenig. Schließlich war er der Mann, der die Miller-Brüder angeheuert hatte, um sie zu entführen.

Im tiefsten Innern ihres Wesens konnte sie spüren, dass sie diesen Mann mehr fürchten musste als alle drei Miller-Brüder. Sie konnte nicht wegrennen, sie konnte sich nicht verstecken: Er würde hinter ihr her sein, und sie würde gezwungen sein, mit ihm zu gehen.

Seine Stimme war merkwürdig sanft. »Geht es Ihnen gut, Miss Vincente?«

Sie schob seine Hand weg und machte einen Schritt nach vorn. Seine Berührung brannte immer noch auf ihrer Haut, und sie war verwirrt über ihre seltsame Reaktion auf ihn; es war kein Ekel, wie sie ihn Eugene gegenüber empfand – es war ein Gefühl, das sie nicht benennen konnte, weil sie eine solche Empfindung noch nie vorher verspürt hatte.

Als sie nach einiger Zeit das Hotel erreicht hatten, fanden sie Sam vor, der sich den Kopf an der Stelle rieb, wo Eugene ihn geschlagen hatte. In seinen Augen stand Erleichterung, als er Saber sah, aber als er des Fremden hinter ihr gewahr wurde, wich er voller Misstrauen einen Schritt zurück.

Saber ging zu dem Holzofen und streckte ihre Hände der Wärme entgegen, während sie Felton ansah. Etwas Furchterregendes lauerte tief in seinen silbernen Augen, und sie wusste sofort, dass dies kein Mann war, dem man in die Quere kommen durfte. Es lag etwas Gefährliches in seinen Bewegungen und in dem Minenspiel seines markanten Gesichtes. Er sah sie prüfend an, und sein Blick ließ sie erzittern. Er war der beeindruckendste und zugleich furchterregendste Mann, den sie jemals gesehen hatte, und ihr wurde klar, dass er unnachgiebig und kompromisslos sein würde. Ein Blick auf die Miller-Brüder sagte ihr, dass sie ihre Einschätzung teilten. Felton war nicht nur groß, sondern ausgesprochen muskulös, und seine breiten Schultern spannten sich unter dem Wildlederhemd, als könnten die Nähte jeden Augenblick reißen. Sabers Furcht wuchs sich zu Entsetzen aus, als Felton ihr in die Augen sah.

Was wollte er von ihr? Es ging ihr flüchtig durch den Kopf, dass sie bei den Gesetzlosen sicherer gewesen war als bei diesem Mann. Ihr Blick wanderte zu Sam, aber sie wusste, er konnte ihr nicht helfen – niemand konnte ihr helfen.

»Wie können wir wissen, dass Sie Graham Felton sind?«, fragte Eugene vorsichtig.

Reese ging weiter in den Raum hinein, seine Augen blickten bedrohlich. Zum ersten Mal bemerkte Saber, dass er hinkte.

»Ja, Sie sind's«, sagte Eugene. »Sie hinken, und Sie wussten, wo Sie uns finden konnten. Aber warum hat man mir nichts gesagt, als der Plan geändert wurde?«

Sam sah den Mann zweifelnd an. »Earl hat gesagt, wir bringen die Frau zu Ihnen.«

Reese' Blick verweilte auf dem jüngsten Miller-Bruder. »Es wäre klüger, wenn du fragtest, warum *dein Bruder* den Plan geändert hat. Er hat das Geld verlangt und mir gesagt, dass Ihr die Frau hier festhaltet.«

In Eugenes Augen blitzte Argwohn auf. »Warum sollte er das tun, ohne uns was zu sagen?«

Reese lächelte kaum merklich. »Ihr kennt euren Bruder besser als ich. Ich habe ihm die Summe gegeben, die wir ausgemacht hatten, und er ist davongeritten. Ich habe eigentlich erwartet, ihn hier anzutreffen.« Er zuckte mit den Schultern.

»So wie ich es sehe, gibt es zwei Möglichkeiten: Er könnte von jemandem überfallen worden sein, der wusste, dass er eine Menge Geld bei sich hatte ...«

In Eugenes Stimme schwang ein sarkastischer Unterton. »Und die zweite Möglichkeit?«

»Nun«, sagte Reese gelassen. »Könnte es ein, dass er das Geld gar nicht mit euch beiden teilen wollte?« Er zuckte mit den Schultern, als ob es für ihn ziemlich gleichgültig wäre. »Wie ich schon sagte, ihr kennt euren Bruder besser als ich.«

Eugene fluchte laut. »Verdammt noch mal. Ich hätt misstrauisch werden soll'n, als Earl allein wegritt und mich nich dabeihaben wollte. Er is tatsächlich abgehauen und hat uns reingelegt.« Er sah Reese drohend an. »Wenn ich rauskrieg, dass Sie uns belogen haben, sind Sie dran.«

Reese konterte mit einer eigenen Drohung. »Wenn ich herausfinde, dass du der Frau etwas angetan hast, bist *du* dran.«

Sam mischte sich ein. »Earl würd uns nicht betrügen. Wenn er nich hier is, bedeutet das, er steckt in Schwierigkeiten.«

»Da wär ich nicht so sicher«, sagte Eugene hart. »Ich finde, Earl hat sich komisch verhalten.« Er sah seinen jüngeren Bruder scharf an. »Wir finden den Schweinehund und holen uns unseren Anteil.« Mit diesen Worten riss er den Revolvergürtel an sich und schnallte ihn um. »Dafür bring ich ihn um!«

Die beiden Brüder verstauten Vorräte in einem Leinensack

und gingen zur Tür. Eugene drehte sich noch einmal um und sah Saber an. »Ich hab so das Gefühl, unsere Wege kreuzen sich noch mal, Miss Vincente.«

Als er sie lüstern musterte, zuckte Saber innerlich zusammen und wandte ihr Gesicht von ihm ab.

Sam blieb auf der Schwelle stehen und wandte sich an Reese. »Seien Sie gut zu ihr, Mr. Felton. Sie is an keine grobe Behandlung nich gewöhnt.«

»Bete lieber, dass du und deine Brüder ihr nichts angetan habt«, sagte Reese mit einer tiefen Stimme, die den ganzen Raum füllte.

Sam sah Saber einen Augenblick lang an. »Tut mir Leid, dass ich Sie nich vor Eugene schützen konnte.« Dann wandte er sich brüsk ab und schloss die Tür hinter sich.

Im Zimmer war es lange still, und dann wandte Reese seine Aufmerksamkeit der Frau zu. Sie trug eine schmutzige Hose und ein Hemd. Beides war ihr viel zu groß. Ihr goldblondes Haar war verfilzt und ihr Gesicht von Schmutz bedeckt. Er entdeckte nichts an ihr, was sie für einen Mann wie Major Halloway als Ehefrau attraktiv machen konnte. Eher ähnelte sie einem Mitleid erregenden heimatlosen Kind als einer berühmten Schönheit.

Tapfer versuchte Saber, dem Blick des Mannes standzuhalten, aber seine Augen blickten zu eindringlich. »Was haben Sie mit mir vor, Sir?«

Er fragte sich, ob er ihr sagen sollte, dass Matthew ihn zu ihrer Befreiung geschickt hatte. Aber es bestand die Möglichkeit, dass die Miller-Brüder sie verfolgen würden, sodass es am besten war, es ihr erst später zu sagen. Seine erste Pflicht war es, sie in Sicherheit zu bringen. »Das wird sich zeigen, Miss Vincente. Aber Sie brauchen sich nicht zu ängstigen.« Er blickte sich um. »Ich nehme an, Sie haben hier nichts, was Sie mitnehmen wollen. Gehen wir also.«

Die Kälte in seiner Stimme ließ sie schaudern. Doch ihr Stolz rettete sie. »Damit Sie es gleich wissen: Bei der ersten Gelegenheit werde ich die Flucht ergreifen.«

Er lächelte, wobei seine kräftigen weißen Zähne sichtbar wurden. »Lassen Sie sich gesagt sein, dass Sie bei mir weitaus sicherer sind, als Sie es allein auf weiter Flur wären oder bei den beiden Strolchen, die gerade weggeritten sind. Sie werden froh sein über meinen Schutz, wenn die sich entschließen zurückzukommen – und sie werden zurückkommen, da können Sie sicher sein.«

»Wovon sprechen Sie?«, wollte sie wissen.

»Sind Sie bereit?«

»Nicht, bis Sie mir gesagt haben, was Sie mit mir vorhaben.«

Als er nicht antwortete, sprang sie ihn an, die Hände nach seinem Gesicht ausgestreckt, und versuchte, ihm die Augen auszukratzen. Mühelos wehrte er sie ab und umklammerte ihre Hände mit festem Griff.

»Hören Sie auf. Sie tun nur sich selbst weh.« Er zog sie an sich und hielt sie fest. »Gegen mich können Sie doch nicht gewinnen, also sparen Sie sich die Mühe.«

Sie drehte und wand sich und trat nach ihm, aber bald erkannte sie, dass er ihr an Kraft überlegen war. Völlig erschöpft sank sie wie erstarrt gegen ihn. In ihren Augen lag Verachtung, und er wusste, dass sie versuchen würde zu entfliehen, wenn er nicht auf sie aufpasste. Wahrscheinlich hatte sie es auch in dem Augenblick versucht, als er auf sie gestoßen war.

Er bewunderte ihren Mut, aber dieser würde sie wahrscheinlich umbringen, wenn er ihn nicht bremste. »Alles, was Sie in diesem Moment wissen müssen, ist, dass wir jetzt aufbrechen. Nehmen Sie sich zusätzlich diese Wolldecke. Sie werden Sie brauchen, um sich zu wärmen.«

Ihre Augen blitzten rebellisch. »Nein, das tue ich nicht!« Sie sah ihn scharf an. »Sie ist schmutzig. Ich habe sie nicht genommen, als Sam sie mir angeboten hat, und ich werde sie auch jetzt nicht nehmen.«

Seine Stimme duldete keinen Widerspruch, und er sah sie streng an. »Diese Decke ist wahrscheinlich sauberer als Sie.

Sie könnten ein Bad gebrauchen.« Sie öffnete ihren Mund, um zu protestieren, und blickte dann auf ihre schmutzige Hose und auf ihr Hemd, von dem man nicht sagen konnte, welche Farbe es hatte. Als Sam es ihr gegeben hatte, war sie nur darauf bedacht gewesen, Eugenes Aufmerksamkeit von sich abzulenken. »Als sie mich entführten, hatte ich nur mein Nachthemd an. Sam hat mir diese Kleider gegeben.«

Die Furcht in ihren Augen rührte Reese zutiefst. Er verspürte den unwiderstehlichen Drang, sie in seinen Armen zu halten, bis der Ausdruck der Verlorenheit aus ihrem Gesicht verschwunden wäre, – bis zu seinem letzten Atemzug würde er sie beschützen, wenn es nötig wäre.

Er wollte ihr versichern, dass alles in Ordnung sei, aber er wagte es nicht – noch nicht. Er ging zur Tür und drehte sich zu ihr um. »Nehmen Sie die zweite Decke mit. Sie werden sie brauchen. Wir müssen jetzt aufbrechen, weil ich vor Sonnenaufgang einiges an Meilen zurücklegen will.«

Da Saber keine andere Wahl hatte, nahm sie die Decke und warf sie über die, die sie bisher benutzt hatte. Sie folgte dem Mann zur Tür hinaus und über die Straße, wo er sie durch eine schmale Gasse führte. Hinter dem alten Bankgebäude standen zwei Pferde und ein Maultier. Offensichtlich hatten sie eine lange Reise vor sich, wenn sie so viele Vorräte brauchten, dass sie ein Maultier mit sich führen mussten.

Als der Mann neben sie trat, um ihr beim Aufsteigen zu helfen, schob Saber ihn weg, steckte ihren Fuß in den Steigbügel und schwang sich selbst hinauf. Es verschaffte ihr eine gewisse Genugtuung, dass sie wenigstens *eine* Entscheidung selbst treffen konnte, auch wenn sie noch so geringfügig war.

Als sie aus der verlassenen Stadt ritten, am heruntergekom menen Friedhof vorbei, lief Saber ein Schauder über den Rücken. Sie hatte das unbestimmte Gefühl, dass ihr Schicksal mit dem Schicksal dieses Mannes verknüpft war, obwohl sie nicht wusste, in welcher Weise. Sie erwog ihre Chancen, ihm zu entkommen, aber ihr fiel der sechsschüssige Revolver ein, den er an seiner Seite trug, und das Gewehr, das er in die Satteltasche gesteckt hatte, wo er es leicht erreichen konnte. Er würde sie wahrscheinlich eher töten als entkommen lassen.

Zitternd zog sie die Decken noch fester um sich, denn der eisige Wind drang ihr bis ins Mark. Sie hatte mehr Angst als je zuvor und wünschte sich, dass ihr Bruder sie fände. Erst sehr viel später fiel es Saber ein, dass sie in der ganzen Zeit ihrer Gefangenschaft nicht ein einziges Mal an Matthew gedacht hatte. Immer wenn sie in der Vergangenheit Angst gehabt hatte, war sie in Gedanken bei ihrem Bruder gewesen – und so war es jetzt auch.

»O Noble, komm bald und hol mich«, flüsterte sie. »Ich habe solche Angst.«

6

Saber hatte keine Möglichkeit abzuschätzen, wie lange sie schon unterwegs waren. Sie hatte noch nie so gefroren und war noch nie so erschöpft gewesen. Sie konnte sich kaum noch aufrecht im Sattel halten. Als der Mann endlich eine Rast für die Pferde einlegte, glitt sie müde vom Pferd und wäre beinahe hingefallen. Sie stützte sich mit der Hand gegen den kräftigen Braunen und zog Kraft und Wärme aus dem Tier. Sie fragte sich, ob sie auf das Pferd springen und einfach davonreiten könnte. Schließlich war sie eine gute Reiterin, und sein Pferd war ebenso müde wie ihres.

Der Mann, der sie in Angst versetzt und müde gemacht hatte, saß aufrecht auf seinem großen schwarzen Pferd, in ruhiger und gelassener Haltung. Es schien, als ob er gar nichts von dem bemerkte, was um ihn herum vorging, aber sie wusste es besser. Sie wusste, dass er alles bemerkte und plötzlich zum Leben erwachen würde, wenn sie den Versuch machte zu fliehen.

Ängstlich bemüht, ihre Fluchtgedanken zu verbergen, richtete sie den Blick auf das zerklüftete Land vor ihnen und fragte sich, was wohl das Ziel dieser Reise sei.

Einige Zeit später hielten sie, um ihr Lager aufzuschlagen. Als der Mann ein Feuer gemacht hatte, zog es sie dorthin. Sie ließ sich auf ihre Knie nieder und hielt ihre eiskalten Hände in die Nähe der Flammen. Er hatte Recht gehabt mit dem, was er über die zusätzliche Decke gesagt hatte; ohne sie hätte sie sich den Tod geholt, aber ihm gegenüber würde sie das niemals zugeben.

Er bewegte sich leise wie eine Katze, sodass sie nicht hörte, wie er sich ihr hinter ihrem Rücken näherte; und sie fuhr auf, als er sprach.

»Haben Sie Hunger, Miss Vincente?«

Saber schüttelte den Kopf und starrte überrascht in seine Augen. Er war ein Mann dieses Landes, und der Himmel spiegelte sich in diesen ungewöhnlichen Silberaugen. Wie konnte ein solcher Mensch böse sein? Warum hatte sie das Gefühl, dass etwas Starkes, Beruhigendes und Beschützendes von ihm ausging?

»Wenn Sie keinen Hunger haben, rate ich Ihnen zu schlafen. Wir werden vor Sonnenaufgang aufbrechen. Das wird morgen ein langer Tag.«

Sie stützte ihren Rücken gegen einen breiten Felsblock und zog die Decke fester um sich, wobei sie beobachtete, wie er den Pferden die Sättel abnahm, sie wegbrachte, ihnen Fußfesseln anlegte und sie fütterte. Er entsprach überhaupt nicht dem, was sie erwartet hatte. Er war stark und von solch zwingender Ausstrahlung. Warum sollte er andere dafür bezahlen, eine Frau zu entführen, die er für sich haben wollte? Da passte irgendetwas nicht zusammen. Wenn er wollte, hätte er sie mit einer Hand zu Tode drücken können, und doch hatte er ihr bis jetzt überhaupt nichts angetan. Andererseits war er auch nicht besonders darum bemüht, ihr die Angst zu nehmen.

Saber glaubte, in der Nacht kein Auge zutun zu können vor Angst, der Mann würde über sie herfallen. Aber ihre Augenlider wurden so schwer, und die Müdigkeit übermannte sie. Ihr Kopf fiel zur Seite und sie schlief schnell ein. Sie merkte nicht, wie Reese sie mit seinem langen Mantel zudeckte, und sie wusste nicht, dass er nur vor sich hin döste, um hören zu können, ob sich irgendjemand während der Nacht anschlich.

Saber schien es, als habe sie gerade erst die Augen geschlossen, als der Mann sie mit einem kleinen Stups seiner Stiefelspitze weckte. »Zeit zum Losreiten, Miss Vincente. Sie haben zehn Minuten für das, was Frauen tun, um sich reisefertig zu machen.«

Sie wurde hellwach und rappelte sich auf. »Wo bringen Sie mich hin?« Mit dem Morgengrauen des neuen Tages war ihre Furcht zurückgekehrt. Ihre Brüste hoben und senkten sich, und sie ballte ihre Hände zu Fäusten. »Sagen Sie mir das, oder es wird Ihnen Leid tun!«

Er erschreckte sie, als er leise lachte und sich die Wange rieb, wo sie ihn bei ihrem ersten Treffen geschlagen hatte. »Sie haben einen ordentlichen Schlag, Miss Vincente, aber ich würde Ihnen raten, so was nicht noch mal zu versuchen. Das nächste Mal könnte ich weniger nachsichtig sein.«

Trotzig verschränkte sie ihre Arme vor der Brust. »Ich weiche keinen Fingerbreit, bevor Sie mir nicht gesagt haben, was Sie mit mir vorhaben. Sie können mich zwingen mitzukommen, weil Sie stärker sind als ich, aber ich werde niemals freiwillig mitgehen.« In ihren Augen lag Zorn, und störrisch schob sie ihr Kinn vor. »Ich habe genug von Männern, die mich dauernd herumkommandieren wollen.«

Missmutig sah er sie an. »Sie werden tun, was ich sage, weil ich dann vielleicht, aber nur vielleicht, Ihr Leben retten kann. Ihre Sturheit können Sie sich also getrost sparen. Und was meine Absichten in Bezug auf Sie angeht, werden Sie die erfahren, wenn ich die Zeit für gekommen halte.«

Das war ein ziemlicher Dämpfer für sie. »Können Sie mich nicht einfach laufen lassen?«

Ohne Umstände ergriff er sie, hob sie über seine Schulter und ließ sie wenig sanft in den Sattel plumpsen. Dann bestieg er wortlos sein Pferd, nahm die Zügel auf und galoppierte los.

Saber war eine gute Reiterin, aber das unwegsame Gelände machte das Reiten schwierig, und sie war gezwungen, sich am Sattelknopf festzuhalten, um nicht vom Pferd zu fallen. Sie starrte auf den breiten Rücken des Mannes vor ihr. Er war überheblich und selbstsicher, und sie wollte am liebsten von ihrem Pferd springen und ihm die Augen auskratzen. Aber sie wagte es nicht. Er war ein Mann, vor dem man Angst haben musste, und es war unleugbar, dass sie sich vor ihm fürchtete.

In diesem Augenblick drehte er sich um und winkte sie nach vorne. »Ich möchte Sie in meiner Nähe haben, damit ich Sie besser im Auge behalten kann.«

Sie öffnete ihren Mund, um ihm eine wütende Antwort zu geben, aber der Blick, den er ihr zuwarf, ließ sie verstummen, und sie tat, wie ihr geheißen.

Nach einiger Zeit nahm Saber ihren ganzen Mut zusammen und sagte: »Mein Bruder wird Sie aufspüren, egal, wohin Sie gehen. Es wird Ihnen Leid tun, je den Namen Vincente gehört zu haben.«

»Es tut mir jetzt schon Leid.« Sein Blick wurde dunkel. »Was Ihren Bruder angeht, sollte ich da etwa vor Furcht in meinen Stiefeln schlottern?«

»Mein Bruder ist ein Mann, den Sie nicht unterschätzen sollten. Sie sollten sich vor ihm in Acht nehmen.«

Seine Lippen kräuselten sich. »Ich habe von Noble Vincente gehört. Wie die meisten der reichen Landbesitzer ist er wahrscheinlich verweichlicht, weil er andere die Arbeit für sich tun lässt. Ist er nicht ein spanischer Don oder ein Grande oder so was Ähnliches?«

Verärgert biss sich Saber auf die Unterlippe. Mit diesem Mann konnte man nicht reden; sie würde ihre Zeit nicht mehr damit verschwenden, es zu versuchen.

Im Laufe des Tages wurde es etwas wärmer. Aber am späten Nachmittag bildeten sich im Westen dunkle Wolken. Rot und golden strömte es durch einen Riss in den Wolken, und es schien Saber, als habe ein Maler Farbe über dem Horizont aufgetragen.

Sie blickte Graham Felton an und wollte gerade etwas über die Schönheit des Himmels sagen, presste aber noch rechtzeitig ihre Lippen zusammen. Sie hatte nicht die Absicht, ihre Gedanken mit seinesgleichen zu teilen. Geistesabwesend fiel ihr Blick auf seine starken Hände, die die Zügel entspannt hielten. Sie hatte bereits die Kraft dieser Hände gespürt, und sie erschauerte bei dem Gedanken, dass er ihr damit ohne große Anstrengung die Knochen brechen konnte. Im selben Augenblick fragte sie sich: wie es sich wohl anfühlte, wenn diese Hände zärtlich über ihren Körper glitten.

Sie schreckte auf, blinzelte und errötete über diese sündhaften Gedanken, die sie sich über einen so unwürdigen Mann machte. Was war los mit ihr? Er war der Feind – der Mann, der für ihre Entführung bezahlt hatte – und sie sollte eigentlich nur an Matthew denken. Ihre Gedanken wendeten sich ihrem Verlobten zu. Matthew musste vor Sorge um sie inzwischen beinahe den Verstand verloren haben. Würde sie ihn jemals wiedersehen?

Die Sonne ging unter, als Reese Halt machte. Saber stieg vom Pferd und wünschte sich Handschuhe, um sich gegen die raue Kälte zu schützen, die mit einem Mal aufkam.

»Warum halten wir ausgerechnet hier?«, fragte sie und musterte ihn misstrauisch. »Es gibt hier keinen Schutz vor dem Wind.«

»Pssst«, warnte er, wobei er die Zügel beider Pferde schnappte, Saber an der Schulter ergriff, gegen eine Felswand schob und seinen Körper gegen ihren presste. Er zog seinen Revolver und spannte den Hahn.

»Was ...«

Er drehte den Kopf zu ihr und sah sie scharf an. Sollte sie schreien?, fragte sie sich. Vielleicht war da draußen jemand, der ihr helfen konnte. Doch dann entschied sie sich gegen das Schreien, denn sie konnte die Kraft des Körpers spüren, der sich gegen ihren presste. Erneut wurde sie daran erinnert, dass er sie mit bloßen Händen zu Tode drücken konnte, wenn er wollte.

Er war wachsam, reglos, als ob er auf irgendetwas lauschte. Als er seine Aufmerksamkeit Saber zuwandte, bohrten sich seine silbernen Augen in ihre, und sie spürte, wie sich sein harter Körper gegen sie presste. Er war so nah, dass sie die Poren seiner Haut sehen konnte und die dunklen Stoppeln seines Bartes, den er sich einige Tage lang nicht rasiert hatte. Sie konnte seinen moschusartigen Duft riechen, und irgendetwas rührte sich in ihr. Dann lief etwas Unerklärliches heiß durch ihren ganzen Körper. Es war, als ob ihr Blut in Flammen stünde. Er bewegte sich leicht, und sie spürte seine Erektion –

offensichtlich erging es ihm ähnlich wie ihr. Einen atemlosen Augenblick lang glaubte sie, er werde sie küssen. Sein Mund war dem ihren so nahe, dass sich ihre Lippen einladend öffneten.

Mit einer plötzlichen Bewegung rückte er von ihr ab, und sie spürte, wie die Spannung nachließ. Er wandte seinen Kopf ab, um zu lauschen, und schob dann den Revolver zurück ins Halfter.

Sie musste einige Male schlucken, um Luft zu bekommen, damit sie wieder sprechen konnte. Ihre Kehle wurde trocken, und ihre Nerven spannten sich. »Wer war das?«, fragte sie und versuchte, ihre Gedanken zu ordnen und nicht an das zu denken, was ihr gerade widerfahren war.

»Komantschen.« Er drehte seinen Kopf, als ob er etwas hörte, was sie nicht hören konnte.

Ihre Augen weiteten sich vor Furcht – sie war froh, dass sie nicht geschrien hatte. Die Komantschen galten als die wildesten Indianer von allen, und die bloße Erwähnung ihres Namens löste Angst in texanischen Herzen aus. »Was wäre geschehen, wenn sie uns gesehen hätten?«, fragte sie mit zitternder Stimme.

»Sie haben Glück, das nicht herausfinden zu müssen. Wir durchqueren ihr Land, und über Eindringlinge waren sie noch nie besonders erfreut.«

»Es ist mir egal, ob das Komantschenland ist. Ich bin müde.« Saber ließ sich auf den Boden fallen.

Missbilligend atmete Reese ein, und sein Blick ging den Hang hinauf. In diesem Moment erschienen einige Indianer oben auf dem Rand des Canyons. Für einen langen, angespannten Augenblick war Saber wie erstarrt vor Angst. Schließlich hob einer der Indianer seinen Arm, und Reese erwiderte den Gruß.

»Si-sind Sie hinter uns her?« Ihre Stimme zitterte schon wieder.

»Ich bin mir über gar nichts sicher, was die Komantschen betrifft. Bleiben Sie in meiner Nähe, und sagen Sie kein Wort.«

»Wer ist dieser hoch gewachsene Indianer?«

»Miss Vincente, Sie sehen hier Quanah Parker, den Häuptling der Komantschen.«

»Kennen Sie ihn?«

»Wenn jemand außerhalb seines Stammes ihn überhaupt kennt, ja. Ich kenne ihn gut genug, um ihn zu achten – und zu fürchten.«

»War seine Mutter nicht eine Weiße, die als Mädchen von den Indianern gefangen genommen wurde?«

Er runzelte die Stirn und blickte noch immer nach oben. »Ja.«

»Und er blieb bei den Indianern, obwohl er unter Weißen hätte leben können?«

Reese sah sie an, und seine Augen blitzten plötzlich belustigt. »Quanah würde Ihre Überlegungen verhöhnen. Warum sollte er unter Weißen leben wollen, die ihn nur verachten würden, während er bei den Komantschen ein großer und geachteter Häuptling ist?«

Saber fuhr sich mit der Zunge über ihre trockenen Lippen, und ihre Kehle wurde eng vor Furcht. »Sind Sie sicher, dass er uns nicht angreifen wird?«

»Beruhigen Sie sich. Er hat gerade das Friedenszeichen gemacht. Aber tun Sie, was ich Ihnen gesagt habe. Keine Bewegung. Kein Wort. Er kommt.«

Saber fühlte, wie ihr Körper vor Furcht bebte, als der hoch gewachsene Indianer sich von den anderen löste und den Hügel hinunter auf sie zugeritten kam.

Als er sie erreicht hatte, stieg er mit einer geschmeidigen Bewegung vom Pferd, schüttelte Reese die Hand und ließ seine dunklen Augen über Saber wandern. Sie zuckte innerlich vor Schreck zusammen und trat hinter Reese.

Reese und Quanah sprachen in der Komantschensprache. Dann nickte Reese, ergriff die Zügel von Sabers Pferd und gab sie dem Indianer. Dann zeigte Quanah auf das Maultier, und wiederum nickte Reese zustimmend.

Saber beobachtete überrascht, wie der Indianer aufstieg

und ihr Pferd und das Maultier mit dem gesamten Gepäck davonführte. Nun hatten sie nur noch ein Pferd! Sie sah dem Indianer nach, bis er außer Sichtweite war, immer noch im Ungewissen darüber, ob er nicht seinen Stamm sammeln und sie im Sturm angreifen würde.

Sie griff nach Reese' Arm. »Kommt er wieder?«

»Glaub ich nicht. Er hat bekommen, was er wollte. Seien Sie froh, dass es nur Pferde waren, die er haben wollte.«

»Was werden wir jetzt machen – mit nur einem Pferd?«

»Wir danken Gott, dass wir noch am Leben sind, und reiten zu zweit. Wir hatten Glück, dass er uns mein Pferd gelassen hat«

Sie wandte sich ihm zu, und sein Blick glitt über ihre Gesichtszüge. Ihr Gesicht war so schmutzig, dass er kaum erkennen konnte, wie sie aussah, aber sie schien nicht allzu schön zu sein. Aber was sollte es auch? Sie hatte das Geld der Vincentes hinter sich, und Matthew liebte sie.

Wieder spürte er die unwillkommene Anspannung in seinen Lenden und das Anschwellen seines Begehrens, das ihn für einen Augenblick abgelenkt hatte. »Ma'am«, rief er und ließ sie abrupt stehen, »wenn Sie fertig sind, müssen wir weiterreiten!«

»Ist es jetzt sicher?«

»Ja, Ma'am. Wie ich schon sagte, hat Quanah mir Frieden angeboten, und er würde sein Wort niemals brechen.«

»Was ich nicht verstehe: Warum haben Sie diesen Weg gewählt, wenn Sie wussten, dass er durch Komantschenland führt?« Mit diesen Worten wandte Saber sich um und schritt hochnäsig davon.

Reese starrte ihr nach. Selbst in ihren schlecht sitzenden Hosen konnte er ihre sanft gerundeten Hüften erkennen und ihre langen wohl geformten Beine. Ihre langsamen, leichten Schritte waren aufreizend und verführerisch. Ja, sie hatte eine gute Figur, und er hatte kurz vorher in eindeutiger Weise auf ihren Körper reagiert – bis er sich daran erinnert hatte, dass sie Matthew gehörte.

Er blickte zur Anhöhe, wo Quanah erschien und ihm zuwinkte. Er hörte das Geräusch der davonreitenden Indianer und atmete erleichtert auf.

Als Saber zurückkam, war er in keiner besonders guten Stimmung. »Ma'am.«

»Ja.«

»Um Ihre vorige Frage zu beantworten: Ich habe diesen Weg genommen, weil es unwahrscheinlich ist, dass uns irgendjemand ins Komantschenland folgen wird.«

Ungläubig starrte sie ihn an. »Wollen Sie damit sagen, dass Sie die Komantschen für das kleinere Übel halten?«

»Das nicht, aber ich hatte gehofft, dass Quanah sich an mich erinnern würde, wenn wir ihm begegneten. Offensichtlich hat er das.«

Er bestieg sein Pferd und reichte ihr die Hand. »Lassen Sie uns reiten. Ich möchte ein paar Meilen zwischen uns und die Komantschen legen.«

Sie nahm seine Hand. Er zog sie hinauf und setzte sie hinter sich. Als sie lostrabten, musste sie ihre Arme um ihn legen, um nicht vom Pferd zu fallen. Nach einiger Zeit fiel ihr Kopf gegen seinen breiten Rücken, und irgendwie beruhigte sie sich beim gleichmäßigen Schlag seines Herzens. Sie konnte die Kraft spüren, die von ihm ausstrahlte. Entspannt schloss sie ihre Augen und hatte das Gefühl, dass nichts auf der Welt ihr etwas anhaben konnte, wenn sie bei ihm war.

Plötzlich riss sie die Augen wieder auf. *Er* war der Grund, weshalb sie aus den Armen ihrer Familie geraubt und Matthew weggenommen worden war! Vor ihm musste sie sich mehr fürchten als vor den Komantschen!

Als Reese das Lager aufschlug, ging Saber zu einem kleinen Bach hinunter. Sie wollte sich unbedingt Gesicht und Hände waschen. Sie musste um einen Dornbusch herum und einen kleinen Abhang hinuntergehen, um zu dem Bach zu gelangen. Unten angekommen, kniete sie sich hin, zerbrach das Eis, formte ihre Hände zu einer Schale und trank durstig das kalte Wasser aus ihren hohlen Händen. Eine Gänsehaut überlief sie, als sie Gesicht und Hände wusch. Dann versuchte sie, ihr verheddertes Haar, so gut es ging, zu entwirren, und flocht es zu einem langen Zopf. Sie riss einen Streifen Stoff von ihrem Hemd und band das Ende des Zopfes damit zusammen. Zum ersten Mal seit Tagen fühlte sie sich wie ein menschliches Wesen.

Als Saber zum Lager zurückkehrte, hatte Reese das Pferd vom Sattel befreit und diesen auf den Boden geworfen. »Ich fürchte, wir können nur eine kalte Mahlzeit zu uns nehmen. Ich möchte die Komantschen nicht daran erinnern, dass wir uns noch immer auf ihrem Land befinden und ihre Gastfreundschaft in Anspruch nehmen.«

»Ich habe einen ziemlichen Hunger«, sagte sie und kniete sich neben ihn. »Darum ist es mir gleichgültig, was ich esse, solange es nur meinen Magen füllt.«

Er gab ihr einen Streifen gedörrten Büffelfleisches. »Das muss reichen, bis wir weit genug von hier entfernt sind.«

Während sie sich mit dem getrockneten Fleisch abmühte, erhob sie sich, um eine Schar von Amseln zu beobachten. Deshalb bemerkte sie nicht, wie Reese sie betrachtete.

Wie in einem Traum gefangen, konnte er seinen Blick nicht von der zarten Schönheit ihres Gesichtes lösen. Sabers Haut war wie Seide, ihre Lippen voll und rosig, und ihre langen, dichten Wimpern hoben sich geschwungen von ihren Lidern ab. Während sie die Vögel beobachtete, bog sie ihren Kopf anmutig zurück, was ihren langen, schlanken Hals betonte. Reese war sprachlos angesichts ihrer Schönheit und fragte sich, wie er nur hatte annehmen können, sie sei unscheinbar und reizlos. Zum Teufel! Kein Wunder, dass Graham Felton sie hatte entführen wollen und Matthew alles daran setzte, sie zurückzubekommen. Saber Vincente war wahrscheinlich die atemberaubendste und schönste Frau, die er je gesehen hatte.

In diesem Augenblick wandte sie ihm ihren Blick zu, und er

war überwältigt von ihren saphirblauen Augen. »Was glauben Sie, wie sie das machen?«

»Wie wer was macht?«, fragte er mit belegter Stimme.

»Wie Vögel in so vollendeter Formation fliegen. Sie scheinen zu spüren, wann sie wenden, sich einfädeln oder sinken müssen. Sie müssen auf irgendeine Weise miteinander kommunizieren, meinen Sie nicht auch?«

Widerstrebend löste er seinen Blick von ihr und sah nach oben, während sein Herz wie eine Trommel schlug. »Ich habe noch nicht darüber nachgedacht. Aber ich nehme an, alle Lebewesen kommunizieren in der einen oder anderen Weise miteinander.« Er dachte daran, dass sein Körper gerade mit dem ihren kommunizierte, und er wollte seine Hand ausstrecken und sie berühren, sie in seine Arme schließen und sie beschützen und niemandem erlauben, ihr ein Leid zuzufügen.

Sie sah ihn verloren an. »Ich beneide Sie, weil Sie frei sind und ich nicht.«

Er sah das Leiden in ihren Augen und wusste, dass es Zeit war, ihr zu sagen, wer er war. »Setzen Sie sich, Miss Vincente. Ich möchte Ihnen einige Dinge erklären.«

Sie nickte und setzte sich, wobei sie sich auf ihre gekreuzten Beine niederließ. »Ich hoffe, Sie erzählen mir jetzt, warum Sie mich entführt haben, Mr. Felton.«

»Ich habe Sie nicht entführen lassen.«

»Aber warum dann ...«

»Ich konnte Ihnen nicht sagen, wer ich bin, bis ich sicher war, dass die Miller-Brüder uns nicht verfolgen. Ich heiße Reese Starrett, Miss Vincente, und bin ein Freund von Matthew. Ich habe mich nur als Felton ausgegeben, um Sie von den Brüdern fortzubringen.«

Er sah, wie sich die verschiedensten Gefühle auf ihrem Gesicht widerspiegelten: Unglaube, Hoffnung, Zweifel und dann Freude. »Sind Sie wirklich Reese? Ich habe so viel über Sie von Matthew gehört. Wo ist er?«

»Er hat sich das Bein verstaucht und liegt im Bett, sonst

wäre *er* jetzt hier. Er hatte einen Reitunfall, als er von Fort Worth kam, um Sie abzuholen.«

Ehe Reese wusste, was ihm geschah, stürzte Saber nach vorne und warf sich in seine Arme. Schutzsuchend schmiegte sie sich an ihn, und ein tiefer Seufzer drang aus ihrer Kehle.

»Matthew hat oft von Ihnen geschrieben. Ich bin so glücklich, dass gerade Sie mich gefunden haben!« Sie bebte und zitterte, und seine Arme schlossen sich schützend um sie.

»Es gibt keinen Grund zu weinen. Sie sind jetzt sicher.«

Sie drückte ihre nasse Wange an seine raue. »Danke für alles, was Sie getan haben.« Sie legte ihren Kopf an seine Schulter. »Ich weiß gar nicht, wie ich Sie jemals für diesen schrecklichen Felton halten konnte. Ich wusste vom ersten Augenblick an, dass Sie anders sind als andere Männer.«

Sein Brustkorb weitete sich. Ohne es zu merken, hatte er die Luft angehalten. »Inwiefern?«

Ihr Kopf war noch immer an seine Schulter geschmiegt, und er stellte fest, dass ihm das gefiel. »Sie sind all das, was Matthew sagte, dass Sie es seien.« Sie hob ihren Kopf und lächelte ihn voller Freude an. »Er glaubt, dass Sie so etwas wie ein Held sind, wissen Sie. Und ich bin geneigt, ihm zuzustimmen.« Tränen glänzten in ihren Augen, und sie brauchte einen Augenblick, bevor sie fortfahren konnte. »Ich weiß nicht, wie Sie mich gefunden haben, aber ich bin so froh darüber.«

Reese hatte es noch nie besonders gut verstanden, mit Frauentränen umzugehen, und Sabers Tränen gingen ihm besonders zu Herzen. Sie hatte nicht geweint, als sie ihn für ihren Entführer gehalten hatte, aber jetzt, da sie in Sicherheit war, waren die Tränen übermächtig. Zwischen seinen Augenbrauen bildete sich eine Falte, denn er glaubte zu wissen, warum sie weinte. Vielleicht hatte einer der Miller-Brüder oder sogar alle sie vergewaltigt. Seine Arme schlossen sich noch fester um sie, und er drückte ihren Körper an sich.

»Nichts kann dermaßen schlimm sein, Miss Vincente. Bitte weinen Sie nicht mehr. Alles wird jetzt wieder in Ordnung kommen.«

Sie vergrub ihr Gesicht an seinem Hals, und er spürte, wie seine Begierde erwachte. Seine Hände glitten ihren Rücken auf und ab, und die Lust, sie zu berühren, war so stark, dass es ihn beunruhigte. Als sie einen tiefen Atemzug nahm und ihre Brüste gegen seinen Oberkörper drückten, bekam er kaum noch Luft.

Reese genoss ihren weiblichen Geruch und stellte sich vor, wie sie wohl aussähe, wenn sie nackt unter ihm läge. Er war noch nie so berauscht gewesen von einer Frau. Ja, es gab tatsächlich kein anderes Wort für das, was er für Saber empfand – er war berauscht von ihr. Eine Hitzewelle durchlief seinen Körper bis hinunter zu seinen Lenden. Er musste aufhören, in dieser Weise an sie zu denken. Sie war nicht sein – sie gehörte seinem Freund!

Mühsam richtete er sich auf und schob sie von sich. Sein Verlangen nach ihr machte seine Stimme barscher, als er es beabsichtigt hatte. »Sie sollten besser etwas schlafen. Wir werden weiterreiten, sobald es dunkel wird.«

»Warum in der Nacht?«

»Weil es dann schwerer ist, unserer Spur zu folgen; im Morgengrauen werden wir das Komantschenland verlassen haben.«

»Sie würden sich nicht solche Sorgen machen, wenn ich nicht bei Ihnen wäre, nicht wahr?«

»Nicht so viele«, gab er zu. »Nun schlafen Sie etwas.«

Saber war zu müde, um sich mit ihm auseinander zu setzen, und legte sich auf ihre Decke. Sie fand es schrecklich, die ganze Nacht hindurch zu reiten, aber noch wesentlich unangenehmer war es, auf eine Komantschengruppe zu stoßen, die sich auf dem Kriegspfad befand. Sie schloss ihre Augen und spürte, wie Reese eine warme Decke über sie breitete. Nun, da Reese Starrett sich um sie kümmerte, war sie in Sicherheit!

7

Es war ein bitterkalter Morgen, und die Luft war beißend und klar. Eigentlich liebte Saber das Reiten, doch die ständige Kälte fing an, ihr zuzusetzen. Sie fühlte sich schuldig, weil sie in Gedanken weniger bei Matthew als bei Reese war. Ihre Arme umklammerten seine Hüfte, und sie drückte ihr Gesicht an ihn. Sie konnte seine straffen Bauchmuskeln und jeden seiner Atemzüge spüren.

Als er das Pferd plötzlich wendete und hastig hinter dichtes Buschwerk ritt, wusste sie, dass er besorgt war, sie würden möglicherweise verfolgt. Er bedeutete ihr warnend, still zu sein. Seine Hand ruhte auf seinem Revolver, und Saber wusste, dass er ihn in Sekundenschnelle in der Hand haben konnte. Sie musste lachen, als ein Rudel Rehe an ihrem Versteck vorüberjagte. »Keine Angst, Mr. Starrett. Ich werde Sie vor ihnen beschützen.« Sie lachte so heftig, dass sie kaum Atem holen konnte. Reese sah sie an, und seine Augen funkelten belustigt. »Da bin ich ja beruhigt, Miss Vincente. Reiten wir weiter.«

Sie ritten in kameradschaftlichem Schweigen den ganzen Tag über und saßen oft ab, um das Pferd zu schonen, das sie ja beide zu tragen hatte. Am späten Nachmittag nahmen sie ein kleines Mahl aus getrocknetem Fleisch zu sich, um dann wieder aufzusteigen und weiterzureiten.

Es war schon spät am Abend, als Reese wieder absaß. Eine wunderbare Stille lag über dem Land, und Reese sprach betont leise, als ob er Angst hätte, die Ruhe zu stören. »Es wird heute Nacht noch kälter werden. Deshalb muss ich einen Unterschlupf suchen, wenn wir nicht erfrieren wollen.«

»Hätten Sie Quanah nicht das Maultier mit den Decken überlassen, hätten wir etwas, um uns warm zu halten.«

Er biss die Zähne zusammen. »In dem Augenblick schien es genau das Richtige zu sein.« Er drehte sich im Sattel um und sah sie scharf an. »Sehen Sie diese schwarzen Wolken?« Er sprach weiter, ohne ihr die Gelegenheit zu einer Antwort zu lassen. »Ein Schneesturm kommt auf uns zu.«

Schon im nächsten Augenblick begann es zu schneien. Im Handumdrehen konnten sie nicht weiter sehen als bis zum Kopf ihres Pferdes.

»Haben Sie immer Recht?« Schmollend verzog Saber ihre Lippen.

»Fast nie, seit ich Sie getroffen habe«, murmelte er.

»Mir ist kalt.«

Er rieb sich den Nacken, während er überlegte, was er am besten tat, um ihr Leben zu retten. »Ich kenne eine Hütte hier in der Nähe, die uns etwas Schutz bieten könnte. Es sind eigentlich nur die Überreste einer ausgebrannten Blockhütte, aber sie liegt uns am nächsten.«

Er lenkte sein müdes Pferd einen kleinen Hügel hinunter und hoffte, dass er die verfallene Hütte finden würde bei diesem Schneegestöber, das ihm die Sicht nahm. Nach über einer Stunde hielt er das Pferd an.

»Da!« Er deutete auf die dunklen Umrisse der verfallenen Hütte, die wie aus dem Nichts vor ihnen auftauchte. »Ich hatte Angst, sie in dem Schneegestöber zu verfehlen. Wir können uns hier verkriechen, bis das Schlimmste vorüber ist.«

Er half Saber vom Pferd herunter und führte sie zu dem schützenden Obdach. Zum Glück standen noch eine ganze Wand, ein Teil des Daches und der gemauerte Kamin. Reese ließ Saber Platz nehmen und legte ihr seinen Mantel um. »Hier gibt's ganz bestimmt 'ne Menge Feuerholz«, sagte er und begann, angekohlte Holzreste zu sammeln.

Saber hatte das Gefühl, ihm helfen zu müssen, aber ihre Zähne klapperten, und sie zitterte vor Kälte.

Bald brannte ein kleines Feuer, aber es schien Saber, als strahle es nur wenig Wärme aus.

»Müssen wir noch immer vor den Indianern und vor den Millers Angst haben?«

»Die Indianer wissen ja, dass wir hier sind, aber sie scheinen uns das Recht einzuräumen, ihr Land zu durchqueren. Und was die Millers angeht, so sind das keine Leute, die bei so einem Wetter hinter irgendetwas her wären.«

»Nein.« Sie hielt ihre zitternden Hände zum Wärmen in die Nähe der Flammen. »Wir sind die einzigen Narren, die heute Nacht unterwegs sind.«

Er pflockte das Pferd hinter der schützenden Wand an und ließ ihm die Pferdedecke, um es warm zu halten. »Wenn wir es verlieren, müssen wir zu Fuß gehen, und das könnte unseren Tod bedeuten.«

»Aber womit decken wir uns zu?«

»Ich versuche, das Feuer nicht ausgehen zu lassen, und wir müssen uns eben eine Decke und meinen Mantel teilen.«

Saber nickte, als er die Decke von ihr nahm. Schlotternd vor Kälte sah sie zu, wie er die Decke über das Feuer hielt, damit sie die Wärme aufnehmen konnte. Als er sie dann Saber um die Schultern legte, durchströmte eine wohlige Wärme ihren Körper. Saber seufzte zufrieden, aber plötzlich wurde ihr bewusst, dass Reese nur mit einem Hemd bekleidet war.

Sie hielt ihm die Decke hin. »Sie haben gesagt, dass wir teilen.«

»Erst muss ich genügend Holz aufgeschichtet haben, damit das Feuer die ganze Nacht durchbrennt.« Er sammelte weiter Stämme, die das Feuer überstanden hatten. Schließlich setzte er sich neben Saber, und sie legte die Hälfte der Decke über ihn.

»Was ist mit der Hütte geschehen, wissen Sie das?«

»Ja. Die Dickersons lebten hier, bis die Hütte von den Komantschen niedergebrannt wurde.«

Saber erschauerte. »Wurden sie getötet?«

»Nein, sie waren gerade nicht zu Hause. Aber wenn sie zu Hause gewesen wären, hätte man sie umgebracht.«

»Das ist ungeheuerlich!«

»Wenn man auf Komantschenland baut, muss man mit Vergeltung rechnen. Was würde Ihr Bruder wohl sagen, wenn irgendein illegaler Siedler sich auf seinem Land niederließe?«

»Ich möchte wohl glauben, dass er verständnisvoller wäre.«

»Nein, das wäre er nicht. Das Land eines Mannes ist hier draußen sein Leben. Kein illegaler Siedler hat das Recht, es sich zu nehmen.«

»Wird wohl stimmen, wenn Sie es so sehen.« Sie gähnte und legte ihren Kopf an seine Schulter.

»Hier.« Er breitete seinen Mantel auf dem harten Boden aus und bat Saber, sich darauf zu legen. Dann wärmte er die Decke wieder über dem Feuer an und breitete sie über sie.

Saber zitterte wieder so stark, dass er sich neben sie legte und sie in die Arme nahm. Sie kuschelte sich an ihn und legte einen Arm um seine Hüfte. Mit ruhigen Bewegungen massierte er ihren Rücken, um sie zu wärmen, und nach einiger Zeit hörte er sie entspannt atmen. Kurz darauf war sie eingeschlafen.

Reese beobachtete, wie der Schnee durch die Ritzen und Spalten drang, und war froh, dass das Dach in der Nähe des Kamins stark genug gewesen war, um dem Feuer standzuhalten. Saber schmiegte ihren Kopf an seinen Hals, und er hielt die Luft an und nahm sich vor, nicht daran zu denken, wie sehr er sie begehrte.

Vorsichtig zog er seinen Revolver aus dem Halfter und legte ihn in Reichweite. Sein Pferd stampfte und wieherte noch einmal auf, und dann war nichts mehr zu hören bis auf das Knacken und Knistern des Feuers.

Es dauerte lange, bis Reese einschlief.

Er fuhr mit einem Ruck aus dem Schlaf auf, seine Sinne hellwach. Etwas hatte sein Gesicht gestreift. Ohne zu überlegen, langte er nach seinem Revolver, doch dann bemerkte er, dass es nur Sabers Haar war. Er erstarrte, als ihm klar wurde, dass sie auf ihn gekrochen war, um sich noch enger anzuschmiegen.

Er stöhnte auf, als ihre Brüste sich in kreisenden Bewegungen gegen seinen Oberkörper pressten und seine schmerzhafte Erektion sich genau zwischen ihre Beine fügte. Er wagte es nicht, sich zu bewegen, und hoffte, dass auch sie ruhig liegen bleiben würde, weil jede Bewegung das Feuer in seinem Blut weiter anfachte und ihn wünschen ließ, in sie einzudringen und sich Erleichterung zu verschaffen. Vergeblich versuchte er, an irgendjemanden zu denken, nur nicht an die Frau, die dabei war, ihm langsam den Verstand zu rauben.

Er streckte die Hand aus, um ihr Haar aus seinem Gesicht zu streichen, doch als er spürte, wie seidig es war, fuhren seine Finger wie automatisch hindurch. Ihr Mund war dem seinen so nahe, dass seine Lippen bei der geringsten Drehung ihre berührt hätten. Und das wollte er – er sehnte sich danach, und es drängte ihn, sie zu küssen, bis sich ihre Lippen für ihn öffnen würden. Er wollte seine Hose herunterreißen, ihr ihre vom Leib reißen und …

Oh, zum Teufel, dachte er, als sie sich wieder bewegte und diesmal an seinem Ohr seufzte.

Er erinnerte sich an Matthew, seinen Freund, und versuchte, sein leidenschaftliches Begehren zu unterdrücken, das ihn und die Frau, die seine Schutzbefohlene war, zu entehren drohte.

Er schob sie sanft von sich herunter, hüllte die Decke um sie und legte mehr Holz auf das Feuer. Während sie schlief, beobachtete er, wie die Flammen auf ihrem Gesicht spielten, und er fühlte, wie wieder dieses tiefe, feurige Verlangen in seinen Lenden entstand und zu seinem Herzen aufstieg. Sie hatte etwas in ihm geweckt, das über die bloße Begierde hinausging.

Saber Vincente hatte sein Herz gerührt.

Sosehr er es auch versuchte, er konnte das Begehren, das in ihm aufstieg, nicht unterdrücken; und er spannte die Muskelstränge an, die seine Hose verdammt eng und unbequem machten.

Saber schlummerte selig, ohne zu ahnen, welche Gefühle sie in Reese weckte. Stunden später hörte sie das Pferd stampfen und öffnete die Augen. Reese hatte das Pferd bereits gesattelt und lud gerade ihre mageren Vorräte auf. Saber reckte sich und gähnte. »Ich habe die ganze Nacht durchgeschlafen. Es war mir überhaupt nicht unbequem, und Ihnen?«

Er blickte sie kurz an und wandte sich ab. »Ziehen Sie meinen Mantel an, und wickeln Sie sich in die Decke.«

»Aber dann wird es *Ihnen* kalt werden. Behalten Sie Ihren Mantel. Die Decke reicht mir.«

»Miss Vincente, Sie tun, was ich Ihnen sage.«

Zornig schob sie ihre Hände in die Ärmel und streckte ihre Arme vor, damit er sehen konnte, dass der Mantel viel zu groß war. »Sind Sie jetzt zufrieden?«

»Ich bin in meinem ganzen Leben noch nie so wenig zufrieden gewesen«, murmelte er vor sich hin. »Es ist leicht zu erkennen, dass Sie daran gewöhnt sind, Ihren Kopf durchzusetzen«, fügte er laut hinzu, sodass sie ihn hören konnte.

»Was Sie nicht sagen.« Sie stemmte ihre Arme in die Hüften, und ihre Augen sprühten blaues Feuer. »Welche Rolle haben Sie denn bei alldem für mich vorgesehen? Wenn es nach mir gegangen wäre, hätte ich noch immer mein Pferd und die Decken.«

Reese lächelte innerlich und wagte nicht, ihr seine Heiterkeit zu zeigen. Sie war ungnädig in der Niederlage. Nach der letzten Nacht würde er nie wieder in der gleichen Weise über sie denken. Er begehrte sie nicht nur; er mochte sie von Stunde zu Stunde mehr. Sie war wirklich eine großartige Frau, und sie würde eine ausgezeichnete Ehefrau abgeben. Mit ihr an seiner Seite würde Matthew nicht einen einzigen langweiligen Tag erleben.

Aber Reese wusste, dass er sie für sich wollte und dass das unmöglich war. Dass ihm versagt blieb, wonach sein Körper und sein Herz sich sehnten, machte ihn plötzlich ärgerlich, und er nickte in Richtung des Pferdes. »Es wird Zeit.«

»Ich bin fertig«, sagte sie gereizt. Sie müssen nicht mit mir sprechen, als wäre ich ein Kind.«

Sein Ärger wuchs sich zum Zorn aus – nicht auf sie, sondern auf die Situation, in der er sich befand. Er wandte sich von ihr ab, aber nicht so schnell, dass sie nicht die hervortretenden Muskelstränge an seinem Hals und seinem Kiefer gesehen hätte.

Warum verhielt er sich so sonderbar, fragte sie sich, als sie ihn weggehen sah. Sie hatte das Gefühl, als ob sie einen Augenblick der Vertrautheit verpasst hätten, ein Augenblick, in dem er sich ihr vielleicht anvertraut hätte – aber dieser Augenblick war vorüber.

8

Der Halbmond warf so viel Licht, dass Reese genügend sehen konnte, um Gefahren auszuweichen, die sein Pferd ins Stolpern bringen konnten. Er spürte, wie Sabers Kopf gegen seinen Rücken sank. »Sie müssen wach bleiben, Miss Vincente.«

Sie nickte und hob ihren Kopf, wobei sie sich ganz schwach und müde fühlte.

»Mein Bruder hat mir gesagt, dass Pferde nachts nicht besonders gut sehen können. Unser Freund hier könnte in ein Loch treten. Und was machen wir dann?«

»Deshalb brauche ich Sie ja, um mir beim Aufpassen zu helfen.«

Sie setzte sich aufrecht hin. Wenn Reese weitermachen konnte, dann konnte sie es auch. Die Nacht schien endlos lang, und das Reiten im Herrensitz bereitete ihr Schmerzen an Stellen, die nie vorher wehgetan hatten. Manchmal dachte sie, sie könnte sich nicht mehr auf dem Pferd halten, und zweimal nickte sie ein. Doch ein barsches Wort von Reese brachte sie wieder zu Bewusstsein.

»Können wir nicht anhalten?«, fragte sie.

»Wir haben nicht mehr den Schutz, den uns das Komantschenland geboten hat. Deshalb müssen wir, wenn wir Abstand zwischen uns und die Millers legen wollen, in Bewegung bleiben. Sie können morgen schlafen – mindestens einen halben Tag lang.«

Wortlos sah sie auf den Weg, der vor ihnen lag, und fragte sich, welche Kraft und Stärke Reese vorantrieben. Sie vermutete, dass er die meiste Zeit wach geblieben war, während sie in der Siedlerhütte geschlafen hatte. Wie schaffte er es bloß, ohne Schlaf so weiterzumachen, während sie am Rande der Erschöpfung war?

Sie versuchte an Matthew zu denken, aber stattdessen beschäftigten sich ihre Gedanken mit den Briefen, in denen er Reese Starrett erwähnt hatte. Plötzlich breitete sich ein bestürzender Gedanke in ihr aus. Jedes Mal, wenn Matthew Reese in seinen Briefen erwähnt hatte, war sie von der Beschreibung dieses Freundes fasziniert gewesen. Reese besaß eine kleine Ranch hinter Fort Worth am Trinity-Fluss. Während des Krieges hatte er für den Süden gekämpft, genau wie Sabers Bruder. Matthew war nach Texas gekommen, um die Anlage und den Bau einiger Armee-Forts zu überwachen, die dazu dienen sollten, die Indianer zu kontrollieren und das Gebiet für die weiße Bevölkerung sicher zu machen.

Sie dachte an ihre Begegnung mit den Komantschen. Offensichtlich hatte Reese keine Probleme mit den Indianern. Sie nahm an, dass Quanah Parker sie durch sein Land hatte ziehen lassen, weil er Reese mochte und achtete.

Ihre Gedanken gingen zurück zu jenem ersten Mal, da Matthew ihn in einem seiner Briefe erwähnt hatte. Matthew beaufsichtigte gerade den Bau eines Forts irgendwo im hintersten Zipfel von Texas, als die Komantschen angriffen und ihn und seine Soldaten zwangen, Schutz hinter den unfertigen Wällen des Forts zu suchen. Wie Matthew schrieb, war Reese Starrett damals wie aus dem Nichts aufgetaucht. Er hatte Matthew geraten, das Feuer einzustellen, und Reese war zu dem Komantschenhäuptling gegangen, um mit ihm zu sprechen. Nach langen Verhandlungen mit den Indianern im Auftrag der Armee hatte Reese sich von dem Häuptling verabschiedet, und dieser war mit seinen Kriegern weggeritten. Vielleicht war der Häuptling Quanah Parker gewesen. Matthew hatte Reese' Tapferkeit gelobt und geschrieben, dass an diesem Tag das Leben vieler Menschen gerettet worden sei. Danach hatte er Reese immer wieder in seinen Briefen erwähnt. Aber sogar Sabers Vorstellungen von Reese hätten ihn nicht vollkommener machen können, als der Mann in Wirklichkeit war.

Sie sank gegen seinen Rücken, setzte sich aber sofort wieder aufrecht. »Bitte, können wir nicht bald anhalten und unser Lager aufschlagen?«

Reese spürte, wie sich ihre schlaffen Hände um seine Hüfte legten. »Ich glaube, das können wir, wenn Sie noch eine Meile aushalten. Da kenne ich eine Stelle, an der wir lagern und ein Feuer machen können.«

Saber nickte und hoffte, dass sie diese zusätzliche Meile schaffen würde, ohne einzuschlafen.

Reese hatte einen Lagerplatz auf einer Hochebene gefunden, wo sie das Land in jede Richtung hin überblicken konnten. Als Schutz diente ihnen eine Felsgruppe mit einem großen Überhang und Wänden, die den Wind abhalten würden. Ein kalter Wind, der die Kleider bis auf die Haut durchdrang, kräuselte das hohe Büffelgras.

Saber glitt zu Boden und blies auf ihre Finger, um sie zu wärmen, während Reese ihrem Pferd den Sattel abnahm. Seitdem sie ihn getroffen hatte, war sie ständig müde. Er machte ein Feuer und legte dann die angewärmte Decke um sie. Ein zufriedener Seufzer kam über ihre Lippen.

Als Reese das Pferd angebunden hatte, kehrte er zum Lagerplatz zurück und ließ sich nieder, wobei er das Gewehr auf seinem Schoß bereithielt. Saber war eingeschlafen, und er beobachtete, wie die tanzenden Flammen des Lagerfeuers über ihre blasse Haut flackerten. Er erlaubte es sich, sich an ihrer Schönheit zu erfreuen. Sie war wie die strahlende Helle der Sonne und so weit von ihm entfernt wie die Sonne von der Erde. Während sie von reinem texanischem Adel war, fristete er sein Leben als armer Cowboy auf einer kleinen Ransch mit ein paar hundert Stück Vieh.

Ein unbekannter, bohrender Schmerz erfüllte sein Herz und strahlte bis in seinen Brustkorb aus. Er würde sie niemals besitzen oder berühren können, wie er es begehrte. Sie war Seide, und er war Leder. Sie war eine Dame und gehörte seinem Freund Matthew, und er würde niemals einen Freund hintergehen.

Sein Körper spannte sich an, als er sich vorstellte, wie sie in Matthews Armen lag, wie Matthew sie berührte und diese einladenden Lippen küsste – ja, sie gehörte Matthew. Er spürte, wie wildes Begehren durch seinen Körper schoss, als er sich ausmalte, wie es sich anfühlte, wenn sie unter ihm läge.

»Verdammt.« Er biss die Zähne zusammen und sprang auf. Er ging zu dem Pferd hin, stand eine Zeit lang da und blickte zum Mond hinauf. Er musste eine Entscheidung darüber treffen, was er mit Miss Vincente machen sollte. Als Erstes musste er an ihre Sicherheit denken. Er glaubte nicht, dass es klug war, sie nach Fort Worth zurückzubringen. Felton würde inzwischen in Mexiko darauf warten, dass die Miller-Brüder Saber bei ihm ablieferten. Sobald er merkte, dass er reingelegt worden war, würde er jemand anderen schicken, um sie zu suchen. Weder Felton noch die Millers kannten Reese' wahre Identität. Deshalb würde sie bei ihm eine ganze Weile in Sicherheit sein. Es hatte keinen Sinn, in Mexiko nach Felton fahnden zu lassen: Er wäre verschwunden, bevor sie dort ankamen. Dann waren da noch die Miller-Brüder, über die er sich auch Gedanken machen musste. Sie würden bald herausfinden, dass ihr Bruder Earl tot war, und so unfähig wie sie waren, würden sie ein Problem darstellen. Er konnte Saber auf seine Ranch bringen, bis entweder Matthew oder ihr Bruder sie dort abholten.

Er hob sein Gesicht zum Nachthimmel. Ein Sturm war im Anzug – das spürte er in seinen Knochen. Er musste sie so bald wie möglich vor diesem Wetter in Sicherheit bringen.

Brachte er sie auf seine Ranch, um sie länger bei sich zu haben oder zu ihrem eigenen Schutz? Zum Teufel, er konnte das nicht mehr auseinander halten.

Saber erwachte, als ihr der Duft von gebratenem Speck in die Nase stieg. Sie blinzelte und sah Reese, der neben ihr kniete und ihr eine Tasse Kaffee anbot.

»Vorsicht, die Blechtasse ist heiß«, warnte er.

»Woher haben Sie die?«, fragte sie erstaunt.

»Aus meiner Satteltasche.«

Sie lächelte ihn an und gab ihm seinen Mantel zurück. »Danke. Danke für alles. Ich weiß, dass sie Ihr Leben aufs Spiel gesetzt haben, um mich zu retten.«

Dann sah sie in seine Augen, und er schmolz fast dahin. »Nichts zu danken.«

Sie kauerte sich näher ans Feuer. »Das sehe ich anders.«

Er sprang auf, und sein Blick ging zum westlichen Horizont. »Ich habe nur meine Pflicht getan, Ma'am. Ihr Major bezahlt mich dafür, dass ich Sie zurückbringe, machen Sie also keinen Helden aus mir.«

Sie nickte, wobei sie das Gefühl einer niederschmetternden Enttäuschung verspürte. »Ich danke Ihnen dennoch. Sie haben sich für mich in Gefahr begeben.«

Als sie aufstand und näher zu ihm trat, bemerkte Reese, dass sie ihm gerade bis an die Schultern reichte. Sie war zwar groß für eine Frau, aber zartgliedrig und zerbrechlich. Wie hatte sie die grobe Behandlung durch die Miller-Brüder überstanden? Sein Stimme war barsch. »Sie müssen sich mit dem Wasser aus der Feldflasche waschen, hier gibt es nämlich keinen Bach in der Nähe.«

Sie blickte auf den Speck, der in der eisernen Pfanne brutzelte. »Das werde ich machen. Warum sehen Sie nicht nach dem Pferd, während ich mich um das Essen kümmere?«

Er zog seine dunkle Augenbraue in die Höhe. »Sie können kochen?«

Ein Lachen blitzte in ihren Augen auf. »Vielleicht interessiert es Sie, dass ich eine ausgezeichnete Köchin bin, Mr. Starrett.«

Sein Mund verzog sich zu einem leichten Grinsen. »Ich vertraue Ihnen ganz einfach, Ma'am. Ich hole noch etwas mehr Holz fürs Feuer.«

Saber summte vor sich hin, als sie seine Satteltasche durchsuchte und Mehl fand. Dann machte sie aus verschiedenen

Zutaten, die sie fand, einen Teig für Pfannkuchen. Als Reese zurückkam, schob sie goldbraune Pfannkuchen auf einen Blechteller.

Saber aß einen Pfannkuchen und eine halbe Scheibe Speck, während Reese hungrig vier Portionen und den meisten Speck verschlang.

»Nun?«, fragte sie und sah ihm dabei zu, wie er mit Genuss den letzten Bissen tat. »Kann ich kochen?«

Er lächelte sie breit an. »Ja, Ma'am. Sie können es. Aber können sie auch was Richtiges kochen?«

»Etwas Richtiges?«

»In einer Küche.«

»Natürlich kann ich das. Weshalb zweifeln Sie daran?«

»Sie sind eine Vincente. Irgendwie kann ich mir Sie nicht in einer Schürze vorstellen – in Seide und Satin wohl, aber nicht in einer Schürze.«

Sabers gute Laune schwand dahin. Wie konnte er eine so wenig schmeichelhafte Meinung von ihr haben? Sie schlug ihre dunklen Wimpern nieder, um ihre Verletztheit zu verbergen. »Ich sehe nicht, was das eine mit dem anderen zu tun hat.«

»Ma'am, dies hier ist ein raues Land, und die meisten Frauen hier draußen arbeiten hart und werden vor ihrer Zeit alt. Das wird Ihnen nie widerfahren. Sie sind als Lady geboren und gehören an die Seite eines Gentleman. Wahrscheinlich werden die meisten Männer schwach, wenn Sie ihnen ein Lächeln schenken. Und wahrscheinlich denken sie dann nur an eine Sache, und nur an diese.«

Sie war erbost. »Vielleicht haben Sie sich gerade selbst beschrieben, Mr. Starrett, aber ich bezweifle, dass es viele von Ihrer Sorte gibt.« Sie senkte ihren Kopf und dachte an die Miller-Brüder. Schließlich wusste sie noch immer nicht, was mit ihr während ihrer Bewusstlosigkeit geschehen war.

Reese sah sie gelassen an, während er Kugeln in die Kammer seines sechsschüssigen Revolvers schob. »Ich habe mich gut genug beschrieben, Miss Vincente. Wie jeder andere

Mann sehe ich gerne eine schöne Frau an. Es ist mir egal, ob Sie eine gute Meinung von mir haben, aber ich hätte nichts dagegen, Sie in meinem Bett zu haben. Das wird natürlich nie geschehen, aber ich habe meine Träume.«

Sabers Wangen wurden flammend rot, und sie sah ihn scharf an, während sie sich fragte, warum er so ungehobelt daherredete.

Das hatte er doch vorher nie getan. Dann bemerkte sie, dass seine Aufmerksamkeit gar nicht mehr ihrer Person galt. Er schien über ihre rechte Schulter zu blicken. »Da haben Sie Recht, Sir. Ich werde nie in Ihrem Bett liegen, und ich lege keinen Wert darauf, Teil Ihrer Träume zu sein.«

Seine Augen blickten scharf, zwingend, eindringlich. Sie sandten eine stumme Botschaft, die sie nicht verstand. Er fasste sie am Arm, und sie versuchte, sich loszureißen, aber er war zu stark für sie. Er ließ sie nicht los.

Saber sah, wie sein Daumen sich dem Abzug näherte. »Das mag schon sein, aber todsicher brauchen Sie meinen Schutz.«

Er hob seinen Revolver, und sie schrie auf in dem Glauben, er wolle auf sie schießen. Aber mit einer schnellen Bewegung schlug er sie zu Boden und feuerte in die Büsche unmittelbar hinter ihr.

Reese stand über ihr. Sie blieb reglos liegen, weil der Sturz ihr die Luft genommen hatte und sie nur keuchend atmen konnte.

Als Reese sprach, lag ein harter, befehlender Ton in seiner Stimme. »Ich weiß, dass ihr da draußen seid. Die nächste Kugel wird nicht mehr über eure Köpfe hinwegfliegen. Kommt langsam heraus, mit erhobenen Händen.«

Saber rieb ihre Schulter und rappelte sich mit weichen Knien auf, gerade als ein Mann mit schwerem spanischem Akzent rief: »Nicht schießen, Señor. Ich komme raus.«

»Sag deinem Amigo, er soll auch kommen«, sagte Reese mit stahlharter Stimme. »Sag ihm, dass er zuerst seinen Revolver herauswerfen soll.«

Saber stieß einen überraschten Schrei aus, stürzte an Reese vorbei und nahm den *gran vaquero* ihres Bruders in die Arme. »Alejandro, ich bin ja so froh, dich zu sehen!« Sie wandte sich zu Reese, Zorn in den Augen. »Sie hätten ihn töten können! Warum haben Sie nicht gefragt, wer dort ist, statt blödes Zeug zu reden und wild herumzuballern?«

»Wenn ich ihm eine Kugel hätte verpassen wollen, hätte ich das auch getan.« Reese hielt noch immer seinen Revolver auf Alejandro gerichtet. »Ich kenne diesen Mann nicht, und sein Freund lauert noch immer im Gebüsch. Sagen Sie ihm, er soll rauskommen – *jetzt*!«

Ein weißhaariger Mann streckte seinen Kopf aus dem Gebüsch und strahlte, als er Saber sah. »Ihr Bruder dreht jeden Stein im Land um bei der Suche nach Ihnen, Miss Saber. Ist dieser Mann Freund oder Feind?«

Sie sah Reese scharf an. »Ich bin mir im Augenblick nicht so sicher, Zeb. Wie habt ihr uns gefunden?«

Der alte Mann spuckte Tabaksaft aus und kratzte sich seinen weißen Kopf. »Nun, eh, Noble hat uns in alle Richtungen ausgeschickt, um nach Ihnen zu suchen. Ich und Alejandro kamen Ihnen letzte Nacht auf die Spur, wussten nich, ob Sie's waren oder nich, aber jedenfalls sind wir Ihnen gefolgt.«

Saber lächelte Zeb an, den sie so gern hatte. Er ging auf sie zu, anscheinend ohne Angst vor dem Mann, der seinen Revolver auf ihn richtete. »Er hat Ihnen doch kein Leid nich angetan, hat er doch nich, oder, Miss Saber?«

»Nein, er hat mir nichts getan. Zeb, Alejandro, darf ich euch Reese Starrett vorstellen? Er hat mich aus den Händen der Entführer befreit.«

Alejandro blickte noch immer misstrauisch drein und hielt seinen Arm schützend um Saber, während Zeb sich zwischen sie stellte. »Wir sind Ihnen für Ihre Hilfe sehr dankbar. Aber jetzt werden wir Miss Saber mitnehmen.«

Reese schüttelte den Kopf. »Da bin ich anderer Meinung. Miss Vincente wird bei mir bleiben!«

Saber und die beiden Männer wendeten sich überrascht zu

Reese um. Zeb sprach als Erster. »Wie kommen Sie darauf, dass wir sie bei Ihnen zurücklassen?«

»Wenn ihr darüber nachdenkt, werdet ihr herausfinden, dass es der beste und einzige Weg ist, sie zu schützen. Die Miller-Brüder und Graham Felton werden auf der Suche nach ihr das ganze Land durchkämmen, und wenn sie sie finden, werden sie nicht gerade zimperlich mit ihr umgehen. Ich nehme sie mit auf meine Ranch, wo sie in Sicherheit ist. Ihr beiden geht zu ihrem Bruder, sagt ihm, was geschehen ist und richtet ihm aus, dass seine Schwester unter meinem Schutz steht. Und dann geht auch bitte zu Major Halloway und sagt ihm, dass sie unverletzt ist.«

»Ich nehm an, dieser Graham Felton ist der, der sie aus dem Hotel entführt hat«, bemerkte Zeb.

Reese schüttelte den Kopf. »Graham Felton hat die Miller-Brüder bezahlt, um sie zu entführen. Erzählt das bitte auch Sabers Bruder.«

»Nun, dann tu ich ganz genau das«, sagte Zeb. »Aber ich nehm Miss Saber trotzdem mit. Ihr Bruder würde es ganz sicher nich wollen, dass wir sie hier bei Ihnen zurücklassen.«

Zeb rückte millimeterweise näher an Saber heran. »Verstehen Sie doch, wir kennen Sie ja nich. Und wir wissen auch nich, ob Sie wirklich dieser ... Reese sind.«

Reese blickte nach Osten. »Ihr habt in dieser Angelegenheit sowieso keine Wahl. Ein Sturm zieht in unsere Richtung und wird uns morgen erreichen. Wir müssen aus dieser Kälte raus, und meine Ranch bietet den besten Schutz.«

Der *gran vaquero* nickte zustimmend. »Das stimmt. Da kommt ein Sturm, Amigo.« Sein Blick ging zur Schwester seines Patrons. »Ist es das, was Sie wollen, Señorita Saber – bei diesem Mann bleiben? Trauen Sie ihm?«

Sie lächelte über Alejandros Besorgtheit. »Ich glaube, es wird am besten sein, bei ihm zu bleiben. Ich weiß, mein Bruder wird nicht ruhen, bis die Millers und Mr. Felton hinter Gittern sind, und dabei würde ich nur im Wege sein.« Sie sah

Reese an. Obwohl sie immer noch wütend auf ihn war, wusste sie, dass es klüger war, mit ihm zu gehen. »Sind Sie sicher, dass es Ihnen nichts ausmacht, mich mitzunehmen?«

Er war überrascht, dass sie ohne weiteres zustimmte, ihn zu begleiten. »Natürlich«, sagte er. »Denn nur so kann ich für Ihre Sicherheit sorgen.«

Saber wurde in diesem Augenblick klar, dass sie ein Teil von Reese' Leben geworden war und ihn nicht verlassen wollte. Sie warf dem *gran vaquero* einen Blick zu. »Du und Zeb werdet hier übernachten und morgen früh zu Noble reiten und ihm versichern, dass mir nichts passiert ist.«

Zeb nickte widerwillig. »Wenn Sie's so wollen.«

»Ja«, versicherte sie ihm.

Zeb nahm sie am Arm und führte sie ein Stück weg von den anderen, sodass er mit ihr vertraulich reden konnte. »Geht's Ihnen wirklich gut, Miss Saber?«

Sie lachte und umarmte ihn. »Ja, es geht mir wirklich gut.«

Er kratzte sich am Bart. »Ich hab Sie zuerst fast nich erkannt, angezogen wie ein Junge und nich besonders sauber außerdem.«

Sie blickte an ihren schmutzigen Hosen hinunter. »Ich weiß. Ich kann mir vorstellen, was Noble sagen würde, wenn er mich so sähe. Ich bin müde, schmutzig und sehne mich nach einem Bad – aber dank Reese Starrett bin ich unverletzt.«

»Wenn Sie mit uns gehen wollen, sagen Sie's nur.«

»Reese wird mir nichts antun, Zeb. Und wenn ich mit euch ginge, würde ich euch nur aufhalten.« Sie blickte wieder an ihren Hosen hinunter. »Wie du siehst, bin ich nicht angemessen gekleidet, um über Land zu reiten.«

Er zögerte immer noch. »Wenn Sie sicher sind …«

Saber sah den alten raubeinigen Cowboy prüfend an, der auf der Casa del Sol lebte, seit ihr Bruder Rachel geheiratet hatte. In kurzer Zeit hatte Saber den alten Mann lieb gewonnen, den Wachhund ihrer Schwägerin. »Was weißt du über Reese Starrett, Zeb?«

»Ich hab gehört, dass es der hartgesottene Sohn von einem hartgesottenen Mann is, aber ich hab niemals was Schlechtes gehört von ihm. Hat sich 'ne Ranch nich weit von hier besorgt. Sie sagen, er is 'n Einzelgänger. Niemand weiß viel über seine Vergangenheit. Schätze, das is auch egal. Es is wichtiger, dass man ihn achtet und fürchtet. Täuschen Sie sich nich, Miss Saber. Er is tödlich mit der Waffe und höllisch gemein – äh, 'tschuldigung – äh, er is so gemein, wie solche Männer eben sind.«

Sie legte ihre kleine Hand auf Zebs raue. »Er wird mir nichts tun, Zeb. Er ist Matthews Freund.«

»Yeah. Wie ich schon gesagt hab, er is 'n Ehrenmann. Das hab ich über ihn gehört.«

»Sag Noble, er soll sich keine Sorgen um mich machen. Sag ihm, er soll vorsichtig sein, wenn er auf die Miller-Brüder trifft. Die beiden älteren sind rücksichtslos, aber der jüngere, Sam, ist noch ein Kind. Er war gut zu mir und hielt Eugene Miller davon ab ... mir Schaden zuzufügen.«

Zeb nickte. »Ich werd's Noble sagen, aber ich glaub fast, das wird ihm egal sein. Er will sie alle tot sehen.«

Reese tauchte neben ihnen auf. »Sag deinem Boss, dass es nur noch zwei Miller-Brüder gibt. Ich musste Earl erschießen.«

Saber wich vor Reese zurück und spürte, wie ihr die Furcht über den Rücken lief. Dieser Mann konnte rücksichtslos sein, und er konnte jemanden töten. Aber dennoch war sie nicht traurig darüber, dass Earl Miller tot war.

Das Lagerfeuer war beinahe niedergebrannt, und Saber schlief friedlich unter der sauberen Decke, die Alejandro ihr gegeben hatte. Die drei Männer unterhielten sich leise, um sie nicht zu stören. Sie seufzte im Schlaf und wusste nicht, dass Reese sie betrachtete.

Reese fühlte sich wie beschwingt, weil Saber zugestimmt hatte, mit ihm zu gehen. Er hatte teilweise darauf bestanden, weil er sie beschützen wollte, aber er war ehrlich genug, sich einzugestehen, dass er sie auch nicht hatte aufgeben wollen – jedenfalls jetzt noch nicht. Er lehnte sich zurück gegen seinen Sattel und fragte sich, warum er sie nicht gehen lassen wollte. Sie gehörte nicht zu ihm und würde nie zu ihm gehören.

»Zum Teufel«, murmelte er, drehte ihr den Rücken zu und schloss seine Augen. Sie war dabei, die Barriere zu durchbrechen, die er um sein Herz errichtet hatte, und eine Frau war das Letzte, was er in seinem Leben brauchte – insbesondere, wenn es sich dabei um Matthews zukünftige Braut handelte.

9

Am nächsten Morgen hatten Zeb und Alejandro ihre Pferde gesattelt und waren bereit loszureiten, bevor das erste Licht der Morgendämmerung am östlichen Horizont erschien.

Saber stand da und sah Zeb an. »Sag meinem Bruder, er soll sich um mich keine Sorgen machen. Ich bin in Sicherheit. Lass ihn nicht allein losziehen, um nach den Millers oder diesem Mr. Felton zu suchen. Du weißt ja, wie er ist.«

Zeb schob ein Stück Tabak in seinem Mund von der einen Seite auf die andere und sah zweifelnd drein. »Nun, Sie wissen ja, Miss Saber, wenn sich Noble was in den Kopf gesetzt hat, dann kann ihn keiner nich davon abhalten, außer vielleicht Rachel.«

Saber nickte. Ihre Schwägerin war die Einzige, die Nobles Impulsivität zügeln konnte. »Das Dumme ist, dass sich Rachel auf der Casa del Sol aufhält und Noble wahrscheinlich außer sich ist. Alejandro, versuch, ihn zur Vernunft zu bringen. Sorg dafür, dass er dem Marshal und dem Sheriff berichtet, was geschehen ist. Lass ihn nicht unüberlegt handeln.«

»Ich werd's versuchen, Señorita Saber. Aber vielleicht will er sich zuerst selbst davon überzeugen, dass Ihnen von den Millers nix Schlimmes angetan worden is.«

»Ich weiß. Und du musst ihn davon überzeugen, dass ich unverletzt bin.« Sie legte ihre Hand auf die von Alejandro. »Sag ihm, wo ich bin. Er kann kommen und sich selbst davon überzeugen, wenn er will.«

Der Cowboy nickte. »Ich kenn die Starrett Ranch. Ich werd ihm sagen, dass Sie dort sind.« Dann wanderte Alejandros Blick zu Reese. »Passen Sie gut auf sie auf, Señor.« Es klang wie eine Warnung. »Ich will nicht, dass ihr irgendein Leid geschieht. Ihrem Bruder würd's nicht gefallen ... und mir auch nicht.«

Reese nickte kurz. »Dann sind wir alle derselben Meinung.«

Saber trat zurück und sah Zeb und Alejandro nach, wie sie davonritten. In Gedanken versunken, hörte sie nicht, wie Reese sich neben sie stellte.

»Wir sollten uns auch auf den Weg machen, Miss Vincente.«

Saber nickte. Sie machte sich Sorgen um Noble. »Vielleicht hätte ich mit ihnen reiten sollen. Oder vielleicht sollte ich zur Casa del Sol reiten und Rachel erzählen, was geschehen ist.«

»Das halte ich nicht für gut.« Er schob sie auf das Pferd zu. »Wir sind nur einen Tagesritt weit von meiner Ranch entfernt, und es dauert sieben Tage bis zur Casa del Sol.«

Saber wusste, dass er Recht hatte. »Ich bin so besorgt wegen Nobles Neigung zu überstürzten Aktionen.«

»Das muss in der Familie liegen«, bemerkte Reese.

»Stimmt. Deshalb bin ich ja beunruhigt. Ich bin in dieser Hinsicht meinem Bruder sehr ähnlich. Jetzt verstehen Sie wohl, warum ich mir so viele Gedanken mache. Ich weiß, was er tun wird.« Sie stieg auf, drehte sich um und sah, wie Zeb und Alejandro über einen Hügel außer Sichtweite ritten. »Wenn Sie meinen Bruder kennen würden, wüssten Sie, dass man ihn nicht unterschätzen darf.«

»Das will ich gerne glauben. Lassen Sie ihn die Sache auf seine Weise regeln. Ein Mann hat das Recht, seine Schwester zu verteidigen.«

»Aber dabei könnte er selbst getötet werden.«

»Nach allem, was ich über Ihren Bruder gehört habe, ist er nicht gerade ein Narr. Er wird erst einmal wissen wollen, warum Graham Felton die Entführung überhaupt angezettelt hat. Nichts weniger würde ich von ihm erwarten. Und solange wir diesen Grund nicht kennen, werden Sie nie ganz in Sicherheit sein.«

»Da haben Sie natürlich Recht.«

Reese stieg auf und zog Saber hinter sich aufs Pferd. Der Braune galoppierte mit Leichtigkeit die Hochfläche hinunter. Schweigend und stetig ritten sie den ganzen Morgen hindurch. Aber Saber konnte sich nicht dagegen wehren, dass ein dunkles Gefühl von Beklommenheit in ihr aufstieg.

Die letzten Strahlen der untergehenden Sonne tauchten die Landschaft in ein weiches goldenes Licht. Reese schlug ein Lager in einem Wäldchen aus Eichen und Ahornbäumen auf, das sie vor dem ständig wehenden Wind schützte.

Saber schirmte ihre Augen mit der Hand ab und sah hinaus auf das Land, das wie verzaubert schien in dem schwindenden Licht. Sie war noch nie in diesem Teil von Texas gewesen und hatte nicht gewusst, dass es hier so viel Wald gab.

Reese stellte sich neben sie und las ihre Gedanken. »Sie sollten es im Frühling und im Sommer sehen. Dann ist alles grün und üppig, von den Baumwollsträuchern bis zum Laub der Nussbäume. Außerdem wachsen hier Brombeersträucher und viele Buscharten – so weit das Auge reicht.« Saber sah zum braunen Wasser des Flusses hinunter, der zwischen den Bäumen dahinfloss und sich schließlich jenseits der Felsen verlor.

»Ich mag das Land, wie es jetzt ist. Ich kann mir nur ausmalen, wie es im Frühling aussehen wird«, sagte sie leise. »Es ist atemberaubend.«

Reese stand neben ihr, und eine ganze Weile betrachteten sie gebannt das Land und teilten das Erlebnis des wunderschönen Sonnenuntergangs. »Wir sind auf meinem Land, Saber. Ich freue mich, dass es Ihnen gefällt.«

Sie wandte sich ihm zu, erfreut, dass er sie mit ihrem Vornamen anredete. »Ich dachte, Sie hätten nur ein kleines Stück Land.«

»Hatte ich auch. Dieses Land hier habe ich erst vor zwei Monaten gekauft.« Natürlich sagte er ihr nicht, dass er jeden

Dollar gespart hatte, um dieses Land zu kaufen, und ihm wenig übrig geblieben war für das tägliche Leben.

Er wandte sich ab. »Ich werde das Lager aufschlagen. Es gibt hier Feuerholz und frisches Wasser in Hülle und Fülle.«

»Wie weit ist es bis zu Ihrer Ranch?«

»Wir werden noch vor morgen Mittag dort sein. Ich wünschte, ich hätte Sie schon heute aus diesem Wetter herausbringen können, aber unser Pferd ist einfach zu müde, um noch weiter voranzukommen.«

»Wird dieser Sturm genauso schlimm werden wie der vor zwei Tagen?« Sie zeigte zu den schwarzen Wolken in der Ferne. »Die sehen ziemlich bedrohlich aus.«

»Das kann man in diesem Teil von Texas nie wissen. Das Unwetter wird später am Abend ausbrechen.«

Er sah beunruhigt aus, und sie wusste, dass seine Sorge ihr galt. Um ihn zu beruhigen, berührte sie seine Hand. »Ich habe ja die zweite Decke, die Alejandro mir gegeben hat.«

Reese sah sie einen Augenblick lang an und sagte: »Wir sollten jetzt etwas essen.«

Später, nachdem sie gegessen und das Pferd versorgt hatten, saßen sie am Lagerfeuer. Der Sturm kündigte sich immer noch nicht an, und am Feuer war es nicht besonders kalt.

»Reese, ich versuche, Sie mir in einer häuslichen Umgebung vorzustellen. Gibt es eine Frau in Ihrem Leben?«

»Ich bin nicht verheiratet, wenn Sie das wissen wollen.«

Sie machte eine ausladende Handbewegung. »Aber es muss doch jemanden geben, mit dem Sie das alles teilen wollen.«

Als er auf sie hinunterblickte, glomm ein Feuer in seinen Augen. Saber war wie gebannt und konnte ihren Blick nicht abwenden. Reese hatte weder die fein geschnittenen aristokratischen Gesichtszüge ihres Bruders noch das jungenhaft sympathische Aussehen Matthews. Seine Züge waren gröber, seine Augen voller Unruhe, als ob er ein hartes Leben führte und sich um nichts kümmerte – und um niemanden.

»Es gibt keine Frau, mit der ich mein Leben teilen will.«

Er wandte sich ab, sodass sie den Schmerz in seinen Augen nicht sehen konnte. *Mit ihr würde ich es teilen,* dachte er und schalt sich selbst dafür, dass er Matthews zukünftige Braut begehrte.

Saber war traurig, weil er so einsam wirkte. »Der Wind ist stärker geworden«, bemerkte sie und lenkte ihre Gedanken auf das Wetter.

»Ja, ich weiß. Gehen Sie nicht vom Lager weg. Ich habe schon von Leuten gehört, die nur wenige Schritte von ihrem Haus entfernt erfroren sind.«

»Ich kenne mich mit den Nordstürmen aus. Ich komme aus dem Westen von Texas. Haben Sie das vergessen?« Sie erschauerte vor der jähen Kälte. »Es scheint, dass die Temperatur schon fällt.«

»Ich werde noch schnell das Pferd zudecken. Sie legen sich besser unter die Decke. Bei diesem Wind können wir das Feuer nicht brennen lassen.«

Saber lief umher, sammelte die Vorräte ein und steckte sie in die Satteltasche. Dann nahm sie ihre Decke und lehnte sich gegen den breiten Stamm eines Baumwollbaums, um sich vor der bitteren Kälte zu schützen. In nur wenigen Minuten war die Temperatur drastisch gesunken.

Wenige Augenblicke später kam Reese zu ihr. Er setzte sich neben sie, wickelte alle Decken um sie herum und zog sie in seine Arme.

»So wird's wärmer sein.« Er lächelte sie an, als sie ihn fragend ansah.

Das war die ganze Ermutigung, die Saber brauchte. Sie schmiegte sich an ihn und schmolz in seinen Armen dahin. Ihren Kopf gegen seine Schulter gelehnt, spürte sie, wie er tief einatmete. In diesem Augenblick widerfuhr ihr etwas Ergreifendes und Beunruhigendes zugleich. Sie hatte das Gefühl, als sei sie dafür geboren, mit Reese zusammenzuleben. Im Ansturm dieser Gefühle erkannte sie, dass es Liebe war – tiefe, wahrhaftige Liebe. Sie wollte mit ihm zusammenleben, seine Kinder zur Welt bringen, mit ihm alt werden.

Sie liebte Reese! Wie hatte das nur geschehen können? Sie hatte geglaubt, sie liebe Matthew, aber das war keine Liebe wie diese gewesen. Die überwältigenden Gefühle, die sie für Reese empfand, waren etwas ganz anderes als die jungmädchenhafte Zuneigung, die sie für Matthew verspürt hatte. Sie drehte ihren Kopf, ließ ihre Wange an seinem Hals ruhen und genoss es, dass Wärme und Liebe durch ihren Körper strömten.

Was würde Reese tun, wenn er wüsste, was sie fühlte? Würde er sie verachten, weil sie ihren Bräutigam betrog? Sie verachtete sich selbst für diese Treulosigkeit. Sie war im Begriff, Matthew zu heiraten – warum musste ihr nun dieses widerfahren?

Ihre Hand glitt über seinen harten Brustkasten und verweilte dort. Wenn dies Liebe war, dann war Liebe das allerschmerzlichste Gefühl, das sie bisher jemals erlebt hatte.

Seine Stimme war tief, als er sie fester an sich zog. »Es ist besser, wenn Sie jetzt etwas schlafen. Ich werde Sie warm halten.«

Sie seufzte und berührte mit ihren Lippen seine Kehle und spürte, wie er erstarrte. Sie drehte ihr Gesicht zur Seite und nahm sich vor, die ganze Nacht wach zu bleiben, um diese Nähe zu genießen. Dies würde das letzte Mal sein, dass sie seine Arme um sich spürte. Und vielleicht sogar das letzte Mal, dass sie allein zusammen waren.

Schließlich schlief sie ein und fühlte sich sicher und warm, obwohl der kalte Wind mit roher Gewalt wütete. Reese hielt sie an sich gepresst und wünschte sich, diese Nacht möge nie enden.

Es war nach Mitternacht, als der Wind sich legte. Reese' Körper war vom langen Verharren in einer Stellung verkrampft und sein Arm gefühllos. Dennoch wollte er sich um keinen

Preis bewegen, weil er seine schlafende Geliebte nahe an seinem Herzen hielt. Morgen musste er sie gehen lassen, aber in dieser Nacht gehörte sie ihm.

Er blickte zu ihr hinab. Sie sah so unschuldig aus in seinen Armen, so vertrauensvoll. Sie war ihr ganzes Leben beschützt worden, und sie vertraute allzu leicht. Zum Teufel, wenn sie wüsste, was in ihm vorging, würde sie sehr schnell aufwachen. Sie merkte nichts von seiner wachsenden Erektion, als er sich vorstellte, wie sie nackt in seinen Armen schlummerte. Er wollte sie mehr, als er jemals in seinem Leben eine Frau gewollt hatte. Doch er gemahnte sich selbst, dass gerade sie die einzige Frau auf der Welt war, die er niemals besitzen würde.

Saber bewegte sich, öffnete ihre Augen und lächelte ihn an. Es hatte angefangen zu nieseln, und ein kalter Wind fegte durch das Tal, aber Reese erschien es, als ob die Sonne in ihrem Lächeln eingefangen sei.

Saber kuschelte ihren Kopf an seine Schulter; sie wollte für immer so liegen bleiben. »Wie lange sind Sie schon wach?«, fragte sie schläfrig.

Seine Stimme war tief und klang angestrengt. »Schon eine ganze Weile.« Er hätte zugeben können, dass er überhaupt nicht geschlafen hatte, weil ihr weicher Körper ihn fast verrückt gemacht hatte. Stattdessen sagte er nur: »Ich habe Sie beim Schlafen beobachtet.«

Ihre Hand glitt weiter bis zu seiner Schulter, und sie sank noch tiefer in ihn hinein, seine Wärme suchend. »Warum?«

»Sie erinnern mich an ein Kätzchen, das sich am Feuer zusammenrollt.«

»Ich bin mir nicht sicher, ob das ein schmeichelhafter Vergleich ist.«

»Hm. Doch, das ist er.«

Sie lächelte wieder. »Das ist nicht fair. Jemanden beim Schlafen beobachten ist ein bisschen so wie heimlich lauschen, oder?«

»Mag sein. Aber Sie sind einfach zu schön, wenn Sie schlafen.«

Sie war Komplimente gewöhnt und kannte keine falsche Bescheidenheit; außerdem war sie zu ehrlich, um die Kokette zu spielen. »Danke, mein Herr. Ich glaubte schon fast, dass Sie vergessen hätten, dass ich eine Frau bin.«

Er wollte seine Hand hinabgleiten lassen und eine ihrer Brüste berühren, die sich so verführerisch gegen seinen Brustkorb drückten. »Es ist mir nur allzu bewusst, dass Sie eine Frau sind«, sagte er schroff und war sich klar darüber, dass sie jetzt aufbrechen mussten. Aber er wollte noch immer nicht den Körperkontakt zu ihr unterbrechen.

Sie neigte sich vor, streckte ihre Arme über den Kopf und kam in einer Bewegung zum Stehen, die so aufreizend war, dass er wegsehen musste, um sie nicht zu Boden zu werfen und ihr die Kleider vom Leib zu reißen.

Was zum Teufel war los mit ihm? Es war noch nie so weit gekommen, dass er wegen einer Frau beinahe seine Selbstbeherrschung verloren hätte. Hastig sprang er auf die Füße und schüttelte die Decken aus. »Wenn Sie meinen, das Essen noch einmal verschieben zu können, werden wir zum Mittagessen auf meiner Ranch sein.« Er blickte zum dunklen Himmel hinauf. Es sah nach Schnee aus. »Es wäre gut, wenn wir uns beeilten.«

Saber nahm ihm die Decken ab und begann sie zusammenzurollen. »Ich bin so weit, wenn Sie es sind. Und ich gebe zu, dass es schön wäre, wieder einmal ein Dach über dem Kopf zu haben.« Sie lachte laut auf. »Natürlich haben Sie mich letzte Nacht auch warm gehalten.«

Langsam atmete er aus. Das Zusammensein mit ihr war eine süße Qual, und sie wusste nicht einmal, dass er sie so verdammt heftig begehrte, dass er an nichts anderes mehr denken konnte. »Ich hole das Pferd«, sagte er und ging steifbeinig den Hügel hinab.

Es war kälter geworden und hatte zu schneien begonnen. Der Wind peitschte den Schnee wie stechende Eissplitter, die auf Sabers Wangen brannten. Das Pferd war erschöpft vom Ankämpfen gegen den Wind, und Saber hoffte, dass das arme Tier es bis zur Ranch schaffen würde.

Sie ritten auf eine Anhöhe, und Reese hielt das Pferd an. »Sehen Sie mal! Wir sind fast zu Hause.«

Saber blickte auf das Blockhaus mit der großen Veranda vor dem Eingang und den Fensterläden. Es gab eine große Scheune und einige Nebengebäude, die frisch gestrichen waren, und auch die Zäune schienen in gutem Zustand zu sein. »Können wir uns beeilen?«, fragte sie dringlich. »Mir ist so kalt.«

Er nickte und trieb das Pferd den Hügel hinunter. Dabei fragte er sich, was Saber wohl zu seinem Haus sagen würde. Hier würden die Unterschiede zwischen ihnen deutlich hervortreten, hier würde er Abstand zu ihr gewinnen können; zumindest hoffte er das.

Saber lehnte sich nach vorne und umschloss seinen starken Rücken. Das Pferd bewegte sich langsam; das Tier hatte sich völlig verausgabt. Alles, woran Saber denken konnte, waren ein behagliches warmes Feuer, ein heißes Bad und ein weiches Bett.

10

Saber war so starr vor Kälte, dass Reese sie vom Pferd heben musste. Während der Schnee um sie herumwirbelte, nahm er sie bei der Hand und führte sie in sein Haus.

Ein Schwall warmer Luft traf Sabers Gesicht, als sie eintrat. Ein behagliches Feuer brannte im Kamin, und Reese führte sie auf die Wärme zu. Er nahm eine in hellen Farben leuchtende indianische Decke von der Lehne des Stuhls und legte sie ihr um die Schultern.

»Bleiben Sie hier im Warmen. Ich versorge gerade noch das Pferd.«

Sabers Zähne klapperten, und sie konnte nur nicken. Sie ließ sich vor dem Feuer nieder und genoss die wohlige Wärme. Als sie sich wieder regen konnte, sah sie sich im Zimmer um. Die Wände aus Baumstämmen waren abgeschliffen, geglättet und weiß getüncht. Ein gewebter indianischer Teppich bedeckte den Holzboden, und an den Wänden hingen einige indianische Gegenstände. Drei Gewehre hingen über dem Kamin, und neben der Tür stand ein Kleiderständer. Es gab eine kleine hochlehnige Bank und zwei Stühle mit gerader Lehne sowie einen arg mitgenommenen Tisch als einziges weiteres Möbelstück. Auf ihm bemerkte sie zwei saubere Stapel Papier. Auf einem Bord an der Wand standen einige Bücher. Es gab keine Vorhänge an den beiden kleinen Fenstern, keine von Frauenhand ausgewählten Ziergegenstände. Es war das Zimmer eines Mannes, überraschend ordentlich und sauber.

Durch eine der Türen konnte sie ein Bett sehen, daher nahm sie an, dass die Tür zur Linken in die Küche führte.

Saber hörte, wie jemand den Schnee von seinen Füßen

stampfte und dachte, Reese sei zurückgekommen. Aber ein Junge betrat das Zimmer, im Arm eine Ladung Feuerholz. Sie schätzte ihn auf höchstens vierzehn oder fünfzehn.

Er legte weitere Scheite auf das Feuer und verstaute den Rest in einem Holzkasten. Jetzt erst zog er seinen Hut und lächelte sie strahlend an. »Ich bin Jake Kendrick, Ma'am. Reese hat mich gebeten, Ihnen zu sagen, dass er gleich zurück sein wird.«

Der Junge hatte sandfarbenes Haar, sanfte braune Augen und ein scheues Lächeln. Saber konnte sehen, dass er verlegen war, denn er trat beständig von einem Fuß auf den anderen. Deshalb versuchte sie, ihm die Nervosität zu nehmen. »Ich freue mich, dich kennen zu lernen, Jake. Ich heiße Saber Vincente. Lebst du hier auf der Ranch?«

»Ja, Ma'am. Ich, Gabe Cooper und Miguel sind Reese' bezahlte Leute. Miguels Frau Rosita ist die Waschfrau.« Er nickte in Richtung Tür. »Wir wohnen in der Schlafbaracke hinter der Scheune, und Miguel und Rosita wohnen nur ein Stück weiter in einem kleinen Häuschen.«

Saber lächelte über Jakes Mitteilungsdrang. Von ihm hatte sie jetzt schon mehr erfahren als von Reese in der ganzen Zeit, die sie mit ihm verbracht hatte.

Jake bewegte sich rückwärts zur Tür, setzte seinen Hut auf und tippte an den Rand. »Ma'am.«

Kalter Wind wirbelte herein, als er die Eingangstür öffnete. Als er gegangen war, runzelte Saber nachdenklich die Stirn. Sie wusste so wenig über Reese; er sprach nie über sich. Zum Beispiel hatte er kein Wort über seine Arbeiter verlauten lassen. Aber natürlich brauchte er Tagelöhner, um die Ranch in Gang zu halten. Sonst hätte er nicht nach ihr suchen können.

Sie genoss die wohltuende Wärme, als sich die Tür öffnete und Reese hereintrat. Er hing Mantel und Hut an den Kleiderständer und trat an das Feuer. Sie rückte zur Seite, damit er sich neben sie setzen konnte.

»Der Sturm wird wieder schlimmer«, sagte er besorgt. »Ich

werde wahrscheinlich noch mehr Vieh verlieren, bevor er sich ausgetobt hat. Gabe sagt, wir haben bereits zwanzig Stück verloren.«

»Das überrascht mich nicht. Es ist ein besonders rauer Winter. Die Sache mit den Rindern tut mir sehr Leid.«

Er warf noch ein paar Scheite ins Feuer. »Ich vergesse immer, dass Sie ja die Tochter eines Ranchers sind.« Er blickte zu ihr hinunter. »Natürlich könnte Ihr Bruder einige tausend Stück verlieren, und es würde ihm nichts ausmachen.«

»Es würde ihm jetzt nichts mehr ausmachen, aber es gab eine Zeit, da hatte Noble darum zu kämpfen, dass die Casa del Sol nicht von den Steuern aufgefressen wurde.« Sie sah in seine Augen und fühlte plötzlich Zorn in sich aufsteigen. »Sie halten nicht viel von meiner Familie, stimmt's?«

Verlegen sah er sie an. »Ich weiß, so muss es sich für Sie anhören. Aber Sie täuschen sich. Der Name Vincente ist im ganzen Land hoch angesehen. Und sie persönlich haben meine allergrößte Hochachtung.«

»Aber warum dann ...«

Er konnte ihr nicht sagen, dass er jedes Mittel benutzen musste, um sie auf Abstand zu halten. Eigentlich hätte er auch verletzende Worte als Waffe einsetzen sollen, aber es schien, als ob er es einfach nicht fertig brachte. »Ich habe zu lange abseits von jeder Zivilisation gelebt, und meine gesellschaftlichen Umgangsformen sind nicht so, wie sie sein sollten. Ich weiß ganz einfach nicht, wie ich eine Frau wie Sie behandeln muss.«

»Mich müssen Sie nicht anders als jede andere Frau behandeln. Tatsächlich sind Sie ja die meiste Zeit wunderbar zu mir gewesen – bis auf die Male, wo Sie mir unterstellt haben, verwöhnt zu sein und immer auf meinem Willen zu beharren. Wer außer Ihnen wäre stracks in das Versteck der Miller-Brüder eingedrungen, um eine Frau, die er nicht einmal kannte, zu retten?«

Er berührte ihren Arm. »Verzeihen Sie mir. Manchmal spreche ich, ohne vorher zu denken.«

Ein zärtliches Lächeln erschien auf ihren Lippen. »Natürlich.«

»Sind Sie jemals in der Lage gewesen, nicht bekommen zu können, was Sie wirklich wollten?«, fragte er sie in dem Bemühen, sie zu verstehen. Er war seiner selbst unsicher, weil ihm die Schäbigkeit seines Hauses nur allzu bewusst wurde, jetzt, wo sie hier war.

Einen Augenblick lang starrte sie in das Feuer, ehe sie antwortete. »Ich habe äußerst harte Zeiten erlebt, Reese.«

Er verfluchte sich selbst als Narren. Sie war entführt, grob behandelt, wahrscheinlich schlecht ernährt worden und hatte vielleicht noch andere Grausamkeiten erlitten, die sie ihm verschwieg. Er war sich noch immer nicht sicher, ob die Miller-Brüder sie nicht vergewaltigt hatten. »Es tut mir Leid«, sagte er leise. »Ich hätte das nicht sagen sollen. Sie haben etwas durchgemacht, was jeder Frau erspart bleiben sollte.«

»Ich habe nicht einmal an die Miller-Brüder gedacht. Was ich meine, liegt viel weiter zurück. Während Noble im Krieg war, starb mein Vater. Vorher hatte er mich nach Georgia zu meinen Großeltern geschickt, ohne zu wissen, dass sie in jenem Winter gestorben waren. Er dachte, ich sei dort sicher.«

»Ihre Mutter war nicht mehr am Leben?«

»Sie starb, als ich noch klein war. Ich kann mich kaum an sie erinnern. Es gab eine Zeit, da dachte ich, jeder meiner Lieben sei tot, selbst Noble.«

Reese konnte nur versuchen, sich vorzustellen, was sie erlitten hatte. Da zeigte sich eine Seite ihres Wesens, die er nicht erwartet hatte. Er war sich nicht sicher, ob Matthew diese Frau, die er heiraten wollte, gebührend schätzte. »Was haben Sie in Georgia gemacht?«

»Meine Tante war die einzige lebende Verwandte, die ich dort noch hatte. Später, während des Krieges, zogen die Yankees durch Georgia, alles niederbrennend, tötend und zerstörend. Das Plantagengebäude wurde niedergebrannt, die Wertsachen gestohlen und das Vieh vom Feind beschlagnahmt. Meine Tante und ich suchten Zuflucht in der roh gezimmerten und leeren Hütte des Vorarbeiters, die nur halb so groß war wie dieses Zimmer hier. Wir hatten keine Nahrung, keine Kleidung, und ich glaube, wir wären beide gestorben, wenn ich nicht Matthew getroffen hätte.«

»So haben Sie sich also kennen gelernt? Matthew hat mir nie etwas davon erzählt.«

Sie fuhr zart mit dem Finger über das Knie ihrer durchgescheuerten Hose. »Ich dachte, er hätte Ihnen das erzählt.«

»Nein, er behielt viele Gedanken über Sie für sich.«

Sie begegnete seinem Blick und lächelte. »Ich habe Sie durch die Briefe kennen gelernt, die er mir schrieb. Matthew hält sehr viel von Ihnen. Nach seinen Briefen könnte man glauben, es gibt nichts, wozu Sie nicht fähig wären.«

Reese erhob sich, und ihr Blick folgte der Linie seines hoch gewachsenen, schlanken Körpers. »Ich mache uns nur gerade etwas zu essen.«

Auch Saber stand auf und legte eine Hand auf seinen Arm. »Ich werde Ihnen helfen.«

»Diesmal nicht. Sie haben einiges durchgemacht in den letzten Wochen. Ich werde heute Abend für Sie sorgen.«

Sie sah so liebreizend aus im Licht des Feuers, das auf ihrem goldenen Haar spielte und sich in ihren blauen Augen spiegelte. Reese wollte sie packen und an seinen verlangenden Körper pressen. Er fühlte sich plötzlich innerlich leer. Zum ersten Mal merkte er, wie einsam sein Leben bisher verlaufen war. Noch nie vorher hatte er auf diese Weise darüber nachgedacht. Zum Teufel, er hatte doch jede Menge Frauen über die Jahre gehabt. Er konnte sich keine Frau vorstellen, die er haben wollte und nicht bekommen konnte. Aber bei Saber war es anders. Sie konnte er niemals haben. Wenn das Schicksal sie nicht zusammengeführt hätte, hätten sie sich niemals getroffen. Und wären sie sich auf der Straße begegnet, wäre Saber wahrscheinlich an ihm vorbeigegangen, ohne ihn zu beachten.

Zum wiederholten Mal führte er sich vor Augen, dass sie dazu geboren war, das geliebte Kleinod eines reichen Mannes zu sein. Und dieser Mann war Matthew. Trotzdem erlaubte er es sich, daran zu denken, wie es sich wohl anfühlte, zwischen ihre Beine zu gleiten, ihre Lippen auf den seinen zu spüren und ihre Brüste in seinen Händen. Plötzlich fühlte er sich heiß und zittrig.

Er musste mit diesen Gedanken Schluss machen! Nie würde er ihre Lippen schmecken oder fühlen, wie sie sich unter ihm vor Lust und heißer Leidenschaft wand.

»Verdammt«, sagte er, drehte sich von ihr weg und verließ mit schnellen Schritten das Zimmer. Er hatte noch nie einer Frau erlaubt, ihm so nahe zu kommen, wie Saber es getan hatte. Sie war in seinem Blut, sie war in seine Gedanken eingedrungen, und er konnte sie nicht herausbekommen. Es würde die Hölle sein, eingeschneit mit ihr in diesem Haus zu sitzen und jeden Tag in Versuchung geführt zu werden.

Saber war verwirrt von seinem sonderbaren Stimmungswechsel. Sie ging zum Fenster und sah hinaus in den Schnee. Es war ein schlimmer Sturm, und sie konnte nicht weiter als bis zur Scheune sehen. Es stimmte sie traurig, dass Reese einen Teil seiner Herde verlieren würde.

Sie schloss ihre Augen, drückte ihre Stirn gegen die Scheibe und fühlte sich schuldig, weil sie mehr an Reese als an Matthew dachte. Wenn Reese bloß wüsste, wie sie ihn sah – er war ihr Held und würde es immer bleiben.

Unruhig lief sie im Wohnzimmer auf und ab, ging dann zum Schlafzimmer und blieb in der Tür stehen. Der Raum war klein und enthielt nur ein Bett, einen Nachttisch mit einem Krug, eine Lampe und einen Leiterstuhl. Sie ging in das Zimmer und dachte, dieser Raum könnte mehr über Reese' Wesen erkennen lassen. Sie nahm ein Buch in die Hand und zog die Nase kraus, als sie den Titel las: *Fieldings Technik der Tierzucht*.

»Nun, Mr. Starrett, Ihre Lesegewohnheiten geben mir

wenig Aufschluss über Ihren Charakter«, sagte sie laut. »Mein Bruder hat das gleiche Buch.«

Eine blau-grüne indianische Tagesdecke war über das Bett gebreitet, und auf dem Boden lag ein geflochtener Teppich. Sie sah einen Stiefelknecht und ein Paar Stiefel in der Ecke. Ein Halfter mit einem sechsschüssigen Revolver hing an einem Haken an der Wand.

Da war nichts, was von der Persönlichkeit dieses Mannes erzählte. Nichts, was ihr hätte verraten können, wer Reese war. Es gab keine Familienbilder – keine wertvollen Erinnerungsstücke an Familienmitglieder. Sie hatte das tieftraurige Gefühl, dass er keine Kindheitserinnerungen hatte, die er besonders in Ehren hielt.

Langsam ging sie ins Wohnzimmer zurück und betrachtete die Bücher dort. Sie ließ ihren Finger über die Titel gleiten und lächelte. Diese hier waren zwar sehr interessant, aber sie verwirrten sie nur noch mehr. Dort standen Homers *Ilias,* die Gedichte von Thomas Hood und Phillip Greens *Handbuch der Araberpferde*. Seine Auswahl an Büchern war so rätselhaft wie der Mann selbst.

Als er sie rief, zuckte sie zusammen, als ob er sie beim Herumschnüffeln erwischt hätte. Schnell schob sie die Bücher aufs Bord zurück.

»Ich habe in der Küche geheizt. Sie können zum Essen kommen.«

Sie wirbelte herum und wäre beinahe mit ihm zusammengestoßen. »Ich sterbe vor Hunger.«

Er sah zu ihr hinunter. »Ich habe es noch nie erlebt, dass Sie nicht hungrig waren.«

Sie betrat die Küche und spürte, dass der Raum eine eigenartige Wirkung ausübte. Reese' Größe ließ die Küche noch kleiner erscheinen, und er schien sich in dieser Umgebung nicht ganz wohl zu fühlen. Er ging zum Herd, spießte Schinkenspeck auf und legte ihn auf zwei Teller.

»Ich muss mich für das Essen entschuldigen. Die Küche ist nicht gerade mein Reich.«

Saber setzte sich auf den Stuhl, den er ihr anbot, schnupperte prüfend und nahm die Tasse Kaffee, die er ihr reichte. »Es sieht lecker aus«, sagte sie und beobachtete, wie er unbeholfen die Eier aus der eisernen Bratpfanne kratzte.

Reese setzte sich ihr gegenüber, und sie aßen eine Weile schweigend. Es schien, als ob sie jetzt, wo sie gemeinsam an einem Tisch saßen, es schwer hatten, sich miteinander zu unterhalten. Es gab so viel, was Saber ihn fragen wollte, aber mit ihren Fragen wäre sie in sein Privatleben eingedrungen. Jetzt war nicht der Zeitpunkt, ihn auszufragen, dachte sie und nahm einen Bissen von dem Rührei.

»Ich koche besser, wenn ich draußen unterwegs bin«, sagte Reese und beobachtete sie aufmerksam.

»Ein Mann sollte nicht kochen müssen, Reese. Sie sollten eine Frau haben, die das für Sie macht.«

Er lächelte leicht. »Nun, ich habe das Kochen nie als Grund zum Heiraten angesehen.«

»Nun ja, eine Ehefrau hat noch mehr Aufgaben, als das Essen auf den Tisch zu bringen.«

Er hielt inne, mit der Gabel auf halbem Weg zum Mund. »Welche zum Beispiel?«

»Nun ...« Sie runzelte die Stirn. »Ich kann nicht sagen, dass Sie eine Haushälterin benötigen, weil hier alles sehr sauber und ordentlich ist.«

»Jake hält das Haus für mich in Ordnung.«

»Nun, Sie müssen sich doch auch Kinder wünschen. Ein Mann sollte einen Sohn haben, einen Stammhalter, der seinen Namen weiterträgt.«

»Haben Sie sich selbst zu einem Ein-Frauen-Komitee für meine Verheiratung ernannt?« Er nahm einen Bissen von dem Speck und gabelte ein weiteres Stück auf. »Ich komme ganz gut ohne Ehefrau zurecht. Vielen Dank. Wenn ich eine Frau brauche ...« Er brach ab. Irgendwie nahm er es ihr übel, dass sie glaubte, er brauche eine Frau.

»Tut mir Leid.« Sie erhob sich und stellte das Geschirr zusammen. »Ich weiß, es geht mich nichts an.«

»Sehr wahr, verdammt noch mal.«

Er sprang abrupt auf, verließ die Küche und kam mit Mantel und Hut zurück. »Es wird spät werden. Wenn Sie zu Bett gehen wollen, nehmen Sie das Schlafzimmer.«

»Ich will Ihnen nicht Ihr Bett wegnehmen.«

Er starrte sie einen Augenblick lang an. »Ich werde bei Jake und Gabe übernachten.«

Verblüfft sah er sie an, als sie sich ihm entgegenwarf und er sie in seinen Armen auffangen musste.

»Nein, Reese. Ich will nicht allein in diesem Haus schlafen! Ich möchte, dass Sie bei mir bleiben.« Ihr Magen verkrampfte sich, und sie konnte kaum noch atmen, so sehr ängstigte sie sich. Sie schüttelte den Kopf, verwirrt über ihre eigenen Gefühle. »Was ist los? Was habe ich getan, dass Sie so böse auf mich sind?«

Sein Brustkorb weitete sich unter seinem heftigen Atmen, und seine Hand berührte ihre Wange. »Alles, was mit Ihnen zusammenhängt, macht mich böse«, antwortete er rau, und um seinen Mund lag ein unbarmherziger Zug. »Sie haben keine Ahnung, was Sie mir antun, nicht wahr?«

Sie wusste, was *er* ihr antat, aber sie wusste nicht, wie sie diese Frage beantworten sollte. Sie schüttelte den Kopf und sagte leise: »Nein, das weiß ich nicht.«

Als Reese das Zittern spürte, das durch ihren Körper lief, wurde ihm klar, dass sie wirklich Angst davor hatte, allein gelassen zu werden. Er hätte wissen müssen, dass sie sich noch nicht von ihren Qualen erholt hatte.

In schützender Umarmung hielt er sie fest umfangen. »Natürlich werden Sie nicht allein sein. Ich muss nur ein paar Sachen erledigen. Dann werde ich, bevor es dunkel ist, zurück sein.«

Saber berührte sein Gesicht, befühlte seine Bartstoppeln, ganz benommen von der Freude, die sie empfand, ihm ganz nahe zu sein. »Sie vergessen es nicht?«, fragte sie mit belegter Stimme.

Reese löste sich aus ihren Armen und ging zur Tür. »Nein, ich werde es nicht vergessen.«

Das Haus kam ihr leer vor, als er gegangen war. Saber begann das Geschirr zu spülen, während sie versuchte, ihre Furcht zu überwinden. Was, wenn sie von nun ab, für den Rest ihres Lebens, immer Angst bekam, wenn Reese nicht bei ihr war? In diesem Augenblick wurde ihr klar, dass nicht einmal ihr Bruder Noble ihr ein solches Gefühl von Sicherheit gab, wie Reese es tat.

11

Saber brachte die Küche in Ordnung und ging dann ins Wohnzimmer, wo sie auf dem Stuhl einen Stapel Steppdecken fand. Sie breitete sie vor dem Kamin aus, damit Reese sich am Feuer wärmen konnte. Als sie ins Schlafzimmer ging, wankte sie vor Müdigkeit. Ein Lächeln huschte über ihr Gesicht, als sie sah, dass Reese eines seiner Flanellhemden ans Fußende des Bettes gelegt hatte. Offensichtlich wollte er, dass sie es als Nachthemd benutzte.

Obwohl sie beim Entkleiden vor Kälte zitterte, nahm sie sich noch so viel Zeit, ein wenig Wasser in die Schale zu gießen, um sich zu waschen. Zitternd zog sie das weiche Flanellhemd über den Kopf und musste lachen, als es über ihre Knie fiel und die Ärmel ihre Hände bedeckten. Sie rollte die Ärmel auf, stieg ins Bett und hoffte, dass Reese auf seinen Decken gut schlafen würde.

Sie legte ihren Kopf auf sein Kissen und sank in die Matratze, wo sein Körper gewöhnlich lag. Eine seltsame Zufriedenheit überkam sie, und sie konnte sich vorstellen, ihr ganzes Leben in diesem Haus zu verbringen ... zusammen mit Reese in diesem Bett.

Die Wahrheit hatte die ganze Zeit vor ihren Augen gestanden, aber sie war zu verwirrt gewesen, sie zu erkennen. Sie hatte sich in Reese verliebt. Es war nicht die romantische Liebe eines jungen Mädchens, das von dem guten Aussehen und der Freundlichkeit Matthews überwältigt worden war, als sie diese am meisten brauchte. Was sie für Reese fühlte, war die Liebe einer Frau, die ihr Leben mit einem Mann verbringen wollte, um seine Kinder aufzuziehen, in schlechten Zeiten an seiner Seite zu stehen und in guten Zeiten sich mit ihm zu freuen. Sie wollte sich in seine Arme schmiegen und ihn niemals mehr verlassen.

Reese und Matthew waren so unterschiedlich, wie zwei Männer nur sein konnten. Matthew stammte aus einer angesehenen Familie in Philadelphia, sagte stets das Richtige und hatte tadellose Manieren. Er hatte das Aussehen, das junge Mädchen nach Luft schnappen ließ. Reese würde sich niemals in einem Salon wohlfühlen. Seine Hände waren schwielig von harter Arbeit. Er war ein Mann, der als Feind zu fürchten war, aber wenn man sein Freund war, konnte man sich sicher fühlen. Er war ehrlich, vertrauenswürdig, bodenständig.

Als Saber an die Rinder dachte, die Reese in dem Schneesturm verlieren würde, stiegen ihr die Tränen in die Augen. Sie wusste bereits, dass er nicht der Mann war, der aufgab. Er würde kämpfen, einerlei, wie die Chancen standen. Er würde hart arbeiten, um die Herde wieder aufzubauen, und sie wollte dabei an seiner Seite sein und ihm helfen.

Sie drehte sich auf die Seite und beobachtete, wie die Schneeflocken langsam an ihrem Fenster vorüberschwebten. Noble würde Reese achten, weil sie sich beide sehr ähnlich waren. Saber runzelte die Stirn und fragte sich, ob ihr Bruder überhaupt etwas für Matthew übrig haben würde, wenn er ihn kennen lernte. Sie zog die Decke bis unters Kinn und genoss das Gefühl, in einem weichen Bett zu liegen. Im Handumdrehen war sie eingeschlafen.

Noble Vincentes dunkler Blick durchdrang Zeb und Alejandro. »Warum zum Teufel habt ihr meine Schwester bei diesem Mann gelassen? Ich kenne ihn nicht und, verdammt noch mal, traue ihm auch nicht.«

Zeb biss ein Stück Kautabak ab. Er ließ den *gran vaquero* der Casa del Sol Sabers Handlungsweise erklären.

»Es war Señorita Sabers Wunsch, bei Señor Starrett zu bleiben. Sie vertraut ihm … und ich auch. Sie hat von ihm nichts zu befürchten.«

Noble lief die ganze Länge des Hotelzimmers auf und ab und blieb vor Alejandro stehen. »Ist euch beiden vielleicht in den Sinn gekommen, dass ihr Ruf Schaden nehmen könnte, wenn man erfährt, dass sie bei ihm wohnt ohne eine Anstandsdame?«

Zeb trat auf Noble zu und sah ihn mit ruhigem Blick an. »Ich glaub, dass die Leut sagen, was sie sagen woll'n, egal, worum's geht. Ich hab solches Geschwätz zum Beispiel gehört, als sie bei den Miller-Brüdern war. Ich kann so 'n Zeug nicht leiden, aber die Leute zerreißen sich das Maul, sobald sie eine Gelegenheit dazu haben.«

An Nobels Kiefer traten die Muskeln hervor. »Was für ein Geschwätz, Zeb?«

»Ich wollt Ihnen nichts davon erzählen, aber ich denk, Sie sollten's doch wissen.«

»Sag es nur gerade heraus«, verlangte Noble.

Zeb nickte grimmig. »Sie sagen, sie kann nich mehr Jungfrau sein, wenn sie bei den Miller-Brüdern war. Tom Wade hat gesagt, das sind nicht die Typen, die eine Frau in Ruhe lassen – wenn Sie wissen, was ich meine. Ich hab ihm 'nen Schwinger verpasst und seinen Kiefer angeknackst. Er wird 'ne Weile nich quasseln.«

Noble baute sich mit drohender Miene vor Zeb auf. In seinen dunklen Augen lag ein mörderisches Glitzern. »Zeig mir die Männer, die irgendetwas Abträgliches über meine Schwester sagen, und sie werden noch heute sterben.«

Alejandro legte seine Hand auf die Schulter seines Patrons. »Sie können nicht die ganze Stadt umlegen. Das Gequatsche wird nur noch schlimmer, wenn wir drauf eingehen.«

Zeb nahm seinen Hut und warf ihn aufs Bett. »So wie ich's sehe, is Miss Saber bei Reese Starrett sicher. Und das gibt uns freie Hand für die Jagd auf die Miller-Brüder.«

Alejandros Stimme war voller Zorn, als er auf das Bett zustürzte, Zebs Hut ergriff und auf den Boden warf. »Bist du verrückt, Alter? Du weißt doch, dass es Unglück bringt, seinen Hut aufs Bett zu legen, und davon haben wir wahrhaftig schon genug gehabt in letzter Zeit.«

Zeb angelte sich seinen Hut und setzte ihn auf, anscheinend unbeeindruckt von Alejandros Ausbruch. Er wusste, dass die Nerven bei jedem blank lagen, besonders die von Noble. Er wünschte, Rachel wäre da, um die Wogen zu glätten. »Wir haben genug Probleme am Hals und brauchen uns nich noch gegenseitig angreifen.«

Noble ging zum Fenster und zog den Vorhang beiseite. »Wann sollen Matthew Halloway und seine Familie hier eintreffen?«

Alejandro zog den Zettel mit der Nachricht hervor, die er erhalten hatte. »Nach dem Briefchen hier im Laufe des Vormittags.«

Noble starrte hinaus auf die dunklen Straßen von Fort Worth und fühlte sich hilflos. Er würde noch heute Abend losreiten und seine Schwester holen; und er würde die Miller-Brüder und Graham Felton finden. Wenn sie es tatsächlich gewagt hatten, Saber anzurühren, würden sie bekommen, was sie verdienten. Aber vorher musste er wissen, ob seine Schwester verletzt war.

Er erwiderte den Blick der beiden Männer, die ihn erwartungsvoll ansahen. »Während wir auf die Halloways warten, erzählt mir alles, was ihr über Sabers Entführung und Rettung durch Reese Starrett wisst. Und lasst keine Einzelheit aus.«

Reese stieß sich das Knie an der steinernen Einfassung des Kamins und fluchte leise vor sich hin. Bei seiner Größe lag er verkrampft auf dem kleinen Deckenlager. Er warf sich so lange herum, bis er eine halbwegs bequeme Lage gefunden hatte, wobei er wusste, dass seine Unruhe mehr mit der Frau zu tun hatte, die in seinem Bett schlief, als mit der Härte des Bodens.

Nie zuvor hatte er eine Frau mit auf seine Ranch gebracht.

Er versuchte, sich eine Ehefrau vorzustellen, die die Hausarbeit machte, die kochte, wusch und am Abend auf ihn wartete, wenn er nach Hause kam. Aber keine der Frauen, die er kannte, passte in dieses Bild. Die Frau in seiner Vorstellung nahm nur eine Gestalt und ein Gesicht an – es war Saber. Vor seinem inneren Auge konnte er sie sehen, wie sie sich langsam auszog, nackt zu ihm kam und sich in seine Arme schmiegte.

Er fuhr auf, setzte sich und schüttelte seinen Kopf, um sich von diesem eindringlichen Bild zu befreien. Saber war nicht dazu erzogen worden, Hausarbeit zu tun oder auf einer Ranch zu arbeiten. Sie konnte zwar kochen, aber das bedeutete nicht, dass sie ohne all den Komfort würde leben wollen, an den sie gewöhnt war. Er erinnerte sich daran, wie Matthew ihm erzählt hatte, dass er einen Koch und einen Hausverwalter angestellt habe für das Haus, in dem er und Saber nach ihrer Hochzeit wohnen würden. Nein, sie würde ihr Leben nicht damit verbringen, in seiner kleinen Küche zu kochen, und sie würde, verdammt noch mal, niemals nackt zu ihm kommen.

Reese legte noch ein Scheit aufs Feuer und sah den Funken nach, die im Kamin aufstoben. Saber ging ihm unter die Haut. Er wusste nicht, wie viel er noch ertragen konnte. Sie hatte sich so fest in seine Gedanken verwoben, dass er nur noch an sie denken konnte.

Eigentlich hätte er darauf bestehen sollen, dass sie mit Zeb und Alejandro weiterritt. Stattdessen hatte er behauptet, es sei sicherer für sie, bei ihm zu bleiben. Aber wie lange würde sie noch vor *ihm* sicher sein – vor dieser flammenden Leidenschaft, die ihn schier zerriss?

Als Saber am nächsten Morgen erwachte, zog sie sich schnell an, ging durchs Haus und fand es leer. Sie war enttäuscht, weil Reese schon gegangen war. Im Wohnzimmer brannte schon Feuer im Kamin, und als sie in die Küche kam, fand sie eine

Kanne Kaffee auf dem hinteren Teil des Herdes. Nachdem sie eine dünne Scheibe Schinken gegessen hatte, ging sie daran, sich nützlich zu machen. Sie machte ihr Bett, kehrte die Böden und staubte im ganzen Haus ab. Sie wusch ihre schmutzigen Kleider und hängte sie nahe am Feuer zum Trocknen auf. Dann badete sie, wusch ihr Haar und zog die sauberen Hosen und das Hemd an. Als sie damit fertig war, blieb ihr nur noch übrig, auf Reese zu warten.

Wenn er nur im Entferntesten Noble ähnlich war, würde er den ganzen Tag draußen sein, um so viel Stück Vieh zu retten wie möglich. Er brauchte ein warmes Essen, wenn er nach Hause kam. Sie durchstöberte die wohl gefüllten Küchenregale, bis sie die Zutaten für ein herzhaftes Mahl zusammenhatte.

Vor lauter Aktivitäten merkte sie gar nicht, wie langsam die Dämmerung einsetzte. Sie ging zur Eingangstür und trat auf die Veranda hinaus. Der beißende Wind schmerzte auf ihrem Gesicht. Es hatte aufgehört zu schneien, und die Wolken hatten sich verzogen. Ein strahlender Sonnenuntergang tauchte das Land in glühendes Purpurrot. Saber überlegte, ob sie zur Scheune gehen und nachsehen sollte, ob Reese schon da sei, aber er würde sie nur dafür schelten, dass sie bei einem solchen Wetter das Haus verließ. Sie fröstelte und ging ins Haus zurück. Dann betrat sie die Küche und begann Brotteig zu kneten.

Ihr war warm ums Herz, als sie einen Apfelkuchen und ein Brot aus dem Ofen zog und sie auf den hinteren Teil des Herdes setzte. Sie war glücklich und fühlte sich, als ob sie hierher gehöre. So sollte es sein, dachte sie: Sie bereitete ein Mahl zu für den Mann, den sie liebte. Ein plötzlicher Ansturm von Gefühlen überflutete sie, und sie stellte fest, dass sie sich wünschte, ein Recht darauf zu haben, hier in diesem Haus für Reese zu sorgen – als seine Ehefrau.

Ihr Herz raste so heftig, dass sie kaum noch atmen konnte. Sie ließ sich auf einen Stuhl fallen und senkte den Kopf, von Scham und Schuld überwältigt. Sie durfte keine solchen

Gefühle für Reese haben, während sie noch immer mit Matthew verlobt war. Wenn sie nur mit ihrer Schwägerin Rachel sprechen könnte! Vielleicht wüsste sie, warum sie diese beunruhigenden Gefühle für Reese empfand.

Saber war jemand, der stets der Wahrheit ins Gesicht sah. Sie liebte Reese, und sie würde ihn wahrscheinlich immer lieben. Aber Pflicht und Ehre waren Begriffe, die in ihrem Leben eine wichtige Rolle spielten, und diese würden sie an Matthew binden. Sie war entschlossen, ihm die bestmögliche Frau zu sein, wenn sie verheiratet waren. Sie würde ihre Liebe zu Reese vor Matthew verbergen, sodass er nie etwas darüber erführe.

Es war schon spät, und noch immer war Reese nicht zurück. Saber öffnete die Tür und starrte hinaus in die schweigende Dunkelheit. Einsamkeit bedrückte sie, und sie fröstelte vor Kälte.

Wo war Reese?

Sie ging in die Küche, wo es wärmer war, und legte ihren Kopf auf den Tisch. Kurz darauf war sie eingeschlafen.

Reese öffnete die Tür, und sogleich schlugen ihm köstliche Gerüche entgegen. Er legte Mantel und Hut ab, hing beides auf den Kleiderständer und ging in die Küche.

Saber hörte seine schweren Schritte und erhob sich. Als Reese in der Tür erschien, lächelte sie. »Sie müssen sehr hungrig sein.«

»Was riecht denn so gut?«

Saber begann den Tisch zu decken. »Vielleicht laden Sie noch die anderen ein. Ich habe viel gekocht.«

Er hatte den ganzen Tag über sie nachgedacht und sich gefragt, was sie mit ihrer Zeit anfangen würde. Er sah den Apfelkuchen und das Brot hinten auf dem Herd und einen dampfenden Gemüseeintopf mit Fleisch in dem großen eisernen Topf.

Er ging zur Hintertür und lächelte sie breit an. »Ich bin

sicher, Rosita wartet mit einem Essen auf Miguel, aber ich hole Jake und Gabe.«

Kurz darauf kam Reese mit den beiden Männern im Schlepptau zurück. Saber tischte für jeden eine große Portion Eintopf auf und stellte das Brot und den Kuchen vor sie hin.

»Hallo, Jake«, sagte sie zu dem Jungen, der sie anstrahlte. »Ich weiß nicht, wie es schmeckt. Ich hab's jetzt schon eine Weile auf dem Herd stehen.« Ihr Blick fiel auf den älteren Mann, der sie stark an Zeb erinnerte. Er war grauhaarig und krummbeinig. Seine lederartige Gesichtshaut zeugte von den vielen Stunden, die er im Sattel verbracht hatte. »Sie müssen Mr. Cooper sein. Bitte nehmen Sie doch Platz, bevor alles kalt wird.«

»Ja, Ma'am.« Gabe Cooper setzte sich rittlings auf einen Stuhl und griff nach einem Messer, um das Brot zu schneiden. Ein warnender Blick von Reese erinnerte Gabe an seine Manieren. »Entschuldigen Sie, Ma'am«, sagte der alte Cowboy reuig. »Es ist schon lange her, dass ich so 'n Festmahl, von einer Frau zubereitet, gegessen habe.«

»Fangen Sie an, meine Herren, und lassen Sie sich's schmecken. Ich werde Sie allein lassen, damit Sie in Ruhe essen können.«

Reese schob ihr einen Stuhl hin. »Wollen Sie nicht mit uns essen?«

»Ich habe schon etwas früher gegessen.« Sie lächelte und ging zur Tür. »Guten Abend, Gentlemen.«

Es war still in der Küche, als sie gegangen war. Die drei Männer sahen einander an und begannen dann schnell, ihre Teller zu füllen.

Es roch gut, aber Reese konnte sich Saber einfach nicht als Köchin an dem alten Holzherd vorstellen. Zögernd spießte er ein kleines Stück Fleisch auf und kostete es, wobei er bemerkte, dass Jake und Gabe bereits mit Appetit aßen.

»Lecker!«, gab Gabe mit vollem Mund zu verstehen.

»In der Tat«, stimmte Reese zu und nahm noch einen Bissen und dann wieder einen.

»Miss Vincente ist eine gute Köchin.« Jake langte nach einer zweiten Scheibe Brot, während er den Apfelkuchen, sein Lieblingsgericht, nicht aus den Augen ließ.

Reese lächelte vor sich hin. Er schuldete der Dame eine Entschuldigung. Zum Teufel, er schuldete ihr viele Entschuldigungen. Er hatte sie wie die verwöhnte Schwester eines spanischen Grande behandelt, während sie in Wahrheit mit Klugheit, Freundlichkeit und Geduld handelte und sich nie beschwert hatte, wenn es kalt gewesen war oder sie Hunger gehabt hatte.

Nach dem Essen gab er Jake und Gabe die Anweisungen für den nächsten Tag. Als sie gingen, betrat er das Wohnzimmer.

Er fürchtete schon, Saber sei bereits ins Bett gegangen und er könne sich nicht bei ihr entschuldigen für die Grobheit vom vorigen Abend. Er fand sie in einen Sessel gekuschelt, ein Buch lesend, unter dem schwachen Licht einer Öllampe.

Saber sah Reese an und legte ihr Buch beiseite. »Haben Sie viele Stück Vieh verloren?«

Er zog sich einen Stuhl an ihre Seite und nickte grimmig. »Ja, beinahe fünfzig.«

Sie beugte sich vor und legte in der mitfühlenden Art einer Frau ihre Hand auf die seine. »Das tut mir so Leid, Reese.«

Seine Hand schloss sich um ihre, und eine schmerzhafte Süße durchdrang sie. Sie wollte ihn trösten, aber würde dieser selbstsichere Mann Trost von einer Frau annehmen? Irgendwie spürte sie, dass er sie brauchte. »Sie werden Ihre Herde wieder aufbauen. Ich bin sicher, dass Noble Ihnen eine beträchtliche Belohnung geben wird dafür ...«

Er riss seine Hand los, sprang auf und stand über ihr mit einem zornigen Ausdruck auf seinem kantigen Gesicht. »Ich brauche kein Geld von Ihrem Bruder!«

»Nein, natürlich nicht. Ich dachte nur ...«

Wieder unterbrach er sie. »Meine Schwierigkeiten sind nicht die Ihren, Miss Vincente.« Er ging auf die Stelle zu, an der sie seine Decken ordentlich aufgestapelt hatte, und trug diese zum Kamin.

Dann wandte er sich ihr zu. »Nun, wenn Sie mir nicht beim Ausziehen zusehen wollen, schlage ich vor, dass Sie zu Bett gehen. Es war ein langer Tag, und morgen wird's vielleicht ein noch längerer.«

Mit so viel Würde, wie sie aufbringen konnte, erhob sich Saber, stellte das Buch zurück auf das Bord, ging aus dem Zimmer und schloss die Tür hinter sich.

Reese starrte an die Decke, bis er seine Gedanken ordnen konnte. Zum Teufel, was war los mit ihm? Er hatte den verletzten Ausdruck in ihren Augen gesehen. Statt freundlich zu ihr zu sein, hatte er ihr wehgetan.

Ohne sich auszuziehen, ließ er sich auf seinem Lager nieder und starrte in die schwächer werdenden Flammen im Kamin. Er war ein Narr. Warum hatte er nicht ganz höflich das Angebot, von ihrem Bruder Geld zu nehmen, ablehnen können und ihr für das Abendessen gedankt? Weil er nicht wollte, dass sie das Gefühl hatte, sie schulde ihm etwas, sagte er sich. Er würde alles für sie tun und sie jederzeit vor Gefahren zu schützen versuchen. Es ging ihm nicht um Geld – es war ihm nie darum gegangen. Sein Revolvergürtel drückte ihn. Er schnallte ihn ab und legte ihn in Reichweite.

Morgen würde er sich bei Saber dafür entschuldigen, dass er sie heute Abend verletzt hatte.

Die Schlafzimmertür öffnete sich, und er sah Sabers Umriss vor dem schwachen Lampenlicht hinter ihr. »Ich werde morgen mit Ihnen hinausreiten«, sagte sie.

Er stützte sich auf seine Ellbogen. »Nein, das werden Sie nicht. Es ist zu kalt, und wir werden den ganzen Tag verirrte Rinder einfangen, die den Schneesturm überlebt haben.«

»Sie haben mir nichts zu sagen. Es ist mir gleichgültig, wie kalt es ist. Ich bin daran gewöhnt, jeden Tag zu reiten und ich *werde* morgen reiten. Gute Nacht!«

Er konnte die Entschlossenheit in ihrer Stimme hören. »Na gut. Aber sagen Sie später nicht, dass ich Sie nicht gewarnt hätte.«

Sie trat in das Schlafzimmer zurück und schloss die Tür.

»Zum Teufel mit dieser Frau!«, murmelte er. »Sie ist so störrisch wie ein Maultier.« Nun, er würde ihr ihren Willen lassen und sehen, wie es ihr gefiel. Sie würde ihn wohl anbetteln, zum Haus zurückkehren zu dürfen, noch ehe es Mittag war.

12

Noble antwortete auf das Klopfen an der Tür. Er erwartete die Halloways. Sein Herzschlag setzte aus, als eine schöne Frau mit rotgoldenem Haar in seine Arme flog.

Sie schmiegte sich an ihn, und ihm wurde warm ums Herz, als er seine Arme um sie schloss. Offensichtlich hatte sie gespürt, dass er sie brauchte, und war deshalb zu ihm gekommen. Hatte je ein Mann eine solche Frau sein Eigen genannt? »Rachel, was willst du hier um diese Zeit? So wie ich dich kenne, bist du auch noch allein gekommen.«

»Nein, denn ich wusste ja, dass du das nicht gutheißen würdest. Teak und George haben mich begleitet. Ich hatte das Gefühl, dass du mich brauchst, deshalb bin ich hier.« Sie sah zu ihm auf, und er hob sie auf die Zehenspitzen, um sie zu küssen. Schließlich löste sie sich von ihm und ging weiter ins Zimmer. »Ich habe es vor Sorge um Saber zu Hause nicht mehr ausgehalten. Habt ihr sie schon gefunden?«

Er trat ins Zimmer und schloss die Tür. Bis zu diesem Augenblick hatte er nicht gewusst, wie sehr er sie vermisst hatte. »Ich habe jemanden mit einer Nachricht zu dir geschickt, um dir alles mitzuteilen.«

»Wir müssen aneinander vorbeigeritten sein. Hast du Saber gefunden?«

In seinen Augen lag beherrschte Wut, als er daran dachte, was seine Schwester durchgemacht hatte. »Ja. Man hat sie gefunden.«

Sie flog in seine Arme. »Gott sei Dank! Ich war außer mir vor Sorge.« Seine spürbare Anspannung ließ sie stutzen. »Es geht ihr doch gut, oder?«

»Sie lebt, aber ich weiß nicht, was sie in den Händen dieser Schweinehunde erdulden musste.«

»Wo ist sie? Ich möchte sie sehen.«

Noble ließ Rachel los und lief außer sich im Zimmer hin und her. »Es scheint, als sei sie von einem Mann namens Reese Starrett gerettet worden. Kennst du ihn?«

Rachel runzelte die Stirn. »Ich habe den Namen schon einmal gehört. War er es nicht, der vor nicht allzu langer Zeit die Komantschen davon abhielt, die Armee anzugreifen? Ich glaube, er wurde wie ein Held gefeiert.«

Noble blieb vor ihr stehen. »Tatsächlich? Ich habe davon nichts gehört. Zeb sagte mir, dass Reese schon einen der Miller-Brüder getötet hat.«

»Wo ist Saber jetzt?«

»Sie ist auf Starretts Ranch. Zeb und Alejandro haben sie gesehen und mir versichert, dass sie bei guter Gesundheit ist.«

Rachel schüttelte den Kopf. »Das verstehe ich nicht. Warum ist sie denn auf Starretts Ranch?«

Noble legte seine Arme um sie und zog sie an sich. »Lass mich dich halten, und ich erzähle dir, was ich weiß.« Er legte sein Gesicht an das ihre und fühlte das vertraute Kribbeln in seinem Körper. »Ich habe dich vermisst, Grünauge. Ich bin froh, dass du da bist.«

Sie kannte ihn sehr gut und wusste deshalb, dass er daran dachte, die Millers selbst zu verfolgen, auch wenn er dabei selbst den Tod finden konnte. Noble war nicht der Mann, der die Hände in den Schoß legte, während andere die Entführer jagten. »Was hast du vor?«

»Ich werde in aller Frühe aufbrechen. Ein paar Büffeljäger behaupten, sie hätten die Millers knapp hinter der mexikanischen Grenze gesehen.«

Sie wusste, dass es wenig Sinn hatte, ihm seinen Plan auszureden. Deshalb fragte sie nur: »Wer reitet mit dir?«

»Fünf Männer von der Casa del Sol.«

»Ich möchte auch mitkommen.«

Er löste sich aus ihrer Umarmung. »Das kannst du nicht tun, Rachel. Aber es würde mich schon sehr beruhigen, wenn du zur Starrett-Ranch reiten und herausfinden könntest, wie es Saber geht.«

Sie nickte zustimmend. »Das ist vielleicht das Beste. Ich werde morgen früh aufbrechen.«

Zärtlich zog er sie wieder an sich. »Woher hast du gewusst, dass ich dich brauche?«

Sie schloss die Augen. »Ich kenne dich einfach zu gut.«

Er sah zum Bett hinüber und hätte sie eigentlich am liebsten dorthin gebracht, um sie zu lieben. Aber er stöhnte nur frustriert auf – damit würden sie bis zum Abend warten müssen.

»Matthew und seine Eltern müssten jeden Augenblick hier eintreffen.«

»Was tun die Gesetzeshüter, um die Männer zu finden, Noble?«

»Gute Frage«, antwortete er und verzog den Mund vor Widerwillen. »Sheriff Davis hat sich mit einem Aufgebot in Richtung Süden aufgemacht. Dieser Mann ist so unfähig, dass er nicht mal seinen eigenen Hintern finden würde.«

Rachel drückte ihre Lippen auf seine, und er vergaß für einen Augenblick, dass er jemanden erwartete. Er presste sich an sie und zog sie noch näher heran.

Rachel wusste, dass ihr Mann Trost brauchte, und sie wusste auch, wie sie ihn trösten konnte.

Es klopfte an der Tür. Noble stöhnte auf und ließ von Rachel ab. »Später«, sagte er lächelnd.

Ein junger Soldat überreichte Noble einen Brief. »Eine Nachricht von Major Halloway, Sir. Er trug mir auf, Ihnen zu sagen, wie Leid es ihm tut, dass er und seine Eltern heute nicht nach Fort Worth kommen können.« Der junge Mann wartete einen Augenblick. »Möchten Sie ihm eine Antwort übermitteln, Sir?«

Noble war verärgert. »Nein. Ich habe ihnen nichts zu sagen.«

Als Noble die Tür schloss, zog Rachel ihn zum Bett. »Ich bin froh, dass sie nicht kommen. Jetzt haben wir Zeit für uns.«

Es war noch immer dunkel, als Reese aufwachte und seine verspannten Muskeln streckte. Er ließ seine Hand über die Bartstoppeln auf seinem Kinn gleiten und dachte, dass er sich eigentlich rasieren müsste. Aber er hatte keine Lust, seine Zeit damit zu vergeuden. Jede vertane Zeit konnte mehr totes Vieh bedeuten.

Er zwängte seine Füße in die Stiefel und steckte sein Hemd in die Hose. Dann warf er einen Blick zum Schlafzimmer und war überrascht, dass die Tür offen stand. Bei näherem Hinsehen bemerkte er, dass das Bett schon gemacht war. Er folgte dem köstlichen Duft, der aus der Küche kam, und sah, wie Saber gerade Plätzchen aus dem Ofen holte.

Sie bemerkte, wie zerzaust sein Haar aussah, und ihr fielen die Ringe unter seinen Augen auf. Er arbeitete zu hart, und sie bezweifelte, dass er auf dem Fußboden besonders gut geschlafen hatte.

»Irgendetwas riecht hier sehr gut«, sagte er und schnupperte.

Ein Gefühl wohliger Wärme durchströmte sie in diesem Augenblick gemeinsamer Vertrautheit. Sie versuchte, sich daran zu erinnern, dass sie böse auf ihn gewesen war, aber das war schwierig, wenn er sie so ansah – mit diesem sanften Funkeln in den silberfarbenen Augen.

»Wenn Sie sich gewaschen und den anderen Bescheid gesagt haben, wird das Frühstück fertig sein.«

»Ich habe nicht gehört, wie Sie aufgestanden sind. Bekommen junge Damen Ihres Standes ihr Frühstück nicht im Bett serviert?«

In einem plötzlichen Anflug von Ärger erinnerte sie sich jetzt daran, warum sie gestern wütend auf ihn gewesen war. Warum musste er immer so verletzende Dinge zu ihr sagen? »Ich war schon immer eine Frühaufsteherin – und zu Ihrer

Information: Ich nehme mein Frühstück niemals im Bett ein, außer wenn ich krank bin. Und was Sie angeht . . .«, sie zuckte mit den Schultern, »hätte es das Stampfen einer ganzen Viehherde gebraucht, um Sie aufzuwecken.«

Er sah sie dort stehen, mit einem Mehlfleck auf der Wange, und dieser Anblick war so rührend, dass er lächeln musste. »Ich gehe mich waschen«, sagte er und verließ beschwingt die Küche.

Später, als die drei Männer um den Tisch herum saßen, schenkte Saber jedem von ihnen eine dampfende Tasse Kaffee ein. Dann setzte sie sich dazu und trank ihren Kaffee.

»Warum essen Sie nichts?«, brummte Reese . »Ein kräftiger Windstoß wird Sie einfach wegblasen.«

Sie wendete sich ihm zu, und ihre blauen Augen blitzten gefährlich. »Ich habe gegessen, während Sie noch geschlafen haben. Ich habe auch Ihre schmutzigen Kleider gewaschen, sie aufgehängt und Frühstück gemacht.«

»Rosita macht die Wäsche für mich«, grummelte Reese.

»Gut, dann werde ich sie nicht wieder waschen.«

Jake und Gabe wechselten erstaunte Blicke. Sie kannten Reese' Temperament und hofften, ihren Boss davon abhalten zu können, einen Narren aus sich zu machen. Deshalb sagte Gabe schnell: »Ma'am, Sie sind wahrscheinlich die beste Köchin, der ich je begegnet bin. Ich hab schon lange nich so was Gutes gegessen. Seit ich ein Junge war nich mehr. Meine Ma machte solche Plätzchen wie Sie.«

»Oh, danke, Mr. Cooper. Ich weiß gar nicht, wann ich zuletzt ein so nettes Kompliment erhalten habe.«

Jake nickte, und seine Augen blickten klar und ehrlich. »Das mein ich auch, Ma'am, obwohl ich nich mehr weiß, wie meine Ma gekocht hat.«

Reese gelang es, verstimmt dreinzublicken, aber er sagte nichts.

Saber nahm schnell einen Schluck Kaffee und lächelte Jake an. »Ich werde heute Morgen mit euch hinausreiten.«

Gabe nickte. »Mummeln Sie sich aber richtig ein. Es is

immer noch ganz schön kalt, aber ich glaub nich, dass wir noch mehr Schnee kriegen werden.«

Reese blickte die beiden Männer finster an. Er ärgerte sich darüber, dass sie Saber zum Lächeln brachten. Zum Teufel, er war auf jeden böse, der es fertig brachte, diese süßen Grübchen auf ihre seidigen Wangen zu zaubern! Er schob seinen Teller weg und stand auf. »Ihr beiden reitet zu der oberen Weide. Ich nehme Miss Vincente mit mir und suche das Tal ab, sodass wir nicht zu weit vom Haus entfernt sind.«

»Jawohl, Boss«, sagte Gabe und tat besonders ernst. Für seine Bemühungen erhielt er von Reese ein Stirnrunzeln.

»Ich bin in der Scheune«, sagte Reese.

Drei Augenpaare beobachteten ihn, wie er ins Wohnzimmer stampfte, wo sein Mantel hing.

Saber erhob sich seufzend. Sie nahm den Kessel mit kochendem Wasser vom Herd, schob die Essensreste von den Tellern und tauchte sie ins Spülwasser. Reese konnte sie so leicht verletzen. Sie hielt inne, als Gabe und Jake gingen. Sie hatte einen Entschluss gefasst. Von keinem Mann ließ sie sich derart unverschämt behandeln. Sie hatte nichts Falsches getan. Wahrscheinlich hatte er es satt, sie in seiner Nähe zu haben. Sie trocknete die Teller ab und stellte sie auf das Bord. Ja, das musste es sein, was mit ihm nicht stimmte. Nun, es war seine Entscheidung gewesen, sie hierher zu bringen, und nicht ihre.

Jake schwang sich in den Sattel und flüsterte Gabe zu: »Was ist denn mit Reese los – welche Laus ist dem denn über die Leber gelaufen? Ich hab ihn ja noch nie so erlebt. Von dem Blick, mit dem er mich angesehen hat, als ich Miss Vincente für ihre Plätzchen gelobt hab, wär ja die Milch sauer geworden.«

Gabe stieg auf sein Pferd und lachte. »Das kleine Vollblutfohlen bringt ihn außer Rand und Band. Die hat ihm ganz und gar den Kopf verdreht. So was wie die hat er noch nie gesehen, und er ist mit seinen Nerven völlig am Ende.«

»Glaubst du, er verhält sich so, weil er … sie will?«

Gabe lachte und gab seinem Pferd die Sporen. »Genau das mein ich.«

Jake ritt auf gleiche Höhe mit dem älteren Mann. »Verdammt noch mal! Hätte nie gedacht, dass der Boss bei einer Frau weich werden würde.«

Gabe warf ihm einen wissenden Blick zu. »Jawoll. Er is wie 'n bockender Hengst, der gefangen is im Stacheldrahtzaun und sich dauernd aufbäumt. Der wird nich so einfach das kleine Fohlen allein lassen. Die hat Feuer – wirkliches Feuer!«

Reese bemerkte, dass sein Fuchs beim Gehen das linke Hinterbein bevorzugte. Bei näherer Prüfung entdeckte er, dass das Pferd sich einen Stein in den Huf getreten hatte. Er konzentrierte sich darauf, den Stein herauszuholen und blickte nicht auf, als Saber die Scheune betrat.

Sie fand den Weg zu der Box, in der eine der Stuten stand, und öffnete die Tür. Sie tätschelte das Tier und erhielt dafür ein freundliches Wiehern.

Reese blickte auf und bemerkte, dass sie einen seiner alten Mäntel trug. Er war an den Ärmeln aufgerollt und reichte ihr bis über die Knie. Sie hatte sich auch ein Paar seiner Handschuhe besorgt, die so groß waren, dass sie Mühe hatte, sie an ihren Händen zu behalten.

»Sind Sie immer noch entschlossen, heute mit hinauszureiten, Saber?«

Sie warf ihm einen hochmütigen Blick zu. »Ich muss mal aus dem Haus. Ja, ich komme mit.«

Er biss die Zähne zusammen. »Wenn Sie warten, bis ich hiermit fertig bin, werde ich die Stute für Sie satteln.«

Sie führte die Stute aus der Box, wobei sie innerlich vor Wut kochte. »Ich brauche keine Hilfe beim Satteln. Ich habe schon für meine eigenen Pferde gesorgt, als ich so groß war, dass ich nicht mal bis an Ihr Knie reichte.«

Zweifelnd sah er sie an. Dann beobachtete er, wie sie geschickt das Zaumzeug über den Kopf der Stute legte und ihr die Trense zwischen die Zähne schob. Er wollte ihr bei den restlichen Handgriffen helfen, musste aber feststellen, dass sie bereits die Satteldecke vom Geländer der Box heruntergeholt hatte. Sie ließ die Handschuhe fallen und sah ihn mit einem so scharfen Blick an, dass er sofort stehen blieb.

Saber zog die Decke zurecht und hob dann den Sattel über den Rücken der Stute. Sie langte unter den Bauch des Pferdes und befestigte den Sattelgurt. Nachdem sie die Steigbügel ihrer Größe angepasst hatte, kraulte sie das Pferd hinter dem Ohr und blickte Reese an, der sprachlos war.

»Mr. Starrett, mein Vater glaubte fest daran, dass man, wenn man ein Tier besitzt, auch die Verantwortung dafür hat.« Sie hob eine Augenbraue und fragte ihn mit säuselnder Stimme: »Nun, wünschen Sie vielleicht, dass ich Ihnen Ihr Pferd sattle?«

Er drehte sich um und begann sein Pferd zu satteln, wobei er das Lächeln vor ihr verbarg, das um seine Lippen spielte. »Ich glaube, das schaffe ich noch.«

»Wenn Sie irgendwelche Schwierigkeiten haben sollten, ich helfe Ihnen gerne.« Sie steckte ihren Fuß in den Steigbügel und stieg auf. Dann lehnte sie sich zur Seite hinüber, nahm ein aufgerolltes Seil von einem Haken und befestigte es am Sattelknopf. »Ich kann auch mit dem Lasso umgehen, falls Sie heute meine Hilfe brauchen.«

Reese schwang sich elegant in den Sattel und sah ihr in die Augen. »Oh, bei solch einem reizenden Hilfsangebot wird mir ganz warm ums Herz. Darf ich das so verstehen, dass die Lady anfängt, mich zu mögen?«

»Begraben Sie jede diesbezügliche Hoffnung, Mr. Starrett. Die Lady mag Sie überhaupt nicht.« Sie stieß ihrer Stute die Hacken in die Seite und ritt aus der Scheune.

Lachend ritt ihr Reese nach und zog seinen Kopf ein, als er durch das Scheunentor ritt. »Saber Vincente, Sie sind vielleicht eine zu starke Frau für Major Matthew Halloway«, sagte er kühn.

Sie hielt ihr Pferd an und wartete, bis er zu ihr aufschloss. Er sah den Schalk in ihren Augen und wartete darauf, dass sie etwas sagte.

»Sie müssen wissen, es ist das spanische Blut, das die Schwierigkeiten macht. Der Anteil meiner Mutter wird immer das tun, was korrekt ist. Aber das spanische Blut meines Vaters lässt mich irrational handeln. Es hilft Ihnen vielleicht, wenn Sie das über mich wissen.«

»Ich werde versuchen, mich daran zu erinnern«, sagte er und spornte sein Pferd zu einem Galopp an.

Entgegen seinen früheren Einwänden musste sich Reese eingestehen, dass er es genoss, sie an seiner Seite zu haben. Er hatte gut gegessen, und eine wunderschöne Frau ritt neben ihm. Was konnte ein Mann mehr verlangen?

Als der halbe Vormittag vorüber war, hatte Reese die Hoffnung fast aufgegeben, noch weitere verirrte Tiere zu finden. Plötzlich hörte er das verzweifelte Brüllen von Rindern. Als sie dem Geräusch in eine tiefe Schlucht folgten, fanden sie zwei Kühe, die in einer hohen Schneewehe gefangen waren.

Reese ergriff sein Lasso, schnellte nach vorne und wirbelte es über seinem Kopf herum. Er warf es mit großer Genauigkeit und fing eine der Kühe mit der Schlinge. Als er das Ende des Seils um den Sattelknopf wickelte, zog das gut trainierte Pferd das Seil straff und begann rückwärts zu gehen.

Nun löste Saber ihr Lasso und schwang es über ihren Kopf. Auf der Casa del Sol hatte sie dies schon oft gemacht. Sie betete darum, dass sie heute ihr Ziel genau traf. Mit einem schnellen Wirbel segelte ihr Seil gekonnt durch die Luft und legte sich leicht über die Hörner der Kuh. Sie tat dasselbe wie Reese und wickelte ihr Seil um den Sattelknopf. Allerdings erkannte sie sofort, dass ihr Pferd nicht darauf dressiert war, das Seil zurückzuziehen. Sie musste also absteigen.

Mit den Händen übergreifend, zog sie das Seil zu sich heran, merkte aber, dass sie das erschrockene Tier nicht von der Stelle bewegen konnte. Gleich darauf spürte sie Reese an ihrer Seite. Seine starke Hand in dem Handschuh legte sich über die ihre, und er fügte seine Kraft der ihren hinzu. Zusammen zogen sie, bis das Tier frei war. Dann löste Reese das Seil.

Sie beobachteten beide, wie die erschrockenen Tiere den Hügel hinaufliefen.

»Wo haben Sie das gelernt?«, fragte er erstaunt. Saber rollte ihr Seil ordentlich zusammen und sah ihn so hochmütig wie möglich an. »Ich bin auf einer Ranch aufgewachsen, Reese. Ich weiß, dass Sie glauben, ich hätte nichts anderes zu tun gehabt als herumzusitzen und mir Modekataloge anzusehen, aber das stimmt ganz einfach nicht.«

Seine Bewunderung wuchs von Tag zu Tag und ebenso sein Verlangen, sie zu besitzen. Er sah ihr zu, wie sie ihr Pferd bestieg, und registrierte die Rundung ihrer Hüften. Er wollte sie auf den Boden legen und seine Lippen auf ihre pressen und in ihren verführerischen Körper eindringen, bis sie einiges von dem Hunger spürte, der ihn quälte.

»Was machen wir jetzt?« Sie fragte sich, was ihm durch den Kopf ging, als sie seinen wilden Blick bemerkte. Seine Silberaugen fingen das Sonnenlicht ein und brannten es mitten in ihr Herz.

»Wir suchen weiter nach verirrten Tieren«, antwortete er schließlich. »Ist Ihnen kalt?«

»Nein. Reiten wir weiter.«

Er stieg auf und beobachtete, wie sie vor ihm herritt. Er verfluchte den Tag, an dem er zum ersten Mal ein Auge auf sie geworfen hatte. Sie war seine Peinigerin und die Frau seines Herzens. Wenn er ihr nicht begegnet wäre, hätte er nie erfahren, was das Leben ihm vorenthielt. Keine andere Frau würde ihn von nun an zufrieden stellen können. Wenn jemals eine Frau für ihn geschaffen worden war, dann Saber Vincente. Aber sie wusste es nicht und würde es auch nie erfahren.

Saber hielt inne, als sie den Kamm des Hügels erreichte, und blickte sich um. Alles war so friedlich und heiter. »Ich liebe dieses Land«, sagte sie verträumt. »Es ist wunderschön, Reese. Kein Wunder, dass es Ihnen hier gefällt.«

Er versuchte, es mit ihren Augen zu sehen. Es war schon lange her, dass er bewusst seine Ranch betrachtet hatte, denn er war immer zu sehr damit beschäftigt gewesen, sie nicht zu verlieren. Man konnte jetzt meilenweit sehen, weil der Winter das Laub von den Bäumen gestreift hatte. Ein breiter Pfad, im Laufe von Jahrhunderten von wandernden Büffeln ausgetreten, wand sich zwischen den Bäumen hindurch zum Trinity-Fluss. Er sah Spuren von Rotwild dort, wo eine Herde geäst hatte und dem Flusslauf gefolgt war. Es gab kein besseres Weideland in Texas als auf seiner Ranch.

»Ich nehme an, einer Frau wie Ihnen wäre es hier draußen zu abgelegen und zu einsam.«

»Nein. Ich liebe es, auf einer Ranch zu leben. Nirgendwo sonst würde ich mich wohl fühlen.«

»Auch nicht in Philadelphia?«

Reese hatte etwas getroffen, was sie in letzter Zeit ständig beschäftigte. »Philadelphia ist Matthews Heimat, und ich nehme an, dass er eines Tages dorthin zurückkehren wird. Als seine Frau werde ich natürlich mit ihm gehen.«

Schweigen breitete sich zwischen ihnen aus, und Sabers Blick folgte dem Trinity-Fluss, bis er hinter einer Kuppe verschwand. Schließlich sagte sie: »Mein Bruder ist der Meinung, dass derjenige, der Wasser hat, der Herr seiner Welt ist. Sie haben gutes Wasser hier, Reese, und eine gute Ranch.«

»Ihr Bruder hat Recht, was das Wasser angeht.« Er sah auf sie hinunter und stellte fest, dass sie ihn beobachtete. »Ich habe gehört, dass Ihr Bruder eine von Sam Rutledges Töchtern geheiratet hat. Dadurch hat er Anrechte auf beide Ufer des Brazos.«

Saber lachte, und in ihren Augen blitzte es. »Wenn Sie meine Schwägerin sähen, dann würden Sie wohl sagen, dass die Frau, die die Wasserrechte hat, die Herrin auf ihrem eigenen Gebiet ist.«

»Mögen Sie Ihre Schwägerin nicht?«

»Ich bewundere sie. Rachel ist eine Frau, die ihr Schicksal selbst in die Hand nimmt, und darum beneide ich sie. Sie versteht es sehr gut, mit meinem Bruder umzugehen. Keine andere Frau hätte ihn so glücklich machen können, wie sie es tut. Sie bestimmt über ihn und bringt es noch fertig, dass es ihm gefällt.«

Reese war verblüfft. »Ihr Bruder lässt das zu?«

»Er hat keine andere Wahl. Rachel ist Rachel.« Sie dachte einen Augenblick nach. »Tatsächlich ermutigt Noble sie geradezu, sie selbst zu sein. Er mag sie, so wie sie ist, und mir geht es ebenso.«

»Warum hat er sie geheiratet?«

Saber blickte hinauf zu dem wolkenlosen blauen Himmel und nahm einen tiefen Atemzug. »Ich hoffe, dass ich auch einmal eine solche Ehe voller Liebe führe wie sie. Die beiden sind einander so zugetan. Ich habe noch nie zwei Menschen gesehen, die einander mehr lieben als sie.«

»Und doch kommen sie aus verschiedenen Welten.«

Sie lächelte ihn an. »Noble hat mir einmal erzählt, dass die Überquerung des Flusses zwischen den beiden Ranches für ihn die längste Reise seines Lebens war. Ich nehme an, dass er sich ein bisschen demütigen musste, um Rachel zu gewinnen.«

»Und Sie sagen, dass Sie sie mögen?«

»Natürlich. Sie ist die Schwester, die ich nie hatte. Sie macht meinen Bruder glücklich, und allein dafür würde ich sie lieben, wenn nicht um ihrer selbst willen.«

Reese wollte seine Hand ausstrecken und ihr Gesicht berühren, sie an seine Schulter ziehen und sie dort halten, bis sie erkannte, dass er jeden Fluss für sie überqueren, jede Distanz überwinden würde, wenn ihn das zu ihr brächte. Aber auch dieses Mal ließ ihn seine Ehrgefühl innehalten. »Reiten wir weiter.«

Saber folgte ihm. Wie sehr wünschte sie sich, dass er sie auch nur einmal so ansähe, wie ihr Bruder Rachel – oder auch nur bemerkte, dass sie eine Frau war. Sie bezweifelte, ob er sie je als etwas anderes als ein Problem betrachtete. Er hatte sie wohl noch nie als Frau wahrgenommen. Wenn er sie doch nur in etwas anderem als in abgetragenen und zu weiten Hosen sehen könnte! Sie wünschte sich, dass er sie schön fand, und bei diesem Gedanken errötete sie. Noch nie vorher hatte sie daran gedacht, einen Mann zu beeindrucken, aber schließlich war ja Reese nicht irgendein Mann.

Sie merkte, dass er sie beobachtete. Wie würde ihm zumute sein, wenn er ihre Gedanken lesen könnte? »Ich glaube, es wird wärmer«, sagte sie und drückte damit den ersten vernünftigen Gedanken aus, der ihr in den Sinn kam.

»Ja, das stimmt. Aber für den Großteil meiner Herde kommt die Wärme zu spät.«

»Ich weiß. Es tut mir Leid.«

Seine Hände in den Handschuhen griffen die Zügel fester, und er drückte dem Pferd die Sporen in die Flanken. Saber musste galoppieren, um ihn einzuholen. Er wollte ihr Mitleid nicht. Mitleid war das allerletzte Gefühl, das ein Mann wie er bei irgendjemandem hervorrufen wollte.

»Wir versuchen es mit dem Höhenzug zur Linken.« Er führte sein Pferd über eine glatte, schneebedeckte Stelle, die im Schatten des Felsens vereist war.

Dort fanden sie drei tote junge Ochsen und zwei tote Bullen.

Saber wurde es schwer ums Herz. »Wann wird das aufhören?«

Er machte sich nicht die Mühe, ihr zu antworten. Sie wussten beide, dass der Sturm den größten Teil seiner Herde hinweggerafft hatte.

Sabers Stimmung passte zu dem farblosen Himmel. Sie zog den Mantel fester um sich und schlug den Kragen hoch.

Sie konnte Reese in keiner Weise helfen. Trotzdem war sie froh, dass sie ihn heute begleitet hatte. So konnte sie zumindest an seinem Missgeschick Anteil nehmen.

13

Wenn Reese allein gewesen wäre, hätte er kein Lagerfeuer gemacht wie jetzt, als sie anhielten, um ihr Mittagessen zu sich zu nehmen. Obwohl Saber sich nicht beschwert hatte, konnte er sehen, dass es ihr kalt war. Da sie nun einmal eine stolze Frau war, wäre sie wohl eher gestorben, als eine Schwäche zuzugeben. Sie kauerte sich dicht an das Feuer; ihre Wangen waren gerötet, und ihre Augen strahlten in tiefstem Blau.

»Ich mag die Arbeit mit Rindern.« Sie sah zu ihm auf. »Natürlich versucht Noble, das in die Schranken zu weisen, was er mein *übermütiges Wesen* nennt. Ich verstehe nicht, was er dagegen hat. Ich kann genauso gut reiten wie er, und er gibt das auch zu.«

Er reichte ihr einen Teller Bohnen und ein Stück Zwieback. »Es hört sich an, als stünden Sie sich sehr nahe, Sie und Ihr Bruder.«

»Ja, das tun wir auch. Als unsere Eltern gestorben waren, standen wir beide alleine da. Dann kam Rachel in unsere Familie und brachte meinem Bruder Freude. Vorher war er sehr traurig ... eine Zeit lang. Aber niemand kann in Rachels Nähe traurig bleiben.« Sie betrachtete den Teller auf ihren Knien. »Ich kann's kaum abwarten, bis sie Kinder haben. Ich möchte Tante werden.« Sie blickte zu Reese empor. »Ich liebe Kinder. Und Sie?«

In diesem Augenblick hätte es Reese nicht schlechter gehen können, wenn ihm jemand in den Magen geschlagen hätte. Eines Tages würde sie Matthews Baby in ihrem Leib tragen. Dann würde sie das Kind in ihren Armen halten und es an ihren Brüsten stillen. Die Qualen dieser Vorstellung waren beinahe unerträglich für ihn. Er sah schnell weg und versuchte, sich an ihre Frage zu erinnern; aber um alles in der Welt, er konnte es nicht.

»Entschuldigung, Saber, was haben Sie gefragt?«

»Ich habe nur gefragt, ob Sie Kinder mögen.«

Er dachte einen Augenblick nach. »Ich kenne keine Kinder. Ich habe hin und wieder welche gesehen, aber ich habe nie mit einem gesprochen.«

Sie warf ihren Kopf in den Nacken und lachte so laut, dass sie beinahe von dem Baumstamm gefallen wäre, auf dem sie saß. »Ich kann es nicht glauben, dass Sie noch nie in der Nähe von Kindern waren.«

Er runzelte die Stirn. »Es stimmt aber.«

»Dann haben Sie noch eine wunderbare Erfahrung vor sich. Warten Sie nur, bis Sie ein eigenes Kind haben.«

»Ich habe nicht die Absicht, Kinder in die Welt zu setzen«, sagte er trocken.

»Das mögen Sie jetzt meinen. Aber eines Tages, wenn Sie ...« Sie verstummte. Er war der einsamste Mensch, dem sie je begegnet war, und sie wollte sein Leben unbedingt heller und schöner machen.

»Ich habe übrigens Ihre Haushälterin Winna Mae kennen gelernt«, sagte er, um das Thema zu wechseln. Ein Gespräch über Kinder war zu schmerzlich. »Eine beeindruckende Frau.«

Sabers Lächeln entfaltete sich wie die Blütenblätter einer Rose, und dann durchströmte ihr Lachen Reese mit einer Wärme, die er nie zuvor gefühlt hatte. Wie sehr wünschte er sich, sie immer so glücklich sehen zu können, wie sie jetzt war. Er würde nie vergessen, wie sie in diesem Augenblick aussah, in ihren schlecht sitzenden Hosen und ihrem goldblonden Haar, das unter einen zu großen Hut gestopft war. Er war so in ihren Anblick vertieft, dass er aufschreckte, als sie sprach.

»Sie können sich nicht vorstellen, wie beeindruckend Winna Mae sein kann. Sie kam mit Rachel zusammen auf die Ranch, als Rachel meinen Bruder heiratete. Sie ist der wahre Befehlshaber im Haus.« Saber lächelte leicht. »Tatsächlich gehört sie zur Familie. Ich weiß, dass sie meinen Bruder mag und achtet, und es war nicht leicht für ihn, sie für sich einzunehmen, weil sie Rachel so entschieden beschützt. Offensichtlich hat sie mich irgendwann einmal in ihren inneren Kreis aufgenommen und sich zu meinem Wachhund gemacht. Sie mag nicht allzu viele Leute, und wer ihre Anerkennung gewonnen hat, kann sich wirklich glücklich preisen.«

Reese hatte sich dieselbe Meinung über Winna Mae gebildet an dem Tag, als er mit ihr in Fort Worth gesprochen hatte. »Wie stehen Sie eigentlich dazu, dass Sie nach Philadelphia gehen und Ihre Familie hier zurücklassen werden?«

Sie betrachtete eingehend die Spitze ihres ausgetretenen Schuhs. »Ich habe versucht, darüber nicht ins Grübeln zu kommen.« Ihr Blicke begegneten sich. »Sie kennen Matthew ja. Glauben Sie, dass seine Familie mich ablehnen wird, weil ich eine Südstaatlerin bin? Ich frage mich, was sie wohl zu meiner Entführung durch die Miller-Brüder sagen werden.«

»Warum sollten sie sich darüber Gedanken machen? Schuld daran waren ja nicht Sie.«

»Das stimmt, aber ...«

Er runzelte die Stirn. »Aber was? Wie meinen Sie das?« Er nahm ihre Hand in die seine. »Haben Ihnen die Miller-Brüder irgendetwas angetan?« Zorn stieg in ihm auf. »Oh, mein Gott, Saber. Haben sie Sie verletzt?«

In ihren blauen Augen lag Kummer. »Ich ... weiß nicht.«

Er hob ihr Kinn an. »Wie meinen Sie das? Eine Frau weiß, wenn sie ... wenn ein Mann mit ihr intim war.«

Sie schlug ihre Augen nieder. »Ich war zwei Tage bewusstlos, als ich bei ihnen war.«

Er runzelte die Stirn und überlegte, was er ihr sagen sollte. Es war durchaus möglich, dass sie vergewaltigt worden war. Das würde zu diesen Schweinehunden passen. Er wollte sie trösten, wusste aber nicht, wie. »Ich glaube, eine Frau weiß, ob ein Mann ihr etwas angetan hat, selbst wenn sie bewusstlos war.«

Tränen rannen ihr über die Wangen. »Ich habe versucht, den Gedanken zu verdrängen, aber er ist immer da. Ich weiß einfach nicht, was geschah, als ich ohnmächtig war.«

Er zog sie in seine Arme, wiegte sie liebevoll hin und her, berührte ihre Schläfe mit seinen Lippen und grub sein Gesicht in ihr Haar. »Matthew liebt Sie. Das wird sich durch nichts ändern, Saber. Wenn Sie zu mir gehörten, würde ich Sie nur umso mehr lieben, wenn Sie von diesen Kerlen misshandelt worden wären.«

Sie atmete tief durch, um ihre Tränen zu unterdrücken. »Ein Mann müsste eine Frau schon sehr lieben, wenn er übersehen wollte, dass sie von anderen Männern missbraucht wurde.«

»Nun, Matthew liebt Sie von ganzem Herzen.«

Sie entzog sich ihm. »Gibt es einen Weg, wie ich Gewissheit finden kann, ob sie ... ob ...?«

»Ja. Es gibt einen Weg. Aber das wäre Matthews Sache, darüber zu bestimmen, wenn Sie verheiratet sind.«

»Kann ich es denn nicht auf irgendeine Weise vorher erfahren?«

Er nickte. »Doch. Ein Arzt kann es feststellen.« Saber litt Qualen und hatte wahrscheinlich von Anfang an die Furcht gehabt, die Millers hätten ihr etwas angetan. Er würde das Gespräch mit Matthew suchen, um sicherzugehen, dass er mit der Situation angemessen umging. Ihm war übel vor Wut, und er hätte die Millers am liebsten mit seinen bloßen Händen umgebracht. »Wenn Sie Matthew treffen, wird er Ihnen beweisen, dass er Sie liebt«, sagte er mit schroffer Stimme.

Saber löste sich von ihm und nahm eine Scheibe Fleisch. Sie schob sie in den Mund, um etwas zu tun zu haben. Aber das Fleisch bildete einen Klumpen in ihrer Kehle, und sie konnte es nicht hinunterschlucken.

»Saber, ich ...«

»Nein, Reese, ich will nicht mehr darüber sprechen. Ich weiß gar nicht, warum ich es erwähnt habe. Es ist nur ... Es nicht zu wissen, ist schwer zu ertragen.«

»Gibt es irgendetwas, was ich sagen kann, damit Sie sich besser fühlen?«

Sie starrte ihn an und dachte, dass er der Einzige war, der es in der Hand hatte, dass sie sich besser fühlte. Er hatte gesagt, dass, wenn *er* sie liebte, es ihm nichts ausmachen würde, ob sie ihre Unschuld verloren hätte, und sie glaubte ihm. Aber sie war nicht sicher, ob Matthew genauso dachte. Alle Gefühle, die sie unterdrückt hatte, drängten an die Oberfläche, aber sie sagte: »Ich möchte Sie nicht mit meinen Problemen belasten, Reese. Sie haben schon so genug für mich getan.«

»Wenn Sie sich aussprechen wollen, ich bin ein guter Zuhörer.«

Sie spürte eine neue Sanftheit an ihm und fragte sich, warum sie diese nicht schon vorher bemerkt hatte. »Ich weiß das, und ich danke Ihnen. Aber ich muss das allein angehen.«

Er merkte, dass sie nicht weiter darüber sprechen wollte, und wechselte das Thema. »Da das Wetter besser geworden ist, werde ich morgen nach Fort Worth reiten und herausfinden, was los ist. Möchten Sie, dass ich Winna Mae für Sie mitbringe?«

»Ich sollte mit Ihnen reiten. Ich muss Matthew sehen.«

»Das kann ich nicht zulassen, Saber. Es ist noch zu gefährlich. Sie müssen hier bleiben, bis Ihr Bruder oder Matthew kommt und Sie abholt. Aber Sie brauchen keine Angst zu haben. Jake und Gabe werden sich um Sie kümmern.«

Saber wollte ihn anflehen, sie nicht zu verlassen, aber der ernste Ausdrck in seinen silbergrauen Augen machte ihr klar, dass er seinen Willen durchsetzen würde. »Ich würde Winna Mae gern wiedersehen – und könnten Sie auch meine Koffer mitbringen?«

Reese hatte plötzlich seinen Appetit verloren. Er räumte die Reste der Mahlzeit weg und löschte das Lagerfeuer mit Schnee. »Ja, ich kann mir vorstellen, dass es Sie freuen wird, wieder Ihre eigenen Kleider zu tragen.«

Er beobachtete, wie sie auf ihr Pferd zuging, wobei er den

Wunsch verspürte, sie fest in seine Arme zu drücken und sie nie wieder gehen zu lassen. Er fragte sich, wie lange er noch seine Hände von ihr lassen konnte. Verdammt, wo war Matthew? Er hätte sich eigentlich um sie kümmern müssen. Sicherlich hatten Noble Vincentes Männer Matthew inzwischen davon in Kenntnis gesetzt, dass Saber auf seiner Ranch war. Warum holte sie weder ihr Bruder noch ihr zukünftiger Ehemann ab?

Reese schwang sich in den Sattel und trieb sein Pferd zu einem schnellen Galopp an. Saber hielt gleiches Tempo mit ihm. Irgendwie hoffte sie, dass Winna Mae bereits zur Casa del Sol zurückgekehrt war, sodass sie ein paar Tage länger mit Reese allein sein konnte. Wenn sie nur den Mut hätte, ihm zu sagen, dass sie ihn liebte! Würde er entsetzt sein, wenn sie das täte? Ja, er war genau die Sorte Mann, der es nicht in den Sinn kam, eine Frau anzurühren, die einem Freund versprochen war.

Der Kummer drückte sie nieder, während sie weiterritten, um noch mehr verirrte Rinder zu suchen. Am späten Nachmittag ritten sie gerade durch ein weites Tal, als Reese sie durch ein Handzeichen zum Anhalten aufforderte. Saber ritt an seine Seite, und der grausige Anblick, der sich ihr bot, verschlug ihr den Atem: Vor ihnen lagen zahllose Kadaver erfrorener Rinder.

Reese stieg ab, setzte seinen Hut ab und starrte ungläubig auf diese Schreckensszenerie. Gegen ein so übermächtiges Schicksal konnte er nicht gewinnen. Im Angesicht seiner Niederlage atmete er langsam aus. Er spürte eine weiche Hand in der seinen, und als er hinabblickte, sah er Sabers Augen in Tränen schwimmen. Ohne seine Gedanken zu unterbrechen, drehte er sie zu sich hin und zog sie fest an sich.

Saber drückte ihr Gesicht gegen den rauen Stoff seines Mantels und spürte, dass sie ihn bis in die tiefsten Tiefen ihrer Seele liebte. Das war es, was Liebe bedeutete, dachte sie: An jemandes Schicksal so teilzuhaben, dass dessen Schmerz zum eigenen wurde. »Es tut mir so Leid, Reese«, murmelte sie, unfähig mehr zu sagen wegen des Kloßes in ihrem Hals.

Reese hob ihren Kopf sanft an und sah in blaue Augen, die in Tränen schwammen. Als ihre Lippen sich teilten, schloss er seine Arme um sie und zog sie noch näher an sich. Seine Lippen berührten ihren Mund nicht sanft, sondern hart, drängend und fordernd. Sein Mund setzte ihr hart zu und stieß auf den ihren. Sie legte ihre Arme um seinen Hals und gewährte ihm Zugang zu ihren Lippen.

Reeses Bedürfnis nach Trost verwandelte sich schnell in das Begehren nach der Frau in seinen Armen. Er sank mit Saber auf die Knie. Sie waren wie zwei verletzte Seelen, die das Licht suchten.

»O Reese!«, rief sie, während sie ihre Lippen von den seinen riss und seine raue Wange küsste. »Reese.«

»Psst, mein Liebling«, murmelte er. »Psst.«

Er war einen Augenblick erstaunt über sich selbst. Noch nie hatte er eine Frau mit einem Kosenamen angesprochen. Sein Körper spannte sich, als sie ihr Gesicht gegen ihn presste und ihre Tränen einzuhalten versuchte. Seine Hände fuhren unter ihren Mantel und glitten ihren Rücken hinauf und hinab. Er zog sie unter seinen Mantel, und ihre Brüste wurden gegen seinen harten Oberkörper gepresst.

Sie gab einen kleinen, wimmernden Laut von sich, als die Leidenschaft und das Begehren sich wie ein heißer Lavastrom durch ihren Körper ergossen. Als seine Hände sich unter ihr Hemd schoben und sie spürte, wie sie sich auf ihren nackten Brüsten niederließen, meinte sie, jeden Augenblick das Bewusstsein verlieren zu müssen, während er sie mit großer Zärtlichkeit streichelte. Sein Mund bedeckte erneut den ihren. Sie hatte nicht gewusst, dass ein Kuss so wunderbar sein konnte.

Als er den Kuss unterbrach, war es ihm so eng um die Brust, dass er kaum sprechen konnte. Irgendwo ganz hinten in seinem Kopf wusste er, dass er etwas Unrechtes tat. Aber die Tage des unerfüllten Verlangens und des Wunsches nach Saber hatten seinen Sinn für Recht und Unrecht betäubt. Er wusste nur, dass er sie berührte und dass sie nicht vor ihm zurückwich.

Saber spürte den kalten Wind nicht, als er ihr Hemd aufknöpfte, und nur undeutlich drangen das Stampfen der Pferde und das Klirren der Trensen in ihr Bewusstsein.

»Saber«, sagte er zärtlich an ihrem Ohr, in fiebrigem Hunger danach, ihre weiche Haut an der seinen zu spüren. Seine Lippen berührten sie knapp hinter ihrem Ohr und glitten dann ihren Hals hinunter. »Saber, ich brauche dich.«

»Ja«, flüsterte sie, umfasste seinen Kopf mit ihren Händen und zog ihn hinunter zu ihren vollständig entblößten Brüsten. Sie wollte seine Lippen dort spüren, und sie schrie beinahe auf, als seine Lippen die Rundung berührten und zur Brustknospe glitten.

Stöhnend warf sie ihren Kopf zurück, und ihr Unterleib bewegte sich auf seinen zu. Sie wollte ihm näher sein, ihn ganz spüren.

Reese wusste, dass er innehalten sollte, aber er konnte es nicht. Schnell zog er seinen Mantel aus, breitete ihn über den Schnee und zog sie hinunter.

Sie stöhnte vor Lust auf, als sein Gewicht sie zu Boden drückte und er mit seinen starken Hüften auf ihr lastete.

Er neigte seinen Kopf und nahm ihre Lippen in Besitz, dieses Mal jedoch weniger stürmisch, ohne Hast. Er öffnete ihre Lippen mit seiner Zunge und glitt in ihren Mund. Einen Augenblick lang schien sie aufgeschreckt zu sein; deshalb machte er sie langsam mit der neuen Empfindung bekannt. Sanft strich seine Zunge über ihre, und er spürte, wie sie sich anschmiegte.

Saber nahm einen wirbelnden Nebel wahr, der sich um sie gelegt hatte, und sie konnte kaum die Pferde erkennen. Die Welt war verzaubert, und der Nebel erhöhte nur noch ihre Lust. Sie spürte Reese' Hand am Bund ihrer Hose und bog sich ihm entgegen, wobei sie sich danach sehnte, dass er sie von allem befreite, was zwischen ihr und seinem nackten Fleisch war.

Seine Stimme war tief und hallte in ihrem Bewusstsein wider. »Darauf habe ich schon so lange gewartet.« Er löste die Kordel, die ihre Hose hielt, und schob sie über ihre Hüften. »Ich möchte dich ganz spüren.«

Ihr Fleisch bebte, als sich seine Hand auf ihren Bauch legte und sich nach unten schob. Hitze überkam sie, und sie wollte alle ihre Kleider abwerfen. Als er sanft ihre Beine spreizte, stöhnte sie vor Lust, die schmerzhaft und wonnevoll zugleich war.

Sie stieß ihre Worte mit einem atemlosen Seufzer aus. »O Reese, ich habe nicht einmal geglaubt, dass du mich magst.«

Seine Augen waren so kristallklar, dass sich ihr Bild in ihnen widerspiegelte. »Dich mögen?«, sagte er leise, und seine Lippen tasteten sich bis zu ihrer Ohrmuschel vor, während sich seine Hand zwischen ihre Brüste schob. »Ich kann keinen Atemzug tun, ohne an dich zu denken.« Er zitterte, begehrte sie und erkannte gleichzeitig, dass das, was er tat, unrecht war. »Seit ich dich kenne, weiß ich, wie man sich vor dem Tor zum Garten Eden fühlt, ohne eintreten zu dürfen.«

Ihr Begehren staute sich, zerrte an ihren Nerven, und sie sehnte sich schmerzhaft nach ihm, als er sie mit seiner Hand berührte. »Wenn ich Eden bin, dann werde ich dich hereinlassen, Reese.«

Plötzlich erstarrte er. Was tat er? Er zog sich so schnell von ihr zurück, dass sie vom Mantel hinunter in den Schnee rollte.

Er ergriff ihre Arme, stieß sich vom Boden ab und zog sie mit sich hoch. Dann raffte er ihr Hemd zusammen und zog die Hose über ihre Hüften. »Saber«, sagte er mit einer Stimme, aus der jedes Gefühl gewichen war. »Du musst mir vergeben. Ich habe für einen Augenblick den Kopf verloren. Das ist keine Entschuldigung, und es wird nicht wieder geschehen.«

»Reese, ich …«

»Du bist sehr begehrenswert, und du hast mich vergessen lassen, dass dein Bräutigam mein bester Freund ist.«

Die Bedeutung seiner Worte und die Kälte im Ton seiner Stimme verletzten sie tief. Sie schloss ihre Augen, um ihre Gefühle zu verbergen. »Wenn du glaubst, dass ich vorhatte, dich zu verführen, irrst du dich, Reese. Ich habe noch nie jemanden mich so berühren lassen, wie du es gerade getan hast.«

Er nahm ein paar Schritte Abstand von ihr, damit sie die Tränen in seinen Augen nicht sehen konnte. Dann setzte er seinen Stiefel in den Steigbügel und schwang sich in den Sattel. »Steig auf, ich bringe dich zum Haus zurück.«

Hastig knöpfte Saber ihr Hemd zu und brachte ihre Hose in Ordnung. Dann hob sie Reese' Mantel auf und reichte ihn nach oben, ohne Reese anzublicken. Sie fühlte sich zutiefst verletzt.

14

Die Sonne ging unter, als sie das Haus erreichten. Saber ritt die Stute sofort in den Stall und stieg ab. Sie wusste, dass Reese ihr gefolgt war, aber sie weigerte sich, in seine Richtung zu blicken, als sie das Pferd absattelte und in eine Box stellte. Mit stolz erhobenem Haupt ging sie zum Haus.

Dort angekommen, ließ sie ihren Tränen freien Lauf. Ganz bestimmt hatte sie in einer wenig damenhaften Weise gehandelt. Warum hatte sie ihm erlaubt, sich solche Freiheiten herauszunehmen? Wie er sie verabscheuen musste! Er hätte sie nie angerührt, wenn sie ihn nicht dazu ermutigt hätte. Und er würde ihr nie glauben, dass sie nicht vorgehabt hatte, ihn zu verführen.

Wenig später trat Reese ein, und ihre Blicke begegneten sich. Er bemerkte den Ausdruck von Einsamkeit und Verlorenheit in ihrem Gesicht und wusste, dass er verantwortlich dafür war. Wie hätte sie wissen sollen, dass er durch seine verletzenden Worte sich selbst bis ins Innerste seines Wesens verwundet hatte. In jenem Augenblick hatte er das einzige Mittel angewendet, das er hatte, um sie nicht gleich dort im Schnee zu nehmen. Er hatte sich dazu gezwungen, diese hässlichen Dinge zu ihr zu sagen, um sie von sich fern zu halten. Hätte sie ihn auch nur einmal mehr berührt, hätte er nicht mehr innehalten können, bis er in ihr gewesen wäre.

Zögernd trat er zu ihr, nahm ihr den Mantel ab und führte sie zum Feuer. »Du bist ja eiskalt. Ich möchte nicht, dass du krank wirst.«

Saber schüttelte den Kopf, und ihr Magen krampfte sich zusammen. Sie konnte kaum atmen, so stark hämmerte ihr Herz. »Wie kann ich dich darum bitten, mir das zu verzeihen, was ich getan habe. Ich fühle mich so elend, und ich bitte dich, mir zu vergeben.«

Seine Stimme klang tief und angespannt. Seine Augen leuchteten intensiv. »Es war nicht dein Fehler. Weißt du das nicht?«, fragte er ernst.

»Du hast gesagt, dass …«

»Vergiss, was ich gesagt habe. Du bist unschuldig. Du hast nur auf das reagiert, was ich mit dir getan habe. Ich bin derjenige, der dich um Verzeihung bitten sollte.« Er ging zum Kleiderständer, hing den Mantel auf, mit dem Rücken zu ihr. »Kannst du mir vergeben, Saber?«

Sie runzelte die Stirn, ging zu ihm und zwang ihn, sie anzusehen. »Sag mir, was du von mir willst.«

»Ich glaube, das weißt du.«

Seine Augen waren wie flüssiges Silber, und sie konnte nicht länger hineinsehen. »Wie soll ich es wissen, wenn du es mir nicht sagst?«

Ungeduldig zog Reese den Atem ein. »Nichts. Ich will gar nichts von dir.« Er wandte sich von ihr ab, aber trotzdem entging es ihr nicht, dass er die Zähne zusammenbiss und seine Halsmuskeln sich verspannten.

Saber hatte gedacht, ihn schon recht gut zu kennen. Aber offensichtlich gab es einen Teil in ihm, den er vor ihr verbarg.

»Du musst dir ganz bestimmt für nichts die Schuld geben«, sagte sie.

»Ich tue es aber. Ich wusste, was ich tat – du nicht.« Frustration spiegelte sich in seinen Augen. »Das kannst du mir glauben, wenn du auch sonst kein Wort von mir glaubst, Saber. Ich habe dich verleitet. Übernimm also nicht die Schuld, die allein mich trifft.«

Saber trat näher an das Feuer und hielt ihre Hände an die Wärme. »Du bist ein Gentleman. Deshalb versuchst du, meinen Anteil an dem, was geschehen ist, herunterzuspielen.« Sie sah ihn an. »Das wird aber nicht klappen.« Sie fuhr sich mit der Zunge über die Lippen und beschloss, ihm genau das zu sagen, was sie gefühlt hatte. »Es hat mir gefallen, was du mit mir getan hast, Reese. Ich wollte nicht, dass du aufhörst. *Du* hast Stärke gezeigt – nicht ich. *Du* warst es, der aufgehört hat, bevor es zu spät war.«

Er machte einen Schritt auf sie zu und versuchte, den Drang zu bekämpfen, seine Ehre preiszugeben. Er hatte sie dazu gebracht, ihn zu begehren. Das war nicht allzu schwer gewesen, denn er wusste eben, was eine Frau gern hatte, und sie hatte auf seine männliche Verführungskunst reagiert.

Ihre Augen waren groß und unschuldig, und er sah den Schmerz, den sie zu verbergen suchte. Es war seine Pflicht, sie zu beschützen, und nun hätte er beinahe die Grenze überschritten und wäre zu dem geworden, vor dem sie geschützt werden musste.

»Wir könnten die ganze Nacht darüber reden und würden zu keinem anderen Ergebnis kommen. Ich habe das Ganze angefangen und damit Schluss.«

Sie schwieg eine ganze Weile und wusste nicht, was sie antworten sollte. Es ging keine Wärme von ihm aus, und nichts erinnerte an jenen Mann, der sie an diesem Nachmittag in seinen Armen gehalten und geküsst hatte. »Dann sage ich gute Nacht.«

Seine Stimme ließ sie auf dem Weg zum Schlafzimmer innehalten. »Saber, ich werde schon weg sein, wenn du aufstehst; und ich möchte nicht, dass du allein im Haus bist. Ich werde Jake anweisen, beim Feuer zu schlafen. Ich würde ihm mein Leben anvertrauen, und du wirst bei ihm sicher sein. Hast du irgendwelche Einwände dagegen, dass er sich mit dir zusammen im Haus aufhält?«

Saber blieb im Türrahmen stehen, wandte sich ihm zu und runzelte die Stirn. »Rechnest du mit Schwierigkeiten?«

»Eigentlich nicht. Aber ich möchte kein Risiko eingehen, was deine Sicherheit angeht.« Er zwang sich zu einem Lächeln. »Matthew würde mir das nie verzeihen.« Seine Augen nahmen plötzlich einen ernsten Ausdruck an. »Und Saber, dass du mir nicht alleine ausreitest. Bitte bleib in der Nähe des Hauses!«

Sie nickte. »Verstehe.« Sie sah an ihm vorbei, unfähig, in seine Augen zu blicken. »Wie lange wirst du weg sein?«

»Weiß ich noch nicht. Einige Tage, eine Woche, vielleicht länger. Schwer zu sagen.«

Sie wandte sich um, mit dem Gefühl, dass ihr die Zeit ohne ihn wie eine Ewigkeit vorkommen würde. »Gute Nacht, Reese. Eine gute, sichere Reise.«

»Gute Nacht, Saber.« Als die Tür sich hinter ihr geschlossen hatte, stand Reese lange Zeit da und starrte ins Nichts. Er schloss seine Augen und senkte den Kopf. Dass er sie heute von sich gestoßen hatte, war die härteste Prüfung seines Lebens gewesen. Und morgen stand ihm wieder eine solche Prüfung bevor: Er musste Saber verlassen.

☆ ☆ ☆

Saber hatte sich bemüht, den ganzen Tag beschäftigt zu sein, indem sie putzte oder las, aber der Tag zog sich endlos hin. Sie machte das Abendessen für Jake und Gabe, weil es ihr etwas zu tun gab und die beiden immer so dankbar waren.

Als Jake mit einem Arm voll Holz hereinkam, saß sie gerade unter dem schummrigen Lampenlicht beim Lesen.

Der Junge lächelte scheu, als er das Holz in den Kasten füllte. Er legte zwei Scheite aufs Feuer, ehe er sprach. »Miss Vincente, Reese will, dass ich heut Nacht im Haus schlafe und mein Lager neben dem Kamin mach.«

»Ja, das hat er mir auch gesagt.« Saber legte das Buch zur Seite und lächelte ihn an, um ihm die Befangenheit zu nehmen. »Habt ihr heute noch weitere erfrorene Rinder gefunden?«

Er nickte grimmig. »Fünf. Wir haben noch nicht in der Nähe des Hochplateaus nachgesehen. Hoffentlich haben 'n paar dort Schutz gefunden. Es is von drei Seiten eingeschlossen, deshalb könnten 'n paar überlebt haben.«

Saber schüttelte den Kopf. »Das ist ein harter Schicksalsschlag für Reese.«

Der hoch gewachsene Junge ließ sich neben dem Feuer nieder und verschränkte die Arme über der Brust. »Es tut mir so Leid, dass ausgerechnet Reese das passieren musste. Er hat so lange und so hart gekämpft, damit die Ranch erhalten bleibt. Er is 'n guter Mann und verdient was Besseres.«

»Die Natur kennt keine Freunde, wenn sie tobt und wütet, Jake.«

»Nein, tut sie wirklich nich«, stimmte er zu und lehnte sich mit dem Rücken gegen die Wand.

»Lebst du schon lange hier, Jake?«

»Nächsten Monat werd ich fünfzehn. Reese hat mich gefunden, als ich dreizehn war, und hat mich hierher gebracht.« Er sah nachdenklich aus. »Kommenden April sind's dann zwei Jahre.«

»Er hat dich gefunden?«

»Ja, Ma'am – genau das hat er. Ich weiß nich, was mit mir passiert wär, wenn er mich nich bei sich aufgenommen und mir ein Heim gegeben hätte. Meine Mutter und mein Vater waren tot, am Fieber gestorben, mein Bruder und meine Schwester auch. Ich war in eine wilde Truppe geraten, mit denen es einfach Ärger geben musste. Ich besorgte mir 'n Schießeisen und wollte beweisen, dass ich genauso gemein sein konnte wie jeder andere auch.«

Von seiner Geschichte gefesselt, beugte sie sich vor. »Wie hast du Reese kennen gelernt?«

»Er kam direkt aus dem Krieg. Tatsächlich hatte er noch seine zerrissene graue Uniform an. Ich und meine drei Kumpels, wir besoffen uns, ritten nach San Antonio, schrien und johlten, machten Rabatz und fanden uns toll. Wir hielten uns für große Männer. Ich weiß gar nich, wie's möglich war, dass keine verirrte Kugel jemanden tötete. Aber ich bin froh, dass wir das nich getan haben. Wie's der Zufall wollte, traf eine Kugel Reese in den Arm, als er gerade sein Pferd besteigen wollte. Ich hab sofort gemerkt, dass ich in Schwierigkeiten war, weil ... es war ja meine Kugel, die ihn getroffen hatte. Der Anblick von seinem Blut hat mir gereicht, um mal drüber nachzudenken, was ich da gemacht hatte.«

»Was geschah dann?«

»Nun, Reese beachtete meine Kumpels überhaupt nich und kam direkt auf mich zu, mit 'nem mörderischen Ausdruck in den Augen. Sie wissen sicher, wie stahlhart sein Blick is, wenn er wütend is. Nun, er war wütend auf mich. Er riss mich von meinem Pferd runter, zog mich zur Pferdetränke hin, tauchte meinen Kopf unter und hielt mich so lange unter Wasser, bis ich beinah ertrank. Dann zog er mich wieder hoch, und dann tauchte er mich wieder unter. Als der Sheriff auftauchte, war ich schon beinah wieder nüchtern. Reese lehnte es ab, wegen seiner Verletzung zu einem Arzt zu gehen, solange er nich mit dem Sheriff über mich gesprochen hatte. Als er erfuhr, dass ich ohne Familie war, ließ er es nich zu, dass sie mich einsperrten. Und er hat mich hierher gebracht. Ich hab niemals einen gehabt, der was drauf gegeben hat, ob ich lebe oder sterbe, seit meine Familie beerdigt is. Ich glaub, Reese is der beste Mensch, dem ich je begegnet bin. Ich würd alles für ihn tun – selbst sterben, wenn's sein muss.« Jake grinste, weil er das Gefühl hatte, zu ernst geworden zu sein. »Ich glaub, der Tag, wo ich Reese angeschossen hab, war der glücklichste Tag in meinem Leben.«

»Das ist ja eine ungewöhnliche Geschichte. Was glaubst du, warum es ihm nicht gleichgültig war, was mit dir geschah?«

»Genau das hab ich ihn selbst gefragt. Er hat gesagt, ich erinnerte ihn an ihn selbst, als er ein Junge war. Seine Ma lief mit dem besten Freund von seinem Pa weg, und Reese hat sich irgendwie selbst erzogen und für seinen Pa gesorgt, bis der starb. Reese war damals erst vierzehn, aber er hat diese Ranch hier gehalten. Ich kann mir gut vorstellen, wie hart er gearbeitet hat. Seitdem steht er auf eigenen Füßen.«

Sabers Herz krampfte sich zusammen. Reese hatte niemals ein richtiges Familienleben gekannt. Sie konnte nun verstehen, warum die Ranch so wichtig für ihn war. Wenn er sie nur ließe, dann könnte sie ihm helfen. Aber er war ein so stolzer Mann, dass er wahrscheinlich von niemandem Hilfe annehmen würde.

Sie stand auf und stellte das Buch zurück auf das Bord.

»Gute Nacht, Jake. Es beruhigt mich zu wissen, dass du in der Nähe bist.«

»Sie brauchen vor nichts Angst zu haben, Miss Vincente. Wenn Sie mich brauchen, rufen Sie nur, und ich bin da.«

Sie lächelte herzlich. Wie einfühlsam von Reese! Er hatte erkannt, dass Jake lediglich einer führenden Hand und eines Zuhauses bedurfte, in dem es jemanden gab, zu dem er als seinem Helden aufblicken konnte. Und es war klar: Reese war der Held des Jungen. Genau wie Reese ihr Held war und immer sein würde.

Saber schloss die Schlafzimmertür und entkleidete sich. Sie zog Reese' Flanellhemd über den Kopf und spürte es weich über sich fallen – wie eine zarte Liebkosung. Sie vermisste ihn so sehr. Wenn sie wegging, würden sie sich vielleicht nie wiedersehen. Wie konnte sie den Rest ihres Lebens verbringen, ohne zu wissen, was mit ihm geschah?

Saber konnte sehr lange nicht einschlafen, denn zum ersten Mal in ihrem Leben hatte sie erfahren, was Leidenschaft ist. Sie wusste jetzt, wie es sich anfühlte, wenn ein Mann sie mit einer Zärtlichkeit berührte, die sie bis ins Innerste erregte.

Und sie wusste, dass sie diese Leidenschaft auch in Reese erwecken konnte. Er hatte sie gewollt, das wusste sie.

Mit einem Mal fühlte sie sich seltsam leer. Sie verzehrte sich in einem Begehren und einem Verlangen, das sie nicht verstehen konnte. Aber eines wusste sie: Kein anderer Mann, nicht einmal Matthew, würde jemals den Hunger stillen können, den Reese in ihr geweckt hatte.

Sie schloss die Augen und stellte sich vor, dass er sie berührte. Dann drehte sie den Kopf und schluchzte in ihr Kissen.

Es war schon nach Mitternacht, als der Schlaf ihre Augen schloss.

Reese ließ sein Pferd im Stall und ging zum Hotel, wo er erwartete, entweder Matthew oder jemanden von dessen Familie zu treffen. Er hoffte auch, dass Winna Mae noch da war, weil er sich nach allem, was zwischen ihm und Saber vorgefallen war, nicht mehr traute, mit ihr allein zu sein. Er konnte die Empfindung ihrer seidigen Haut nicht mehr aus seinen Gedanken verdrängen oder die Art, wie ihre blauen Augen vor Leidenschaft geleuchtet hatten, als er ihre Brüste berührt hatte.

Der Gedanke an sie erzeugte in ihm den Wunsch, sich auf sein Pferd zu schwingen und zu ihr zurückzureiten. Er blieb an der Tür zum Hotel stehen. Er musste eine Frau haben, damit er Saber vergessen konnte – und zwar jetzt.

Entschlossen ging er in Richtung des Saloons und dachte an Edith mit den großen Brüsten, die aussahen, als würden sie aus dem Ausschnitt ihres Kleides fallen, wenn sie sich vorbeugte. Dann gab es auch noch die rothaarige Dotty, die ihn gelegentlich gereizt hatte. Verdammt, es war ihm gleichgültig, welche es war. Er brauchte nur eine Frau!

Er betrat den überfüllten Saloon, ging stracks zur Bar und bestellte einen Whiskey. Edith trat zu ihm heran, stieß mit ihrer Hüfte an die seine und lächelte verführerisch. »Nun, Mr. Starrett. Was kann ich heute Abend für Sie tun?«

Ihr billiges Parfüm ließ seine Sinne rebellieren, und er erinnerte sich an Sabers natürlichen, angenehmen Duft.

Edith presste sich fester an ihn, wobei ihre Brüste über seinen Arm strichen. »Ich habe schon lange darauf gewartet, Sie in mein Bett zu kriegen. Es wird erzählt, dass, wenn Reese Starrett eine Frau liebt, sie jeden anderen Mann mit ihm vergleicht.« Ihre Augen weiteten sich vor Erwartung. Sie lehnte sich näher an ihn und flüsterte in sein Ohr: »Ich habe auch gehört, dass Sie an einer bestimmten Stelle groß und dick sind. Ich hätte es gern selbst herausgefunden.«

Reese fühlte nichts als Ekel vor ihr. Diese Frau und selbst zehn ihresgleichen würden ihn nicht von dem Druck befreien, der auf ihm lastete. Keine außer Saber würde ihm je Befriedigung verschaffen.

Er wich ein wenig zurück. »Ich gebe Ihnen einen Drink aus.«

»Danach könnten wir auf mein Zimmer gehen«, schlug sie vor.

Er kippte seinen Whiskey einfach herunter und warf Geld auf die Theke. »Ich bin nicht Ihr Mann, Edith. Ihr Haar hat die falsche Farbe, und Ihre Augen sind nicht blau.«

Verwirrt und enttäuscht sah Edith Reese nach, als er den Saloon verließ. Was war das für eine Frau, die ihn in Erregung versetzte? Nun, wer immer sie war, sie, Edith, konnte ihn jedenfalls nicht erregen – er wollte nur die Frau, die sein Inneres aufwühlte. Edith kannte diese Symptome. Verdammt, Reese Starrett war verliebt!

15

Eine schwache Sonne schien durch graue Wolken. Sie hatte kaum die Kraft, die Kälte aus der Luft zu vertreiben. Die Leute von Fort Worth beschäftigten sich noch immer damit, was wohl Saber Vincente zugestoßen sein mochte, und sie waren noch neugieriger geworden, als sie entdeckten, dass sich ihr Bruder Noble Vincente in der Stadt aufhielt.

Einige Frauen neben dem Gemischtwarenladen steckten die Köpfe zusammen und beobachteten Noble, als er die Stufen zum Büro des Sheriffs hinaufstieg. Sie tuschelten miteinander, und jede von ihnen nannte einen anderen gewichtigen Grund für seinen Besuch bei Sheriff Davis.

Noble fand den Sheriff schlafend hinter seinem Schreibtisch. Er beugte sich vor und sagte im Befehlston: »Aufwachen, Davis! Ich habe gehört, dass Sie einen der Miller-Brüder gefangen haben.«

Bud Davis, der Sheriff, öffnete zuerst das eine, dann das andere Auge. Irgendwie kam ihm der Mann in der spanischen Hose und der kurzen Bolerojacke bekannt vor, aber er wusste nicht, wo er ihn hintun sollte.

»Yeah. Wir haben den Jüngsten. Sam heißt er und hat 'ne Menge Angst.« Der Sheriff kam auf die Füße und zog sein Halfter hoch, das unter seinen umfangreichen Bauch gerutscht war. »Und wer sind Sie bitte, Fremder?«

»Ich bin Noble Vincente, und ich möchte Sam Miller befragen.«

Bud Davis nickte, von der Wichtigkeit seines Besuchers beeindruckt. »Wenn überhaupt jemand, dann haben Sie das Recht, mit ihm zu sprechen. Wollen Sie, dass ich ihn hierher ins Büro bringe, oder wollen Sie ihn dahinten in seiner Zelle sprechen?«

»Hat er eine Aussage gemacht?«

»Nee. Er redet nicht viel.«

»Dann würde ich gern eine Weile mit ihm allein sein. Bei mir wird er reden«, sagte Noble, und seine Augen wurden zu schmalen Schlitzen.

»Ich werd Sie nach hinten bringen.«

Die Vordertür öffnete sich, und Reese betrat das Gefängnis. Er achtete kaum auf den Mann, der mit Sheriff Davis sprach, weil er an Wichtigeres dachte. »Ich habe gehört, Sie haben einen der Miller-Brüder. Ich will mit ihm reden.«

»Stellen Sie sich hinten an«, entgegnete der Sheriff amüsiert. »Was wollen Sie von ihm, Reese?«

Noble drehte sich um und sah in die grauen Augen des Mannes, den der Sheriff Reese genannt hatte. »Sind Sie Starrett?«

Reese wusste sofort, dass er Sabers Bruder gegenüberstand.

»Der bin ich. Und Sie müssen Noble Vincente sein.«

Die beiden Männer maßen sich mit Blicken. Und Noble war der Erste, der zu sprechen begann. »Ist meine Schwester bei Ihnen?«

»Nein. Ich hielt es nicht für klug, dass sie sich jetzt schon frei bewegt.«

Noble machte zwei Schritte nach vorne, bis er unmittelbar vor Reese stand. »Und *Sie* haben sich zum Experten erklärt, der genau weiß, was das Beste für meine Schwester ist?«

»Zum Teufel, ja!«, gab Reese wutentbrannt zurück. Er hatte erwartet, dass der Besitzer der Casa del Sol ein anmaßender Mistkerl war, und so war es auch. »Als ich Saber fand, waren Sie nicht da, um mir zu sagen, wie ich die Situation handhaben sollte. Deshalb habe ich, um ihr Leben zu retten, so gehandelt, wie ich es für richtig hielt.«

»Wie geht es meiner Schwester, und welche Maßnahmen haben Sie getroffen, um sie zu schützen?«

Reese starrte in die dunklen Augen von Sabers Bruder. »Sie führt zur Zeit meinen Haushalt. Sie hat mir ihre Ratschläge zum Satteln eines Pferdes angeboten. Sie ist dabei, meine Ranch zu übernehmen. Und sie ist, verdammt noch mal, die sturköpfigste Frau, die ich je getroffen habe. Wie es *ihr* geht? Sie sollten sich lieber danach erkundigen, wie *ich* ihre Anweisungen überlebt habe!«

Sheriff Davis wurde weiß. Niemand, nicht einmal Reese Starrett, durfte zu Vincente solche Dinge über seine Schwester sagen. Beklommen beobachtete er, wie sich die beiden starken Männer mit Blicken maßen, und fragte sich, ob ihre Begegnung in einem Blutvergießen enden würde. Das konnte er nicht zulassen. Gerade wollte er zwischen die beiden treten, als Noble Vincente laut auflachte.

Noble reichte dem verblüfften Reese die Hand. »Sie haben gerade haargenau meine Schwester beschrieben. Ich verstehe jetzt, warum Zeb davon überzeugt war, dass Saber bei Ihnen sicher sei. Gut gemacht, Starrett.«

Reese lächelte und reichte Noble die Hand. »Ich will Ihnen ganz offen sagen, dass ich mich mehr vor Ihnen als vor den Miller-Brüdern oder Graham Felton gefürchtet habe.«

Grinsend schlug Noble Reese auf den Rücken. »Sie werden feststellen, dass die Vincente-Familie Ihnen dankbar für das ist, was Sie getan haben. Kommen Sie, lassen Sie uns Sam Miller verhören. Ich werde nicht ruhen, bis ich seinen Bruder und Felton hinter Gitter gebracht habe oder bis sie beide tot sind. Und ich muss sagen, es wäre mir lieber, sie wären tot. Wie ich höre, haben Sie Earl getötet. Sie können mir später davon erzählen.«

Die beiden hoch gewachsenen Männer machten sich auf den Weg zu den Zellen und überließen es Sheriff Davis, der sich verwirrt am Kopf kratzte, ihnen zu folgen.

Sam Miller ähnelte eher einem ängstlichen Jungen als einem Verbrecher. Seine jugendlichen Gesichtszüge waren voller

Kummer, und er konnte den scharfen Blicken der beiden Männer, die seine Zelle betraten, nicht standhalten.

Doch als er Reese erblickte, leuchteten seine Augen auf. »Mr. Felton, sind Sie gekommen, um mich hier rauszuholen?«

Noble kam Reese zuvor. »Und wenn es so wäre, wirst du uns dann sagen, wo wir deinen Bruder Eugene finden können?«

Verwirrt blickte Sam auf den Mann, den er für Graham Felton hielt. »Eugene sucht unseren Bruder Earl, Mr. Felton. Ich glaub nicht, dass Earl mit unserem Geld abgehauen is, aber Eugene glaubt das.«

Reese setzte sich auf das leere Feldbett, dem jungen Miller gegenüber. »Earl hat euch so wenig im Stich gelassen, wie ich Graham Felton bin. Ich musste deinen Bruder erschießen, um die Information zu bekommen, die ich brauchte, um Miss Vincente zu finden.«

Sams Augen weiteten sich, und er schluckte mehrmals. »Ist Earl tot?«

»Leider. Er ließ mir keine andere Wahl.« Reese schlug die Beine übereinander und sah den Jungen direkt an. »Da kannst du sehen, Sam, dass dir üble Sachen passieren, wenn du dich rechtswidrig verhältst. Ich habe mit deiner Mutter gesprochen. Wenn du aus der ganzen Sache hier rauskommst, hoffe ich, dass du nach Hause gehst und dich um sie kümmerst.«

Sam ließ den Kopf hängen und fing an zu schluchzen. »Unsre Ma wird mächtig traurig sein, wenn sie das von Earl hört.«

Reese hatte plötzlich Mitleid mit dem Jungen. »Ich glaube, sie ahnt schon, dass er nie wieder nach Hause kommen wird, Sam.«

Noble hatte kein Mitleid mit dem Jungen, der dabei geholfen hatte, seine Schwester zu entführen. »Du hättest auf die Gefühle deiner Mutter vorher Rücksicht nehmen müssen. Bevor du diese Art von Leben gewählt hast.«

Reese hob seine Hand, um Noble zum Schweigen zu bringen. »Miss Vincente hat mir von deiner Freundlichkeit ihr gegenüber erzählt. Sie sagte, du habest Eugene von ihr fern gehalten und sie beschützt. Ich bin sicher, wenn du redest, wird der Sheriff etwas nachsichtiger sein bei der Einschätzung deiner Rolle als Entführer.«

Noble runzelte die Stirn, im Ungewissen darüber, was zum Teufel Reese eigentlich vorhatte. Aber er würde warten und sehen, worauf der andere hinauswollte.

Sam hob seine vor Tränen glänzenden Augen. »Ich konnte nicht zulassen, dass Eugene ihr wehtat.«

»Nein, das konntest du nicht. Ich glaube, dass deine Ma stolz auf dich wäre, weil du Miss Vincente beschützt hast, Sam.«

Sam blinzelte. »Meinen Sie wirklich?«

»Ja. Sie war diejenige, die mir gesagt hat, wie ich Earl finden könnte. Das führte mich schließlich zu Miss Vincente.«

»Ma würde Ihnen nicht gegen Ihre eigenen Söhne helfen!«

»Sie zögerte, bis ich ihr sagte, dass ihr drei eine unschuldige Frau entführt hättet.«

Sein Gesicht wurde schamrot. »Meine Ma weiß, was wir getan haben?«

Reese nickte. »Es hat sie wirklich hart getroffen, Sam. Vielleicht hilft es dir zu wissen, dass ich ihr ein Versprechen gegeben habe, das ich auch zu halten versuchte. Ich hatte ihr nämlich gesagt, dass ich auf keinen von euch schießen würde, es sei denn, er zieht zuerst.«

Sam nickte verstehend. »Earl zog zuerst, und Sie mussten ihn töten.«

»Ja.«

»Und Sie würden auch Ihr Versprechen halten, wenn Sie Eugene finden.«

»Das würde ich. Bis jetzt werdet ihr wegen Entfühung gesucht. Ihr habt noch niemanden getötet. Wahrscheinlich werdet ihr eine Zeit lang im Gefängnis sitzen, aber das ist besser, als tot zu sein.« Reese beugte sich vor und fuhr leise fort: »Nur musst du dir klar machen, dass Sheriff Davis und Noble

Vincente kein solches Versprechen gegeben haben. Deshalb, glaube ich, solltest du mir sagen, wo ich Eugene finden kann. Wenn ich es einrichten kann, bringe ich ihn lebend zurück. Du willst doch nicht, dass deine Ma einen weiteren toten Sohn beweinen muss?«

Sam war still, während er über Reese' Worte nachdachte. Schließlich nickte er. »Ich weiß nicht mal Ihren Namen.«

»Ich heiße Reese Starrett, Sam.«

Die Augen des Jungen weiteten sich. »Ich habe von Ihnen gehört. Wenn Earl gegen Sie als Erster zog, dann hatte er keine Chance. Alle sagen, dass Sie einer sind, der schnell zieht.«

»Aber niemand hat je behauptet, dass ich auf einen Unbewaffneten geschossen oder zuerst gezogen hätte, Sam.«

»Das habe ich auch gehört«, stimmte Sam zu. »Ich werde Ihnen sagen, wohin Eugene gegangen ist. Aber nur Ihnen.«

»Du musst es auch Mr. Vincente sagen, Sam. Saber ist seine Schwester.«

Sam blickte in die kalten, dunklen Augen des Spaniers. »Nee, dem sag ich's nicht. Er wird Eugene ganz sicher umbringen.«

»Sehr wahr, zum Teufel noch mal!«, sagte Noble drohend. »Niemand entführt jemanden aus meiner Familie und überlebt es, um davon zu erzählen.«

Sam drückte sich an die Wand, und sein Blick wanderte zu Reese. »Wenn ich es Ihnen sag, werden Sie's ihm nich verraten, oder?«

»Überleg mal, wie du dich fühlen würdest, wenn jemand deine Schwester entführt hätte«, gab Reese ihm zu bedenken.

Der Junge senkte verschämt seinen Kopf und überlegte, was er tun sollte. Er musste versuchen, seinen Bruder zu retten. »Eugene ist über die mexikanische Grenze gegangen und sucht in Los Lunas nach Earl.«

»Warum glaubst du, dass Earl in Los Lunas ist?«, fragte Noble.

»Weil …«, antwortete Sam. »Da sollten wir uns treffen, wenn wir von ihm getrennt worden wären.«

Reese erhob sich. »Du hast richtig gehandelt, mir das zu sagen, Sam.«

Noble fiel es schwer, sein Temperament zu zügeln. Reese hatte es klug angestellt, die Information zu erlangen, die sie brauchten, aber Nobles Wut war einfach zu groß. Grimmig packte er Sam am Hemdkragen und warf ihn gegen die Wand. »Ich könnte dich auf der Stelle umbringen, du heimtückische Ratte, und niemand würde mir das vorwerfen.«

Reese packte Noble am Arm. »Wir haben, was wir von ihm wollten. Lassen Sie ihn. Hier drin kann er niemanden verletzen, und er hat Ihre Schwester beschützt, so gut er es konnte.«

Noble ließ seine Hände sinken und wandte sich zum Gehen. »Wenn ich rauskriege, dass du uns angelogen hast, Sam, komme ich zurück, und dann wird dir niemand mehr beistehen können.«

Reese hatte schon die Zellentür erreicht, als Sams Stimme ihn innehalten ließ. »Sie halten das Versprechen, das Sie meiner Ma gegeben haben, stimmt doch, oder?«

»Ja, das werde ich tun.« Er verließ die Zelle und sah zu, wie Sheriff Davis die Zellentür hinter ihm abschloss. »Ich werde mein Versprechen an deine Ma halten, wenn du mir auch ein Versprechen gibst.«

Sam sah ihn erstaunt an. »Was für ein Versprechen?«

»Dass du auf den rechten Weg zurückkehrst und keine Scherereien mehr machst, wenn du hier rauskommst. Und dass du dich um deine Ma kümmerst.«

Die Augen des Jungen blickten ernst. »Das versprech ich, Mr. Starrett. Ich werde nichts Ungesetzliches mehr tun. Ich hab meine Lektion gelernt.«

Als Reese das äußere Büro betrat, lief Noble dort auf und ab. »Worum ging's bei dieser ganzen Veranstaltung?«

Reese zuckte mit den Schultern. »Mit Drohungen hätten Sie den Jungen nicht dazu gebracht, seinen Bruder zu verraten. Vielleicht mag er seinen Bruder nicht, aber er würde ihn nie an uns ausliefern, wenn er dächte, dass wir ihn töten wollten.«

»Sie haben ihm also ein Versprechen gegeben, das Sie gar nicht halten wollen?«

»Das ist falsch, Vincente. Ich habe ein Versprechen gegeben, und ich habe auch die Absicht, es zu halten. Das Versprechen habe ich Sams Mutter gegeben, und ich werde da keinen Rückzieher machen.«

Zurückhaltende Achtung trat in Nobles Augen. *»Ich* habe kein solches Versprechen gegeben.«

»Nein, das haben Sie nicht«, gab Reese zu.

Sheriff Davis hängte die Schlüssel an den Haken und wendete sich wieder seinen beiden Besuchern zu. »Ich werde ein Aufgebot aufstellen und ganz früh am Morgen in Richtung Grenze aufbrechen.«

Reese wirbelte herum zu dem Mann, dem Winna Mae vorgeworfen hatte, in jener Nacht, als Saber entführt worden war, alles vermasselt zu haben. »Nein, kein Aufgebot«, sagte er im Befehlston. »Wir haben keine Chance, Miller und Felton zu kriegen, bevor wir nicht einen Plan haben. Ich will nicht, dass ein Haufen Ladenbesitzer und Farmer fröhlich ballernd durch die Gegend reitet.«

Nobels Achtung vor Reese wuchs. Die Art und Weise, wie er seine Schwester vor den Miller-Brüdern gerettet hatte, war verdammt schlau gewesen. Noble begann allmählich zu verstehen, welch großer Gefahr Reese die Stirn geboten hatte, um Saber zu retten. Und er pflichtete ihm bei, was das Aufgebot betraf. Es würde nur ihm, Noble, im Weg sein, wenn sie Graham Felton verfolgten.

»Das ist nicht *Ihr* Kampf, Starrett«, sagte Noble. »Es ist mein Kampf, und ich werde ihn auf meine Weise austragen.«

»Verdammt noch mal! Das werden Sie nicht«, sagte Reese zornig. »Sie tun nichts ohne mich.«

Noble starrte Reese lange an. Dann nickte er zum Sheriff

hinüber und ging zu Reese, um ihm nach draußen zu folgen, wo sie unter vier Augen reden konnten. »Sie hat's Ihnen also angetan, oder?«

Reese musste nicht fragen, was Noble damit meinte. »Ja. Saber hat mich bezaubert.«

Reese trat auf die Straße, löste die Zügel seines Pferdes und führte es zu dem Hotel, während Noble neben ihm herging.

Als sie die andere Straßenseite erreichten, stellte Noble die Frage, die ihm auf der Seele gebrannt hatte, seitdem er von Sabers Entführung gehört hatte. »Haben die Miller-Brüder sie auf unanständige Weise angerührt?«

Silberfarbene Augen blickten in dunkelbraune. Reese entschied sich dafür, es geradeheraus zu sagen. »Ich weiß es nicht. Und noch schlimmer, sogar Saber weiß es nicht mit Sicherheit. Zwei Tage lang war sie bewusstlos, nachdem sie sie entführt hatten.«

Noble war zornig und schmerzerfüllt zugleich. »Aber selbst Sie, Reese, werden mich nicht davon abhalten können, diese Kerle umzubringen, wenn ich herausfinde, dass sie meine Schwester angerührt haben.«

»Wenn sich das als zutreffend herausstellen sollte, werde ich Ihnen dabei helfen, sie ohne Prozess aufzuhängen«, antwortete Reese.

Die beiden Männer, die Saber am meisten liebten, schüttelten sich voller Einverständnis die Hände. Jeder von beiden wusste, dass der andere alles Notwendige tun würde, um die Männer zu fangen, die an der Entführung Sabers beteiligt gewesen waren.

16

Die zwei Tage seit Reese' Abreise schienen sich für Saber endlos in die Länge zu ziehen. Am dritten Tag entschied sie sich auszureiten, um einmal aus dem Haus zu kommen. Gabe und Jake waren schon vor Sonnenaufgang losgeritten, also konnte sie sie nicht begleiten. Reese hatte ihr zwar ausdrücklich verboten, allein auszureiten, aber sie hielt es einfach nicht mehr aus.

Trotz des kalten Wetters lag ein Hauch von Frühling in der Luft. Die Luft war linder, und zarte Sprossen von Grün sahen unter den Schneeflecken hervor.

Als Saber am Flussufer entlangritt, sah sie ein Reh mit seinem Kitz, und mit einem Mal wurde ihr leichter ums Herz. Gabe und Jake hatten seit Reese' Abreise keine weiteren toten Rinder gefunden, und das freute sie für Reese.

Sie ritt zu einer Felsgruppe, von der aus sie das tief in den Canyon eingeschnittene Flussbett betrachten konnte, und prägte sich dieses friedliche Bild fest ein. Sie stellte sich Reese an diesem Ort vor und überlegte, ob er seine Ranch wohl verlieren würde. Sie durfte das nicht zulassen. Es musste etwas geben, womit sie ihm helfen konnte.

Es war kurz vor Sonnenuntergang, als sie schließlich ihr Pferd in den Stall brachte. Sie war froh darüber, dass die Boxen von Jakes und Gabes Pferden noch leer waren. Das bedeutete, dass sie noch nicht zurück waren. Sie nahm ihrem Pferd den Sattel ab und gab ihm frisches Heu. Mit schweren Schritten ging sie auf das Haus zu, wo sie wieder ein einsamer Abend erwartete. Und um alles noch schlimmer zu machen: Sie hatte vergessen, Holz nachzulegen, sodass das Feuer wahrscheinlich ausgegangen war. Das Haus würde also kalt sein.

Als sie aufblickte, sah sie zu ihrer Überraschung Rauch aus dem Schornstein aufsteigen. Im selben Augenblick bemerkte sie die moderne schwarze Kutsche, die vor dem Blockhaus stand. Ihr Herz machte einen Freudensprung – die Kutsche gehörte ihrem Bruder!

Saber eilte ins Haus und wurde an der Tür von einer besorgten Rachel empfangen. »Wo bist du gewesen, kleine Schwester?«, fragte Rachel, die Hände in die Hüften gestemmt.

Saber warf sich in die Arme ihrer Schwägerin und drückte sie fest an sich. »Ich war reiten. Aber ich bin so froh, dass du hier bist.«

Rachel sah sie an. »Geht's dir gut?«

»Ja. Aber das wäre anders, wenn Reese nicht gewesen wäre.«

Rachel legte den Arm um Sabers Hüfte. Sie liebte Nobles Schwester nicht weniger als ihre eigene Schwester Delia. »Es tut mir Leid, dass du so viel hast durchmachen müssen. Aber das ist jetzt vorbei. Sie werden die Schuldigen finden, und damit wird die ganze Sache erledigt sein.«

Saber nickte. »Ich bin sicher, das werden sie. Und du kommst genau richtig, um mich etwas aufzuheitern.«

Rachel trat einen Schritt zurück und betrachtete sie von Kopf bis Fuß. »Ich würde sagen, deine Garderobe entspricht nicht ganz ... der Mode. Was, zum Kuckuck, trägst du denn da?«

Saber lächelte, weil sie sich an eine Zeit erinnerte, als Rachel – sehr zu Nobles Missfallen – Hosen getragen hatte. »Gefällt dir meine Aufmachung nicht?«

»Wenn ich ehrlich bin, nein! Du hast Glück, dass ich dir deinen Koffer mitgebracht habe; und noch mehr Glück hast du, dass dein Bruder dich nicht sieht in diesem Aufzug.« Sie lächelte. »Obwohl ich einiges dafür geben würde, Nobles Gesicht zu sehen, wenn er dich in dieser Kluft sähe.«

Saber sah Rachel bekümmert an. »Ich brauche wirklich jemanden, mit dem ich sprechen kann, Rachel.«

»Deshalb bin ich ja hier.« Rachel ließ ihre Blicke im Haus

umherschweifen. »Wo ist dieser Reese Starrett? Als ich ankam, war niemand da. Ich wollte ihn schon die ganze Zeit kennen lernen, seit er dich gerettet hat.«

»Er ist nach Fort Worth geritten.«

»Das erklärt die Sache. Vielleicht sind wir aneinander vorbeigeritten.« Rachel ging in dem Zimmer herum und betrachtete die Bücher auf dem Bord. »Dieses Haus könnte ganz gut die Hand einer Frau vertragen.«

»Das sehe ich auch so.«

»Nach dem, was ich über Mr. Starrett gehört habe, hätte er wohl keine Schwierigkeiten, eine ganze Reihe Frauen für diese Aufgabe zu finden. Er ist ja sehr begehrt, aber hat es bislang noch immer fertig gebracht, der Ehe zu entgehen.«

Saber zog Reese' Mantel aus und hängte ihn an den Kleiderständer. »Ich denke, du hast Recht.« Sie hakte sich bei Rachel ein und führte sie zur Küche. »Ich habe Hunger, und du?«

»Riesenhunger.«

»Soll ich auch noch für deine Begleiter von der Casa del Sol kochen?«

»Es scheint, dass Reese' Helfer, Miguel, sie mit zur Mannschaftsbaracke genommen hat und sie dort versorgt.«

»Ich bin überrascht, dass Noble dich allein reisen lässt.«

»Er hat ein bisschen gemurrt, aber schließlich haben wir beide entschieden, dass du mich brauchen könntest, und ich wollte mich selbst davon überzeugen, dass du in Sicherheit bist.«

»Das bin ich. Jake und Gabe passen auf mich auf.«

»Dann lass uns essen. Und danach musst du mir alles erzählen.«

Saber und Rachel wollten sich gerade zum Essen niederlassen, als Jake und Gabe hereinkamen. Nachdem Saber sie verköstigt und zur Mannschaftsbaracke geschickt hatte, setzte sie sich mit Rachel ans Feuer. Eine Weile saßen sie schweigend da.

Schließlich sagte Rachel: »Also gut, erzähl mir von Mr. Starrett. Wie sieht er aus? Was für ein Mann ist er?«

Saber legte ihren Kopf zurück und dachte einen Augenblick nach. »Er hat nicht Nobles aristokratisches Aussehen, und er sieht auch nicht jungenhaft hübsch aus wie Matthew. Reese' Gesichtszüge sind schroffer, und seine Augen haben etwas Unruhiges, als ob er viel Schlimmes durchgemacht hätte. Ich weiß, dass mir in seiner Nähe nichts zustoßen kann. Er ist stark und schlank, und wenn er mich ansieht, dann will ... dann will ich ...«

Rachel hatte Saber prüfend betrachtet. »Ich verstehe. Erzähl mir etwas mehr von ihm.«

»Er ist bodenständig, und der Himmel spiegelt sich in seinen Augen wider. Er ist stolz, ehrlich und beharrlich. Ich habe nie vorher jemanden mit seiner Augenfarbe gesehen. Seine Augen können dunkelgrau sein, wenn er nachdenkt, und von durchsichtigem Silber, wenn er etwas ganz tief fühlt.«

»Und fühlt er etwas ganz Tiefes für dich, Saber?«

Saber begegnete Rachels fragendem Blick. »Er hat eine Leidenschaft für diese Ranch.«

»Und?«

Ein schmerzhafter Kloß bildete sich in Sabers Hals. »Ich liebe ihn.« Sie vergrub ihr Gesicht in den Händen und kämpfte gegen die aufsteigenden Tränen an. »Ich liebe ihn über alles.«

Rachel beugte sich neben ihr nieder und strich ihr das Haar aus dem Gesicht, was Saber veranlasste aufzublicken. »Was empfindet er für dich, Saber?«

»Ich glaube – ich weiß – für ihn bin ich nur ein Problem.«

»Bist du dir sicher?«

»Ja, ganz sicher. Ich schäme mich, dir das zu sagen, aber ich muss es jemandem sagen. Ich habe mich ihm in die Arme geworfen, und er wollte mich nicht.«

»Saber, du hast gerade gesagt, dass er ein Ehrenmann sei. Wenn er dich weniger gemocht hätte, wäre er vielleicht mit dir ins Bett gegangen.«

»Nein, da irrst du dich. Er will nur, dass ich verschwinde.«

»Das ist ja wirklich sehr ernst. Was ist mit Matthew?«

»Es ist alles so ein schreckliches Durcheinander. Ich kann Reese niemals sagen, wie sehr ich ihn liebe. Wenn ich's doch täte, würde er mich abweisen, weil Matthew sein Freund ist. Auch Matthew darf es nicht wissen. Ich werde ihn wie geplant heiraten. Aber ich werde immer das Gefühl haben, ihn zu betrügen, weil ich Reese liebe. Vielleicht macht mich das Wissen, dass ich Matthew nicht liebe, zu einer besseren Ehefrau. Ich werde duldsam und nachdenklich sein, und er wird niemals wissen, dass ich innerlich tot bin.«

Rachel zog Saber an sich. »Oh, meine kleine Schwester – du liebst Reese Starrett. Ich kann mir sehr gut vorstellen, welche Qualen ich hätte erleiden müssen, wenn Noble und ich unsere Meinungsverschiedenheiten nicht gelöst und zugegeben hätten, dass wir einander lieben.«

»Ich weiß, Rachel. Aber ein so glückliches Ende wird es für mich nicht geben.«

»Gib nicht so schnell auf, Saber. Lass mich eine Weile darüber nachdenken.«

»Glaubst du, dass ich eine verabscheuenswürdige Person bin?«

»Nein, liebe, kleine Schwester. Ich glaube, dass du eine Frau bist, die bereit ist, den falschen Mann zu heiraten. Und das werde ich niemals zulassen.«

»Aber was kann ich tun? Selbst wenn ich Matthew nicht heirate, wird Reese mich noch immer nicht lieben.«

»Wir werden uns beide die Köpfe darüber zerbrechen und dann sehen, was uns dazu einfällt.«

Saber fühlte sich besser, nachdem sie sich alles von der Seele geredet hatte. »Selbst wenn ich Matthew heiraten muss: Das kann ich ertragen. Immerhin ist Matthew ein wunderbarer Mann. Das Einzige, was ich nie tun könnte, wäre, ihn zu verletzen. Ich schulde ihm so viel dafür, dass er mir damals in Georgia geholfen hat.«

»Du schuldest ihm aber nicht den Rest deines Lebens, Saber.«

Das Feuer brannte nieder, und so beschlossen die beiden Frauen, zu Bett zu gehen. »Weißt du, was ich morgen als Erstes tue?«, fragte Saber. »Ich nehme ein richtiges Bad und ziehe meine eigenen Kleider an.«

»Ja, ich glaube, das ist eine gute Idee.« Rachels Geist war in Aufruhr. Sie würde es nicht zulassen, dass sich Saber in einer Ehe aufopferte. Sie vermutete, dass Reese Starrett sich in Saber verliebt hatte. Es hatte nichts zu besagen, wie ehrenhaft er sich benahm – wenn eine Frau von Sabers Schönheit sich einem Mann anbot, musste der schon in harter Bedrängnis sein, um sie abzulehnen. Nein, Reese Starrett liebte Saber und wollte sich lediglich ihr gegenüber keinen Vorteil verschaffen, während sie noch unter seinem Schutz stand. Das war's!

»Rachel?«

Rachel gähnte. »Ja?«

»Was sollen wir jetzt tun?«

»Noble hätte uns gern auf der Casa del Sol, wo du besser beschützt bist, aber er fürchtet, dass die Reise gefährlich werden könnte. Deshalb will er, dass wir hier bleiben, bis er kommt, um uns abzuholen.«

»Ich habe versucht zu ergründen, wieso ich entführt wurde.«

»Das würde jeder gern wissen.«

»Der wahrscheinlichste Grund ist wohl Geld.«

»Rachel, es gibt da noch etwas, was ich dir nicht gesagt habe.«

Ihre Schwägerin erstarrte, in Furcht vor dem, was jetzt kommen musste. Sie hatte befürchtet, dass Saber von ihren Entführern vergewaltigt worden war – und sie betete, dass es nicht so war.

»Nach der Entführung war ich zwei Tage lang bewusstlos. Ich weiß nicht, was sie mir während der Zeit angetan haben.«

»Gab es denn irgendwelche Anzeichen dafür, dass ... sie dich vergewaltigt haben?«

»Ich wüsste nicht, worauf ich zu achten hätte.«

»Vielleicht war da Blut, Saber?«

»Nein, ich habe nichts dergleichen bemerkt.« Saber richtete sich auf und stützte sich auf ihre Ellenbogen. »Bedeutet das, dass sie mich nicht angerührt haben?«

»Nein. Nicht wirklich.« Rachel wusste, dass sie ehrlich zu Saber sein musste.

»Wie kann ich es überhaupt jemals wissen?«

»Hast du deine Tage gehabt?«

»Ja.«

Rachel stieß einen Seufzer der Erleichterung aus. »Dann ist es am besten, jetzt nicht darüber nachzudenken. Wenn du verheiratet bist, wird es dein Mann merken.«

»Aber ich sollte es Matthew sagen. Ich könnte nicht zulassen, dass er mich heiratet, ohne dass er von dieser Möglichkeit weiß.«

Rachel dachte über Sabers Worte nach. Sie wusste nicht, was für eine Art Mann ihr zukünftiger Schwager war. »Lass mich das überlegen. Wir werden später entscheiden, was zu tun ist.«

Saber drehte sich auf die Seite und schloss ihre Augen. »Dieser Albtraum scheint nie zu Ende zu gehen.«

Am nächsten Tag hielt Rachel Saber beschäftigt, damit sie keine Zeit zum Grübeln hatte. Als Saber gebadet und ihr Haar gewaschen und gebürstet hatte, bis es in weichen Wellen bis zu ihrer Taille hinabhing, fühlte sie sich wieder wohl in ihrer Haut. Sie zog ihr gelbes Baumwollkleid mit den dazu passenden Schuhen, und sie war wie beseelt bei dem Gedanken, dass sie aussah, wie es besser nicht sein konnte. Wie sehr wünschte sie sich, Reese könne sie jetzt sehen!

Jake und Gabe waren früh hinausgeritten und mit ihnen die meisten Reiter von der Casa del Sol. Aber Gabe hatte ihnen mitgeteilt, dass zwei Männer zu ihrem Schutz dageblieben seien.

Saber ordnete gerade die Kleider in ihrem Schrankkoffer

um, als sie hörte, wie sich ein Reiter näherte. Im Glauben, es sei Reese, lief sie zum Fenster. Das Scheunentor stand offen, also musste einer der Männer zurückgekehrt sein.

Sie verspürte ein unheimliches Prickeln im Nacken.

»Rachel.«

Keine Antwort.

Saber lief ins Schlafzimmer und zog Reese' Revolver aus dem Halfter. Er war nicht geladen. Sie hatte einige Kisten mit Munition unter dem Bett gefunden, als sie dort sauber gemacht hatte. Vielleicht passten einige Patronen zu dieser Waffe. Sie tat einen tiefen Atemzug, um sich zu beruhigen, als sie entdeckte, dass tatsächlich eine der Kisten die passende Munition enthielt. Wie dumm würde sie dastehen, wenn sich herausstellte, dass der Reiter Jake oder Gabe war. Aber sie hatte gelernt, es nicht darauf ankommen zu lassen.

Sie hörte Rachels Stimme, als diese die Tür öffnete und jemanden begrüßte. Saber wollte einen Warnschrei ausstoßen, doch es war zu spät. So schob sie die Patronen ins Lager und betete, dass die Waffe nicht schon zu verrostet war, um sie abzufeuern.

»Was kann ich für Sie tun?«, fragte Rachel.

»Ich such Arbeit. Sind Sie vielleicht die Hausherrin?«

Saber zuckte innerlich zusammen, als sie die Stimme hörte, die sie in ihren Albträumen heimgesucht hatte. Es war Eugene Miller!

»Nein, tut mir Leid. Sie müssen ein anderes Mal wiederkommen. Der Mann, dem die Ranch gehört, ist zurzeit nicht zu Hause.«

Saber hörte, wie sich die Tür weiter öffnete, und Rachel rang nach Luft.

»Wer sind Sie? Was wollen Sie?«

Saber erkannte, dass die zurückgelassenen Männer keine Hilfe für sie sein würden. Sie straffte ihre Schultern und trat aus dem Schlafzimmer, die Waffe hinter ihrem Rücken verborgen. Sie nickte ihrer Schwägerin zu, und Rachel ging zur Seite.

»Das ist Eugene Miller«, sagte sie zu Rachel. »Er ist hier, weil er und ich noch etwas zu Ende bringen müssen.«

Saber sprach so ruhig, als ob sie einen Freund vorstellte.

»Das stimmt, mein süßer Fratz. Nun gibt's sogar zwei von eurer Sorte. Welche werd ich wohl zuerst nehmen?« Seine Hand glitt abwärts zu seiner Waffe. »Keine plötzlichen Bewegungen, bei keiner von euch! Miss Vincente, ich und Sie werden grad mal ins Schlafzimmer gehen.«

Saber ging rückwärts zur Schlafzimmertür und versuchte, Miller auf diese Weise von Rachel wegzulocken. »Ich hatte gehofft, dass Sie tot wären«, sagte sie mit dem ganzen Hass, den sie für diesen Mann empfand. »Schade, dass Sie es nicht sind.«

»Nun, ich wollt eben nich diese Welt verlassen, bevor ich nich was von dem süßen kleinen Körper gehabt hab.« Er sah Rachel scharf an. »Bleib, wo du bist, und ruf keine Hilfe nich. Sonst niet ich Saber Vincente um.«

»Tun Sie ihr nichts«, sagte Rachel schnell. »Ich tue, was Sie sagen.«

Eugene warf einen Blick in die Küche und war zufrieden, dass sich dort niemand aufhielt. »Is sonst noch jemand bei euch?« Seine Blicke wanderten über Sabers sanfte Rundungen.

»Ja, da ist noch jemand«, sagte sie und brachte ihre Hände mit der Waffe nach vorne. »Hier sind Smith und Wesson.« Sie zielte mit der Waffe auf seine Brust und sah, wie sich ein Ausdruck des Entsetzens auf seinem Gesicht ausbreitete.

Dann feuerte sie einmal ... und wieder und wieder.

17

Die Gäste beim Abendessen im Speisesaal des Hotels verfielen plötzlich in Schweigen, als sie sahen, wie Major Matthew Halloway auf Reese Starrett zuhumpelte. Dann steckten sie ihre Köpfe flüsternd zusammen. Matthew entging die Reaktion der Menge nicht. Er wusste, dass die Leute Vermutungen über die Entführung anstellten. Einige der boshaften Gerüchte waren ihm zu Ohren gekommen, und er war in keiner guten Stimmung.

Matthew stützte sich schwer auf seinen Stock, lächelte Reese bemüht an und ließ sich auf einem Stuhl nieder.

Nach einigen neugierigen Blicken wandten sich die Leute wieder ihrer Mahlzeit zu. Reese wies mit dem Kinn auf die Schiene am Bein seines Freundes. »Wie geht's denn dem Bein?«

»Es tut jetzt nicht mehr sehr weh, aber es juckt höllisch. Ich werde mich wirklich freuen, wenn ich diese Schiene los bin. Wenn's nach dem Armeearzt ginge, würde ich für den Rest meines Lebens so herumhumpeln.«

»Yeah. Ich weiß. Unsere Ärzte bei den Konföderierten waren wahrscheinlich ebenso unfähig wie eure Yankee-Ärzte.«

Matthew nahm ein Glas Wasser in die Hand und drehte es zwischen seinen Fingern. »Ich weiß gar nicht, wie ich dir danken soll, Reese, für das, was du getan hast. Wer weiß, was Saber zugestoßen wäre, wenn du sie nicht gefunden hättest.«

»Du schuldest mir keinen Dank«, erwiderte Reese schroff. »Ich bin sicher, du weißt inzwischen, dass sie auf meiner Ranch ist. Ich war der Meinung, dass es der sicherste Platz für sie ist, solange Eugene Miller und Felton nicht festgenommen sind. Aber ihre Sicherheit wäre natürlich genauso gewährleistet, wenn du sie mit einer Kompanie deiner Männer nach Fort Griffin begleiten würdest.«

Matthew senkte seinen Blick und schien sich angelegentlich mit dem Wasserglas zu beschäftigen. »Ich halte es für keine so gute Idee, sie jetzt nach Fort Griffin zu bringen. Es ist besser, wenn sie dort bleibt, wo sie ist.«

Reese sah verwirrt drein. »Wie meinst du das?«

»Ich ... meine Eltern haben die Gerüchte über Saber gehört, die in der Stadt kursieren. Sie ... wir sind der Meinung, dass es besser wäre, Sabers Rückkehr so lange aufzuschieben, bis sie verstummen. Schließlich wissen wir ja nicht genau, was die Millers ihr angetan haben. Es könnte etwas schwierig werden, diese ... Zusammenhänge unseren Freunden in Philadelphia zu erklären.«

»Wovon, zum Teufel, sprichst du eigentlich, Matthew?«, fragte Reese. Er riss Matthew das Glas aus der Hand und stellte es so hart auf den Tisch, dass er wieder jedermanns Aufmerksamkeit erregte.

Matthew senkte seine Stimme. »Nun, diese kleine Vorführung von dir hat dafür gesorgt, dass alle uns anstarren. Wir können hier nicht weiterreden.«

»Nein!« Reese konnte seine Empörung kaum noch unter Kontrolle halten. »Wir wollen doch nicht, dass irgendetwas von dem, was wir sagen, bis nach Philadelphia dringt, das meinst du doch?«

»Reese, sag jetzt nichts mehr. Lass uns von hier weggehen. Ich habe Sabers Bruder eine Nachricht zukommen lassen. Wir wollen uns in meinem Hotelzimmer treffen. Er ist wahrscheinlich jetzt schon dort bei meinen Eltern.« Matthew erhob sich unbeholfen. »Lass uns diese Unterredung beenden.«

Reese warf ein paar Geldstücke auf den Tisch und folgte Matthew durch den Speisesaal die Treppe hinauf. Als sie in Matthews Zimmer ankamen, war Noble bereits anwesend und im Gespräch mit Matthews Eltern.

Mrs. Halloway war eine offensichtlich sittenstrenge Frau mit hochgeschlossenem Spitzenkleid und mehreren Perlenketten, die ihr fast bis auf die Taille herabhingen. Mr. Halloway war die ältere Ausgabe von Matthew mit grauem Haar und jungenhaft blauen Augen.

Mrs. Halloway sprach gerade, als Reese eintrat. »Mr. Vincente, ich habe nur Gutes über Ihre Familie gehört. Wenn ich es recht verstanden habe, ist Ihre Casa del Sol eine der größten Viehfarmen in Texas.«

»Es gibt größere«, antwortete Noble und wandte seinen Blick Reese zu. »Aber hier ist der Mann, den Sie wirklich kennen lernen sollten, Mr. und Mrs. Halloway – Reese Starrett, der Mann, der meiner Schwester das Leben gerettet hat.«

Reese nickte steif und wandte sich an Matthew. »Sag Sabers Bruder, was du gerade unten zu mir gesagt hast.«

Matthew grinste verlegen und reichte Noble die Hand. »Endlich lernen wir uns kennen, Mr. Vincente. Saber hat mir so viel über Sie geschrieben, dass ich Sie wohl auch erkannt hätte, wenn ich Ihnen zufällig auf der Straße begegnet wäre.«

Noble sah verwirrt aus. »Was sollen Sie mir sagen?«

»Na los!« Reese stieß Matthew an. »Wiederhole, was du zu mir gesagt hast.«

»Ich habe Reese gegenüber nur angedeutet, dass es besser sein könnte, wenn Saber so lange auf seiner Ranch bliebe, bis der Klatsch verstummt ist.«

Nun verstand Noble, warum Reese so zornig schien. Er hatte das wohl nicht von dem Mann erwartet, der im Begriff war, seine Schwester zu heiraten. »Saber hat genug gelitten, Matthew. Ich glaube, meiner Schwester würde es besser gehen, wenn sie unter Menschen käme, die sie lieben. Wenn wir sie isoliert halten, glaubt sie vielleicht, dass wir uns ihrer schämen.«

»Was mein Sohn meint«, warf Mr. Halloway ein, »ist, dass Ihre Schwester beschämt sein könnte, wenn sie hört, was über sie geredet wird.«

»Was *wird* denn über sie geredet?«, wollte Noble nun endlich wissen.

Mrs. Halloway senkte die Augen, um seinem prüfenden

Blick zu entgehen. »Ich weiß nicht, ob Sie darüber Bescheid wissen. Aber unser Sohn beabsichtigt, für ein politisches Amt zu kandidieren, wenn er die Armee verlässt. Jede Andeutung eines Skandals könnte das Ende aller diesbezüglichen Hoffnungen bedeuten.«

Eine steile Falte bildete sich zwischen Nobles Augenbrauen. Hätten die Leute im Raum ihn besser gekannt, wäre ihnen klar gewesen, dass er zornig war. »So wie ich es sehe, ist es doch meine Schwester, die gelitten hat. Es ist mir, verdammt noch mal, egal, was für eine zukünftige politische Karriere Ihr Sohn anstrebt.«

»Nun, nun, lassen Sie uns nur nichts überstürzen«, sagte Mr. Halloway gönnerhaft. »Die Hochzeit wird stattfinden. Wir brauchen nur einige Sicherheiten.«

»Welche Art von Sicherheiten?«, fragte Reese kalt. Aber er wusste, was jetzt kommen würde – er konnte nur nicht glauben, dass die Mitglieder dieser Familie so gefühllos waren. Er hatte Matthew für einen ehrenwerten Mann gehalten, aber wenn er zuließ, dass seine Eltern Saber noch mehr Leiden zufügten, würde er nicht mehr die Spur von Achtung vor ihm haben.

Es war Mrs. Halloway, die antwortete. Sie hakte sich bei ihrem Sohn ein, als wolle sie ihn beruhigen. »Ich weiß, dass Sie ein guter Freund meines Sohnes sind, Mr. Starrett. Er hat mir gesagt, dass Sie nicht einmal Geld für das annehmen, was Sie getan haben. Das ist der Grund, weshalb ich das Gefühl habe, ganz offen zu Ihnen sein zu können. Ich weiß, dass Sie über diese heikle Situation schweigen werden.« Sie lächelte, aber in diesem Lächeln lag keine Wärme. »Mr. Vincente«, sagte sie und wandte sich an Noble. »Ich hoffe, Sie verstehen, dass wir es gerne hätten, dass ein Arzt Ihre Schwester untersucht.«

Reeses Hand landete schwer auf Nobles Arm, und er stellte sich vor Sabers Bruder. »Ich glaube nicht, dass Sie erwarten können, dass Mr. Vincente auf einen so demütigenden Vorschlag eingehen wird. Deshalb spreche ich jetzt für ihn. Saber wird keiner solchen Untersuchung unterzogen, wie Sie sie vorschlagen.«

Noble ballte die Fäuste und machte einen Schritt auf Matthew zu. »Und meine Schwester wird Sie auch nicht heiraten, Sie Schweinehund!«

Matthews Gesicht wurde blass, und er schüttelte den Kopf. »Aber ich liebe Ihre Schwester. Ich will Sie zu meiner Ehefrau machen.«

»Das wird nicht geschehen, weil Sie sie nicht so schätzen, wie sie es verdient. Ich würde ihr niemals erlauben, in eine solche Familie einzuheiraten.«

»Sie missverstehen unsere guten Absichten«, schnaubte Mr. Halloway. »Ich habe meinen Sohn bei vielen Gelegenheiten sagen hören, wie geachtet die Familie Vincente ist. Deshalb darf ich wohl annehmen, dass Sie diese scheußliche Angelegenheit ein für alle Mal klären wollen. Ich kann Ihnen gar nicht sagen, wie sehr meine Frau und ich uns darauf gefreut haben, die liebe Saber kennen zu lernen.«

Noble konnte seine Wut kaum unterdrücken. Reese nahm seinen Arm und steuerte mit ihm auf die Tür zu. Er war selbst zornig genug, um über Matthew herzufallen, aber das war nicht seine Angelegenheit. »Wir sind alle bestürzt über das, was geschehen ist. Wenn Sie Gelegenheit gehabt haben, in Ruhe darüber nachzudenken, können wir vielleicht noch einmal darüber reden.«

Mit einem heftigen Ruck befreite sich Noble aus Reese' Griff und schritt zur Tür. »Ich habe keinem von Ihnen noch irgendetwas zu sagen.«

Reese folgte ihm die Treppe hinunter und nach draußen.

Noble stand eine Zeit lang da und ließ die kühle Luft über sein Gesicht streichen. »Was sagen Sie dazu, Reese?«, fragte er schließlich.

»Ungefähr dasselbe wie Sie.«

Noble griff nach dem Pferdebalken, lehnte sich darüber und atmete einige Male tief durch. »Saber ist etwas Besonderes. Nicht weil sie meine Schwester ist, sondern weil sie freundlich und liebenswürdig ist; sie kümmert sich selbstlos um die, die sie liebt, und würde niemals verstehen, was in dem Zimmer da oben heute gesagt wurde.«

»Ich glaube, dass Matthew sie liebt.«

Noble drehte sich zu Reese um. »Das ist nicht die Art Liebe, die sie verdient. Geld und Ansehen bedeuten ihr gar nichts. Saber ist selbst wohlhabend, und was das Ansehen betrifft, so hat auch mein Vater einen geachteten Namen, und unsere Mutter kommt aus einer angesehenen alten Südstaatenfamilie. Nein, ich will nicht, dass sie das über sich ergehen lassen muss, was diese Leute vorgeschlagen haben.«

»Ich stimme Ihnen zu.«

Noble sah Reese an. »Sie sind Matthews Freund. Warum sind Sie in dieser Sache auf meiner Seite gewesen?«

»Ich bin auf Sabers Seite. Wie Sie, möchte auch ich nicht, dass sie verletzt wird, und das würde sie unweigerlich, wenn wir uns auf die Vorschläge von Mr. und Mrs. Halloway einließen. Matthew steht unter dem Einfluss seiner Eltern. Normalerweise verhält er sich nicht so.«

»Ich brauche einen Drink«, sagte Noble, trat auf die Straße und steuerte auf den Saloon zu. »Kommen Sie.«

»Ja. Ich kann auch einen gebrauchen«, pflichtete Reese ihm bei.

Sie waren gerade in der Mitte der Straße, als Reese einen Reiter herangaloppieren hörte. Er erkannte Jake, und das Blut stockte ihm in den Adern. Sein Blick ging zu dem Pferd, das Jake mit sich führte, und dem leblosen Körper, der quer darüber gelegt war.

»Was ist geschehen, Jake?«, fragte Reese, während Noble stehen blieb und besorgt zusah.

Jake glitt von seinem Pferd, sein junges Gesicht gerötet vor Aufregung. »Das ist Eugene Miller, Reese!«

Reese zog die Decke zurück, die über dem Körper lag, ergriff den Haarschopf und starrte in das tote Gesicht. »Ja, stimmt, das ist Eugene.« Seine Bauchmuskeln spannten sich an vor Angst um Saber. »Was ist passiert?«

»Er ist zum Haus gekommen, Reese. Ich weiß, dass du mir gesagt hast, dass ich auf Miss Vincente aufpassen soll, aber ihre Schwägerin ist gekommen. Ich hab nich geglaubt, dass jemand sie am helllichten Tag belästigen würde. Und wir haben zwei Männer dagelassen, die sollten sie beschützen.«

Nobles Hand sackte schwer auf die Schulter des Jungen. »Was ist mit meiner Frau, meiner Schwester? Ist ihnen irgendwas passiert?«

»Nein, Sir.« Jake erkannte sofort Noble Vincente. »Ihnen is nix passiert.«

»Um Gottes willen, Jake, erzähl mir, was geschehen ist! Auf der Stelle!«, verlangte Reese, der seine Geduld verlor. »Erzähl es mir, oder ich quetsche es aus dir heraus.«

»Es war Miss Saber, die das getan hat!« Seine jugendlichen Augen waren wieder voller Staunen. »Miller ist auf sie los und hat sie bedroht, und sie hat ihn mausetot geschossen.«

»Saber hat das getan?«

»Ja. Mit Ihrem ollen Revolver aus dem Schlafzimmer, Boss.«

»Nun, ich bin ziemlich unzufrieden mit dir, Jake. Sie hätte doch nie in die Lage kommen dürfen, sich selbst verteidigen zu müssen!« Reese' Stimme bebte.

»Unsere Leute hörten die Schüsse und rannten zum Haus, aber Miss Saber brauchte sie nicht mehr, außer zum Abwischen von dem Blut. Das ist eine Frau, Reese! Da waren wir nun und wollten sie beschützen, und das konnte sie ganz allein!«

Reese und Noble tauschten Blicke. »Bring die Leiche zum Sheriff und sag ihm, was passiert ist«, sagte Reese. »Kommen Sie, Vincente, wir haben einen ziemlich langen Ritt vor uns!«

18

Obwohl es schon zwei Tage her war, dass Saber Eugene Miller erschossen hatte, zitterten ihre Hände immer noch, und die Knie wurden ihr weich, wenn sie daran dachte.

Gabe und Jake waren wunderbar gewesen. Gabe hatte darauf bestanden, dass Saber und Rachel das Haus verließen, während er das Blut wegwischte, und Jake hatte die Leiche nach Fort Worth gebracht.

Sie ging in das Schlafzimmer und hoffte, nicht wieder weinen zu müssen. Rachel war so mitfühlend und verständnisvoll gewesen, aber Saber wollte sie nicht noch mehr belasten, als sie es ohnehin schon musste.

Sie nahm eins von Reese' Hemden und hielt es an ihr Gesicht. Sie wusste tief in ihrem Innern, dass sie sich in diesem Augenblick wünschte, seine Arme schlössen sich um sie, hielten den Schrecken in Schach und würden sie trösten.

Rachel hörte Reiter und sah hinüber zu dem Gewehr, das Gabe geladen neben die Tür gestellt hatte, für den Fall, dass sie es brauchten. Aber als sie sah, wer es war, flog sie aus der Haustür und rief den Namen ihres Mannes. Noch ehe sein Pferd anhielt, war Noble herunter von seinem Reittier und nahm sie in seine Arme.

Reese' Blick ging an Rachel vorbei, angstvoll nach Saber Ausschau haltend. Er hatte beinahe sein Pferd zu Tode geritten, um zu ihr zu kommen, weil er wusste, dass sie aufgewühlt sein musste und ihn brauchte.

Rachel löste sich von ihrem Mann und ging zu Reese. Sie bot ihm ihre Hand, und er ergriff sie mit festem Druck. »Ich muss nicht fragen, wer Sie sind, Mr. Starrett. Sie sind genauso, wie Saber Sie beschrieben hat.«

Reese war besorgt, weil Saber nicht herausgekommen war, um sie zu begrüßen. »Wie geht's ihr?«

Rachel krauste die Stirn. »Es ist schwierig für sie, Mr. Starrett. Gehen Sie hinein und sprechen Sie mit ihr. Sie ist da drin.«

Noble setzte sich in Bewegung, aber Rachel hielt ihn auf. »Versorgen wir die Pferde. Es sieht so aus, als hättet ihr euer Bestes getan, sie zuschanden zu reiten.«

Noble schüttelte den Kopf. »Ich *muss* zu Saber.«

»Nein, das musst du nicht.« Sie deutete mit dem Kopf auf Reese, der ins Haus eilte. *»Er* wird sich um sie kümmern.«

Noble runzelte die Stirn, und die Muskeln an seinem Kiefer traten hervor, wie immer, wenn er zornig war. »Was soll das heißen, Rachel? Warum soll sich Reese Starrett um sie kümmern?«

Rachel legte ihre Arme um seine Hüfte und schenkte ihm ein herzerweichendes Lächeln. »Weil er es ist, den sie sich jetzt wünscht.« Sie warf ihren Kopf zurück und lachte über die Verwirrung auf seinem Gesicht. »Ihr Männer seid immer die Letzten, die es erfahren. Wie einfach wäre es, wenn wir Frauen es euch geradewegs sagten, dass wir euch lieben.«

»Was? Willst du damit sagen, dass meine Schwester diesen Mann liebt?«

»Natürlich. Wenn du eine Frau wärest, würdest du verstehen warum. Er sieht unglaublich gut aus.«

Noble sah sie noch immer verwirrt an und auch ein wenig eifersüchtig, weil seine Frau einen anderen Mann gut aussehend fand. »Soll das heißen, Saber liebt Reese, aber der weiß es gar nicht?«

»Genau das ...« Sie nahm die Zügel von Reese' Pferd und führte es zum Stall. »Und du wirst ihm bitte nichts davon sagen. Das ist allein Sabers Sache.«

Noble blieb nichts anderes übrig, als sein Pferd an den

Zügeln zu nehmen und ihr zu folgen. »Ich fasse es nicht, Rachel. Zuerst will sie Matthew heiraten – obwohl ich nicht will, dass sie ihn heiratet, und nun liebt sie Reese Starrett. Was geht hier vor, was ist hier los?«

»Ich kenne zwar Matthew Halloway nicht, aber ich mag Reese Starrett, nach alldem, was Saber mir über ihn erzählt hat. Er ist nicht wohlhabend, und er hat auch keinen aristokratischen Namen, aber er ist ehrenhaft, und wenn er nicht gewesen wäre, hätten wir auch Saber nicht mehr.«

Reese stand an der Tür mit seinem Hut in der Hand. »Saber.«

Sie hatte ihn nicht heranreiten hören, weil sie in ihrer eigenen privaten Hölle eingeschlossen war. Als sie Reese' Stimme hörte, kam ein Schluchzen über ihre Lippen, und sie lief aus dem Schlafzimmer. Sie wollte in seinen Armen sein.

Reese konnte nur die wunderbare Erscheinung anstarren in dem langärmeligen rosafabenen Kleid und dem goldenen Haar, das ihr über den Rücken bis zur Taille fiel. Er hatte noch nie etwas gesehen, das ihn so tief berührte. Er wollte zu ihr eilen, aber das war nicht die Saber, die er kannte. Dies war die herausgeputzte und vornehm gekleidete Miss Vincente.

Aber Saber nahm ihm die Entscheidung ab. Sie lief auf ihn zu, warf sich gegen seinen muskulösen Körper, und seine Arme legten sich um sie wie ein schützender Schild.

»O Reese, Reese, ich ... habe ein Leben ausgelöscht. Ich habe Eugene Miller getötet!«

Er vergrub sein Gesicht in ihrem Haar und hielt sie fest an sich gedrückt, sodass sein Körper ihre Schluchzer auffangen konnte. »Ich weiß, Saber, ich weiß. Aber du warst dazu gezwungen.« Seine Lippen berührten ihre Wange, und er schloss seine Augen. Er liebte sie bis in die tiefsten Tiefen seiner Seele. »Denk nicht mehr daran. Es ist vorbei und erledigt.«

Sie barg ihr Gesicht an seinem rauen Hemd und schlang

ihre Arme um seinen Hals. »Ich wollte dich hier haben – bei mir. Ich wusste, du würdest die Albträume vertreiben.«

Er hob ihr Kinn und starrte in tränengefüllte blaue Augen. »Was für Albträume, Saber?«

»Jedes Mal, wenn ich die Augen schließe, starren mich seine toten Augen an. Er hat nicht geglaubt, dass ich ihn erschießen würde, Reese. Aber ich musste … ich musste es tun!«

Er drückte ihren Kopf an sich. »Es ist vorbei, Liebling. Er kann dich nicht mehr verletzen.«

»Ja – du bist jetzt hier, und alles wird wieder in Ordnung kommen. Zum ersten Mal, seit du weggegangen bist, fühle ich mich wieder sicher.«

Er wusste, dass sie sich daran gewöhnt hatte, in seinem Schutz zu stehen, und das war für ihn schmerzlicher, als wenn er ihr gleichgültig gewesen wäre; denn er musste sie gehen lassen, und bald würde es nicht mehr seine Angelegenheit sein, sich um sie zu kümmern.

Er betrachtete ihre zierliche Hand mit den schlanken Fingern und den fein geformten Nägeln, und er senkte seinen Kopf, um seine Lippen auf ihre Hand zu drücken. In diesem Augenblick war sie sein. Aber bald würde die Welt in Gestalt ihres Bruders durch diese Tür eindringen, und er musste sie für immer gehen lassen.

Saber hob ihren Kopf und sah in die silbrigen Augen, die ganz weich waren vor Zärtlichkeit. »Versprich mir, Reese, dass du mich nie mehr allein lassen wirst!«

Er spürte ein schmerzhaftes Bedauern in seinem Herzen. »Du verlangst von mir etwas, was ich nicht versprechen kann, und das weißt du auch, Saber!«

Sie trat von ihm zurück und hob stolz ihr Kinn an. »Du hast natürlich Recht. Da ich mir keine Sorgen mehr wegen der Millers zu machen brauche, kann ich ja gehen.«

»Dein Bruder ist gekommen, um dich mitzunehmen.«

»Noble?« Sie ging zur Tür. »Wo ist er?«

»Wahrscheinlich spricht er mit seiner Frau.«

Saber eilte zur Tür hinaus und sah sich nach Noble um. Dann rannte sie zum Stall. Sie brauchte ihren Bruder. Oh, sie brauchte ihn so dringend!

Saber und Rachel packten im Schlafzimmer ihren Schrankkoffer, während Reese und Noble im Wohnzimmer am Kamin saßen. Reese reinigte sein Gewehr, und Noble dachte schweigend über etwas nach. Schließlich sagte Noble: »Ich möchte Ihnen etwas sagen und hoffe, dass Sie es nicht missverstehen.«

Reese blickte fragend auf. »Ich glaube, wir kennen uns trotz der Kürze der Zeit schon recht gut. Sie können mir also sagen, was Sie wollen.«

Noble verzog sein Gesicht zu einem Lächeln. »Erinnern Sie sich an das, was Sie sagten, als ich Ihnen meinen Vorschlag machte?«

»Wenn Sie mir Geld anbieten wollen, können Sie gleich aufhören.«

»Nein, es ist kein Geld. Es ist etwas Wertvolleres, und es wird uns beiden nützen. Es gefällt mir, was Sie aus dieser Ranch gemacht haben. Sie haben zwar jetzt ganz schön Pech gehabt, aber das kann sich ändern.«

Reese sah ihn misstrauisch an. »Und Sie werden mir jetzt sagen, wie ich das ändern kann?«

»Nun, so würde ich es nicht gerade ausdrücken, aber ... ja.«

Reese beendete das Einölen des Gewehrs, stellte es beiseite und kreuzte die Arme vor der Brust. »Nur zu, ich höre.«

»Ich habe drei Bullen in England gekauft und fünfundsiebzig Kühe aus Spanien. Ich will sie kreuzen und versuchen, ob ich auf diese Weise eine gesündere und ertragreichere Herde bekomme.«

Reese nickte. »Vielleicht klappt's.«

»Nun, hier liegt die Schwierigkeit.« Noble sah ins Feuer. »Ich suche noch jemanden, der mit mir gemeinsame Sache macht.«

»Warum? Und wie soll das aussehen?«

»Ich möchte die Herde und die Bullen aufteilen, die eine Hälfte auf der Casa del Sol behalten und die andere jemandem übergeben, den ich für fähig halte, ein solches Unternehmen durchzuführen.«

»Und dieser Jemand soll ich sein?«

Noble beugte sich vor. Er achtete Reese Starrett so sehr wie keinen anderen Mann, den er kannte, denn er hatte Saber das Leben gerettet. Außerdem liebte Saber Reese, wenn er Rachel glauben konnte. Er mochte Reese jedenfalls mehr als Major Halloway. »Ich habe Ihnen ja gesagt, dass ich sehe, was Sie hier geleistet haben, und Sie sind der richtige Mann dafür, mit mir die Herde zu teilen. Sie haben den Fluss und ausgezeichnetes Weideland.«

»Das glaube ich nicht, Noble. Das ist nur eine andere Art und Weise, mir Geld zukommen zu lassen.«

»Da irren Sie sich. Ich habe nicht die Absicht, Ihnen mein Vieh zu überlassen, und was ich vorschlage, bedeutet eine Menge Arbeit. Ich bin bereit, die Kälber, die aus der Kreuzung hervorgehen, aufzuteilen – halbe-halbe.«

Reese beugte sich in plötzlichem Interesse vor. »Sie wissen, dass ich den Großteil meiner Herde verloren habe. Und wenn wir einen weiteren harten Winter bekommen, könnte ich auch Ihre Herde verlieren.«

»Ich wette gern. Und ich habe so ein Gefühl im Bauch, dass wir keine zwei harten Winter hintereinander haben werden.«

»Kann ich mir's überlegen?«

»Wir haben nicht mehr allzu viel Zeit, denn wir haben den größten Teil der diesjährigen Aufzuchtzeit verpasst. Sie müssen sich also schnell entscheiden, Reese – jetzt, heute. Die Tiere kamen zwei Wochen, bevor ich die Casa del Sol verlassen habe. Meine Treiber werden mindestens drei Wochen brauchen, um sie hierher zu bringen.«

Reese hatte sein Leben als Einzelgänger gelebt und nie jemandem ganz vertraut – aber er vertraute Noble Vincente. Er ließ selten jemanden nahe an sich heran oder gewährte Einblick in die Welt, die er für sich selbst geschaffen hatte. Aber Saber Vincente pochte an das Eingangstor, und er wusste, dass es Augenblicke gegeben hatte, in denen er es aufgestoßen hätte, wenn sie es von ihm gewünscht hätte. Er dachte daran, wie nahe sie ihrem Bruder stand. Zum ersten Mal in seinem Leben wollte er diese Art von Nähe. Er wollte Kinder – und er wollte Saber als Mutter seiner Kinder.

»Nun, was denken Sie?«, fragte Noble. »Wie ich schon sagte. Wir würden uns gegenseitig helfen.« Reese nickte. Saber würde bald gehen, aber mit Noble als Partner hätte er noch immer eine Verbindung zu ihr. »Ich mache es.«

Noble lächelte und streckte seine Hand aus. »Sieht aus, als hätte ich einen Partner.«

Nach einer langen Pause sagte Reese: »Ich nehme an, Sie nehmen Saber mit auf die Casa del Sol. Wann brechen Sie auf?«

»Ganz früh am Morgen. Wir haben lange genug Ihre Gastfreundschaft in Anspruch genommen. Aber ich werde Saber noch nicht mit nach Hause nehmen. Sie muss die Angelegenheit zwischen sich und Matthew klären. Wir Vincentes sind nie vor unseren Schwierigkeiten davongelaufen – oder haben sie ignoriert. Aber gleichgültig, ob es Mrs. Halloways Absicht ist, meine Schwester versteckt zu halten, ich werde es nie erlauben. Ich werde sie offen präsentieren, damit die ganze Welt sie sehen kann.«

»Noble, Matthew liebt Saber. Sobald er nicht mehr unter dem Einfluss seiner Eltern steht, ist er ein ganz anderer Mensch.«

»Ich mag einen Mann, der zu seinem Wort steht. Aber es ist Sache meiner Schwester, darüber zu entscheiden.«

Reese starrte wieder ins Feuer und sagte mit kalter Stimme: »Ich möchte nur, dass Sie wissen, dass Sie sich vor Graham Felton in Acht nehmen müssen. Er ist nicht in Mexiko, sonst wäre Eugene hier nie aufgetaucht. Ich vermute, dass er noch immer hinter Saber her ist. Ich werde ihn aufspüren, wenn Sie es erlauben.«

»Das ist nicht Ihre Aufgabe, Reese. Ich werde mich um Mr. Felton kümmern.«

»Es ist sehr wohl meine Aufgabe. Ich habe die Sache angefangen, und ich werde sie auch beenden.«

Noble nickte. Er wusste, dass Reese tun würde, was er sagte. »Ich stimme zu, unter einer Bedingung.«

»Und die wäre?«

»Wenn Sie ihn finden, geben Sie mir Bescheid. Ich möchte auch dabei sein. Ich muss wissen, warum er das meiner Schwester antut, sonst werde ich niemals Ruhe finden.«

»Ich werde Sie benachrichtigen, wenn Zeit dazu bleibt. Aber wenn es bedeuten würde, dass ich seine Spur verlieren könnte, werde ich allein gehen. Ich möchte selbst wissen, warum er Saber entführen ließ.«

Noble sah in Reese' Augen und nickte. Er verstand mehr, als Reese dachte. Reese suchte nach Felton, weil er Saber liebte – aus keinem anderen Grund.

19

Saber trug ein graues Wollkleid, das ihrer Stimmung entsprach. Sie ließ ihren Blick durch das Schlafzimmer schweifen und wusste, dass sie es zum letzten Mal sah. Sie wäre hier so glücklich geworden, wenn sie in diesem Bett als Reese' Frau hätte schlafen können.

Mit schweren Schritten ging sie ins Wohnzimmer, wo Jake und Gabe auf sie warteten.

»Wir wollten Ihnen auf Wiedersehen sagen, Miss Vincente.«

Jake drehte krampfhaft die Krempe seines Hutes zwischen den Fingern.

Gabe strahlte. »Es war mir ein Vergnügen, Sie kennen zu lernen. Ich werd Ihre Kochkünste vermissen.«

Sie ging zu Jake und küsste ihn auf die Wange. »Pass auf dich auf, Jake.«

Der Junge errötete und sah sie erfreut an.

Dann ging Saber zu Gabe und drückte ihm einen flüchtigen Kuss auf seine lederne Wange. »Und Sie passen auf Mr. Starrett auf, Gabe.«

Er strahlte und drückte seine Hand auf die Stelle, wo sie ihn geküsst hatte. »Ja, Ma'am. Das werde ich gewiss tun, aber ein Mann wie er braucht eigentlich 'ne Menge Aufpasser.«

Sie lächelte und unterdrückte den Drang, in Tränen auszubrechen. »Da stimmen wir überein.« Sie eilte zur Tür hinaus und ging in Richtung Stall, wobei sie sich fragte, ob Reese dort sein würde. Er war sicher froh, sie loszuwerden, zumal sie ihm ja nichts als Schwierigkeiten bereitet hatte.

Im Inneren des Stalls war es dunkel, aber Saber sah Reese, wie er den Pferden Heu gab. Er sah nicht auf, als sie sich näherte, aber sie wusste, dass er sich ihrer Gegenwart bewusst war. »Ich könnte nicht weggehen, ohne mich von dir zu verabschieden, Reese.«

Er hielt inne, eine behandschuhte Hand auf dem Griff der Heugabel. »Du bist sicher froh, diesen Ort verlassen zu können.«

Sie legte ihre Hand auf seinen Arm. »Ich habe mich hier sehr wohl gefühlt, Reese. Du hast mir Zeit zum Gesundwerden gegeben, und ich werde dir dafür immer dankbar sein. Du hast so viel für mich getan. Ich schulde dir mehr, als ich dir je zurückzahlen kann.«

Er warf ihr einen durchdringenden Blick zu, und seine hellen Augen verwandelten sich in Silber. »Du schuldest mir, verdammt noch mal, überhaupt nichts! Ich habe dir gesagt, dass Matthew für das, was ich getan habe, gezahlt hat.«

»Ja, aber ...«

Er zog seine Handschuhe aus und warf sie beiseite. »Verdammt, Saber, geh zu Matthew und sprich mit ihm – sag ihm, wie du dich fühlst. Er liebt dich.«

Tränen stiegen ihr in die Augen. »Ja, dann also ... auf Wiedersehen, Reese.«

Sie trat näher, immer noch unfähig, ihn zu verlassen. »Halt mich fest, Reese. Nur dieses letzte Mal noch.«

Ein undefinierbarer Laut kam über seine Lippen, als er sie ergriff und so fest an sich riss, dass sie kaum noch Luft bekam. Es war wunderbar, in seinen Armen zu liegen. Wenn er nur wüsste, wie sehr sie ihn liebte – wenn er sie nur liebte, dann wäre alles vollkommen!

Es war Reese bisher gelungen, seine Gefühle im Zaum zu halten, aber nun verlor er die Beherrschung. Seine Lippen drückten sich hart und fordernd auf ihre. Seine Zunge glitt zwischen ihre Lippen; er stöhnte auf, schob sie mit dem Rücken gegen die Wand und hob sie hoch. Dann drückte er sein hart werdendes Glied sanft gegen sie und kämpfte damit, ihre Unterröcke beiseite zu schieben und in sie einzudringen.

Saber glaubte, bewusstlos zu werden von der Erregung, die er in ihr entfachte. Sie vergaß alles um sich herum außer der Berührung seiner Hand auf ihrer Haut.

Sein Mund wanderte nach unten zu ihrem Kleid, er drückte seine Lippen gegen den Stoff, küssend, stoßend, und ließ sie aufschreien vor erwachendem Begehren.

»Warum konntest du nicht einfach gehen, Saber, ohne mir auf Wiedersehen zu sagen?«

Seine Worte drangen kaum in ihr Bewusstsein. Sie warf ihren Kopf in den Nacken und flüsterte seinen Namen, als er ihr Kleid hochschob und ihre Beine spreizte. Sie biss sich auf die Lippen, um nicht aufzuschreien. Seine Hand schob sich zwischen ihre Schenkel, und sein Finger glitt in sie hinein, was sie dazu brachte, sich zurückzuwölben und sich ihm mit ihrem Unterleib ruckweise entgegenzubewegen.

»Reese, oh Reese!«

Seine Halsmuskeln verhärteten sich, und sein Atem ging stoßweise, als sein Finger durch ihre heiße Enge fuhr und bis zu der Schranke kam, die er zu finden gehofft hatte. Sein Körper zitterte, und er biss die Zähne zusammen.

Saber war immer noch Jungfrau!

Sie war nicht vergewaltigt worden. Er rang mit der Versuchung, durch diese Schranke zu brechen, aber er zog langsam seine Hand zurück und stellte Saber auf die Füße.

Seine Stimme war tief und rau. »Du kannst Matthew versichern, dass dich die Miller-Brüder nicht vergewaltigt haben, während du bewusstlos warst.«

Sie blinzelte, als sie zurück in die Wirklichkeit kam. »Ich ... was?«

Er brachte ihr Kleid in Ordnung und blickte in ihre verwirrten blauen Augen. »Ich habe gerade den Beweis dafür ertastet, dass du unberührt bist, Saber.«

»Das ist mir egal. Das spielt jetzt keine Rolle mehr.«

»Es wird eine Rolle spielen, wenn du Matthew wiedersehen wirst, Saber. Obwohl – wenn ich an deiner Stelle wäre – würde ich ihm nur sagen, dass du dich jetzt wieder erinnerst und nicht, was ich jetzt mit dir gemacht habe.« Er strich ihr eine Haarsträhne aus dem Gesicht.

Sie sah in seine Augen und erkannte Qual und Hoffnungslosigkeit. »Warum hast du aufgehört, Reese?«

Er blickte hinauf zu den Dachsparren, als ob es ihm schwer fiele zu sprechen. »Es war nicht einfach, dich zu berühren und dich gehen zu lassen, Saber. Du wirst niemals wissen, wie viel mich das gekostet hat.«

Ihr Mund wurde trocken, und sie spürte, wie ein schmerzhafter Stich sie mit einer solchen Heftigkeit durchfuhr, dass sie ihre Hand auf ihr Herz presste.

Reese liebte sie!

Sie sah die Liebe in seinen leuchtenden Augen. Wie hatte sie das vorher übersehen können? Nun begriff sie, warum er ihr aus dem Weg gegangen war seit seiner Rückkehr: Er traute sich selbst nicht in ihre Nähe.

Aber die Erkenntnis dieser Liebe machte sie nur für einen Augenblick glücklich, denn er würde ihr gegenüber niemals zugeben, dass er sie liebte. Er würde niemals eine Frau nehmen, die seinem Freund gehörte. Warum musste er ein Mann von solcher Redlichkeit und Ehrlichkeit sein?

So wie sie ihn liebte, konnte sie nicht mehr und nicht weniger tun, als er ihr einräumte. Sie konnte niemals zugeben, wie innig sie ihn liebte, denn es würde ihm nur Qualen bringen, und das Wissen würde ihn nur belasten.

»Reese, glaubst du, dass Liebe ewig währt – ich meine, wirkliche Liebe, die Art, die nur einmal im Leben vorkommt?«

Er atmete tief ein und ergriff eine Schleife an ihrem Kleid, die aufgegangen war, und band sie neu. »Ja. Wenn es wirkliche Liebe ist, wird sie für immer dauern und vielleicht sogar noch darüber hinaus.« Er drehte sie zur Tür. »Du siehst also, dass du dir über nichts Sorgen machen musst. Matthew wird auf dich warten mit all der Liebe, die ein Mann einer Frau geben kann.«

Ihre Augen waren traurig und feucht von Tränen. Sanft

berührte sie seine Lippen, und er schloss seine Augen. »Ich werde nicht vergessen, was du mir gesagt hast. Liebe ist für ewig.«

Seine Stimme klang tief und angestrengt, und seine Augen sahen sie eindringlich an. »Du solltest jetzt besser gehen, Saber.«

Sie nickte, wandte sich um und lief aus dem Stall. Sie lief vor dem Mann davon, den sie immer lieben würde, um einen Mann zu heiraten, den sie nicht lieben konnte.

Eine Stunde später waren sie reisefertig. Rachel saß in der Kutsche und ihr Bruder auf seinem Pferd. Als Saber aus dem Haus kam, stieg Noble ab und half ihr in die Kutsche.

»Fertig zur Abfahrt, Saber?«

»Ja. Bring mich weg von hier.«

Saber ließ sich in die Polster sinken, und Rachel legte ihr ein Reiseplaid über. »Wir werden vor Sonnenuntergang in Fort Worth sein«, sagte sie.

O Reese, weinte Saber stumm in sich hinein, als die Kutsche anfuhr. *Warum muss das Leben so ungerecht sein?*

Sie fuhren schon eine ganze Weile, als Rachel einfiel, dass sie Saber sagen musste, was Matthew und seine Eltern von ihr vor der Hochzeit verlangten. Zu ihrer Überraschung reagierte Saber auf die Mitteilung nicht mit der Empörung, die zu erwarten gewesen wäre.

»Verstehst du, was ich sage, Saber?«

»Weiß Reese davon?«, fragte Saber.

Rachel runzelte die Stirn. »Ja. Noble sagte, dass er wütend war. Du kannst dir vorstellen, wie dein Bruder reagierte. Tatsächlich wollte Noble dich stracks mit auf die Casa del Sol nehmen und den Halloways sagen – nun ja, sie sollten zur Hölle fahren –, aber es gelang mir, ihn dazu zu überreden, dir die Entscheidung zu überlassen. Du selbst sollst dich mit Matthew treffen und mit ihm sprechen.

Sabers Stimme war ruhig, denn sie erinnerte sich an das, was Reese in der Scheune zu ihr gesagt hatte. Nun ergab das alles einen Sinn. Was er für sie getan hatte, hatte er aus Liebe getan, weil er nicht wollte, dass sie auf Verlangen der Halloways eine erniedrigende Untersuchung über sich ergehen lassen musste.

Rachel lehnte sich in ein weiches Kissen zurück und sah Saber nachdenklich an.

»Wenn du Matthew nicht liebst, würdest du ihm einen Bärendienst dadurch erweisen, dass du ihn heiratest, Saber. Du könntest die Sache beenden, weißt du.«

»Manchmal werden wir in eine Situation verstrickt, an der wir nichts ändern können. Wenn Matthew mich noch immer heiraten will, wie kann ich mich dann weigern?« Nach einer Weile fügte sie leise hinzu. »Reese liebt mich.«

»Ich bin so erleichtert, dass er es dir gesagt hat. Nun kannst du etwas dafür tun.«

»Er hat es mir nicht gesagt. Du musst die Art Mann verstehen, zu der er gehört und warum er so ist. Wir können nie zusammen leben – niemals.«

Rachel schüttelte den Kopf, wobei sie an das Durcheinander dachte, das sie in Fort Worth erwartete, und an das, was sie gerade hinter sich ließen.

Es war kurz nach Einbruch der Dunkelheit, als sie die Stadt erreichten. Noble nahm seine Schwester sofort mit ins Hotel und ließ in ihrem Zimmer das Abendessen servieren. Dann ging er auf die Suche nach Matthew.

Reese nahm die Pfanne vom Herd, murmelte einen Fluch, ließ die Pfanne zurückfallen und rieb sich seine verbrannte Hand. Alles ging schief. Aber was hatte es schon zu bedeuten – was hatte irgendetwas zu bedeuten, seit Saber gegangen war?

Er erinnerte sich, wie verwirrt sie am Morgen in der Scheune gewesen war. Sie war so jung und unschuldig. Sie war in eine Situation verwickelt worden, die sie selbst nicht herbeigeführt hatte. Wenn sie nicht entführt worden wäre, wäre er wahrscheinlich zu ihrer Hochzeit gegangen und hätte dabei zugesehen, wie sie Matthew heiratete, ohne ihr gegenüber etwas zu fühlen.

Er schüttelte den Kopf. Nein. Selbst wenn er sie auf ihrer Hochzeit das erste Mal gesehen hätte, hätte ihn das nicht davon abgehalten, Saber zu lieben. Es war ihm bestimmt, sie zu lieben, und nichts konnte das ändern. Er wusste, dass er niemals eine andere Frau lieben würde – dass ihr allein sein Herz für immer gehören würde.

Er verließ die Küche, griff seinen Mantel und ging zur Scheune. Er würde nach Forth Griffin reiten, denn er wusste, dass Matthew inzwischen seinen Dienst wieder angetreten haben musste. Er konnte sich nicht ständig fragen, was wohl mit Saber war. Und er war entschlossen, auf sie aufzupassen, damit Graham Felton nicht in ihre Nähe kommen konnte. Saber war nicht sicher, solange dieser Bandit frei herumlief.

20

Matthew hatte den Befehl erhalten, sich in Fort Griffin zurückzumelden, und seine Eltern begleiteten ihn dorthin. Er lag auf seinem Feldbett und starrte ins Dunkel. Alles war ein einziger Wirrwarr. Dabei hatte er doch nur Saber heiraten wollen. Er liebte sie, aber er wollte auch Karriere in der Politik machen – er wollte beides. Er hatte einen guten Ruf als Offizier der Armee, und das würde ihm ein ganzes Stück weiterhelfen, wenn er für ein politisches Amt kandidierte.

Er hatte nicht gewollt, dass Saber von einem Arzt untersucht würde, aber seine Mutter hatte ihn davon überzeugt, dass es notwendig sei. Was wäre, wenn sie vergewaltigt worden war? Was, wenn einer der Männer sie geschwängert hatte? Er hatte nicht vor, einem unehelichen Kind der Miller-Brüder seinen Namen zu geben. Er erinnerte sich an Saber, wie sie in Georgia gewesen war, ein schönes, unschuldiges junges Mädchen, das in einen Krieg hineingezogen worden war, den sie nicht verstand. Aber das war nun schon über zwei Jahre her. Er stellte sie sich immer noch als junges Mädchen vor, und manchmal fiel es ihm schon schwer, sich zu erinnern, wie sie aussah.

Missmutig schob er die Decken beiseite, trat ans Fenster und starrte hinaus in die beginnende Dämmerung. Er prüfte sein Bein und war froh, dass es nicht mehr schmerzte, seit der Arzt die Schiene entfernt hatte. Er runzelte die Stirn. Er war in einer verzwickten Lage. Durfte er Saber wirklich heiraten? Eigentlich kannten sie einander gar nicht. Aber wie konnte er die Schwester eines der mächtigsten Männer von Texas zurückweisen? Es war ganz einfach: *Er* musste sie dazu bringen, ihn abzulehnen. Und die Mittel hierzu waren ja bereits gegeben.

Alles, was er zu tun hatte, war, darauf zu bestehen, dass sie sich der Untersuchung durch einen Arzt unterzog.

Noble Vincente hatte verlauten lassen, dass er Saber morgen nach Fort Griffin brächte. Der kommandierende Offizier des Stützpunktes war so von dem Namen Vincente beeindruckt gewesen, dass seine Gattin ein Willkommensfest plante und dazu alle Offiziere mit ihren Damen eingeladen hatte. Er spürte förmlich, wie sich die Schlinge um ihn zusammenzog.

Mühsam zog er seine Hose an. Morgen Abend würde er sich Sabers entledigt haben. Ein seltsamer Schmerz durchzuckte sein Herz, als er sich an das wunderschöne junge Mädchen erinnerte, das er sich als seine Frau vorgestellt hatte. Er musste sie gehen lassen und sie vergessen.

Matthew hörte den Hornisten das Signal zum Sammeln blasen. Es war zu früh zum Appell, also musste irgendetwas nicht stimmen. Hastig steckte er sich das Hemd in die Hose, zog seine Schuhe an und warf sich in seinen Offiziersrock. Gerade als er auf dem Appellplatz ankam, kehrte eine Patrouille mit reiterlosen Pferden zurück.

»Angriff von Indianern auf einige Farmen zwischen hier und Fort Belknap, Major Halloway, Sir«, meldete der pockennarbige Sergeant rasch. »Colonel Washburn hat uns befohlen, sofort loszureiten, Sir.«

Matthew war irgendwie erleichtert, als er wenig später an der Spitze seiner Patrouille durch das Tor ritt. Niemand hatte ihm jemals Feigheit vorgeworfen, aber er hatte lieber mit den Indianern zu tun als mit Saber und ihrem bedrohlichen Bruder.

☆ ☆ ☆

Rachel betrat Sabers Zimmer und wirbelte im Kreis herum. »Es ist erstaunlich, dass mir ein Kleid aus deiner Aussteuer so gut passt. Wie findet du's?«

In der grünen Seidenkreation sah Rachel wunderschön aus. »Ich habe darüber nie nachgedacht, aber wir sind gleich groß«, sagte Saber.

»Ich muss dir gestehen, dass ich die Taille wohl etwas herauslassen musste.« Rachel lachte. »Du hast eine unglaublich schmale Taille.«

Saber streifte ihre weißen Handschuhe über und erwiderte Rachels Blick. »Ich freue mich nicht auf dieses Fest. Ich wäre lieber früher auf die Casa del Sol zurückgeritten.«

»Das verstehe ich, Saber, aber dein Bruder und ich werden dir beistehen.« Sie hob Sabers Kinn an. »Denke nur daran, wer du bist.«

Traurigkeit erfasste Saber. »Ich vergesse niemals, wer ich bin. Nach dem heutigen Abend will ich nach Hause.«

»Bist du sicher?«

»Ja. Sehr sicher. Ich dachte, ich könnte Matthew heiraten, aber du hattest Recht, als du sagtest, ich würde ihn betrügen, da ich ihn nicht liebe.«

Rachel legte den Arm um Sabers Taille und fühlte Mitleid mit Nobles liebenswerter Schwester. »Was für eine Entscheidung du auch immer heute Abend triffst, dein Bruder und ich werden sie mittragen.« Sie runzelte die Stirn und nahm Sabers Hand. »Schau nicht so besorgt drein. Noble glaubt, dass das Fest ein guter Einfall ist. Wir werden hineinschweben und tun, als ob alles in Ordnung wäre.«

»Was geschieht, wenn Matthew noch auf Patrouille ist? Ich muss dann seinen Eltern allein gegenübertreten.«

Rachel legte eine Perlenkette um Sabers Hals. »Nein, musst du nicht. Ich habe dir doch gesagt, Noble und ich werden bei dir sein. Und wir Vincente-Frauen sind für die Schlacht bestens gekleidet.«

Saber lächelte und nickte. »Bleib heute Abend in meiner Nähe.«

Reese stand auf der anderen Seite des Raumes, die Arme über der Brust gekreuzt, den Blick auf die Tür gerichtet, durch die Saber eintreten würde, wenn sie kam. Er fühlte sich den Leuten in diesem Raum nicht zugehörig, aber trotzdem war es richtig gewesen, die Einladung anzunehmen. Da er als Späher für die Armee gearbeitet hatte und ein Freund Matthews war, war er willkommen. Doch nie vorher hatte er eine solche Veranstaltung besucht.

Er erhaschte einen flüchtigen Blick auf Matthews Eltern, die sich unter die Offiziere und deren Gattinnen begeben hatten. Sie genossen es offensichtlich, im Mittelpunkt der Aufmerksamkeit zu stehen. Es entstand Unruhe an der Tür, und gleich darauf trat Matthew ein, mit den goldenen Abzeichen auf der dunkelblauen Uniform, die ihn als Major auswiesen. Reese beobachtete, wie Matthew jedermann grüßte und schließlich quer durch den Raum auf ihn zukam.

»Ich habe gehört, ihr habt Schwierigkeiten mit den Indianern gehabt, Matthew.«

»Nichts Bedeutendes. Nur ein paar Versprengte, die einen über den Durst getrunken und einen kleinen Aufruhr verursacht hatten. Sie sind zur Ausnüchterung im Wachhaus, und morgen früh lassen wir sie wieder laufen.« Er starrte Reese an, der sich in seinem schwarzen Anzug nicht wohl fühlte. »Ich bin überrascht, dich hier zu sehen. Wenn ich mich recht erinnere, warst du nicht allzu glücklich, als wir uns das letzte Mal in Fort Worth trafen.«

»Ich will nicht leugnen, dass ich damals ziemlich zornig war.« Reese sah sich in dem Raum um, wobei er sich fragte, was er hier eigentlich tat. »Aber du bist immer noch mein Freund.«

»Ich hoffe, ich bin auch nach diesem Abend noch dein Freund.« Matthew erbleichte, und wie erstarrt hielt er seinen Blick auf die Tür gerichtet. »Sie sind da!« Sein Blick glitt von Rachels schönem Rotschopf zu der atemberaubenden Frau mit dem Haar, das die Farbe von Sommerweizen hatte. Sie trug ein schimmerndes blaues Kleid, das ihre Schultern frei ließ. »Sie ist ja noch schöner geworden!«, stieß er überrascht aus. »Das erinnert mich daran, wie sehr ich sie liebe.«

Reese war sprachlos und beobachtete, wie Saber zwischen Rachel und Noble stand, so stolz und doch so ängstlich. Er hatte noch nie zuvor eine schönere Frau als sie gesehen. Wusste irgendjemand außer ihm, wie verzagt sie war? Wieder einmal wurde er sich der Unterschiede zwischen ihnen bewusst. Saber würde ihm nie gehören, selbst wenn sie Matthew nicht heiratete. Sie war erstklassig, und er war nur ein armer Schlucker, der ihr niemals das Leben bieten konnte, das sie gewohnt war. »Du bist ein glücklicher Mann, Matthew«, sagte er mit einem Kloß im Hals.

Matthew starrte auf Saber, als hätte er sie nie zuvor gesehen. Sie war ein Engel, eine Göttin. In diesem Augenblick vergaß er seinen früheren Plan – er musste sie zur Frau haben.

Reese sah, wie Matthew quer durch den Raum auf Saber zuging. In diesem Augenblick vernahm er die Worte eines Oberleutnants, der zu seinem Begleiter sagte: »Was für eine Schönheit! Ich würde zur Hölle reiten und zu Fuß zurückkehren, nur um ein Lächeln von ihr zu bekommen.«

»Ich auch, aber dieses Lächeln ist für den Major bestimmt und für sonst niemanden. Sie könnten nur gerade bis zu ihren Schuhbändern gelangen.«

Reese schob sich zwischen die beiden Offiziere und warf ihnen einen drohenden Blick zu. »Nein, Sie könnten nicht einmal ihre Schuhbänder erreichen.«

Der Leutnant wandte sich verblüfft an seinen Freund: »Hast du eine Ahnung, was Reese Starrett so auf die Palme gebracht hat?«

»Vielleicht will er, dass die Dame ihn anlächelt. Sie haben viel Zeit miteinander verbracht – allein! Du erinnerst dich doch?«

Beide Männer rissen die Hacken zusammen und erröteten, als Colonel Washburn und Mrs. Washburn an ihnen vorbeikamen. Der Blick, den der Colonel ihnen zuwarf, ließ sie verstummen.

Sabers Hand lag auf dem Arm ihres Bruders, und er spürte, wie sie zitterte. Noble schenkte ihr einen zärtlichen Blick der

Ermutigung. »Du bist auf größeren Bällen als auf diesem gewesen, Saber.«

Sie nickte und sah, wie ein älterer Mann und eine Frau auf sie zukamen. Sie fragte sich, ob das wohl Matthews Eltern waren. Die Frau trug ein schwarzes Spitzenkleid, und ihr graues Haar war hoch aufgetürmt. Ihre Haut war faltenlos, und sie sah aus wie die vollkommene Matriarchin.

Noble begrüßte die Halloways und stellte ihnen Rachel und dann Saber vor.

»Meine Liebe«, sagte Mrs. Halloway überschwänglich. »Sie sind ganz einfach wunderschön. Jetzt verstehe ich, warum mein Sohn so von Ihnen angetan ist.«

»Sehr freundlich«, sagte Saber höflich.

»Ganz und gar nicht.« Mrs. Halloways Blick fiel auf Noble, und sie ließ ihm ihr charmantestes Lächeln zukommen. »Ich habe erfahren, Mr. Vincente, welchen Rang Sie in diesem Staat einnehmen. Warum haben Sie mir nicht gesagt, dass Ihre Familie von spanischem Adel abstammt? Ich musste es erst von Colonel Washburn erfahren!«

»Ich glaube nicht, dass eine nutzlose Ehre, die meinen Vorfahren verliehen wurde, von irgendeiner Bedeutung ist. Ich bin Amerikaner und habe keinerlei Verbindungen zu Spanien und seinen Titeln.«

»Aber warum denn nicht?«, sagte Mrs. Halloway mit Nachdruck. »Ein Onkel von mir war durch Heirat mit George Washington verwandt, und ich bin stolz darauf.«

»Wenn Sie sich dadurch bedeutender vorkommen, dass Sie irgendeine ferne Verwandtschaft geltend machen können, meinetwegen, nur zu«, sagte Noble kühl. Rachel spürte, wie sich sein Zorn regte. Sie trat an seine Seite und ergriff seinen Arm. Sie war dankbar, als Matthew erschien und sich alle Aufmerksamkeit auf ihn und Saber richtete. Nachdem sie dem Major vorgestellt worden war, nickte sie Saber ermutigend zu.

Matthew verbeugte sich vor Saber, wobei sein Blick nicht von ihrem Gesicht wich. »Ich dachte, dieser Tag würde nie kommen.« Er streckte ihr die Hand entgegen. »Tanzen wir?«

Sie erlaubte es Matthew, sie über das Tanzparkett zu führen. Ihr Blick hing an seinem Gesicht und suchte darin nach dem jungen Offizier, der sie in Georgia gerettet hatte. »Es freut mich, dass dein Bein wieder gesund ist.«

»Es ist alles gut verheilt.«

Matthew hatte sich nur wenig verändert, war immer noch der gut aussehende und ritterliche Gentleman, an den sie sich erinnerte. »Wie gut, dass es so schnell geheilt ist.« Krampfhaft suchte sie nach etwas, was sie zu ihm sagen konnte. Sie hätte nie gedacht, dass diese erste Begegnung so peinlich sein würde.

Matthews Blick wanderte über ihr Gesicht, und er spürte, wie sein Herz schneller zu schlagen begann. »Früher warst du eine wunderschöne junge Dame, aber jetzt bist du eine atemberaubende Frau.«

Sie konnte nicht anders, sie lächelte Matthew an. Er war wirklich sehr charmant. »Du bist noch genauso, wie ich dich in Erinnerung habe.«

Reese ging zur Tür hinaus. Er konnte es nicht ertragen, Saber in Matthews Armen zu sehen. Es war, als ob er auseinander gerissen werde und innerlich verblutete.

»Ich wünschte, wir könnten allein sein.« Matthew drückte ihre Hand. »Welch ein Pech, dass unsere erste Begegnung nach all den Jahren in einem überfüllten Raum stattfindet.«

»Ich würde sehr gerne mit dir allein sprechen. Vielleicht können wir uns nach dem Fest treffen.«

Seine Augen leuchteten. »Ja, natürlich.«

Stolz schwellte seine Brust, und er wusste, dass er von jedem Mann im Saal beneidet wurde. »Ich werde das arrangieren.«

Saber wurde bald von Matthew getrennt und tanzte zunächst mit Colonel Washburn und dann mit einigen anderen Offizieren. Ihre Gedanken waren jedoch nicht bei ihren Tanzpartnern, denn sie überlegte sich, was sie Matthew sagen würde, wenn sie allein wären. Sie war froh, als ihr letzter Partner sie an Nobles Seite zurückführte. Sie wollte nicht tanzen, aber sie wusste, dass sie dazu verpflichtet war, wenn sie darum gebeten wurde.

»Miss Vincente, darf ich wohl um den nächsten Tanz bitten?«

Beim Klang der tiefen Stimme wandte sich Saber um. Sabers und Reese' Blicke trafen sich, und sie schien in seine Arme hinüberzuschweben. Ihr Herz schlug so heftig, dass sein Rhythmus mit dem der lebhaften Musik übereinstimmte.

»Du scheinst die Ballkönigin zu sein.«

»Meinst du?«

»Du weißt, dass du wunderschön bist, und jeder andere in diesem Saal weiß das auch.«

Sie konnte Whiskey in seinem Atem riechen und wusste, dass er getrunken hatte. »Schöne Worte, Reese.« Sie versuchte, der Situation das Beklemmende zu nehmen.

Er sah sie finster an und zog sie näher an sich, wobei sein Atem ihren Mund kitzelte und sie die Lippen öffnete, als ob sie seinen Kuss erwarte.

Heißes Begehren wallte in ihm auf, und seine Lippen hungerten nach den ihren. »Gott helfe mir, aber ich habe an nichts anderes gedacht als an dich, seit du weggegangen bist.«

Ihre Augen füllten sich mit Tränen, weil sie wusste, dass sie ihn verletzte. »Ich dachte, du seiest froh, mich losgeworden zu sein.«

Seine Silberaugen verengten sich, und seine Hand umfasste ihre Taille fest. »Als ich dich mit Matthew sah, wusste ich, ihr gehört zusammen.«

Sie wollte ihren Kopf an seine Schulter legen und ihm sagen, dass sie zu ihm gehörte. Aber sie konnte es nicht; noch nicht.

Reese hob seine Hand an ihre Wange und schloss seine Augen bei dieser seidigen Berührung. Sie zog heftig ihren Atem ein, als er ihre Hand umdrehte und ihr einen Kuss gerade über dem Handschuh gab, was ihr einen prickelnden Schauer über den Rücken jagte. Sie merkte, dass Reese angetrunken war und jeder ihn anstarrte. Sie musste ihn bremsen, oder er würde sich morgen selbst hassen. »Nicht, Reese. Tu das nicht!«

Sein Kopf fuhr zurück, als ob er erkannt hätte, was er getan hatte. »Ja. Du hast Recht. Ich habe zu viel getrunken. Ein Mann kann nicht für das verantwortlich gemacht werden, was er sagt, wenn er betrunken ist.«

»Es passt gar nicht zu dir, dass du trinkst.«

»Es schien mir eine gute Idee heute Abend.«

Seine Silberaugen trafen sie bis ins Innerste, seine Berührung brannte auf ihrer Haut, und am liebsten hätte sie ihm gesagt, dass sie genau dieselben Qualen litt wie er. Sie wollte, dass er sie berührte und festhielt und all das mit ihr tat, was ein Mann mit der Frau tat, die er liebte. Aber das Bild Matthews stand zwischen ihnen wie ein flammendes Schwert. Saber war froh, als der Tanz zu Ende war, und eilte über den Tanzboden auf Noble zu.

Den Rest des Abends tanzte sie mit ihrem Bruder und mit Matthew. Reese näherte sich ihr nicht noch einmal, obwohl sie seinen Blick ständig auf sich spürte.

Gegen Mitternacht verließ Reese den Saal, und Saber fragte sich, ob sie ihn je wiedersehen würde.

21

Noble sah Sabers bleiches Gesicht. »Ich glaube, meine Schwester ist müde. Ich bringe sie ins Hotel.«

»Darf ich sie heute Abend besuchen?«, fragte Matthew.

Noble zog sie beschützend an sich, und in seinen Augen lag eine Warnung. »Das hängt davon ab, was Sie ihr zu sagen haben.« Seine Stimme wurde leiser. »Sie hat schon genug durchgemacht.«

Matthew lächelte Saber an. »Wenn ich mich nicht irre, haben wir beide eine Heirat vorzubereiten, nicht wahr, Saber?«

»Wirklich?«, fragte Noble mit einem tiefen Unterton in der Stimme, der den meisten Männern Furcht eingeflößt hätte.

Aber Matthew schien sich in ein Paar blauer Augen verloren zu haben. »Ja. Ganz bestimmt«, antwortete Matthew. »Und meine Eltern lassen Sie alle zu einem Essen bitten, das sie morgen Abend geben werden.«

Rachel sah Saber an. »Bist du heute Abend zu müde, um noch Besuch zu empfangen?«

Saber nickte. »Ich bin müde, Matthew. Vielleicht können wir morgen reden.«

»Dann gute Nacht«, sagte Noble und führte seine Frau und seine Schwester aus dem Gebäude.

Saber lehnte ihren Kopf an ihres Bruders Schulter. Sie konnte nicht mehr klar denken. Haute Abend hatte sie erkannt, dass Reese zugrunde gehen würde, wenn sie Matthew heiratete, und dieses Risiko konnte und wollte sie nicht eingehen.

Matthew fand Reese im Schatten der Veranda und schlug ihm auf den Rücken. »Ich bin außerordentlich zuversichtlich, dass für Saber und mich alles gut ausgeht. Und das habe ich dir zu verdanken.«

Reese wirbelte den Whiskey in seinem Glas herum und sah Matthew mit bohrendem Blick an. »Hast du die Angelegenheit mit der Untersuchung durch einen Arzt geregelt?«

»Das alles war die Idee meiner Mutter, und wenn ich darüber nachdenke, habe ich nicht die Absicht, das von Saber zu verlangen.«

»Eine weise Entscheidung«, antwortete Reese, und seine Hand umklammerte fest das Whiskeyglas.

Saber trug nur ein Nachthemd und einen Morgenmantel, als jemand an ihre Tür klopfte. Sie erwartete, dass es entweder Noble oder Rachel war. Als sie aber die Tür öffnete und Matthew vor sich sah, war sie erschrocken. »Ich dachte, wir hätten ausgemacht, morgen miteinander zu sprechen.«

Matthew ging im Zimmer hin und her, um zu sehen, ob Noble oder Rachel da wären; er war erleichtert, dass er und Saber allein waren. Lächelnd nahm er Sabers Hand und führte sie an seine Lippen. »Wir haben eine Menge zu besprechen, mein Schätzchen.«

»Du solltest nicht hier sein, Matthew. Es wird Noble nicht gefallen, wenn er das erfährt.«

»Da ist nichts Unrechtes dabei, wenn ich hier bin. Ich werde bald dein Ehemann sein. Und dann hat dein Bruder nicht mehr darüber zu bestimmen, was wir tun.«

Sie entschied, dass dies ein ebenso guter Zeitpunkt wie irgendein anderer war, ihm mitzuteilen, was sie dachte. »Ich glaube nicht, dass wir zueinander passen, Matthew. Ich bitte dich, jetzt zu gehen.«

»Wir passen wunderbar zueinander. Alle Zweifel, die ich vielleicht noch hatte, sind in dem Augenblick, als ich dich heute Abend gesehen habe, verflogen.« Mit einer schnellen Bewegung zog er sie in seine Arme. »Ich möchte eine Kostprobe nehmen von dem, was mir bald gehören wird.«

Sie roch den Alkohol in seinem Atem und erstarrte vor Angst. Das war nicht der Matthew, den sie kennen gelernt und dem sie vertraut hatte. Seine Umarmung hatte fast etwas Grobes, und sie versuchte, ihren Arm wie einen Keil zwischen sich und ihn zu zwängen. »Lass mich los!« Sie stieß ihn von sich. Er erinnerte sie an Eugene, und Angst und Schrecken stiegen in ihr auf. Seine Lippen waren feucht, als er sie auf ihren Mund presste. Mit seinen Händen tastete er zu ihren Brüsten und umschloss sie.

»Ich erkenne dich nicht wieder«, keuchte sie angewidert und wandte ihr Gesicht ab. Seine Augen waren glasig vor Leidenschaft, und er atmete schwer. Sie wusste jetzt, warum er gekommen war – nicht um mit ihr zu reden.

Es gelang Saber, ihn von sich zu stoßen. »Bitte, tu das nicht.«

»Du bist mein. Du gehörst mir!«

Er streckte seine Hände nach ihr aus, aber sie schaffte es, ihm auszuweichen. »Du bist betrunken!« Ihr würde übel – tief in ihrer Kehle schmeckte sie die Galle, die in ihr hochstieg. »Und ich bin *nicht* dein. Ich könnte niemals einen Mann heiraten, der mich so behandelt, wie du es gerade getan hast!«

Matthew schüttelte den Kopf, als wolle er ihn wieder klar bekommen. »Als ich am Tisch saß und einen Whisky nach dem anderen trank, wusste ich plötzlich, was ich zu tun hatte.«

Sie legte einen sicheren Abstand zwischen sich und ihn. »Was?«

»Es ist ganz einfach. Ich gehe mit dir ins Bett und finde selbst heraus, ob du noch unberührt bist. Falls sie dich angerührt haben, Saber, dann verlierst du ja nichts, wenn du mit mir ins Bett gehst.«

Tränen stiegen ihr in die Augen, und sie schlug sich die Hand vor den Mund. »Du scheinst sehr wenig von mir zu halten, Matthew, wenn du glaubst, dass ich dir erlaube, mich anzurühren. Geh und lass mich allein!«

»Ich werde dich *jetzt* besitzen, oder ich werde dich überhaupt nicht heiraten.«

Offensichtlich war er vernünftigem Denken nicht mehr zugänglich. »Noble ist im Zimmer nebenan«, warnte ihn Saber. »Und wenn ich nach ihm rufe, kommt er sofort. Wenn du jetzt nicht gehst, wirst du meinem Bruder gegenüberstehen. Und dann wirst du dir wünschen, ihm nie in deinem Leben begegnet zu sein.«

»Du verstehst nicht. Es frisst mich innerlich auf, nicht zu wissen, ob dich jemand vor mir gehabt hat. Du bist nicht die Unschuld, die ich heiraten wollte.«

»Und du bist nicht der Mann, für den ich dich gehalten habe.« Sie ging zur Tür und öffnete sie. « Geh – jetzt!«

»Saber, ich möchte die Liebe wiederfinden, die wir in Georgia füreinander empfunden haben. Alles ist falsch gelaufen, aber ich werde es wieder in Ordnung bringen.« Er streckte seine Hand aus und berührte ihr Haar. »Du bist wie ein hochgezüchtetes Rassepferd und musst gut behandelt werden. Wir haben eine wundervolle Zukunft vor uns, außer . . . außer wenn die Miller-Brüder dich besudelt haben.«

Sie machte die Tür weiter auf, wobei sie sich darauf vorbereitete, die erste Unwahrheit ihres Lebens zu äußern. »Wenn du so empfindest, solltest du hören, was ich zu sagen habe.«

Matthew begann nüchtern zu werden und die Folgen seines Verhaltens zu erkennen. Furcht spiegelte sich in Sabers Gesichtszügen. Er liebte sie – wusste sie das nicht? »Dein Bruder hat dir sicher gesagt, dass ich eine Untersuchung durch einen Arzt will, das stimmt doch, oder? Das werden wir machen. Du wirst das doch für mich tun, Saber, oder?«

»Ich werde mich niemals einer solch unwürdigen Behandlung unterziehen.«

Er kam näher und drehte sie langsam zu sich herum, damit sie ihn ansah. »Ich begreife jetzt, dass dich das Ganze aufgeregt hat. Es war falsch von mir, heute Abend hierher zu kommen, und es tut mir Leid. Sag, dass du mir vergeben wirst.«

»Du hast natürlich ein Recht darauf, Matthew, zu erfahren, was mit mir passiert ist, während ich in den Händen der Miller-

Brüder war. Was würdest du tun, wenn du sicher wüsstest, dass sie mich vergewaltigt haben?«

Er schluckte mehrmals. »Ich liebe dich. Wir würden es irgendwie schaffen, damit fertig zu werden.«

»Wie würdest du mit so etwas fertig werden? Würdest du mich später ablehnen, weil ich von ihnen vergewaltigt wurde?«

»Ich will dich zu meiner Frau machen, Saber.«

»Würdest du mich später verstoßen?«, fragte sie wieder, wobei sie in seine Augen sah, um darin der Wahrheit auf die Spur zu kommen.

»Ich habe mir immer vorgestellt, dass die Frau, die ich heiraten würde, jungfräulich wäre«, sagte er ehrlich. »Ich möchte nicht, dass dich irgendein anderer Mann berührt hat.«

Saber erinnerte sich an Reese, der zu ihr gesagt hatte, dass er die Frau, die er liebte und die so schlecht behandelt worden wäre, nur umso mehr lieben würde. »Würdest du auch dann so empfinden, wenn ich für die Situation nicht verantwortlich wäre, Matthew?«

Er fühlte einen stechenden Schmerz. »So wie du redest, muss ich annehmen, dass dich diese Dreckskerle vergewaltigt haben.«

Sie senkte ihren Kopf. »Ich möchte nur sagen, dass ich nicht unberührt bin, Matthew. Bitte, frag nicht weiter. Ich werde niemals mit dir darüber sprechen.«

Er ließ seinen Kopf hängen. »Was ist, wenn ... wenn du ein Baby bekommst?«

»Was, wenn es so wäre?«

Er schüttelte seinen Kopf. »Das ist mehr, als ich ertragen könnte, Saber. Ich liebe dich, aber ich könnte dir nicht meinen Namen geben. Ich glaube nicht, dass ich mit dir ins Bett gehen könnte, ohne daran zu denken, dass dich ein anderer Mann berührt hat.«

»Diese Antwort habe ich erwartet. Ich entbinde dich von deinem Versprechen, Matthew. Du kannst sagen, was du willst, um dein Gesicht vor den anderen Offizieren zu wahren. Ich werde darüber schweigen.«

»Niemand wird je etwas darüber von mir erfahren, Saber.« Er torkelte an ihr vorbei und stand im Flur.

Er liebte sie nicht mit der selbstlosen Liebe, die sie von dem Mann wollte, den sie heiraten würde. »Ich glaube, das ist der Abschied für uns, Matthew.«

Er nahm ihren Kopf zwischen seine Hände. »Als ich dich heute Abend sah, habe ich mich daran erinnert, wie sehr ich dich geliebt habe. Für den Rest meines Lebens wollte ich dich an meiner Seite haben, aber das hier kann ich nicht akzeptieren. Versuche, mich zu verstehen.«

»Das tue ich. Und du musst verstehen, dass ich dich nach deinem Verhalten heute Abend niemals heiraten könnte.« In ihren blauen Augen lag Trauer.

Als er langsam davonging, schloss sie die Tür, verriegelte sie und lehnte sich dagegen. Nun konnte sie ihren Tränen freien Lauf lassen. Es war vorüber.

Matthew bedauerte schon nach wenigen Schritten, wie er Saber gegenüber gehandelt hatte. Wenn er nur nicht betrunken gewesen wäre, als er auf ihr Zimmer ging! Dann hätte es vielleicht anders ausgehen können. Der Ausdruck des Ekels auf ihrem Gesicht verfolgte ihn noch immer. Was konnte er nur tun, um die Dinge, die er zu ihr gesagt hatte, jemals wieder gutzumachen?

Saber lächelte traurig und hoffte, dass sie mit der Zeit Matthew als den schneidigen Kavallerieoffizier in Erinnerung behalten würde, der sie damals in Georgia gerettet hatte. Sie trat ans Fenster und sah, wie er auf sein Pferd stieg und davonritt. »Der Schwarm eines jungen Mädchens«, sagte sie leise. »Aber nicht die Liebe einer Frau.«

* * *

Reese war nüchtern, als er zum Mietstall ging, um sein Pferd zu satteln. Die kalte Luft half ihm, einen klaren Kopf zu bekommen. Er hatte jetzt nur noch eine Sache zu erledigen, und das war, Graham Felton zu finden und ihn gefangen zu nehmen. Das war das Letzte, was er für Saber tun konnte.

Die Scheune war dunkel, bis auf das Licht einer einzigen Laterne, die an einem rostigen Nagel neben der Tür hing. Er ging zu seinem Pferd, das im hinteren Teil des Stalles stand. Er warf dem Pferd die Decke über und legte ihm den Sattel auf.

»Reese ...«

Reese schnellte herum und sah Saber vor sich stehen. Für einen langen Augenblick starrte er sie an, unfähig zu sprechen. »Was machst du denn hier?«, fragte er schließlich. »Es ist doch schon zu spät, um auszugehen.«

»Ich habe dich von meinem Hotelfenster aus gesehen und bin dir gefolgt.«

»Das hättest du nicht tun sollen. Wenn du jetzt sofort zurückgehst, wird niemand bemerken, dass du weggegangen bist.«

Ihre Hand fuhr über den Hals seines Pferdes. »Ich muss mit dir reden.«

Er legte den Sattel auf das Geländer zurück. »Ich sehe, dass du mal wieder deinen Kopf durchsetzen willst.« Er kreuzte die Arme über der Brust. Also los – sprich. Ich höre zu.«

»Reese, ich habe Matthew eben angelogen. Nicht buchstäblich, aber ich habe ihn dazu gebracht, den falschen Schluss zu ziehen.«

In dem dämmrigen Licht konnte Reese ihr Gesicht kaum erkennen, deshalb trat er näher an sie heran. »In welcher Beziehung?«

»Ich habe nur angedeutet, dass ich vergewaltigt worden bin.«

Er packte ihren Arm und zog sie näher heran. »Warum hast du das getan? Du weißt, dass es nicht wahr ist – ich habe dir gesagt, dass es nicht wahr ist.«

Saber hatte sich vorgenommen, Reese nichts davon zu sagen, wie schlecht sich Matthew in dem Hotelzimmer benommen hatte. Reese brauchte nicht zu wissen, wie verabscheuungswürdig sein Freund sich verhalten hatte. »Er liebt mich nicht genug, Reese. Nicht auf die Art und Weise, wie eine Frau geliebt werden will.«

»Ich weiß, dass er dich liebt, Saber. Bestimmt hat er dir das gesagt.«

»Ja, das hat er. Aber ich bin die Tochter eines Ranchers. Ich will nicht so ein Leben führen, wie Matthew es will. Ich wäre keine gute Politikerfrau.«

»Das hört sich an, als würdest du *ihn* nicht genug lieben, Saber.«

Sie trat näher und berührte seine Wange. »Da ist etwas Wahres dran, Reese. Ich war ja noch so jung, als ich ihm zum ersten Mal begegnet bin. Ich glaube, man kann sagen, dass weder Matthews noch meine Liebe stark genug war.«

Gegen seinen Willen zog er sie in seine Arme und spürte ihre sanfte Wange an der seinen. »Es tut mir Leid, Saber. Ich glaubte, dass du und Matthew zueinander passt.«

»Was ist mit dir, Reese? Wirst du jemals heiraten?«

Er schob sie von sich weg und langte nach seinem Sattel, damit seine Hände etwas zu tun hatten. »Keine Frau würde einen so heruntergekommenen alten Cowboy wie mich haben wollen, Saber.«

Sie lachte. »Ich sehe einen großen, gut aussehenden Mann mit breiten Schultern, der die Frauen schwach werden lässt, wenn er an ihnen vorübergeht.«

Er runzelte die Stirn. »Dich ganz sicher nicht.«

»Ich weiß nicht, Cowboy. Du stiefelst hier herum und spielst den harten Mann, aber ich habe die weiche Seite in dir kennen gelernt. Und die mag ich am meisten.«

Erregt zog er den Atem ein. »Worum geht's eigentlich, Saber?«

»Darauf komme ich jetzt. Wenn ein Mann eine Frau intim berührt, meine ich, dass es seine Pflicht ist, sie zu heiraten.«

Er atmete aus und ließ den Sattel zu Boden fallen. »Verdammt, Saber, ich weiß, worauf du hinauswillst. Ist das etwa der Grund, weshalb du Matthew nicht heiraten willst? Weil ich dich berührt habe?«

Sie hätte ja sagen können, aber das wäre nicht wahr gewesen, und sie hatte heute Abend bereits einmal gelogen. In Wirklichkeit wollte sie, dass er sie hier und jetzt auf den Boden legte und das Feuer schürte, das er an jenem Tag entfacht hatte. »Du bist der einzige Mann, der mich je angerührt hat. Ich glaube, wenn mein Bruder das wüsste, würde er darauf bestehen, dass du mich heiratest.«

»Wohl kaum. Ich glaube nicht, dass ich seiner Vorstellung von einem Schwager entspreche.«

»Aber ich würde mich bei keinem anderen Mann wohlfühlen, Reese.«

Er blickte nach oben und versuchte, Geduld zu bewahren. »Ich hätte eigentlich nicht tun sollen, was ich getan habe, Saber. Aber deine Jungfräulichkeit ist immer noch intakt. Du bist so unschuldig wie am Tag deiner Geburt.«

Sie trat näher zu ihm. »Hat es dir nicht gefallen, mich zu berühren, Reese?«

Er trat so schnell von ihr weg, dass sie beinahe dachte, ihre Berührung sei ihm unangenehm. »Es wäre besser, wenn du jetzt gehst, Saber. Ein Mann kann nicht alles aushalten.«

Sie trat noch näher zu ihm und stand schließlich so dicht vor ihm, dass sie seinen Atem auf ihrer Wange spüren konnte. Sie lehnte ihren Kopf an seine Schulter und fühlte, wie er erstarrte. Niemand hatte ihr bisher die Geborgenheit gegeben, die sie empfand, wenn sie in seiner Nähe war. Sie liebte ihn, und sie war sich sicher, dass er sie liebte. Aber er würde sie niemals bitten, ihn zu heiraten. Er hatte die törichte Vorstellung, dass er für sie nicht gut genug sei. Wie konnte sie ihm klar machen, dass er Unrecht hatte?

»Halt mich fest, Reese.«

Seine Arme umschlossen sie und drückten sie fest an seinen Körper. Er küsste ihre Wange, ließ seine Lippen über ihre Lider gleiten und hob sie dann hoch, während sich sein Mund hart auf den ihren presste. Saber hätte nie gedacht, dass ein Kuss so verzehrend sein konnte. Sie hatte das Gefühl, in Ohnmacht zu fallen. Sie wollte, dass er niemals aufhören würde, doch plötzlich hielt er inne.

Er wandte seinen Kopf ab, kurz davor, die Selbstbeherrschung völlig zu verlieren. »Wenn du jetzt nicht gehst, Saber, dann werde ich dich gleich dort auf dem Heu nehmen, und dann wird es keinen Zweifel mehr daran geben, dass du einen Mann gehabt hast.«

Lächelnd ließ Saber ihren Umhang fallen und hakte ihr Kleid auf, während Reese sie hilflos beobachtete. Er stand in Flammen und schwoll für sie an, und als sie seine Hand nahm und auf ihre entblößte Brust legte, ging er langsam auf die Knie und zog sie mit sich. Seine Lippen waren auf ihrem Mund, während er ihre Brust liebkoste – aber er wollte mehr.

Saber hatte nur am Rande wahrgenommen, dass er sie auf das Heu gebettet hatte. Er senkte den Kopf, sein Mund umschloss ihre Brustknospe, und sie hätte vor ungezügelter Leidenschaft aufschreien können. Reese schob den Saum ihres Kleides hoch und spreizte ihre Beine.

Er hatte sie so lange gewollt, dass er sich jetzt nicht mehr zurückhalten konnte. Aufstöhnend senkte er seinen Körper auf sie und presste sich zwischen ihre Beine, sodass sie ihn sogar durch seine Hose hindurch spüren konnte. Saber wand sich, um ihm noch näher zu sein. Sie wollte nichts zwischen sich und ihm haben außer nackter Haut.

»Beweg dich nicht«, raunte er. »Oder ich werde dich ganz nehmen.«

Statt einer Antwort wölbte sie sich hoch und presste sich gegen seine Erektion.

Reese stöhnte, schob ihren Unterrock beiseite und streichelte sie fordernd. »Bist du deshalb gekommen?«

Seine Worte kamen zornig und waren wie ein Schwall kalten Wassers in ihrem Gesicht. Sie presste ihre Hände gegen seine Brust und spürte das heftige Schlagen seines Herzens. »Ich wollte es nicht, als ich dir gefolgt bin. Aber als ich in der

Scheune war, wurde mir klar, dass ich dich haben will.« Abrupt ließ er sie los.

»Dein Plan ist aufgegangen. Meine Hände waren überall an dir, Saber.«

Saber schüttelte den Kopf. »Du hast dir wegen heute Nacht nichts vorzuwerfen, Reese. Ich allein bin schuld.«

Mühsam rappelte sie sich hoch und brachte ihr Kleid in Ordnung. Sie bückte sich nach ihrem Umhang, warf ihn über ihre Schultern und lief zum Tor. Aber sie war noch nicht weit gekommen, als sie gegen Reese' Brustkorb rannte.

Sie standen in der Nähe der Laterne, und er konnte Tränen auf ihren Wangen sehen. »Mein Gott, Saber, warum tust du das alles? Was willst du von mir?«

Sie schüttelte ihren Kopf und fühlte sich plötzlich beschämt wegen ihres Verhaltens. »Leb wohl, Reese. »Ich will jetzt auf Wiedersehen sagen. Ich glaube nicht, dass sich unsere Wege noch einmal kreuzen werden.«

Er ließ seine Hände sinken. »Das glaube ich auch nicht, Saber. Es gibt da nur noch eine Frage, die ich stellen möchte. Aber eigentlich habe ich auch dazu nicht das Recht.«

»Du kannst mich alles fragen, was du möchtest.«

»Würdest du einen heruntergekommenen alten Cowboy heiraten?«

»Und dieser Cowboy wärst du?«

»Du hast mich nicht ausreden lassen, Saber. Könntest du dich so leicht von Matthew abwenden, der dich jahrelang geliebt hat und jeden Tag von dir geredet hat, solange ich ihn kenne. Könntest du ihn verlassen und mich heiraten?«

Sie war nahe daran, die zweite Unwahrheit in dieser Nacht zu sagen. »Ich nehme an, du fühlst dich schuldig, aber das brauchst du nicht, Reese. Es ist nicht nötig, dass du mir durch eine Heirat die gesellschaftliche Achtung zurückgibst. Zwischen uns ist wirklich nichts vorgefallen.«

Er schwieg lange. »Würdest du mich zum Mann nehmen, Saber?« Seine Hand zitterte, als er die ihre berührte. »Würdest du das tun?«

Sie wollte, dass er in sich hineinblickte und ihr seine Liebe gestand. »Warum?«

»Aus welchem Grund auch immer, ich bitte dich, meine Frau zu werden.« Er hatte nicht vorgehabt, ihr diese Frage zu stellen; die Worte schienen ihm einfach über die Lippen gekommen zu sein. Er erwartete, dass sie seinen Antrag entsetzt ablehnen und über seine Anmaßung empört sein würde. In seinem Inneren fühlte er eine tiefe, bodenlose Leere, als er darauf wartete, von ihr zurückgewiesen zu werden. Nach dieser Nacht würde er auf seine Ranch zurückkehren und sein sinnloses Leben weiterführen. Nichts würde noch irgendeine Bedeutung haben, weil die Frau mit dem goldenen Haar, in die er sich verliebt hatte, ihn verlassen hatte.

»Ja«, antwortete sie, ohne noch weiter zu zögern. »Ich will dich zum Mann haben, Reese.«

Er taumelte, erschüttert von ihrer Zustimmung. Zunächst glaubte er, sich verhört zu haben. Vielleicht wollte sie Matthew bestrafen, indem sie seinen Freund heiratete. Was auch immer ihre Gründe waren, sie waren ihm gleichgültig. Er würde sie unter jeder Bedingung zur Frau nehmen.

»Was machen wir jetzt? Soll ich zu deinem Bruder gehen und um deine Hand anhalten?«

Sie wollte, dass er sie in seine Arme schloss und ihr seine Liebe gestand. Er schien wie benommen zu sein. »Ich werde es Noble sagen.«

Sie starrten einander an, hatten sich so viel zu sagen, waren aber beide nicht bereit, sich die Liebe zu gestehen, die in ihnen brannte.

»Es gibt da etwas, was ich erst erledigen muss«, sagte er schließlich. »In zwei Wochen werde ich zu dir auf die Casa del Sol kommen und dich fragen, ob du mich noch immer heiraten willst.«

Saber wusste nicht, was sie von Reese erwartet hatte, aber sicher nicht diese kalte Gleichgültigkeit. »Ich werde meinen Entschluss nicht ändern, sondern auf dich warten«, gab sie zur Antwort und lief an ihm vorbei in die Nacht hinaus. Er ging zur

Tür und sah ihr nach, bis sie sicher im Hotel angekommen war.

Dann lehnte er sich mit dem Rücken gegen den Torrahmen und starrte hinauf in den Nachthimmel. Dieser Tag, der so unglücklich begonnen hatte, war damit zu Ende gegangen, dass er die Frau bekam, die für ihn die einzig Richtige auf der Welt war.

Aber wie konnte er sie glücklich machen? Er würde sein Bestes tun. Selbst wenn er sie nur einen Tag oder eine Woche halten konnte – er wollte sie so sehr, dass es ihn im Innern förmlich zerriss.

Schweren, fast taumelnden Schrittes ging er in die Scheune zurück und beendete das Satteln seines Pferdes. Allein der Gedanke daran, ihr seinen Namen zu geben und sie dann in sein Bett zu holen, raubte ihm den Atem.

Zwei Wochen waren eine lange Wartezeit, aber er würde sie geduldig überstehen, um dann endlich bei ihr sein zu dürfen.

22

Im ganzen Land brach der Frühling aus. Das Präriegras wurde grün, und junge Fohlen tollten ausgelassen auf den Weiden zwischen wild blühenden Blumen um die Casa del Sol.

Saber schob einen Apfel durch den Zaun, um ein junges Fohlen anzulocken, das auf wackligen Beinen angelaufen kam. Das Fohlen stupste den Apfel an und sprang nervös zurück. Die Stute jedoch war an Saber gewöhnt, schob ihren Kopf vor und verschlang den Apfel im Handumdrehen.

Noble erschien neben ihr und lächelte. »Du hast immer das Geschick der Vincentes im Umgang mit Tieren gehabt.«

Sie sah ihren Bruder mit sorgenvollen Augen an. »Noble, glaubst du, dass Reese seine Ranch verlieren wird?«

»Nicht, wenn es nach ihm geht. Er ist ein Kämpfer, Saber, und er wird nicht so einfach aufgeben.«

»Du bewunderst ihn, nicht wahr?«

»Ja, in der Tat. Aber das heißt nicht, dass ich will, dass du ihn heiratest.«

»Ich liebe ihn, Noble.«

Bei dem Gedanken an eine Heirat zwischen seiner Schwester und Reese war ihm nicht besonders wohl zumute. Er hatte nichts gegen den Rancher, aber es war noch nicht lange her, da hatte Saber geglaubt, Matthew zu lieben. Rachel hatte viele von Nobles Befürchtungen beschwichtigt, und er glaubte, dass Reese gut zu seiner Schwester sein würde. »Er wird keine Hilfe von dir annehmen, Saber, weil er zu stolz ist, um vom Geld seiner Frau zu leben.«

»Aber ich will ihm helfen! Es muss einen Weg geben.«

»Wir werden uns etwas überlegen.« Er legte seinen Arm um ihre Schultern. »Es ist seltsam – ich war überhaupt nicht besonders geneigt, dich Matthew zu überlassen, und ich weiß noch immer nicht, was an dem Tanzabend geschehen ist.«

»Ich erkannte, dass ich ihn nicht heiraten kann, weil ich Reese liebe.«

Er hob ihr Kinn an. »Hat er dir gesagt, dass er dich liebt?«

»Nicht mit Worten. Aber ich weiß, dass er mich liebt.«

Noble lächelte. »Deshalb haben wir Männer keine Chance im Umgang mit euch Frauen. Ihr wisst immer, was wir denken.«

»Rachel kann bestimmt deine Gedanken lesen.« Sie warf ihren Kopf zurück und lachte. »Dein kleiner Rotschopf ist die vollkommene Frau für dich – genau wie Reese für mich der Richtige ist.«

Er ging zum Stall und rief über seine Schulter: »Bis gleich beim Essen.«

Saber kehrte zum Haus zurück. Sie wusste, dass Reese jetzt jeden Tag kommen konnte. Sie hielt Ausschau nach ihm und lauschte und konnte nachts kaum noch schlafen, weil sie immerzu an ihn dachte. Sie konnte es kaum abwarten, wieder auf seiner Ranch zu sein und diese für ihn in ein Heim zu verwandeln. Der Atem stockte ihr, wenn sie an die Nacht dachte, die sie das erste Mal als seine Frau mit ihm verbringen würde. Saber war entschlossen, die beste Frau für Reese zu sein. Reese war so lange allein gewesen, und sie wollte für ihn sorgen. Sie wollte ihm eine Familie geben und ihn glücklich machen.

In diesem Augenblick fuhren drei Wagen vor dem Haus vor – weitere Lieferungen für die Hochzeit. Noble hatte darauf bestanden, dass sie im Stil der Vincentes heirateten, und Rachel hatte ihm zugestimmt. Einladungen waren nach ganz Texas gegangen, und die meisten Eingeladenen würden auch erscheinen.

☆ ☆ ☆

Reese ritt durch die Tore der Casa del Sol und sah sich das Gelände mit kundigen Augen an. Wohlgenährte Rinder weideten auf üppigen Weiden, auf denen vereinzelt Heuschober standen. Wasser gab es in Hülle und Fülle, es wurde von den beiden Flussarmen des Brazos hierher gelenkt. Über allem lag eine friedliche, gelassen heitere Stimmung. Reese galoppierte unter mächtigen Bäumen her, die sich über die Straße wölbten. Als er einen Hügelkamm erreichte, erblickte er das imposante, in spanischem Stil gebaute Wohnhaus mit einem Dach aus roten Ziegeln. Daneben standen Scheunen, Ställe, Nebengebäude und Schlafbaracken. Reinrassige Pferde liefen an der weißen Umzäunung ihrer Koppel entlang. Das war das Leben, an das Saber gewöhnt war. Was für eine Art Leben konnte sie bei ihm erwarten? Es gab nichts, was er ihr anbieten konnte, von dem ihr Bruder nicht mehr hatte.

Als er auf den Stall zuritt, kam Zeb auf ihn zugehumpelt. »Man hat mir gesagt, dass Sie kommen, Mr. Starrett. Da is ganz schön was los in dem großen Haus.« Er sah Reese von der Seite an. »Sie nehmen die Rose von Casa del Sol. Na, ich nehm an, dass Sie gut für sie sorgen und sie gut behandeln werden!«

Reese schenkte dem raubeinigen alten Cowboy ein Lächeln. »Ich werde mich bemühen, Zeb.«

»Wusst ich doch. Hab' gehört, sie sind 'n guter Mann. Zumindestens sagt Rachel das, und sie hat sich noch kein Mal nich geirrt über Leute.«

Reese stieg ab. »Das muss ich mir merken und mich bei Gelegenheit bei ihr bedanken.«

In diesem Augenblick kam Rachel über den Hof mit einem Willkommenslächeln auf den Lippen. »Reese! Ich freue mich, dass du endlich da bist.« Sie merkte sofort, dass er verblüfft war, als sie ihn auf die Wange küsste und sich bei ihm einhakte. »Ich fürchte, du wirst heute Abend eine Menge Gesang und Tanz über dich ergehen lassen müssen. Wir von der Casa del Sol wissen, wie man eine Hochzeit in prachtvollem Stil feiert.«

Reese zog seinen Hut und blieb vor der Tür stehen. »Will Saber es immer noch?«

Rachel blickte in Reese' schiefergraue Augen und entdeckte darin die Angst, die er fühlte. »Ich glaube nicht, dass du ihr jetzt noch entkommen kannst. Deswegen ist es besser, du machst dich mit der Vorstellung vertraut, häuslich zu werden und ein geregeltes Leben als Ehemann zu führen.« Verschmitztheit blitzte in ihren Augen. »Pater Delion ist bereits da, um die Zeremonie zu vollziehen.«

Unsicher fuhr sich Reese mit der Hand durch das Haar. »Was kann ich ihr im Vergleich zu all dem hier bieten?« Er machte eine weit ausholende Handbewegung. »Du hast ja mein Haus gesehen.«

»Saber wird es, bevor du es auch nur bemerkt hast, in ein wohnliches Heim verwandelt haben. Und was deine Frage angeht, was du ihr bieten kannst ...« Sie schüttelte ihren Kopf und lachte. »Ich würde wetten, dass die halbe weibliche Bevölkerung im Staate Texas sie beneiden wird, weil sie die uneinnehmbare Festung namens Reese Starrett erobert hat.«

Dankbar lächelte Reese die Frau an, die bald seine Schwägerin sein würde. »Du weißt immer das Passende zu sagen, nicht wahr?«

Sie öffnete die Tür und ging mit ihm hinein. »Beinahe immer. Du kannst ja mal mit Noble darüber diskutieren.«

Reese sah sich in der Eingangshalle mit ihren eleganten Möbeln um und wurde wieder von Zweifeln erfüllt. Er sah eine Bewegung auf der breiten Treppe, und Saber schien auf ihn zuzuschweben. Sie trug ein hellgelbes Kleid und ihr Haar war hochgesteckt. Wie schon so oft zuvor, stellte er auch diesmal fest, dass sie die vollkommene Frau war, und diese Erkenntnis hatte fast etwas Erschreckendes für ihn.

Lächelnd kam Saber auf ihn zu, und der für sie so typische liebliche Duft stürmte auf seine Sinne ein.

Rachel ging zur Tür. »Ich übergebe ihn dir, Saber. Ich möchte sichergehen, dass sie die chinesischen Laternen im Hof aufgehängt haben.« Sie blieb noch einmal in der Tür stehen. »Nimm ihn aber nicht ganz für dich in Beschlag, Saber. Dein Bruder will ihm noch einige Rinder zeigen.«

Saber lehnte ihren Kopf gegen Reese' Brustkorb, und seine Arme umschlangen sie. Sie war so zerbrechlich und zart. Es machte ihm Angst, dass er für ihr Wohlbefinden und ihr Glück verantwortlich sein würde.

»Ich würde dich ganz gern für mich haben, aber im Augenblick geht das nicht.« Sie seufzte, stellte sich auf die Zehenspitzen und berührte mit ihren Lippen leicht die seinen.

Seine Augen weiteten sich und wurden dunkel vor Leidenschaft. »Saber, willst du mich immer noch zum Mann haben?«

Ein neckisches Leuchten trat in ihre Augen. »Hast du etwa eine Andere gefunden, die du lieber heiraten würdest?«

»Nein, gewiss nicht.«

»Dann musst du mich heiraten.« Sie führte ihn in den Hof, wo Rachel einigen Arbeitern Anweisungen gab. »Wenn du deine Meinung geändert haben solltest, wäre es besser für dich, jetzt gleich Reißaus zu nehmen, denn um genau sieben Uhr heute Abend komme ich diese Treppe herunter und trage das schönste Hochzeitskleid, das du je gesehen hast.«

Er blieb neben einem Brunnen stehen und starrte auf das sprudelnde Wasser. »Es ist doch nicht dasselbe Hochzeitskleid, das du bei der Hochzeit mit Matthew getragen hättest, oder?«

»Nein, das haben wir einem unserer Cowboys geschenkt, dessen Schwester geheiratet hat. Sie war sehr dankbar dafür.«

»Was geschieht nach unserer Heirat? Ich wollte keine Pläne machen, bevor ich nicht mit dir gesprochen habe.«

»Rachel und Noble wollen die Nacht auf der Broken Spur Ranch bei ihrer Schwester und ihrem Schwager verbringen. Wir werden dieses Haus also ganz für uns haben. Natürlich wird die ganze Nacht gesungen und getanzt.«

»Broken Spur war Rachels Ranch, nicht wahr?«

»Ja, sie ist es immer noch. Ihre Schwester und deren Ehemann verwalten sie nur, aber sie gehört immer noch Rachel.«

Noch ehe Reese etwas Weiteres sagen konnte, trafen die ersten Gäste ein. Es waren Rachels Schwester Delia und ihr Mann Tanner. Die Gäste schienen nun in unaufhörlichem Strom anzukommen. Reese begegnete so vielen Leuten, dass er gar nicht erst versuchte, sich alle Namen zu merken.

Rachel rettete ihn schließlich und führte ihn ins obere Stockwerk, wo er Zuflucht finden konnte, bis Noble nach Hause kam.

»Zeb hat deine Sachen nach oben gebracht. Dein Anzug ist gebügelt und fertig zum Anziehen.«

Er lächelte. »Die vollendete Gastgeberin.«

Rachel öffnete die Schlafzimmertür und wartete, bis er eintrat. »Reese, ich weiß, dass du dich im Augenblick überwältigt fühlst. Männer tun sich oft schwer mit Zeremonien, während wir Frauen mit Leichtigkeit mitten durch so ein Hochzeitsfest rauschen. Und wir scheinen es auch zu brauchen, um uns wirklich verheiratet zu fühlen.«

»Soll das heißen, dass alle Bräutigame an zitternden Händen und dieser Enge im Hals leiden?«

»Ja. Ich glaube, den meisten geht es so, aber die Krankheit ist nicht tödlich. Ich bin sicher, du wirst dich schnell von ihr erholt haben, sobald der Priester euch zu Mann und Frau erklärt hat.«

Während Saber sich auf die Hochzeit vorbereitete, verbrachte Reese den Nachmittag mit Noble. Sie nahmen das Vieh aus Spanien in Augenschein. Rachel, die alles mit Leichtigkeit zu organisieren schien, holte dann Reese. Er bekam zu essen und wurde ins oberste Stockwerk geleitet, um sich fertig zu machen.

In seinen Anzug gekleidet, kam er wieder herunter und wurde noch mehr Gästen vorgestellt. Die Elite von Texas zog an ihm vorüber und gratulierte ihm. Er blinzelte erstaunt, als Gouverneur Pease ihm die Hand schüttelte und ihm sagte, er entführe die Rose von Texas. Dann trat der Gouverneur näher und sagte leise: »Ich möchte mit Ihnen bei Gelegenheit reden.«

Reese spürte, wie sich sein Magen zusammenkrampfte, und er wusste nicht, wohin mit seinen Händen. Seine Nervosität verflog, aber sein Herzschlag setzte einen Augenblick aus, als er neben dem Priester platziert wurde und die Musik einsetzte. Saber erschien oben an der Treppe, ganz in Weiß, und Reese konnte seine Augen nicht von ihr wenden. Mit dem feinen zarten Schleier, der ihren Kopf umschwebte, sah sie aus wie ein Engel.

Noble nahm sie am Fuß der Treppe in Empfang und bot ihr seinen Arm. Er küsste sie auf die Wange. »Werde glücklich, kleine Schwester.«

Tränen glänzten in ihren Augen. »Das werde ich.«

Er führte Saber durch die Halle, legte ihre kleine Hand in Reese' Hand und trat dann zurück.

Reese blickte hinab auf seine Braut, und ihm war wunderbar zumute bei dem Gedanken, dass sie bald seine Frau sein würde. Es lag kein Zweifel in dem Blick, den sie ihm aus ihren blauen Augen zuwarf. Nur Vertrauen und Zärtlichkeit. Seine Hand schloss sich fest um die ihre, und er hörte kaum, was der Priester sagte.

Er brachte die richtigen Antworten für die Hochzeitszeremonie über die Lippen und schob einen schlichten Goldring auf Sabers Finger, wobei er sich wünschte, er bestünde aus Diamanten.

Der Priester lächelte. »Hiermit erkläre ich euch zu Mann und Frau.«

Reese' Lippen hauchten einen Kuss auf die Lippen seiner Braut, und er wünschte sich, alle Leute würden gehen, sodass er mit ihr allein sein könnte – aber das war noch nicht möglich.

Sie hob ihm ihr strahlendes Gesicht entgegen. »Jetzt gehöre ich zu dir, Reese. Und du gehörst zu mir.«

Er sah sie mit einem merkwürdigen Ausdruck an. Er hatte nie zu jemandem gehört, und nie hatte jemand zu ihm gehört. Ein Gefühl der Wärme durchströmte sein Herz und dann seinen ganzen Körper.

»Ja«, murmelte er in ihr Ohr, wobei das Glücksgefühl, sie zu besitzen, ihn überwältigte. »Du gehörst zu mir.«

Saber wurde von ihrem Bruder aus seinen Armen gerissen, und Noble drückte sie an sich, während Rachel Reese umarmte.

»Wir sind jetzt deine Familie«, sagte Rachel voller Wärme, da sie wusste, dass dieser Mann lange Zeit keine Familie gehabt hatte.

Reese versuchte, alles zu verarbeiten, was ihm an diesem einen Tag widerfahren war, aber er war verwirrt darüber, was es bedeutete, zu einer Familie zu gehören.

Bald war das frisch vermählte Paar von Gästen umgeben und wurde in den Hof geleitet, wo Musik und Tanz begannen. Braut und Bräutigam wurden bald durch die Gratulanten getrennt. Man klopfte Reese auf die Schultern, schüttelte ihm mit freundlichen Wünschen die Hand, bis er alles nur noch durch einen Nebel wahrnahm.

Saber bahnte sich ihren Weg durch die Menge zu ihrem Ehemann. Es gab Tische, die mit Speisen aller Art überladen waren.

Reese war überrascht, seinen Platz neben dem Gouverneur zu haben. »Reese, es macht Ihnen doch nichts aus, wenn ich Sie mit Ihrem Vornamen nenne, nicht wahr?«

Er war wie betäubt. »Überhaupt nicht, Sir.«

»Ich habe da ein Projekt für Sie, über das wir ein andermal sprechen wollen. Aber ich möchte Sie über eine Idee befragen und Ihre Meinung dazu hören.«

»Ich werde Ihnen gerne zuhören, Sir.«

»Was halten Sie davon, die Armee mit Rindfleisch zu versorgen?«

Reese zog die Stirn kraus und warf einen Blick ans andere Ende des Tisches, von wo aus Noble ihn beobachtete. Er wusste, dass sein Schwager schon dabei war, ihm durch den Gouverneur zu helfen. »Ich bin bereit, darüber zu sprechen, Gouverneur Pease.«

»Ausgezeichnet! Noble hat mir gesagt, dass Sie verlässlich

und ehrlich sind und dass Sie genug Land haben, um einen solchen Auftrag zu übernehmen. Sie werden daraus ebenso Nutzen ziehen wie Texas. Sie müssen Ihr Vieh nicht erst zu einem Endbahnhof treiben, und die Armee wird einen sicheren Nachschub an Rindfleisch haben. Das ist eine große Sache, Reese – eine wirklich große Sache!«

»Um wie viel Stück geht's, Sir?«

»Da bin ich nicht eingeweiht. Aber ich nehme an, es werden wohl einige Tausend pro Jahr sein.« Gouverneur Pease strahlte und wendete sich seinem Essen zu. »Wir wollen jetzt nicht Ihre Hochzeit mit geschäftlichen Dingen verderben. In einem Monat wird Sie jemand auf Ihrer Ranch aufsuchen.«

Reese warf seinem Schwager einen verblüfften Blick zu, und Noble hob lächelnd sein Glas, um ihm zuzuprosten. Reese musste über einiges nachdenken. Er war sich nicht im Klaren darüber, was er von dem Angebot halten sollte. Offensichtlich war dies ein Beispiel dafür, was es bedeutete, einer Familie anzugehören.

23

Die Reste des Essens und alle Spuren des Hochzeitskuchens waren beseitigt, und leise spanische Musik erfüllte den Hof.

Saber ergriff Reese' Hand, als sie jedem Gast für seinen Besuch dankte. Reese war noch immer ganz benommen. Er hoffte nur, dass er auf all die guten Wünsche, die ihm entgegengebracht wurden, richtig reagierte. Eigentlich wollte er nur noch mit seiner Braut entfliehen.

Der Gouverneur trat an sie heran und lachte ausgelassen. »Saber, es hat selten etwas gegeben, was mir mehr Vergnügen bereitete, als Ihnen beim Tanzen zuzusehen. Würden Sie für uns tanzen?«

Sie schüttelte den Kopf. »Lassen Sie heute Abend jemand anderen tanzen.«

Plötzlich stimmte die Menge einen Sprechchor an, der immer lauter wurde und sie zum Tanzen drängte. Sie sah ihren Bruder an, der lächelnd nickte.

Saber stimmte lachend zu. Sie lächelte ihren Mann an. »Heute Abend tanze ich nur für dich.«

Der spanische Gitarrist klimperte langsam auf seiner Gitarre, und Saber hob ihre Hände in einem anmutigen Bogen hoch über ihren Kopf – sie klopfte mit den Füßen auf den Boden und wirbelte herum. Die Musik nahm an Eindringlichkeit zu, wurde schneller und lauter. Saber bewegte ihre Füße zu dem Rhythmus. Reese beobachtete wie gebannt, wie seine ihm eben angetraute Braut mit ihren Füßen auf den Boden trommelte, in die Hände klatschte und mit einer Anmut herumwirbelte, die ihm den Atem nahm. Wie konnte eine solch himmlisch schöne Frau ihm gehören? Er dachte daran, wie sie auf der Casa del Sol aufgewachsen war, ohne dass sie irgendetwas hatte entbehren müssen. Dann versuchte er, sie sich in seinem kleinen Haus vorzustellen, und ihm wurde angst und bange zumute.

Saber klatschte in die Hände und bewegte sich langsam auf Reese zu, wobei ihre Hüften im Rhythmus der Musik mitschwangen. Ihre blauen Augen schienen das Feuer der chinesischen Laternen aufzunehmen, die über ihnen hingen.

Ein neues Gefühl ergriff Reese – ein Gefühl, das er nie zuvor gehabt hatte.

Eifersucht!

Er ließ seinen Blick schnell in die Runde schweifen und bemerkte, wie die Augen der anderen Männer seiner Frau bewundernd folgten. Und das gefiel ihm überhaupt nicht. Inzwischen hatte Saber ihn erreicht und wirbelte um ihn herum, wobei sie mit ihren Füßen aufstampfte und ihren Oberkörper zurückbog, ohne ihren Blick von dem seinen zu wenden.

Plötzlich brach die Musik ab, und sie kniete vor ihm nieder. »Das war mein Hochzeitsgeschenk für dich, Reese.« Sie lächelte.

Reese stand da und zog sie neben sich in die Höhe, und in seinen Augen lag ein Ausdruck, den sie nicht verstand. »Du wirst nie mehr so tanzen wie gerade eben, außer für mich.«

Ihre Augen blitzten mutwillig, und sie widersprach ihm. »Ich tanze diesen Tanz, seit ich auf eigenen Füßen stehen kann.«

»Ich will nicht, dass du ihn für andere Männer tanzt«, sagte er hitzig. Seine Augen hielten sie davon ab, ihm zu widersprechen.

Saber erkannte seine Eifersucht, und sie beschloss, ihn nicht weiter zu reizen. »Wenn das dein Wunsch ist, werde ich nie mehr für jemand anderen tanzen außer für dich.«

Er hatte eine Auseinandersetzung erwartet, doch da sie so schnell nachgab, wusste er nichts mehr zu sagen. Die Musik spielte jetzt in langsamem Tempo, und Saber drückte seine Hand. »Ist es mir gestattet, mit meinem Gatten zu tanzen?«

Seine Arme umfingen sie, und er spürte, wie sein Ärger verrauchte. Er würde wahrscheinlich niemals erfahren, warum diese außergewöhnliche Frau dazu bereit gewesen war, ihn zu heiraten. Aber sie gehörte ihm, und im Augenblick bestand sein einziger Wunsch darin, sie zu halten.

Als ob sie Reese' Gedanken gelesen hätte, erschien Rachel und nahm Sabers Hand. »Dieses Fest wird die ganze Nacht über dauern. Ich nehme Saber jetzt mit in den zweiten Stock. Etwas später kannst du nachkommen.«

Er sah Saber nach, wie sie durch die Menge ging und im Haus verschwand. Seine Hände zitterten so stark, dass er sie in seine Hosentaschen zwängte. Er brauchte einen starken Drink, nichts von dieser Bowle, die den ganzen Abend über angeboten wurde.

Und wieder schien es, als sei sein Wunsch schon erraten worden. Denn Noble erschien neben ihm mit einem Drink in der Hand. »Dir muss ja von alledem der Kopf schwirren.«

»Nun, es gibt eine Menge Dinge, die mich verwirren.« Reese nahm einen kräftigen Schluck von dem weichen Brandy.

»Die spanischen Gebräuche und Sitten sind ein Teil des Familienerbes der Vincentes, und wir haben sie immer in Ehren gehalten. Du wirst dich mit der Zeit daran gewöhnen.«

»Ich will es dir gleich ganz offen sagen. Ich habe verdammt viel Angst, dass ich Saber nicht glücklich machen kann.«

»Würdest du mir genauer erklären, was du damit meinst?«

»Liegt das nicht auf der Hand? Hier ist Saber aufgewachsen. Ihr Leben mit mir wird völlig anders aussehen.«

»Ich will dir etwas über die Vincentes sagen, was sehr wenige Leute wissen: Wir lieben nur einmal und das mit unserem ganzen Herzen. Vertraue Saber. Du wirst vielleicht noch überrascht sein, was sie bereit ist zu tun für den Mann, den sie liebt.«

»Sie hat geglaubt, Matthew zu lieben – sie hat mit Sicherheit nicht behauptet, mich zu lieben.«

Noble wollte etwas darauf erwidern, hielt dann jedoch inne und sagte einfach: »Warte ab.«

Reese starrte auf die blaue chinesische Laterne, die über ihm in einem Luftzug hin und her schwang. »Ich werde versuchen, sie glücklich zu machen, Noble.«

»Das ist das Einzige, worum ich dich bitte, Reese. Sei gut zu ihr.«

»Das werde ich.«

»Das weiß ich, sonst hätte ich sie dir nie gegeben. Ihr Glück liegt jetzt in deinen Händen.«

Plötzlich ging Rachel vorbei, und Reese war ganz erstaunt über das Leuchten, das in Nobles Augen trat. Rachel wandte ihren Kopf und blickte ihren Mann mit so zärtlichen und liebevollen Augen an, dass Reese ein Brennen in den eigenen Augen spürte. Das war die Art Liebe, die er von Saber begehrte. Eines Tages sollte sie ihn so ansehen, wie Rachel Noble heute Abend ansah.

Rachel wandte sich an Reese und flüsterte ihm ins Ohr. »Du solltest jetzt nach oben gehen. Es ist die dritte Tür rechts am Ende der Treppe.«

Ihm war zumute wie einem aufgeregten Schuljungen, der seinem ersten Kuss entgegenfiebert. Als er die Stufen hinaufstieg, konnte er noch immer die Musik und das Gelächter hören. Er blieb auf halbem Wege stehen und lehnte sich gegen das polierte Geländer. Er hatte nicht geglaubt, dass es möglich war, eine Frau so zu lieben, wie er Saber liebte. Langsam stieg er weiter bis ans Ende der Treppe. Vor Sabers Tür blieb er stehen und klopfte leise an.

Saber stand am Fenster, als Reese eintrat. Sie drehte sich langsam zu ihm um, und sein Blick in ihre blauen Augen verriet ihm ihre Unsicherheit.

Reese starrte auf das Nachtgewand und fragte sich, ob sie wusste, dass es durchsichtig war. Die schlanke Silhouette ihres Körpers war deutlich umrissen, und er konnte die rosigen Spitzen ihrer Brüste sehen. Bedächtig zog er seine Jacke aus und hängte sie über die Lehne eines Stuhles. Dann sah er sich in dem Zimmer um, in dem zarte Rosétöne dominierten. Vor dem breiten Himmelbett lag ein flauschiger Teppich mit einem eleganten Lilienmuster.

»Ich habe noch niemals ein solches Zimmer gesehen.« Er löste den Knoten seiner Krawatte und zog sie mit einem Ruck von seinem Hemd.

Saber lächelte verlegen. »Ich habe diesen Raum noch nie mit den Augen eines Mannes betrachtet. Ich glaube, ich bin ihm schon vor langer Zeit entwachsen – und habe es einfach nicht gemerkt.« »Aber keine Angst. Ich werde keine Rüschen in unserem Schlafzimmer zu Hause anbringen.«

»Sag das noch mal!« Reese ging auf sie zu.

»Was?«

»Das über unser Zuhause.«

»Von dieser Nacht an, Reese, und für den Rest meines Lebens wird dein Zuhause auch mein Zuhause sein.«

Er hielt inne. Seine Hände zitterten, und er atmete tief ein. Um seinen Herzschlag zu verlangsamen, setzte er sich auf den Stuhl und zog seine Stiefel aus, die ganze Zeit über den Blick auf Saber gerichtet. »Hab keine Angst vor mir. Ich werde dir nicht wehtun, zumindest nicht mehr als notwendig.«

»Ich könnte nie Angst vor dir haben, Reese. Es ist nur so, dass ich nicht weiß, was ich tun muss.«

Ihre Augen waren geweitet und unruhig, als er sein Hemd aus der Hose zog und damit begann, es aufzuknöpfen, wobei er das gekräuselte schwarze Haar auf seinem gebräunten, muskulösen Oberkörper enthüllte.

Sabers Knie wurden weich, und sie griff nach der Lehne eines Stuhls, um sich festzuhalten. Ein Zittern durchlief ihren Körper, und sie hätte ihre Wange am liebsten an seine muskulöse Brust gelehnt.

Da er spürte, wie verschüchtert und ängstlich sie auf einmal war, blies er die Lampe aus und ging zu ihr hinüber. Sanft drehte er ihr Gesicht zu seinem hoch und starrte in ihre blauen Augen.

»Du wusstest, was du getan hast, als du heute Abend für mich getanzt hast?«

»Wie meinst du das?«

Langsam zog er ihren widerstrebenden Körper zu sich heran, wobei er sie nur sanft an den Armen fasste. »Dein Tanz hat mein Blut in Wallung versetzt, Saber. Solange ich lebe, werde ich nicht vergessen, wie du heute Abend ausgesehen hast, meine kleine Verführerin.« Er hielt sie von sich weg. »Du weißt doch, was heute Nacht zwischen uns beiden geschieht?«

Sie spürte, wie seine warme männliche Ausstrahlung sie einhüllte. Sie wusste nur, dass er ihr Lust und Wonne bereiten würde, die über alles hinausging, was sie sich vorstellen konnte. »Rachel hat mir gesagt, dass es etwas schmerzen würde, aber nicht lange.«

Er schloss seine Augen und zog sie an sich, ganz benommen von ihrem zarten Duft. »Ich werde so sanft wie möglich sein, Saber.«

Sein Griff um ihre Taille wurde fester, und er hob sie hoch und presste sich gegen ihren Körper. »Von diesem Augenblick habe ich hunderte Male geträumt, aber nie gedacht, dass ich ihn je erleben würde.«

Saber konnte nicht glauben, dass dieser wunderbare Mann ihr Ehemann war. Sie hatte ihre eigenen Träume von ihm gehabt, und sie sehnte sich danach, dass er sie zu seiner Frau machte. Sie konnte sein Anschwellen spüren und bewegte ihre Hüften, um ihm näher zu kommen.

»Nein, tu das nicht ... noch nicht.«

Er atmete tief ein und kämpfte gegen den Drang an, das in seinen Lenden brennende Begehren möglichst rasch zu befriedigen.

Sie legte ihren Kopf gegen die dunkle Matte seines Brusthaares. »Du musst mir zeigen, was ich tun soll.«

Er nahm ihr Gesicht zwischen seine Hände, hob es zu sich

heran und blickte in ihre weit geöffneten blauen Augen. Dann senkte er seinen Kopf, berührte mit seinen Lippen ihre Wange und schmeckte ihre salzigen Tränen. Weinte sie, weil er ihr Mann war und nicht Matthew? Einerlei. Sie gehörte ihm, und er wusste, wie er sie dazu bringen konnte, ihn zu begehren – aber ihr Herz zu gewinnen, würde sicher schwieriger werden.

Er zog sie hoch in seine Arme und küsste sie mit unendlicher Sanftheit, während alle Liebe, die er für sie empfand, sein Herz überfließen ließ. Konnte sie nicht die Hitze seiner Liebe spüren?

Vorsichtig legte er sie auf das Bett, löste seinen Gürtel und streifte seine Hose ab. Saber rang nach Atem, während sie seinen muskulösen Körper betrachtete. Er war großartig!

Ihr Blick fiel auf seine Erektion, und ihre Augen weiteten sich vor Furcht. Sicherlich war er zu groß für sie!

Reese legte sich neben Saber, schob ihr Nachthemd hoch, bis er es ihr über den Kopf zog und es zu Boden fallen ließ. Das sanfte Licht des Mondes umschmeichelte sie, und Reese weidete sich an ihrer Schönheit – einer Schönheit, die kein anderer Mann außer ihm je gesehen hatte.

Sein Blick glitt von ihren hohen, festen Brüsten über die schmale Taille und die sanfte Rundung ihrer Hüften bis zu ihren langen, wohl geformten Beinen. Mit der Hand fuhr er über ihre Schulter und spürte ihre seidig glatte Haut unter seinen Fingern. »Du bist wunderschön, Saber.«

Ihre Augen funkelten vor Wonne. »Und du bist fantastisch.« Sie berührte den prallen Muskel an seinem Unterarm.

Er lachte leise. »Ich glaube nicht, dass das jemals eine Frau vorher zu mir gesagt hat.« In dem Augenblick, als er die Worte ausgesprochen hatte, wusste er, dass er einen Fehler gemacht hatte. Er sah, wie sie ihre Stirn in Falten legte und von ihm abrückte.

»Saber, verzeih mir. Ich habe gesprochen, ohne vorher zu überlegen.« Er berührte ihre Lippen und ließ seinen Finger an ihrem Hals hinuntergleiten. »Ich muss mich erst an die sanftere Art einer Frau gewöhnen.«

Ein Schmollen lag auf ihren Lippen. »Ich möchte nicht an die anderen Frauen erinnert werden, die du gekannt hast.«

Seine Hand glitt zur Rundung ihrer Brust. »Soweit es mich angeht, hat es nie jemand anderen als dich gegeben. Die anderen bedeuteten mir nichts.«

»Bei der Gelegenheit möchte ich dir Folgendes sagen, Reese: Ich werde niemals mit einem Mann zusammenleben, der andere Frauen begehrt. Für mich wäre das unehrenhaft, und ich könnte nie einen Ehemann ohne Ehre ertragen.«

Er hielt inne und betrachtete eingehend den weichen Hügel, der nach einer Berührung verlangte. »Denkst du so über mich?«

»Nein. Ich meine nur, dass wir über diese Dinge hier und jetzt sprechen sollten. Du willst nicht, dass ich für andere Männer tanze. Und ich will nicht, dass ...«

Er verschloss ihren Mund mit seinem Finger. »Wenn ein Mann einen Fluss hat, warum sollte er dann eine Pfütze begehren?«

Sie war sich nicht sicher, aber sie meinte, dass er ihr gerade ein Kompliment gemacht hatte. Es fiel ihr schwer zu denken, weil sein Finger eine Spur um ihre Brustwarze zog und ein Schrei voll ungeduldigen Verlangens über ihre Lippen kam. Jede seiner Bewegungen bereitete ihr süße Qualen. Sanft rollte er ihre Brustwarze zwischen Daumen und Zeigefinger und reizte sie, bis Hitze durch ihren Körper wallte.

Aber das war nur der Anfang der Lust.

Als er seinen Kopf senkte, um die rosige Knospe in den Mund zu nehmen, fuhr sie ihm mit den Fingern durchs Haar und sog die Luft tief in ihre Lungen.

Seine Zunge wirbelte um ihre Brustknospe, dann widmete er der anderen dieselbe Aufmerksamkeit. Saber konnte ihren Körper nicht ruhig halten. Sie warf ihren Kopf zurück und stöhnte.

Reese glitt zu ihren Lippen und erstickte einen Schrei mit

seinem Mund. Der Kuss war berauschend, und es war ihr, als müsse sie aufschreien, als er ihren nackten Körper an den seinen zog und die Schockwellen spürte, die durch ihren Körper liefen.

Nie zuvor hatte ihn eine Frau so sehr erregt. Unter Sabers Unschuld schwelte ein Feuer, und er war derjenige, der es zu voller Flamme auflodern lassen würde.

24

Reese' Augen schimmerten silbrig, und Saber erhaschte einen flüchtigen Ausdruck, den sie schon einmal bemerkt hatte, aber nicht zu deuten wusste. Er war wild und sanft zugleich, irgendwie urtümlich. Was er wohl dachte …?

Doch er ließ ihr keine Zeit, darüber nachzudenken. Ihr Körper bebte, wo immer er sie berührte, und er berührte sie überall; seine Hände zogen sinnliche Spuren über ihre Brüste und ihren Bauch. Dann glitten sie abwärts, öffneten langsam ihre Schenkel, während er sie die ganze Zeit küsste.

Saber wünschte sich, dass er ihr sagte, er liebe sie; tatsächlich war sie sich sicher, dass er, wenn er sie körperlich liebte, zum Schluss über seine Gefühle zu ihr sprechen würde.

Plötzlich unterbrach er den Kuss, hob den Kopf und fragte mit heiserer Stimme: »Bist du sicher, dass ich dir keine Angst mache?«

Saber fuhr sich mit der Zunge über die Lippen. Sie wollte mehr von ihm als das, was er ihr bisher gegeben hatte. »Wie könnte ich vor dem Mann Angst haben, der so oft zwischen mir und der Gefahr gestanden hat?« Sie streichelte seine Wange und lächelte. »Nein. Ich habe keine Angst vor dir.«

Er streifte leicht ihre Augenlider mit seinen Lippen und glitt dann zu ihrem Mund, während er ihre Beine gespreizt hielt.

Da er ihre innere Anspannung spürte, wollte er sie beruhigen. »Was zwischen uns beiden geschehen wird, hat sich seit Anfang aller Zeiten zugetragen, Saber.« Er presste seinen Mund auf ihre Lippen und stöhnte auf, als sie sich noch fester an ihn drückte. Er hielt einen Augenblick den Atem an, als seine Hand sie intim befühlte und langsam in sie hineinglitt. »Nein, mach dich nicht steif, Liebling. Versuche, nur zu fühlen.«

Sie versuchte plötzlich, sich nach oben zu bewegen, um dem Eindringen in ihren Körper zu entgehen.

»Sei ganz locker. Versuche, dich nicht zu bewegen«, murmelte er in ihr Ohr. »Lass mich dich in eine Welt der Berührungen und Gefühle entführen.«

Sie konnte nur nicken, aber sie war noch immer verspannt; deshalb streichelte er liebkosend ihr Innerstes und spürte, wie sie anfing, sich unruhig zu bewegen.

Sie wölbte ihre Hüften, um näher an die Hände zu gelangen, die ihr Lust verschafften. Sie stöhnte, flüsterte seinen Namen, und dann schlangen sich ihre Arme um seine Schultern. Mit einem Mal zitterte sie vor Wonne; ihr Körper fühlte sich lebendiger an als je zuvor. Sie wartete auf jede weitere Berührung, jede neue Empfindung, die durch ihren Körper pulsierte. Durch das geöffnete Fenster drang der entfernte Klang von Musik ins Zimmer, aber sie hörte nur, wie er ihren Namen flüsterte.

Reese stand kurz davor, seine Selbstbeherrschung gänzlich zu verlieren. Das sinnliche Spiel seines Fingers, den er in sie eintauchte, trieb sie fast in den Wahnsinn und erregte sein eigenes Verlangen bis an die Grenze seiner Kraft. Sein fester, muskulöser Körper drückte sie auf die Matratze, und sie rang keuchend nach Luft bei dem wunderbaren Gefühl, ihn zu spüren.

Sekundenlang schlossen sich seine Augen, als das Begehren ihn wie ein scharfer Peitschenschlag durchzuckte. Sie war jetzt bereit für ihn. Deshalb drückte er ihre Beine vorsichtig noch weiter auseinander und ließ sein erigiertes Glied in sie hineingleiten.

Saber keuchte und versuchte, sich wieder nach oben zu wölben, aber er beruhigte sie mit seiner Hand. »Nein, Liebling, tu das nicht. Es wird dir nur wehtun, wenn du zu viel auf einmal von mir nimmst.«

»Ich will ... ich fühle ...«

Er stieß seinen Atem gegen ihre zitternden Lippen. »Ich weiß, was du willst. Vertrau mir nur, Saber.«

Ihre Hände gruben sich in seine Haare, als er ihre Lippen leicht berührte. Während er den Kuss vertiefte, schob er sich ganz langsam in sie hinein. Er zitterte von der Anstrengung, die es ihn kostete, sich so sanft wie möglich zu bewegen, wobei er das Gefühl hatte, jeden Augenblick explodieren zu müssen – pochende Härte glitt in heißen Samt, miteinander verschmelzend, sich verbindend, Eins werdend.

Saber spürte, dass er sich immer noch zurückhielt, und sie wollte mehr. Es hatte nicht so wehgetan, wie er es prophezeit hatte. Fordernd schlang sie ihre Hände um seine Taille und hob ihre Hüften an, wobei sie mehr von ihm in sich aufnahm.

Doch auch diesmal hielt er sie in ihrer Bewegung an. »Tu das nicht, Liebling. Lock mich nicht zu weit vor, ich könnte dir wehtun.«

»Das verstehe ich nicht.« Sie bewegte ihren Kopf wie im Fieber vor und zurück.

»Liebling«, sagte er zwischen Küssen auf ihren Hals und ihre Brüste. »Ich bin groß, und du bist eng. Ich muss vorsichtig sein.«

Lust durchlief sie in Wellen, als er sich in ihr gerade so weit vorschob, dass sie das Gefühl hatte, von ihm innerlich ausgefüllt zu werden. Sie ließ die Luft in einem Seufzer herausströmen, als er an der Wand ihrer Jungfräulichkeit innehielt. Mit einem schnellen Stoß brach er hindurch, und sie versteifte sich.

»Nein, Reese!«, schrie sie. »Es tut weh!«

Er schnitt ihren Protest ab und bewegte sich sanft vor und zurück. »Ich werde nicht weiter vorstoßen«, versprach er und biss die Zähne zusammen, um sich davor zurückzuhalten, sie vollends auszufüllen. Er schmeckte ihre salzigen Tränen und fühlte ein Brennen in seinen Augen. »Das wird das erste und letzte Mal sein, dass ich dir Schmerz zufüge.« Und dann ging er daran, ihre Empfindungen von dem Schmerz abzulenken, indem er ihr Lust bereitete, die ihre wildesten Träume übertraf. Sein Mund war an ihren Brüsten, saugend und erregend. Seine Hände griffen unter ihre Oberschenkel, hoben sie empor für seine Vorwärtsstöße. Dann teilte er ihre Lippen und ließ seine Zunge sich um die ihre winden.

Plötzlich bewegten sich ihre Hüften im Rhythmus seines Körpers, und Wärme und Lust durchdrangen ihr ganzes Wesen. Sie warf ihren Kopf hin und her, bäumte sich auf, und ein zuckendes Beben erschütterte ihren Körper, als ihr etwas Wunderbares widerfuhr.

Ein tiefes Stöhnen kam über seine Lippen, und sein Körper erlebte eine Lust, die alles überbot, was er je erfahren hatte.

Er hatte sich so lange und so heftig nach ihr gesehnt, und jetzt war sie sein in jeder Bedeutung des Wortes. Er schwoll an und ergoss seinen Samen in sie. Nie zuvor hatte er so empfunden, und er war sicher, dass es daher kam, weil er sie liebte.

Ihre Arme umschlangen seinen Rücken, und sie küsste seine Wangen, dann seine Lippen. Reese war überrascht, als er merkte, dass er so schnell wieder reagierte und hart wurde.

Er wollte sie schon wieder.

Er würde nie genug von ihr haben. Jetzt hatte er nicht nur vor dem Tor zum Paradies gestanden, sondern es war ihm erlaubt worden einzutreten.

Ihre Hand glitt seinen Rücken hinunter, und sie war ganz versunken in das Wunder dessen, was gerade zwischen ihnen geschehen war. »Ich wusste nicht, dass es so sein würde.«

Er schluckte bewegt und verlagerte sein Gewicht auf die Seite. Dann küsste er sie zärtlich. »Geht es dir gut?«, fragte er besorgt.

Sie streifte mit ihren Lippen seine raue Wange. Sie liebte das Gefühl, ihn in sich zu haben. »Ja, es geht mir mehr als gut. Es war einfach so …« Sie suchte nach einem Wort. »Wunderschön.«

»Ja«, sagte er leise an ihrem Ohr. »Wunderschön.«

Ihre Finger wanderten hinauf zu seinem Nacken, und sie nahm seine Lippen zwischen ihre Zähne.

Reese' Augen weiteten sich. Sie fing an, mit ihm zu spielen, und er verspürte schon wieder eine heftige Erregung. Es war zu früh – er wollte ihr keinen Schmerz zufügen. Seine Arme umschlossen sie, und er hielt sie dicht an sich gedrückt und wünschte sich, er müsste sie nie wieder freigeben.

»Ich will, dass es immer so ist wie heute Nacht, Reese.«

Er warf seinen Kopf zurück und lachte. »Ich habe dir noch viel mehr Dinge zu zeigen, die noch viel besser sein werden, meine kleine Braut. Wir haben gerade erst angefangen.«

Sie blickte in seine Silberaugen und war verzaubert von ihrer Wärme. »Wann wirst du es mir zeigen?«

»Du kleine Wildkatze.« Er lachte und drehte sie so lange, bis sie auf ihm lag. »Ich habe dich gerade erst in das Reich der Lust eingeführt, und du willst schon mehr.« Wärme und Glück erfüllten ihn. Er hatte immer gedacht, dass verheiratete Frauen das Ins-Bett-Gehen mit ihren Ehemännern als Pflicht betrachteten. Ganz anders Saber! Sie hatte sich ihm ohne Zurückhaltung hingegeben und seine körperliche Liebe mit einer Leidenschaft beantwortet, die seiner eigenen entsprach.

»Es ist das heiße spanische Blut in mir. Du kannst nicht behaupten, dass ich dich nicht vor dieser Seite meines Charakters gewarnt hätte.«

Reese hatte sich noch nie irgendwelche Schwächen zugestanden. Aber Saber war zu seiner Schwäche geworden. Für ein Lächeln von ihren Lippen war er bereit, alles zu tun. Er konnte es kaum glauben, dass er tatsächlich in ihr war, begraben in ihrer Süße, und wollte sich nie mehr zurückziehen. Aber er tat es, denn er fürchtete, ihr wehzutun, wenn er sie so bald schon wieder nahm.

Sie streckte ihren geschmeidigen Körper neben seinem aus und kuschelte ihren Kopf an seine Schulter, wobei ihre Finger durch seine Brusthaare fuhren. Sie fühlte sich völlig wohl dabei, dass sie beide nackt waren. Er mochte das an ihr.

»Was machen wir jetzt?«, fragte sie nachdenklich.

Er hob eine Braue. »Meinst du jetzt gleich?«

Sie lachte. »Nein. Ich meine morgen.«

»Was willst du machen?«

»Ich will nach Hause.«

Seine Kehle wurde eng, und einen Augenblick lang konnte er nicht sprechen. »Nach Hause?«

»Ja, auf unsere Ranch.« Sie hob ihren Kopf und sah ihn an. »Geht das? Wir haben eine Menge Arbeit vor uns.«

»Ja, natürlich. Wenn es das ist, was du willst.«

»Was willst *du* machen, Reese?«

»Ich will meine Frau nach Hause bringen.« Er hielt sie so dicht an sich, dass sie seinen Atem spüren konnte. »Wie schnell kannst du mit dem Packen fertig sein?«

»Ich habe eine Menge Sachen, die meiner Mutter gehörten und die ich gerne mitnehmen würde, Reese. Aber wir können sie auch noch später abholen lassen, wenn du mir ein größeres Haus gebaut hast.«

Darauf hatte er gewartet. Erwartete sie etwa ein Domizil im großartigen Stil der Casa del Sol? Sie musste doch wissen, dass er sich ein solches Haus nicht leisten konnte. Aber sie hatte Geld – vielleicht wollte sie es dazu benutzen, ein Haus zu bauen. Nein, das würde er niemals zulassen. »An was für eine Art Haus denkst du, Saber?«

»Ich stelle mir ein weiteres Schlafzimmer vor, und vielleicht könnten wir das Wohnzimmer vergrößern. Was meinst du?«

Er spürte, wie seine Anspannung nachließ. Ihre rücksichtsvolle Behutsamkeit rührte ihn zutiefst. »Das wird noch eine Weile dauern, Saber.«

»Ich weiß. Dann nehme ich jetzt nur einen Schrankkoffer mit. Noble kann später den Rest bringen.«

»Welchen Rest, Saber?«

»Das Klavier, die Wäsche, Spitzenstoffe, Geschirr – es ist

eine endlose Liste. Aber Noble wird alles hier behalten, bis wir Platz haben.«

»Ich höre gern Klavierspiel. Kannst du spielen?«

Sie warf ihren Kopf in den Nacken, sodass ihre goldenen Haarlocken um ihn herumwirbelten. »Ich spiele besser Klavier, als ich tanze.«

Er schüttelte sich vor Lachen. »Dann helfe mir Gott.«

Er ließ seine Hand über ihre Hüfte gleiten, immer noch erstaunt über die seidige Glätte ihrer Haut. Ihr Haar war weich und roch wunderbar, und ihre Lippen luden zum Küssen ein. Er hätte nie gedacht, dass sie einmal die Seinige sein würde, aber sie war es, und er bedauerte jeden Mann, der je versuchen würde, Hand an sie zu legen!

Sie fuhr mit dem Finger über die Falten seiner Stirn. »Woran denkst du? Du siehst so ernst aus.«

»Ich will dich wieder, aber es ist zu früh.« Er schob sie beiseite, stand auf und trat ans Fenster. »Ich weiß, dass es zu früh ist.«

Er ließ sich auf einen Stuhl fallen und erfreute sich an ihrem Anblick, wie sie nackt ausgestreckt auf dem Bett lag. Sie war in jeder Hinsicht wunderschön. Rachel hatte Recht gehabt, als sie sagte, dass Saber etwas Besonderes war. Sie war von liebenswürdigem Wesen – die meiste Zeit jedenfalls – und sehr verständnisvoll. Er beobachtete, wie sie ihre Beine aus dem Bett schwang, auf ihn zukam und dabei sinnlich ihre Hüften bewegte. Er hielt den Atem an, als sie auf seinen Schoß glitt und er schmerzhaft anschwoll.

»Ich bin deine Frau, du kannst mich jederzeit haben.«

Sanft drückte sie sich gegen seine Erektion, und laut aufstöhnend warf er seinen Kopf zurück, als sie ihre Hände auf seine Schultern legte und so lange hin und her rutschte, bis er in ihr war.

»Ich möchte dir nicht wehtun, Liebling.«

Sie nagte an seinem Ohrläppchen und flüsterte nur. »Tu mir nicht weh, liebe mich nur.«

Er wölbte sich empor, ganz außer Kontrolle, wobei er tief in ihre straffe Enge drang. Er hob sie hoch und legte sie auf das Bett, ohne aus ihr herauszugleiten.

»Saber«, sagte er mit erstickter Stimme, wobei er tief in sie eindrang. »Saber!«

Sie kam seinen Stößen entgegen und fiel in denselben Rhythmus ein. Schließlich erbebte ihr Körper vor Erlösung, und Reese schrie seine Gefühle heraus, als er von feuchtem, heißem Honig umgeben war. Er erzitterte auf dem Höhepunkt lustvoller Empfindungen und fiel entkräftet nach vorne. Noch nie hatte er eine solche Erfüllung erlebt, und er wusste, dass er sie noch einmal nehmen würde, denn er war noch immer groß und steif in ihr.

25

Das Zimmer lag im Widerschein der sanften rosafarbenen Strahlen des Sonnenaufgangs. Das Licht fiel auf Sabers schlafendes Gesicht, das ihr frisch angetrauter Ehemann fasziniert betrachtete. Er konnte sein Glück noch immer nicht fassen. Ihn hatte sie zu ihrem Mann gewählt. Aber warum? Jemand wie sie konnte sich wohl kaum in einen Mann seiner Art verlieben.

Er rollte eine goldene Strähne um seinen Finger, entzückt davon, wie lebendig sich das Haar anfühlte. Er hatte ihre Leidenschaft geweckt und sie auch befriedigt, aber er wollte das, was Rachel und Noble hatten. Er wollte ihren Leib mit seinem Samen füllen. Er wollte ihr die Worte sagen, die er letzte Nacht im tiefen Strudel der Leidenschaft beinahe herausgeschrien hätte. Er wollte sie sagen hören, dass sie ihn liebte.

Er sah sich in dem reich möblierten Zimmer um und wusste, dass er ihr nie etwas Ähnliches bieten konnte.

Ihre Augenlider hoben sich, und er blickte in ihre blauen Augen, die er so sehr liebte. Saber lächelte und streckte sich wie eine Katze vor einem behaglichen Feuer. Die Decke glitt zu ihrer Hüfte hinunter, und Reese hatte einen guten Blick auf ihre seidig glatten Brüste. Er stöhnte und wollte sie wieder, wobei er wusste, dass sie wund sein musste. Sie warf sich ihm entgegen, umschlang mit ihren Armen seinen Hals und presste ihre Brüste gegen seinen harten Oberkörper.

»Ist es schon Morgen?«

Er ließ einen Finger ihre Wange hinunterwandern. »Ja, ja.«

Sie hob ihm ihren Mund zum Kuss entgegen, und er lachte

und drückte sie an sich. »Du bist so verschmust wie ein Kätzchen«, sagte er und gab ihr den Kuss, den sie wollte.

Sie unterbrach den Kuss. »Stört es dich?«

»Keineswegs. Ich mag alles an dir. Verändere nichts.«

Saber starrte in Silberaugen, die sie am ganzen Körper schwach werden ließen. Sie konnte sich in diesen hellen, leuchtenden Tiefen verlieren. Er war großartig gewesen letzte Nacht – ein zärtlicher Liebhaber, außer während der Phase, als sie ihn zum Wahnsinn gebracht hatte. Sie lächelte in Erinnerung daran und freute sich, dass sie solche Macht über ihn hatte. Lasziv rieb sie ihre Brüste an ihm und knabberte an seinem Ohrläppchen.

Er knurrte und zog sie unter sich. »Du wirst eine Woche lang nicht gehen können, wenn ich mit dir fertig bin. Ich hatte die besten Absichten, dich nur einmal zu lieben.«

Sie lächelte listig. »Wenn ich nicht gehen kann, müssen wir eben im Bett bleiben, nicht wahr?«

Seine Lippen bedeckten ihren Mund, er spreizte ihre Beine und glitt in sie hinein. Er wollte sie, sobald sie ihn ansah. Was würde er machen, wenn sie nach Hause kamen? Er würde überhaupt nicht mehr zum Arbeiten kommen.

Saber biss sich auf ihre Unterlippe, als er sich in ihr hin und her bewegte, nach vorne stieß, sich zurückzog und wieder nach vorne stieß. Sie ritten auf einer Woge der Leidenschaft, und danach lagen sie sich eng umschlungen in den Armen.

Saber schloss ihre Augen, dem Schicksal so dankbar, dass sie den einzigen Mann in der Welt geheiratet hatte, der sie glücklich machen konnte. Sie dachte darüber nach, wie nahe daran sie gewesen war, Matthew zu heiraten, und zog Reese noch näher zu sich heran. Reese brauchte sie – er wusste es vielleicht noch nicht, aber er würde es schon noch merken. Saber fing beinahe an zu schnurren, als er seinen Kopf senkte und ihre Brustknospe in den Mund nahm. Wenn sie Reese nie kennen gelernt hätte, wäre ihr Leben niemals vollkommen gewesen.

»Ich habe Hunger.« Sie entzog sich ihm und stand auf, um den Klingelzug zu betätigen. Als sie sich wieder umdrehte, sah sie, dass Reese sie beobachtete. »Wir ziehen uns am besten gleich an, denn spätestens in fünf Minuten wird das Mädchen anklopfen.« Sie zog ihr Kleid an und legte den Gürtel um, während Reese sich ebenfalls ankleidete.

Als das erwartete Klopfen erklang, rief Saber: »Komm herein, Lupe.«

Eine mexikanische Frau mittleren Alters und ihre Tochter traten ein. Die Mutter trug ein schweres Tablett, das Reese ihr abnahm und auf einen kleinen Tisch stellte.

Beide Frauen machten einen Knicks und lächelten fröhlich. »Brauchen Sie sonst noch was, Señorita Saber?«, fragte die Ältere.

»*Si*. In einer Stunde möchten wir beide baden. Nach dem Mittagessen werden wir abreisen, und ich möchte, dass die Reisekutsche fertig beladen ist.«

»*Si*, Señorita, äh, ich hab vergessen, Señora.«

Lupes Tochter trat an Reese heran. »Senõr«, sagte sie mit einem spanischen Akzent. »Ein Mann hat diesen Brief für Sie gebracht. Er sagte, ich solle ihn Ihnen persönlich aushändigen.«

Reese nickte und wartete, bis die beiden Bediensteten gegangen waren, bevor er sprach. »Du hast den Dienerinnen die Anweisung mit einer Leichtigkeit gegeben, die nur jemand hat, der sein Leben lang daran gewöhnt ist.«

»Das stimmt. Aber mein Vater hat mich gelehrt, die Dienerschaft freundlich und mit Achtung zu behandeln. Ich hoffe, dass ich das stets getan habe.«

»Das bestreite ich auch gar nicht. Ich will dich nur daran erinnern, dass du auf der Starrett Ranch keine Diener haben wirst.«

Irritiert runzelte sie die Stirn. »Ich weiß, Reese. Es scheint dich mehr zu beschäftigen als mich.«

»Wenn du Matthew geheiratet hättest, hättest du Diener.«

»Auch das weiß ich. Aber ich wollte Matthew nicht heiraten.«

Er rückte ihr einen Stuhl hin. Dann setzte er sich ihr gegenüber und betrachtete das Frühstück, das vor ihm stand: Kaffee, Tee, süße Brötchen, Kekse, Rührei, Schinken, Frühstücksspeck und frisches Obst. Es war ein Festessen, das für sechs Leute gereicht hätte. Wie konnte er Saber von all dem wegführen?

»Willst du denn nicht deinen Brief lesen?«, fragte sie interessiert.

Er nickte, öffnete ihn und überflog die Seiten. »Nur Geschäftliches«, beantwortete er ihre unausgesprochene Frage und stopfte das Schreiben in seine Tasche.

Sie spürte seine sorgenvollen Gedanken und schenkte ihm eine Tasse Kaffee ein. »Wenn ich mich recht erinnere, trinkst du deinen Kaffee schwarz und stark.«

Er nahm die Tasse entgegen und hob das heiße Getränk an seine Lippen. »Du hast unser Bad geplant und die Abreise geregelt.«

Sie setzte die Kaffeekanne ab und sah ihn an. »Stimmt. Aber wenn du irgendetwas ändern willst, werde ich die Dienerinnen rufen. Würdest du lieber erst morgen abreisen?«

Reese setzte die zierliche Porzellantasse ab, sein Appetit war verflogen. Er lehnte sich auf seinem Stuhl zurück und starrte ihr in die Augen. »Warum hast du mich geheiratet, Saber?«

»Wie kommst du jetzt darauf, Reese? Das ist eine Frage, die du vor unserer Hochzeit hättest stellen müssen.«

»Jetzt, da ich dich in dieser Umgebung sehe« – er deutete mit einer weit ausholenden Handbewegung auf ihr Zimmer – »verstehe ich dein Leben viel besser.«

Sie hatte geahnt, dass er sie bald nach den Gründen fragen würde, und sie wusste nicht, wie sie ihm antworten sollte. Sollte sie ihr Herz ausschütten und ihm sagen, dass sie ihn fast vom ersten Augenblick an geliebt hatte? »Was, wenn ich dir sagte, dass ich dich liebe, Reese?«

»Du hast auch geglaubt, Matthew zu lieben.«

»Ja, aber ich war noch zu jung, als ich ihm begegnete.«

»Meine Mutter dachte, dass sie meinen Vater liebte, bis sie entdeckte, wie hart das Leben einer Farmersfrau ist. Sie verließ ihn mit einem Mann, der ihr mehr bieten konnte.«

Saber war unbehaglich zumute. »Vergleichst du mich etwa mit deiner Mutter? Glaubst du, ich würde dich verlassen, wenn harte Zeiten kämen? Wenn wir einen Sohn hätten, glaubst du, ich könnte ihn verlassen, so wie dich deine Mutter verlassen hat?«

Reese erhob sich und ging zur Tür. »Überleg dir genau, was du tust, bevor du von hier weggehst, Saber. Du überlegst dir besser, was du damit aufgibst.«

»Reese?«

Er sah sie unter halb gesenkten Augenlidern an. »Ja?«

»Willst du nicht, dass ich mit dir zusammenlebe?«

Wollen? Er wollte sie so heftig, dass er sich innerlich wie in Stücke gerissen fühlte. Aber seine Hoffnungen und Träume auf sie zu bauen, wie es sein Vater mit seiner Mutter getan hatte, nur um schließlich von ihr verlassen zu werden, das würde ihn zerbrechen. »Ich will dich, aber verstehe bitte: Wenn du mit mir kommst, wirst du ein hartes Leben führen müssen, Saber.«

»Das habe ich gewusst, als ich dich heiratete. Vielleicht denkst du, dass ich nichts als die hohlköpfige, verwöhnte Tochter eines wohlhabenden Ranchers bin, aber ich kann dir versichern, dass ich mehr als das bin.«

»Ja, du bist sehr viel mehr als das«, pflichtete er ihr bei. »Aber du bist ein bequemes Leben gewöhnt.«

Sie wollte ihn nicht aus diesem Zimmer lassen, bevor sie diese Sache nicht geklärt hatten. »Was habe ich getan, dass du so wenig von mir hältst, Reese?«

Einen Augenblick lang blieb seine Hand auf der Türklinke liegen. »Ich habe eine sehr hohe Meinung von dir, Saber. Jeder Mann hätte sie.«

»Ich lehne es ab, mich dafür zu entschuldigen, dass ich eine angenehme Kindheit und Jugend gehabt habe. Es ist wahr, dass ich viele Vorteile gehabt habe, aber meinem Bruder und mir wurde beigebracht, dass wir hart arbeiten müssen für das, was wir haben, und die Arbeit nicht auf andere abwälzen können.«

Wie konnte er ihr seine wachsenden Zweifel erklären, die seinen Verstand völlig in Besitz nahmen? »Ich muss dich heute Morgen verlassen, Saber. Ich möchte das nicht, aber dieser Brief ist wichtig, und ich muss aus geschäftlichen Gründen nach Fort Worth reiten. Ich glaube, es ist sicherer für dich, wenn du hier bleibst.«

Sie wendete sich von ihm ab, aber sie hielt ihren Kopf hoch und die Schultern gerade. »Mein Zuhause ist dort, wo du bist, Reese. Ich will mit dir gehen. Ich habe dir erst gestern Abend ein Versprechen gegeben.« Ihre Stimme wurde zu einem Flüstern. »Wir Vincentes halten immer unser Wort.«

»Du bist nun eine Starrett«, erinnerte er sie. »Und ich möchte, dass du hier bleibst, bis ich dich abhole.«

»Was kann denn so wichtig sein, dass du jetzt weg musst?«

»Nichts, worüber du dir Sorgen machen müsstest, Saber.«

»Dann auf Wiedersehen, Reese.«

Wie gern hätte er sie in seinen Armen davongetragen! Er hasste es, sie zu verlassen, aber er konnte sie nicht mit nach Fort Worth nehmen; und was er jetzt zu tun hatte, war sehr wichtig.

»Denk über das, was ich dir gesagt habe, gründlich nach, Saber.«

Sie hörte, wie sich die Tür hinter ihm schloss, und als sie sich umwandte, war er gegangen. Hastig lief sie zum Fenster und sah, wie er aus dem Haus kam und den Weg zum Stall einschlug. Sie sah ihm nach, bis er auf seinem Pferd außer Sichtweite war.

»So leicht kommst du mir nicht davon, Reese Starrett«, sagte sie entschieden. »Du hast es noch nicht mit einer Vincente zu tun gehabt. Aber du wirst noch merken, dass ich in der Lage bin, meine Zähne zu zeigen!«

Bei der Broken Spur Ranch stieg Reese ab und klopfte an die Tür. Rachel begrüßte ihn und führte ihn ins Haus.

Reese hielt seinen Hut in der Hand. »Nun weiß ich, warum du diese Ranch liebst, Rachel. Sie ist wirklich etwas, worauf man stolz sein kann.«

Rachel lächelte. »Sie bedeutete mir früher alles. Aber jetzt nicht mehr. Ich bin froh, dass meine Schwester und ihr Mann sie übernommen haben.« Sie führte ihn in die Bibliothek, wo Noble über den Büchern saß.

Noble sah auf und zog die Stirn kraus. »Ich habe dich heute noch nicht erwartet. Ist Saber bei dir?«

»Nein. Ich habe gerade diesen Brief hier bekommen. Ich glaube, es ist besser, du siehst ihn dir einmal an.« Er reichte Noble den Brief. »Ich werde sofort weiter nach Fort Worth reiten.«

Rachel ließ die beiden Männer allein, während Noble den Brief überflog. »Also meint Sheriff Davis, dass Graham Felton sich in Dallas versteckt.«

»So scheint es. Ich will mit dem Sheriff sprechen, um herauszufinden, was er weiß. Dann werde ich nach Dallas gehen und sehen, was ich dort herausfinden kann. Saber wird niemals in Sicherheit sein, solange dieser Mann frei herumläuft.«

»Hast du es ihr gesagt?«

»Ich habe keinen Anlass gesehen, sie zu beunruhigen. Ich habe ihr gesagt, sie solle auf der Casa del Sol bleiben, bis ich zurückkehre.«

Noble nickte zustimmend. »Das klingt vernünftig.«

Reese nahm den Brief und ging zur Tür. Er hielt inne. »Vielen Dank für die Hochzeitsfeier und für alles, was ihr für uns getan habt.«

Noble lächelte. »Es war uns ein Vergnügen. Wir sind ja nun eine Familie.« Er erhob sich und begleitete Reese zur Tür. »Schick mir eine Nachricht. Wenn du mich brauchst, komme ich sofort.«

Reese nickte und setzte sich den Hut auf. »Das werde ich tun.«

Er wendete sein Pferd, ritt davon und ließ Noble zurück, der sich fragte, wie es Reese wohl gelungen war, Saber davon zu überzeugen, auf der Casa del Sol zu bleiben. Er ging zurück an seinen Schreibtisch und versuchte, sich wieder auf seine Arbeit zu konzentrieren. Aber seine Gedanken wanderten ständig zu seiner Schwester. Plötzlich sprang er auf. Da er sie gut kannte, war ihm plötzlich sonnenklar, dass sie die Absicht hatte, die Casa del Sol zu verlassen.

Er lief durch das Haus und rief nach Rachel. »Ich muss zur Ranch zurück. Saber ist wahrscheinlich gerade dabei, etwas sehr Gefährliches zu tun, und ich muss sie aufhalten.«

26

Während Reese sich seiner Ranch näherte, bedrückte ihn der Gedanke daran, dass seine Suche nach Felton erfolglos geblieben war. Graham Felton war schlau, und offensichtlich war er Reese immer einen Schritt voraus gewesen. Reese stieg ab und führte sein Pferd in den Stall.

Jake fand ihn, als er gerade den Gurt seines Sattels löste. »Boss, Sie haben nie was zu mir oder Gabe gesagt, dass Sie heiraten wollten. Wir waren ganz baff, als wir davon gehört haben. Alles Gute!«

Reese warf den Sattel über das Geländer. »Ich war selbst überrascht und hatte keine Zeit, irgendjemanden zu informieren.«

»Haben Sie Glück gehabt bei Ihrer Suche nach Felton, Reese?«

»Nein. Aber woher hast du gewusst, dass ich hinter ihm her bin?«

»Mr. Vincente hat es mir gesagt. Er hat Mrs. Starrett nach Hause gebracht, aber dann musste er weg. Sagte, er wollte Sie einholen.«

Reese' Herz machte Freudensprünge. »Sie ist hier?«

»Ja, Sir, und ein Dutzend Männer von der Casa del Sol. Die Ranch ist wie ein bewaffnetes Fort. Mr. Vincente hat uns allen eingeschärft, nach Fremden Ausschau zu halten«, berichtete Jake.

Reese holte tief Luft. Noble hatte Saber nicht auf der Casa del Sol halten können, aber er hatte dafür gesorgt, dass sie beschützt wurde. Er mochte seinen Schwager von Tag zu Tag mehr.

»Da is irgend so ein Regierungsmensch im Haus und spricht mit Mrs. Starrett.«

Reese ging zum Scheunentor und warf einen Blick auf das Haus. Er war so in seine Gedanken versunken gewesen, dass er den Einspänner gar nicht bemerkt hatte. Mit entschlossenen Schritten ging er auf das Haus zu, während Jake neben ihm herlief. »Wir haben alle Männer von Mr. Vincente in der Schlafbaracke einquartiert, Boss. Es is 'n bisschen eng, aber sie tun sich nich beschweren. Da ist 'n alter Mann bei ihnen. Er heißt Zeb und kocht jetzt für uns alle. Sein Essen ist gar nicht schlecht, aber sein Kaffee könnt Tote zum Leben erwecken.«

Reese lächelte. »Ich kenne den Kerl. Du kannst dich schon mal geistig darauf vorbereiten, dass er sich für einige Zeit hier aufhalten wird. Er will Saber wahrscheinlich nicht allein lassen.«

»Das is ungefähr das, was er gesagt hat. Ich kann ihn gut leiden und er kennt 'ne ganze Menge Geschichten. Von denen schwört er, die sind wahr.«

»Wie geht's meiner Frau?«

»Es geht ihr sehr gut, Reese. Wir mussten für sie Möbel umstellen und Wasser schleppen. Und sie hat sogar Gabe dazu gebracht, ihr beim Aufhängen von Vorhängen zu helfen. Sie is wirklich ein Wunder.«

Reese runzelte die Stirn. Er würde wahrscheinlich seine Wohnräume nicht wiedererkennen, wenn sie mit ihnen fertig war. Nun, offensichtlich gefiel es den Frauen, Dinge in Ordnung zu bringen.

»Pass nur gut auf, Jake, wenn Fremde auftauchen.«

»Na klar, Boss. Sie brauchen sich keine Sorgen zu machen, dass der Graham Felton hier in die Nähe kommt.«

Als Reese die Tür öffnete, ging sein Blick zuerst zu Saber und dann zu dem Fremden. Saber hatte dem Mann eine Tasse Kaffee hingestellt und saß auf dem Stuhl ihm gegenüber. Reese wollte zu ihr gehen und ihr sagen, dass ihm die Art und Weise, wie er sie verlassen hatte, Leid tat, aber das musste zunächst warten.

»Reese«, sagte Saber. »Ich möchte dir Mr. Williams vorstellen. Er ist den ganzen Weg von Austin gekommen, um mit dir zu sprechen.«

Reese schüttelte dem älteren Mann die Hand, der ganz in Braun gekleidet war und Cowboystiefel trug. »Sind Sie vielleicht Carl Williams?«

Der ältere Mann lächelte. »Genau der bin ich.«

»Ich habe von Ihnen gehört. Sie arbeiten für den Gouverneur.«

»So ist es. Und ich bin auf seinen Wunsch hier.«

»Ich lasse euch Gentlemen allein«, sagte Saber und ging zu Reese, um ihm einen Kuss auf die Wange zu hauchen. »Ich freue mich, dass du zu Hause bist.«

Er starrte in ihre Augen und wusste nicht, ob er sie an sich drücken oder übers Knie legen sollte. Er hatte ihr gesagt, dass sie auf der Casa del Sol bleiben solle, bis er Felton gefunden hatte, aber andererseits fand er es schön, dass sie zu Hause war.

Nachdem Saber das Zimmer verlassen hatte, zog sich Reese einen Stuhl heran und ließ sich nieder. »Sie haben einen weiten Weg hinter sich, Mr. Williams.«

»Nennen Sie mich einfach Carl, wenn wir miteinander Geschäfte besprechen.«

Nach einer halben Stunde hatte Carl Williams den Vorschlag dargelegt, den die Regierung Reese machte. »Was halten Sie davon?«

Reese sah sich im Zimmer um, wobei ihm die Veränderungen auffielen, die Saber vorgenommen hatte. Ein grüner Teppich lag auf dem Boden, und Vorhänge in einem dunkleren Grün hingen an den Fenstern. Das neue bequeme Sofa passte mit seinem warmen Braunton gut zu den ebenfalls neuen braun-grünen Sesseln. Außerdem gab es noch weitere Änderungen im Zimmer, die es warm und einladend machten. Reese hätte nie gedacht, dass das Haus so gut aussehen könnte. Seine Gedanken kehrten zu dem Mann zurück, der vor ihm saß. »Es sieht so aus, als hätte mein Schwager dabei etwas nachgeholfen.«

»Nicht so viel, wie Sie vielleicht annehmen. Ja sicher, der Gouverneur hat mit ihm über Sie gesprochen, aber nur, weil er gehört hatte, dass Sie genug Land haben, um unser Vorhaben unterstützen zu können. Als wir Ihre Vergangenheit etwas durchleuchteten, haben wir herausgefunden, dass Sie ein ehrlicher, hart arbeitender Mann sind. Diesen Vorschlag, Mr. Starrett, bekommen Sie aufgrund ihres eigenen Ansehens.« Mr. Williams lächelte. »Und Ihre Ranch liegt in der Nähe der meisten Forts.«

»Trotzdem ist es wahrscheinlich kaum von Schaden, dass meine Frau eine Vincente ist.« Reese sah ihn skeptisch an. »Oder, Carl?«

Carl Wiliams sah ihn verlegen an und nickte. »Es schadet nicht das kleinste bisschen. Sie haben nun mal in den Texas-Adel eingeheiratet. Das ist eine Tatsache. Aber nicht einmal das hätte Ihnen geholfen, wenn wir im Parlament nicht der Meinung wären, dass Sie der Mann sind, den wir suchen.« Er stand auf und streckte seine Hand aus. »Was denken Sie darüber? Haben wir eine Abmachung?«

Reese erhob sich ebenfalls, ergriff Carls Hand und schüttelte sie. »Wir haben eine Abmachung.«

»Gut. Sie hören umgehend von mir. Wir hätten gern, wenn Sie so bald als möglich anfangen. Können Sie die Forts schon im Frühherbst mit Vieh beliefern?«

»Kein Problem.«

»Meine besten Grüße an Ihre charmante Gattin. Ich möchte bei Sonnenuntergang auf der Barley Ranch sein. Ted und ich sind zusammen aufgewachsen, und ich schätze die Kochkunst seiner Frau.«

Reese begleitete Carl zu seinem Einspänner, und nach seiner Abfahrt ging er zurück ins Haus. Er konnte Saber in der Küche summen hören und eilte zu ihr.

Sie war gerade dabei, den Tisch für das Mittagessen zu decken und wandte sich um, als sie Reese' Schritte hörte.

Die Küche war die größte Überraschung. Ein runder Tisch hatte die Stelle des alten wackeligen Tisches eingenommen, den er jahrelang benutzt hatte. Ein weißes Tuch lag auf dem Tisch, auf dem Kerzen und vornehmes blaues Geschirr standen.

»Ich freue mich, dass du zu Hause bist«, sagte Saber und beobachtete ihn genau.

Mit zwei großen Schritten durchmaß er den Raum und nahm sie in seine Arme. Er senkte den Kopf und bedeckte ihre Lippen mit einem glühenden Kuss. Sie klammerte sich an ihn, wobei sie seinen Kuss erwiderte und ihre Arme um seine breiten Schultern legte.

»Reese.« Sie unterbrach den Kuss, und ihre Wangen röteten sich. »Du hast mir so gefehlt! Hast du mich auch ein wenig vermisst?«

Vor Verlangen schwoll er an und fragte sich, wie sie daran zweifeln konnte. Seine Hand ging zu ihrer Brust, und sie schmiegte sich enger an ihn.

Sie lächelte. »Ich nehme das für ein Ja.«

Er hob sie in seinen Armen hoch. »Ich bringe dich ins Schlafzimmer, falls es immer noch da ist, wo es früher war.«

»Warte einen Augenblick.« Sie langte nach einem Topf auf dem Herd. »Das brennt sonst an.«

Er schob eilig den Topf nach hinten auf den Herd, denn er wollte schnell mit ihr ins Bett. Nachdem er sie ins Schlafzimmer getragen hatte, stellte er sie auf die Füße, knöpfte ihr Kleid auf und enthüllte ihre Brüste. Er zog sie auf das Bett nieder und zog sie an sich.

Saber zog sein Hemd hinten aus der Hose und fuhr mit ihrer Hand über seine nackte Haut. »Daran habe ich all die Tage gedacht«, gab sie zu.

Ihre Ehrlichkeit berührte ihn tief. Die meisten Frauen wären verschämt und kokett gewesen, aber Saber schämte sich nicht, ihre Gefühle zu zeigen. Sie war genau die richtige Frau für ihn.

Er streifte ihr Kleid ab und fühlte ihre seidige Haut. »Die ganze Zeit, die ich weg war, habe ich an nichts anderes gedacht als an dich.« Er schloss die Augen, als er seine Lippen auf ihre nackte Brust drückte. »Du fühlst dich so gut an.«

Wenig später waren sie beide nackt, und seine Hände wanderten über ihren Körper, wohin ihn die Lust trieb. Seine Lippen und seine Hände wurden fordernder, und sie gab ihm alles, wonach er verlangte.

Als er schließlich in sie eindrang, bäumte sie sich lustvoll auf, und ihre Bewegungen wurden eins. Reese wusste, dass, wenn er in diesem Augenblick stürbe, er wirklich gelebt hätte. Saber hatte ihm ihre Süße geschenkt, und er hatte sie hungrig genommen.

Erschöpft von der Liebe lag Saber in Reese' Armen und beobachtete, wie eine sanfte Brise die Vorhänge am Fenster leicht bewegte. Sie schenkte ihm ein strahlendes Lächeln, das ihn tief im Herzen berührte.

»Ich fürchte, dein Mittagessen ist kalt und wahrscheinlich ungenießbar.«

Er liebkoste ihren Hals mit der Nase, und seine Lippen erforschten ihre cremefarbene Brust. »Wie kann ich ans Essen denken, wenn ich dich in den Armen halte?«

Sie schmiegte sich näher an ihn. »Ich hatte Angst, du könntest die Veränderungen im Haus vielleicht nicht mögen. Ich weiß, ich hätte dich erst fragen sollen, aber ...«

Er brachte sie mit einem schnellen Kuss zum Schweigen. »Das ist jetzt dein Zuhause, Saber. Ich überlasse es dir, zu tun, was immer dir Freude macht.« Er machte einen Rückzieher und sagte mit entschiedener Stimme: »Aber bitte kein Rosa und keine Spitzen.«

Sie fuhr mit einem Finger über seine behaarte Brust. »Du machst mich glücklich, Reese.«

Er hob ihre Hand und küsste die Innenflächen. »Du bist jetzt nur von mir fasziniert, weil du noch nie jemanden wie mich getroffen hast.«

Sie wusste, dass er noch immer nicht glauben konnte, dass

sie ihn liebte. Es ihm zu sagen, würde nicht dazu beitragen, ihn zu überzeugen. Sie musste es ihm in den kommenden Tagen, Wochen und Monaten zeigen. Aber am Schluss würde er es erkennen. »In einer Hinsicht hast du Recht, mein lieber Gatte: Ich bin nie zuvor einem Mann wie dir begegnet. Aber ich fange an, dich zu verstehen.« Ein Funkeln trat in ihre Augen. »Und ich mag, was ich verstehe.«

Ihre Hand glitt tiefer, und sie ergriff ihn, bis er in ihrer Hand anschwoll. Reese stöhnte und zog sie unter sich. »Du kleine Teufelskatze. Vielleicht lebe ich gar nicht mehr lange genug, dass du mein wahres Ich kennen lernen kannst. Wahrscheinlich wirst du mich im Bett töten.«

Ihre Körper verschmolzen wiederum, er versank in ihr und fing ihr Stöhnen mit seinem Kuss auf. Saber holte Luft bei jeder Vorwärtsbewegung und stieß sie aus, wenn er sich zurückzog.

Ihre Nägel gruben sich in seinen Rücken, und sie hob ihren Körper, um seinen mächtigen Stößen entgegenzukommen.

Sehr viel später küsste er ihre schweißfeuchte Stirn und strich ihr das Haar aus dem Gesicht. »Ich brauche dich, Saber.«

Sie schloss ihre Augen und wusste, was es ihn gekostet hatte, dies zuzugeben. Aber sie würde erst mit einer vollständigen Liebeserklärung zufrieden sein. Eines Tages würde er ihr trauen und ihr seine Liebe gestehen. An diesem Tag würde er wissen, dass sie ihn mehr liebte als ihr eigenes Leben.

27

Reese saß Saber gegenüber am Frühstückstisch und beobachtete sie aufmerksam. Sie lebten nun seit drei Wochen zusammen, und in dieser Zeit war sie in jeder Hinsicht die vollkommene Ehefrau gewesen. Sie stand jeden Morgen früh auf und machte gut gelaunt sein Frühstück und ein Mittagessen, das er mitnahm, wenn er nicht nach Hause kommen konnte. Das Haus roch immer nach Zitronenöl und Wachs, und sie hatte es in ein richtiges Heim verwandelt. Wenn sie abends zu Bett gingen und er sie in seine Arme nahm, beglückte sie ihn, wie es keine andere Frau konnte. Aber er konnte noch immer nicht das Gefühl der Ungewissheit abtun, das sich am Rande seines Bewusstseins hielt.

Saber hatte niemals gesagt, dass sie ihn liebte. Zum Teufel – schließlich hatte auch er ihr nie gesagt, was er für sie empfand. Irgendwie schien es ihm unmöglich, die richtigen Worte zu sagen, die so viel über ihn selbst enthüllen würden.

Er nahm einen Schluck Kaffee. »Ich habe gestern einen Brief von deinem Bruder bekommen.«

»Ich weiß, er erwähnte es in seinem Brief an mich.«

»Dann weißt du ja, dass er mir Vieh unter dem Marktpreis verkaufen will.«

»Nein, das wusste ich nicht. Aber er hat das schon früher bei unseren Nachbarn getan. Er verdient noch immer genug daran, weil er nicht die ganze Arbeit und den Aufwand hat, das Vieh bis zum nächsten Bahnhof treiben zu müssen, wobei er bis zu einem Viertel der Herde verlieren kann oder zumindest Gewichtsverlust bei den Rindern durch das Hintreiben zu erwarten hat.«

»Ich will keine milden Gaben von ihm, Saber.«

»Es sind keine milden Gaben, Reese. Wir sind eine Familie. So handeln Familien. Wir helfen uns gegenseitig. Wenn Noble dich brauchte, würdest du dann nicht für ihn da sein?«

»Natürlich. Aber das ist etwas anderes. Seit meiner Jugend habe ich es geschafft, allein zu überleben. Und das kann ich noch immer.«

»Du bist nicht allein, Reese. Du hast mich.«

Er stieß seinen Stuhl zurück und sah sie scharf an. »Ich weiß nicht, was es bedeutet, eine Familie zu haben, Saber. Und ich weiß nicht, ob ich derjenige sein kann, den du dir wünschst.«

Sie fühlte, wie ihr die Tränen in die Augen stiegen, doch sie war entschlossen, nicht zu weinen. Sie litt so viel um ihn; er wusste nicht, wie er seine Liebe zeigen sollte, und er wusste nicht, wie er vertrauen und die dargebotenen Hände der Liebe und Freundschaft ergreifen sollte.

Sie musste ihm einfach den Weg zeigen.

»Noble hat mich in seinem Brief daran erinnert, dass ich mit dir über mein Erbe sprechen sollte. Er hat mir die Übertragungsurkunden und Dokumente geschickt, und ich dachte, vielleicht könntest du sie dir einmal anschauen. Ich bin nämlich nicht besonders gut im Umgang mit Zahlen, Reese.«

Sein Ausdruck wurde grimmig. »Von welchen Besitztümern und Übertragungsurkunden sprichst du?«

»Ich bin die Alleineigentümerin des Landbesitzes in Georgia, aber den sollten wir wahrscheinlich besser verkaufen, da wir ja nie dort leben werden. Noble sagt, dass jemand ein großzügiges Angebot gemacht hat. Außerdem besitze ich einige tausend Stück Vieh, Reese. Noble hat sich für mich um sie gekümmert, aber ich bin sicher, es wäre ihm recht, wenn du sie übernehmen würdest.«

Reese' Stimme war kalt und gefühllos. »Gibt's noch irgendwas, was du mir über deinen Besitz sagen müsstest?«

Sie konnte den Zorn in seiner Stimme hören, verstand aber den Grund dafür nicht. »Ich ... Noble sagt, dass ich fünfhunderttausend Dollar auf einer Bank in New Orleans habe.«

Reese spang auf. Zorn und Empörung flammten in ihm auf. »Ich will dein Vieh nicht, Saber! Und ich will, verdammt noch mal, auch nicht dein Geld! Du kannst mit deinem Eigentum in Georgia machen, was du willst – das geht mich nichts an.«

»Aber ich ...«

»Das Gespräch ist beendet.« Er griff nach seinem Hut, verließ das Zimmer und ging zur Haustür. Er musste Ordnung in seine Gedanken bringen. Zwar hatte er gewusst, dass Saber Geld besaß, aber er hatte sich nicht vorgestellt, dass es so viel sein würde. Und er hatte nicht erwartet, dass er gebeten werden würde, sich für sie darum zu kümmern.

Saber versuchte, sich den ganzen Tag über zu beschäftigen. Sie war immer noch verwirrt über Reese' Reaktion auf ihr Geld. Er musste gewusst haben, dass sie einen riesigen Besitz hatte; jedermann sonst wusste das.

Sie machte gerade das Bett, als es laut an der Tür klopfte. Sie legte ihre Schürze ab und ging, um zu öffnen, wobei sie dachte, es könnte Zeb sein. Sie trat zurück, als sie Matthew vor sich stehen sah.

Eine ganze Weile sagte keiner von beiden ein Wort. Dann zog er seinen Hut und steckte seine Handschuhe hinter seinen Gürtel. »Kann ich hereinkommen, Saber?«

»Reese ist nicht da.«

»Ich komme deinetwegen.«

Sie trat zurück, sodass er eintreten konnte. »Ich dachte, wir hätten alles gesagt, was zu sagen war. In Fort Griffin.«

Er musterte sie mit steinerner Miene. »Warum hast du es getan, Saber?«

»Ich nehme an, du fragst, warum ich Reese geheiratet habe.«

»Ja. Du hast mir gehört. Wir hatten bloß ein Missverständnis. Ich wollte dich nur eine Weile schmoren lassen, dann hätten wir alles bereinigt.«

»Es tut mir Leid, was zwischen uns geschehen ist. Aber du hast mich nicht wirklich geliebt, und das weißt du.«

Er schritt weiter in das Zimmer hinein. »Wie kannst du wissen, was ich für dich empfinde?«

Saber wollte, dass er ging, bevor Reese zurückkam. Deshalb bot sie ihm keinen Stuhl an. »Wenn du mich wirklich geliebt hättest, hättest du dich nicht so verhalten wie an jenem Abend damals.«

»Es tut mir Leid, und es wird mir immer Leid tun. Ich wollte am nächsten Tag mit dir sprechen, aber du warst schon weg. Meine Mutter bedrängte mich, zur Casa del Sol zu reiten. Aber ich dachte, es sei besser, dir ein paar Wochen Zeit zu geben, damit du über unsere Situation nachdenken konntest.«

»Matthew, ich brauchte keine Wochen, um darüber nachzudenken. Als ich dich sah, war mir klar, dass wir uns nicht wirklich liebten.«

Seine Arme schnellten nach vorne, griffen gierig nach ihr und rissen ihren widerstrebenden Körper an seinen. »Jahrelang habe ich nur an dich gedacht. Ich wollte dich zu meiner Frau machen und mein Leben mit dir verbringen. Es ist mir egal, ob du mit Reese verheiratet bist. Du gehörst noch immer mir.«

Sie wand sich und versuchte, ihn wegzustoßen, aber er hielt sie fest. »Matthew, lass mich los. Du tust mir weh.«

»Ich werde dich niemals gehen lassen«, knurrte er, zog ihren Kopf zu sich heran und presste seinen Mund auf ihre Lippen.

Saber wehrte sich und stemmte sich gegen ihn, aber er zwang sie, ihren Mund zu öffnen, und drängte seine Zunge hinein. Dann hob er sie hoch und presste sie gegen seine angeschwollenen Lenden. Vor Erregung zitternd, kümmerte er sich nicht um ihre Gegenwehr, sondern hielt sie mit roher Gewalt fest.

Schließlich riss sie ihren Mund los und begann auf seinen Oberkörper einzuschlagen. »Reese wird dich dafür umbringen, Matthew!«

»Du gehörst mir! Du gehörst mir, seit ich dich zum ersten Mal in Georgia gesehen habe.« Er hielt sie weiterhin dicht an sich gedrückt, während er sprach. »Ich habe mich falsch verhalten. Das weiß ich jetzt. Aber du hättest Reese nicht heiraten sollen.«

»Ich liebe Reese. Was ich für dich empfunden habe, waren Zuneigung und Dankbarkeit dafür, dass du mir und meiner Tante geholfen hast, als wir es nötig hatten. Ich war damals zu jung, um genau zu wissen, was ich wollte, Matthew.«

»Du kannst Reese nicht lieben – du liebst immer noch mich!«

»Reese ist mein Mann. Nimm deine Hände weg von mir!«

Beide hörten, wie sich die Tür öffnete, und Saber drehte sich zu Reese um. Sie sah den mörderischen Ausdruck in seinen kalten grauen Augen. »Lass sie los, Matthew.«

Matthews Arme schlossen sich nur noch fester um Saber. »Du hattest kein Recht, sie zu heiraten. Du wusstest, dass sie mir gehörte.«

Saber riss sich von ihm los. »Ich gehöre dir nicht. Lass mich los!«

Reese packte Matthews Arm und zog ihn mit roher Gewalt von Saber weg. Er schob sie hinter sich und trat seinem Freund gegenüber. »Du hattest kein Recht, hier so aufzutreten, Matthew. Ich bitte dich jetzt, geh!«

»Ich dachte, du seiest mein Freund«, sagte Matthew bissig. »Ich habe dir vertraut, dass du Saber aus den Händen der Millers retten würdest; aber wahrscheinlich hätte ich mir besser darum Sorgen machen sollen, ob du sie verführen würdest.«

»Geh jetzt, Matthew. Und ich möchte dich nie mehr wiedersehen«, sagte Reese mit ruhiger Stimme. Saber hätte nicht gewusst, dass er zornig war, wenn sie nicht seine Augen beobachtet hätte.

»Du schuldest mir eine Erklärung, bevor ich gehe, und Saber ebenso.«

»Vielleicht schulde ich dir etwas, aber meine Frau schuldet dir nichts«, sagte Reese.

»Was hast du getan, dass sie sich von mir abgewandt hat?«

Reese führte Saber zur Schlafzimmertür. »Du gehst besser, während ich Matthew einiges erkläre.«

»Nein, das werde ich nicht«, widersprach sie hartnäckig. »Das geht mich etwas an, und ich werde nicht gehen!«

Matthew starrte Saber an. »Du willst in dieser armseligen Hütte leben, während ich bereit war, dir ganz Philadelphia zu Füßen zu legen? Reese ist nicht von der Art wie du und ich. Er ist grob und er . . .«

»Das reicht«, erklärte sie. »Reese ist mein Mann, und das hier ist unser Zuhause.« Sie zitterte, so zornig war sie. »Du hast ein paar unmögliche Dinge von mir verlangt, Matthew. Niemals hätte ich dich nach jenem Abend heiraten können.« Sie hielt inne. Sie hatte Reese nie über die Dinge erzählt, die Matthew in dem Hotelzimmer nach dem Tanzabend zu ihr gesagt hatte.

Matthew wandte sich an Reese. »Ich war betrunken. Ich sagte und tat Dinge, auf die ich wirklich nicht stolz bin. Offensichtlich wirft sie mir das immer noch vor.«

Reese' Blick ging zu Saber. »Was für Dinge?«

Matthew konnte es nicht glauben, dass Saber Reese nichts von dem erzählt hatte, was damals geschehen war. »Reese, du weißt doch, dass ein Mann Dinge sagt und tut, wenn er betrunken ist, die er nüchtern niemals sagen würde.«

»Was für Dinge?«, verlangte Reese zum zweiten Mal. »Es wäre besser, Matthew, wenn du gleich damit herausrücken würdest.«

Matthew zuckte mit den Schultern. »Ich habe sie geküsst.«

Reese wandte sich wieder Saber zu. »Ist das alles?«

»Nein«, sagte sie, »das ist nicht alles. Ich wollte es Reese niemals erzählen, Matthew, aber da du es jetzt aufgebracht hast, sag du ihm die Wahrheit, oder ich werde es tun.«

Matthew sah verlegen von einem zum andern. »Ich hätte ihr nie etwas angetan, Reese. Ich habe vielleicht einige Drohungen ausgestoßen und sie nicht gerade wie ein Gentleman angefasst, aber ich wäre nicht weiter gegangen. So bin ich nicht. Ich hätte dich nie vergewaltigt, Saber.«

Reese langte nach Saber und zog sie an sich. »Raus, Matthew. Das ist das Ende unserer Freundschaft. Lass dich hier nie wieder blicken.«

Matthews Gesicht wurde rot. »Ich kam eigentlich hierher, um dir zu helfen. Aber als ich Saber sah, verlor ich den Verstand und die Beherrschung.«

»Sag, was du sagen wolltest, und dann verschwinde«, sagte Reese.

Matthew begegnete Reese' eiskaltem Blick. »Graham Felton hat es überall herumerzählt, und deshalb wird es dir sowieso bald zu Ohren kommen. Aber ich möchte, dass du es zuerst von mir erfährst, weil ich nämlich betroffen bin.«

Reese' Stimme war noch immer ruhig. »Ich höre.«

»Wir haben fälschlicherweise angenommen, dass Felton Saber entführen ließ, um Lösegeld von ihrem Bruder zu erpressen.«

Reese' Augen verengten sich. »Was willst du damit sagen? Könntest du dich vielleicht etwas deutlicher ausdrücken?«

Matthew senkte seinen Blick, weil er nicht länger in Reese' kalte Augen sehen konnte und er sich zu sehr schämte, Saber anzublicken. »Felton ließ sie entführen, um sich an mir zu rächen.«

Reese ballte die Fäuste. »Weshalb? Es muss doch einen Grund geben.«

»Ich war mit Feltons Schwester Gwen mehrere Male zusammen.« Sein Blick richtete sich auf Saber. »Es bedeutete mir nichts. Aber sie hat eine große Sache daraus gemacht.«

»Weiter«, drängte Reese, wobei er spürte, wie Saber neben ihm erstarrte. Ihr musste schier übel werden bei Matthews Beichte.

»Offensichtlich erwartete Graham Felton von mir, dass ich seine Schwester heirate, wozu ich natürlich nicht die Absicht hatte. Sie wusste, das ich Saber heiraten wollte.«

»Also deshalb hat Felton Saber entführt«, sagte Reese mit einem Unterton des Zweifels in der Stimme. »Mir scheint das kein besonders guter Grund zu sein. Er hat sich eine ganze Menge Schwierigkeiten aufgehalst, nur um einen Mann zu bestrafen, der seine Schwester nicht heiraten will.«

»Es gibt da noch was«, gab Matthew zu und studierte angelegentlich den Fußboden. »Es scheint, dass das Mädchen ... sich umbrachte. Sie hinterließ einen Brief, in dem sie schrieb, dass sie nach meiner Zurückweisung nicht mehr leben wolle. Aber was kann ich dafür, wenn ein Mädchen sich in mich verliebt?«

Saber schloss ihre Augen und lehnte sich schwer gegen Reese. »Mr. Felton wollte dich also für den Tod seiner Schwester bestrafen.«

»Meiner Meinung nach ist die ganze Familie verrückt«, stellte Matthew fest. »Seitdem Felton diese Geschichte unter die Leute bringt, hat mein Ruf schwer gelitten. Ich werde mich jetzt nicht mehr um ein politisches Amt bewerben.«

»Dann ist es also vorbei, und Felton wird Saber in Ruhe lassen, jetzt, da sie mit mir verheiratet ist«, sagte Reese zornig. Matthew war nicht der Mann, für den er ihn gehalten hatte. Er hatte eine ganze Reihe von Leuten getäuscht, einschließlich Graham Feltons bedauernswerte Schwester. »Du hast mir gesagt, was du sagen wolltest – du kannst nun gehen.«

»Es ist immer noch nicht vorbei, Reese. Felton sagt, dass er sich Saber holen will, weil er weiß, dass ich sie immer noch liebe.«

Saber wurde übel und lief aus dem Zimmer. Sie schloss die Schlafzimmertür hinter sich und warf sich aufs Bett. Oh, diese arme Frau, dachte sie. Es war so traurig, dass der Mann, für den sie gestorben war, weniger über ihren Tod als über sein eigenes verlorenes Ansehen trauerte. Sie bemitleidete das arme, unglückliche Mädchen, das sich so töricht verliebt hatte. Nach diesem Tag würde es ihr nie wieder um Matthew Leid tun.

Sie hörte nicht, wie Matthew ging und Reese davonritt.

Reese ritt ins Hochland. Er musste nachdenken. Er erinnerte sich, wie seltsam sich Saber an jenem Abend in dem Mietstall verhalten hatte. Nun wusste er, warum. Matthew hatte versucht, sie zu vergewaltigen. Zornig presste er seine Lippen zusammen. Am liebsten hätte er Matthew umgebracht.

Er ritt auf eine Anhöhe und starrte über sein Land. »Warum hat sie es mir nicht erzählt?«

Er wusste die Antwort. Die Frau, die er geheiratet hatte, war zur Ehrenhaftigkeit erzogen worden. Sie hatte nichts über Matthew erzählt, weil sie keinen Streit zwischen ihm und seinem Freund hatte auslösen wollen.

Was war das für eine Frau, die er geheiratet hatte! Er fragte sich, ob er ihrer würdig sei.

Sein Blick ging nach Süden. Wenn Felton kam, würde er sich aus dieser Richtung nähern. Es musste noch mehr für Sabers Schutz getan werden. Sie durfte keinen Augenblick allein gelassen werden.

Er trieb sein Pferd vorwärts und hatte plötzlich das Bedürfnis, Saber zu sehen. Bis jetzt hatte sie alles richtig gemacht und er alles falsch. Er wusste einfach nicht, wie er sich als Ehemann verhalten musste. Er wusste nur, dass er sie so sehr liebte, dass es wehtat.

Er sehnte sich nach ihren weichen Armen. Es verlangte ihn

danach, sie zu halten und zu wissen, dass sie in Sicherheit war. Eines war klar: Felton war ein gefährlicher und unberechenbarer Mann. Wenn er sagte, dass er Saber verfolgen würde, dann würde er das auch tun. Aber wann und wo? Das war die Frage.

28

Es war lange nach Sonnenuntergang, als Reese zu Hause ankam. Er nahm seinem Pferd den Sattel ab, und als Jake in den Stall trat, sagte er dem Jungen, er solle das Pferd für ihn versorgen.

Reese sah nicht, wie Jake lächelte, als sein Boss zum Haus eilte. Jeder auf der Ranch wusste, dass Reese Feuer und Flamme für seine wunderschöne Frau war.

Als er das Haus betrat, war Saber nicht im Wohnzimmer. Er ging in die Küche. Aber auch hier war sie nicht. Sie hatte ihm jedoch einen Teller Essen warm gestellt.

Es kam ihm vor, als würde sie immer liebevoller zu ihm, je unwirscher er mit ihr umging. Er verstand eine Frau wie sie nicht. Warum tat er alles, um sie von sich wegzutreiben, wo er doch nichts anderes wollte, als sie bei sich zu behalten?

Er ging ins Schlafzimmer und fand sie zusammengekuschelt im Bett schlafend. Ihre Hand ruhte an ihrer Wange, und er streckte seinen Arm aus und berührte ihr Gesicht.

Saber wurde sofort wach und lächelte ihn an. »Hast du gegessen?«

Er setzte sich aufs Bett und zog sich die Stiefel aus. »Ich hatte keinen Hunger.«

»Ich mag das nicht, wenn du nichts isst, Reese. Wenn ein Mann so hart arbeitet wie du, braucht er tüchtig was zu essen.«

Reese knöpfte sein Hemd auf, zog dann seine Hosen aus und glitt neben ihr ins Bett.

»Reese.« Sie schob sich näher zu ihm heran. »Bitte, sei nicht böse, weil ich dir nichts über Matthew erzählt habe.«

»Ich weiß, warum du mir nichts davon erzählt hast.« Er sah

sie an. »Aus sehr ehrenhaften Gründen. Du wusstest, dass er mein Freund war.«

Sie lächelte. »Du kennst mich zu gut, um mir einen Heiligenschein aufzusetzen, Reese. Ich glaube, dass ich, wenn ich ehrlich bin, einfach niemandem – auch dir nicht – sagen wollte, wie unwürdig er der Liebe einer Frau war. Das hat er ja wohl heute ausreichend bewiesen.«

»Ja, das kann man wohl sagen.«

Sie blickte ihn unsicher an. »Bist du immer noch böse auf mich?«

Reese zog sie in seine Arme, und sie schmiegte sich an ihn wie ein kleines Kätzchen. »Ich war niemals böse auf dich, Saber.« Seine Hand streichelte über ihren Arm. »Ich war hauptsächlich wütend auf mich selbst, weil ich nicht erkannt hatte, was für ein Mensch Matthew ist. Ich hätte dich an jenem Tanzabend vor ihm schützen sollen, denn ich wusste, dass er zu viel getrunken hatte.« Er sah sie an und hob eine Augenbraue.« Aber ehrlich gesagt hatte ich selbst zu viel getrunken.« Nachdenklich strich er sich über das Kinn. »Sag mir, was er getan hat.«

»Es ist nicht wichtig. Ich möchte nicht mehr darüber reden.« Saber drückte ihre Brüste gegen seinen nackten Oberkörper, und seine Augen weiteten sich vor Leidenschaft. Er senkte seinen Mund auf ihre Lippen und zog sie zu sich hoch. Sie hatten sich innerhalb kurzer Zeit aneinander gewöhnt und schienen zusammenzupassen, als ob die Natur sie füreinander bestimmt hätte.

»Du bist vielleicht zu betrunken gewesen, um dich noch daran erinnern zu können, wie listig ich dich dazu gebracht habe, mich zu heiraten.« Ihre Finger fuhren durch sein dichtes schwarzes Haar. »Ich wollte dich einfangen, Cowboy, und ich hab's geschafft.«

Er brach in Gelächter aus, wobei sein ganzer Körper bebte.

Sie stützte sich auf ihren Ellenbogen und sah ihn verdutzt an. »Was findest du daran so komisch?«

»Die Tatsache, dass eine Frau mit deinem Aussehen und deiner Herkunft eine List anwenden muss, um einen Mann wie mich dazu zu bringen, sie zu heiraten. Ich würde mich mit einem Mann vergleichen, der ins Paradies eingeladen wird mit dem Versprechen, dass ihm jeder Wunsch erfüllt wird.«

Sie spürte, wie ihr warm ums Herz wurde. »So siehst du es?«

Statt zu antworten, öffnete er den Verschluss ihres Nachthemdes und zog es ihr aus. Seine Hände glitten über ihren Körper; dann zog er sie zu sich heran und hob sie ein wenig hoch, sodass sein pulsierend erigiertes Glied in sie hineingleiten konnte. »Wenn ich dich nehme, ist es immer, als würde mein innigster Wunsch erfüllt«, murmelte er an ihrem Ohr, und sein Mund arbeitete sich zu ihren Brüsten hinab.

Sie liebten sich so wild und so intensiv, dass sie hinterher beide völlig erschöpft waren. Saber lehnte ihren Kopf gegen seine harte Brust und genoss seine Nähe. »Tut es dir manchmal Leid, dass du mich geheiratet hast, Reese?«

Seine Hand umfasste ihre Schulter, er neigte sich ihr zu und barg sein Gesicht in ihrem goldfarbenen Haar. »Es fällt mir nichts ein, was ich zu bereuen hätte.«

»Das freut mich. Ich möchte dich glücklich machen.«

Reese schloss seine Augen, zog sie fester in seine Arme und streichelte über ihren Rücken. »Ich weiß gar nicht, warum du dich überhaupt mit mir abgibst. Es hat Augenblicke gegeben, in denen ich Dinge gesagt habe, die dich verletzen sollten, und es ist sicher nicht einfach, mit mir zu leben. Ich weiß selbst nicht, warum ich mich dir gegenüber so verhalten habe, denn du bist wirklich der letzte Mensch, den ich jemals kränken möchte.«

Sie schob ihren Kopf hoch und lehnte ihn an seine Wange. »Ich weiß warum.«

»Dann wäre es wohl gut, wenn du es mir sagtest. Denn, zum Teufel noch mal, ich weiß es nicht.«

Sie hätte ihm sagen können, dass er sie liebte, aber sie war sich nicht sicher, ob er das schon bemerkt hatte. »Eine Frau muss auch ein paar Geheimnisse haben.« Schläfrig schloss sie die Augen.

Sie schlief in seinen Armen ein, und er hielt sie so an sich gepresst, als ob sie das wertvollste Geschenk sei, dass er je erhalten hatte. Er war verwirrter denn je. Saber hätte jeden Mann haben können, den sie wollte – und doch hatte sie ihn gewählt.

Er berührte ihre Stirn mit seinen Lippen und spürte ihren ruhigen Atem an seinem Hals. »Ich liebe dich«, flüsterte er. »Ich liebe dich so sehr, dass es mir das Herz aus dem Leibe reißt.«

Saber schlief weiter, ohne zu wissen, dass ihr Mann ihr gerade seine Liebe erklärt hatte.

☆ ☆ ☆

Reese erwachte vor Sonnenaufgang und fand Saber immer noch an ihn gekuschelt. Eine ihrer Brüste war nicht zugedeckt, und er senkte seinen Kopf, um mit seinen Lippen die rosige Spitze zu berühren.

Ihre Augen öffneten sich, und ein Lächeln umspielte ihre Lippen. »Ist es schon Morgen?«

Seine Hand ging zu ihrer anderen Brust, und er umkreiste sie sanft mit einem Finger. »Zeit zum Aufstehen.«

Sie kletterte auf ihn und setzte sich aufrecht, was ihn leise aufstöhnen ließ. Sie führte ihn in sich hinein und senkte sich auf ihn. »Natürlich, wenn wir keine Zeit hierfür haben …«, bemerkte sie spöttisch.

Er knurrte und rollte sie über sich, wobei er vollständig die Beherrschung verlor. »Du kleiner Quälgeist. Ich weiß gar nicht, woher ich die Kraft nehmen soll, um dich dauernd zu befriedigen.«

Sie lachte und küsste seine Lippen. »Deshalb füttere ich dich so gut.«

Seine Silberaugen funkelten, und er senkte seine Lider, als sich ihre samtene Weichheit um ihn schloss. »Ich scheine nur für die Momente zu leben, in denen ich in dir sein kann«, flüsterte er. »Du hast mich genau da, wo du mich haben wolltest, stimmt's?«

Begehren stieg in ihr auf, und sie konnte kaum über die Lust hinausdenken, die er ihr bereitete. »Ja, Cowboy, ich habe dich genau da, wo ich dich will.«

Als sie sich danach für den Tag anzogen, fragte Reese Saber: »Würde es dir gefallen, heute mit mir in die Stadt zu reiten? Ich habe Geschäftliches auf der Bank zu erledigen.«

Sie strahlte vor Freude. »Nichts, was ich lieber täte. Und ich könnte einige Vorräte besorgen.«

»Dann sei um neun Uhr fertig. Zur Sicherheit werde ich einige Männer mitreiten lassen.«

Sie wusste, dass er wegen Graham Felton besorgt war, und sie musste zugeben, dass es ihr selbst nicht viel anders erging.

Reese hatte Jake, Zeb und drei von Nobles *Vaqueros* ausgewählt, die mit nach Fort Worth reiten sollten. Sie waren noch nicht sehr weit von der Ranch entfernt, als er merkte, dass sie verfolgt wurden. Er hatte das Aufblitzen des Sonnenlichts auf einem Gewehr oder einem anderen metallischen Gegenstand bemerkt. Er und Zeb sahen einander an, und er wusste, dass der Alte es auch gesehen hatte.

Er hielt sein Pferd an, und die anderen taten es ihm gleich. »Ich werde unseren Weg ungefähr eine Meile zurückreiten. Ihr reitet weiter; später werde ich entweder zu euch aufschließen oder wir treffen uns in der Stadt.« Reese bedeutete den anderen vier Männern, Saber in ihre Mitte zu nehmen, und sprach dann so leise, dass nur Zeb ihn verstehen konnte. »Haltet nicht an, egal was passiert, und schont die Pferde nicht.«

Zeb nickte. »Ich werde auf Ihre Frau aufpassen. Sorgen Sie nur für sich selbst. Wenn es dieser Felton-Kerl ist ... also, was ich da gehört hab, der tickt nicht ganz richtig.«

Reese warf sein Pferd herum und galoppierte davon. Saber sah ihm besorgt nach. »Ich möchte auf ihn warten«, sagte sie.

»Nee.« Zeb winkte die anderen nach vorn. »Reese hat gesagt, wir reiten weiter, und das wer'n wir auch tun.«

Nachdem sie kurze Zeit geritten waren, begann Zeb eine seiner langen Geschichten zu erzählen, um Saber abzulenken.

Aber Saber war nicht dumm. Sie wusste, dass Reese den Verdacht hatte, dass ihnen jemand folgte, und sie hatte Angst um ihn. Jeder sagte, dass er der beste Fährtenleser im Lande sei, und sie beruhigte sich damit, dass er bestimmt nicht einem anderen Mann in die Falle gehen würde. Sie hörte nur halb zu, als Zeb eine Geschichte erzählte, die sie schon oft gehört hatte. Warum hatte sie Reese wegreiten lassen – alleine, ohne sie?

Reese ritt durch die hügelige Landschaft, den Blick stets auf den Boden gerichtet. Nachdem er ein kleines, trockenes Bachbett durchquert hatte, entdeckte er frische Hufabdrücke. Er folgte den Spuren, die am Bach entlangführten, bis sie nach Fort Worth abzweigten. Wer immer es war, er versuchte, unsichtbar zu bleiben.

Reese wandte sein Pferd in Richtung Stadt. Felton wartete offensichtlich auf den besten Zeitpunkt, um zuzuschlagen, und er schien ein sehr geduldiger Mann zu sein.

Saber hatte bereits ihre Einkäufe erledigt und die Rechnung auf Reese' Kundenkredit anschreiben lassen. Mr. Potter, der Ladeninhaber, hatte ihr versichert, dass die Vorräte am nächsten Tag angeliefert würden. Zeb hielt sich ständig an ihrer Seite, und das irritierte sie, denn er war nicht der Typ Mann, der eine Frau von Laden zu Laden begleitete oder sich unnötig Sorgen machte. Irgendetwas musste seine Besorgnis erregen. Wo war Reese? Eigentlich hätte er schon längst wieder bei ihnen sein müssen.

In ihrer Nervosität stieß sie eine Rolle Seidengarn vom Regal und bückte sich, um sie wieder aufzuheben. Wie es das Unglück wollte, rollte die Spule dabei über den ganzen Boden und wickelte sich ab. Saber kniete sich hin, hob die Spule auf und begann, sie aufzuwickeln.

Sie hörte das Klingeln der Türglocke und sah zwei junge Damen eintreten. Sie konnte sie beide deutlich sehen, aber die zwei hatten sie noch nicht gesehen. Eine von ihnen kicherte, lief zum Fenster und sah hinaus.

»Da geht er.« Sie seufzte. »Ich würde geradezu dafür sterben, wenn er mich nur einmal ansähe.«

»Nun«, sagte ihre Begleiterin in einem überlegenen Tonfall. »Mit mir hat er schon einmal gesprochen, und ich dachte fast, ich würde zu seinen Füßen in Ohnmacht fallen.«

»Schade, dass er verheiratet ist«, sagte das erste Mädchen. »Du weißt ja wohl, dass er die schöne Saber Vincente geheiratet hat. In unserer Gegend hier hat er leider nie ein Interesse an Frauen gezeigt.«

Ihre Freundin kicherte. »Würdest du nicht gerne für eine Nacht Saber sein?«

Saber lächelte vor sich hin. Sie wusste, dass sie aufstehen musste, und wenn sie das tat, würde das den jungen Mädchen wohl peinlich sein.

Zeb grinste von einem Ohr zum anderen. Offensichtlich hatte auch er das Gespräch der beiden jungen Mädchen mit angehört. Er nahm Sabers Arm und führte sie zur Tür. Saber blickte weder links noch rechts, aber sie konnte ein Lächeln nicht unterdrücken. Als sie hinaustraten, brach sie in Gelächter aus. »Scheint fast so, als hätte ich die Herzen aller jungen Mädchen gebrochen, als ich Reese heiratete.«

»Schon möglich. Vielleicht müssen Sie sich ein Gewehr kaufen, um damit all die Frauen von ihm abzuhalten.«

Saber sah ihn für einen Augenblick ernst an. »Glaub nur ja

nicht, ich würde es nicht tun, wenn ich dächte, dass es einen Grund dafür gibt.«

Sie lachten beide und machten sich auf, um Reese zu suchen.

29

Eine dichte Staubwolke hing in der Luft, als Reese beobachtete, wie Earnest Maddingly von der Casa del Sol seine Treiber anwies, die Stiere von der Herde zu trennen. Der Boss der Treiber schob seinen staubigen Hut aus der Stirn und strahlte Reese an.

»War das leichteste Treiben, das ich je hatte. Sieht so aus, als hätten sie nur wenig Gewicht verloren.«

Anerkennend ging Reese' Blick über die tausend Stück Vieh. Er hatte nie eine bessere Herde gesehen. »Sie sehen gut aus.«

»Wollen Sie eine Stückzählung? Soviel ich weiß, haben wir nur zwei verloren.«

»Ihr Wort reicht mir, Earnest. Wenn Sie mit mir ins Haus kommen wollen, gebe ich Ihnen eine Banküberweisung für Ihren Boss.«

Earnest wischte sich den Schweiß von der Stirn. »Kann ich nicht machen, Mr. Starrett. Ich habe nichts mit der finanziellen Seite der Sache zu tun. Das macht Mr. Vincente.«

Reese hatte eine Hypothek auf die Ranch aufgenommen, um das Geld zu bekommen, mit dem er Noble bezahlen wollte. Deshalb wollte er es so bald wie möglich in den Händen seines Schwagers wissen.

»In der Mannschaftsbaracke gibt es Essen. Nehmen Sie die Männer mit und sehen Sie zu, das Sie was zu essen bekommen.«

»Ich habe gehört, dass Zeb kocht«, sagte Earnest bedeutungsvoll. »Es gibt keinen Mann nich von uns, der den Kaffee von dem alten Mann trinken kann . . .«

Reese lachte. »Ich habe schon von seinem Kaffee gehört –

deshalb drücke ich mich immer davor, ihn trinken zu müssen. Aber ich glaube, meine Frau hat ihm heute beim Kochen geholfen.«

Der ältere Mann nickte zustimmend. »Dann werden sicher alle zuschlagen. Miss Vincente – äh, Mrs. Starrett ist wirklich eine besonders gute Köchin.«

Reese winkte Jake und Gabe heran, die das Vieh auf das Hochplateau treiben sollten, auf dem es mehr frisches Gras gab. »Kommen Sie, Earnest, ich reite mit Ihnen zum Haus.«

Erst nach Sonnenuntergang hatte Reese Gelegenheit, sich die Herde anzusehen. Noble hatte erstklassige Rinder für ihn ausgewählt. Er schüttelte den Kopf. Das war eine wirklich besonders gute Herde, und sie würde gutes Rindfleisch für die Armee liefern.

Zufrieden ließ er seinen Blick über das mit Rindern übersäte Tal wandern. Sein Leben gefiel ihm, und mit Saber an seiner Seite würde es noch schöner werden!

Es war ein wunderschöner Hochsommertag. Die Sonne schien, und eine warme Brise wehte von Süden her.

Reese ließ von Handwerkern ein neues Schlafzimmer bauen und das Wohnzimmer vergrößern, so wie Saber es gewollt hatte. Sie war nun schon mehr als eine Woche nicht aus dem Haus gekommen, weil die Männer zu sehr mit der großen Herde beschäftigt waren und nicht mit ihr reiten konnten.

Sie brauchte frische Luft, und sie war es müde, das dauernde Gehämmer der Handwerker zu hören. Reese hatte gesagt, dass er an diesem Morgen zu den westlichen Weiden reiten würde. Sie machte einen Korb mit Essen fertig und beschloss, hinauszureiten und ihn zu überraschen.

Wahrscheinlich war Zeb in der Scheune, denn er entfernte sich nie sehr weit von ihr. Sicher hatte er nichts dagegen, mit ihr auszureiten. Man hatte lange nichts von Graham Felton gehört, und deshalb hatte sie angefangen, sich etwas zu entspannen. Vor einigen Tagen hatten sie die Nachricht erhalten, dass Matthew versetzt worden war, um in der siebten Kavallerie unter Capt. George Armstrong Custer zu dienen. Daher war es für Felton eigentlich sinnlos, sie weiter zu verfolgen. Wahrscheinlich hatte er Texas verlassen, weil jeder Gesetzeshüter nach ihm suchte. Sie wusste, dass Noble eine hohe Belohnung auf Feltons Kopf ausgesetzt hatte, und höchstwahrscheinlich war deshalb jeder Kopfgeldjäger im Lande hinter ihm her.

Aber Reese war noch immer um ihre Sicherheit besorgt, und darum versuchte sie, kein unnötiges Wagnis einzugehen.

Zeb war nicht in Sicht, als sie bei der Scheune ankam. Deshalb sattelte sie ihr Pferd und stieg auf. Als sie sich von der Ranch entfernte, hatte sie Zeb noch immer nicht gesehen.

Sie ritt auf die Anhöhe und blickte umher, wie immer überwältigt von der Schönheit des Landes. Reese hatte eine gute Ranch, und mit den Armeeverträgen in der Hand brauchte er sich um seine Zukunft keine Sorgen mehr zu machen. Saber trieb ihr Pferd auf eine Herde Rinder zu, die Noble und Reese für spezielle Züchtungsversuche ausgesucht hatten. Die Rinder wichen ihr aus, als sie durch die Herde hindurchritt, und sie musste lächeln, als sie einige trächtige Kühe sah. Offensichtlich war das Experiment in vollem Gange. Füge einen Stier zu einer Herde Kühe, und du bekommst Kälber, dachte sie.

Sie legte die Hand auf ihren Bauch. Sie hatte es Reese noch nicht gesagt, aber sie war sicher, dass sie ein Kind bekam. Wärme durchströmte sie bei dem Gedanken an sein Kind, das in ihr wuchs. Sie hoffte, dass es ein Junge würde, mit wilden Silberaugen und schwarzem Haar wie sein Vater.

In letzter Zeit war Reese lockerer. Sie spürte nicht mehr so viel Anspannung in ihm wie zu Beginn ihrer Ehe; und sie bemerkte auch, dass er neuerdings mehr lachte. Würde er sich über das Kind freuen? Sie war sich beinahe sicher.

Heute Abend würde sie es ihm sagen. Als sie so vor sich hin ritt, überlegte sie, *was* sie sagen würde. Ein Lachen stieg in ihr auf, und sie spornte ihr Pferd zu einer schnelleren Gangart an, begierig darauf, ihren Mann zu sehen.

Graham Felton beobachtete die Starrett Ranch schon seit Wochen, wobei er immer auf eine Gelegenheit lauerte, Saber Vincente allein in seine Hände zu bekommen. Niemals dachte er an sie unter dem Namen ihres Ehemannes, weil sie in seiner Vorstellung immer noch zu dem Schurken gehörte, der für den Tod seiner Schwester verantwortlich war. Felton hatte sich einen Bart stehen und das Haar lang wachsen lassen, und niemand schien ihn wiederzuerkennen, nicht einmal in Dallas oder Fort Worth, wo er bekannt war. Natürlich achtete er darauf, die Aufmerksamkeit der Leute nicht auf sich zu ziehen.

Er hatte sein Lager in einem abgeschiedenen, felsigen Canyon aufgeschlagen, wo kein Gras wachsen konnte. Reese Starrett trieb dort keine Rinder hin, und es war unwahrscheinlich, dass irgendeiner seiner Helfer dort vorbeikam.

Wie jeden Tag erstieg er auch heute einen Hügel, von dem aus er die ganze Umgebung überblicken konnte. Eine Staubwolke fiel ihm auf, und als er sie eine Weile beobachtete, konnte er einen einzelnen Reiter erkennen. Er hob seinen Feldstecher und richtete ihn auf den Reiter. Sein Mund verzog sich zu einem Lächeln.

Es war Saber Vincente. Und sie war allein!

Saber verlangsamte ihr Tempo, als sie daran dachte, dass sie eigentlich jetzt schon Reese hätte begegnen müssen. Als sie einen Reiter hinter sich hörte, zügelte sie ihr Pferd und wartete, bis er noch näher herankam. Es war nicht Reese – der Mann war nicht groß genug. Als er näher kam, lief ihr vor Angst ein Schauer über den Rücken, denn es war auch keiner von Reese' oder Nobles Männern. Der Mann war ihr fremd.

Ein Instinkt riet ihr zu fliehen. Sie trieb ihr Pferd mit den Absätzen ihrer Stiefel an, und das reinrassige Tier schoss wie ein Pfeil davon. Aber als sie zurückblickte, sah sie, dass der Mann aufholte.

»O Gott, hilf mir!«, betete sie. »Das muss Graham Felton sein!«

Reese hatte sich vor seinen Leuten auf den Nachhauseweg gemacht. Er stutzte, als er plötzlich etwas vor sich auf dem Boden liegen sah. Es war ein Korb, dessen Inhalt überall so verstreut war, als ob er plötzlich fallen gelassen worden wäre. Reese erkannte ihn als den Korb, den Saber immer benutzte, wenn sie ihm das Mittagessen brachte.

Sein Herzschlag setzte aus, und er sah sich um, wobei er alles um sich herum aufnahm. Saber war etwas passiert! Er stieg ab, kniete nieder und betrachtete sorgfältig die Hufabdrücke. Sie musste schnell geritten sein. Er ging etwas weiter und fand die Abdrücke eines zweiten Pferdes, das ebenfalls in hohem Tempo gelaufen war.

»O Gott, nein!«, schrie er und sprang auf sein Pferd. Mit den Augen eines erfahrenen Fährtenlesers folgte er den Spuren, wobei er sein Pferd zu großer Geschwindigkeit antrieb. Die Spuren waren frisch. Er musste Saber finden, bevor Felton ihrer habhaft wurde!

Ihm war zumute, als wollte ihm jemand das Herz aus dem Leib reißen. Dieser Wahnsinnige wollte Saber töten, und er, Reese musste sie schnell finden!

Felton kam auf gleiche Höhe mit Saber und schrie ihr zu, sie solle anhalten. Als sie ihm nicht gehorchte, sprang er von seinem Pferd und riss sie mit sich zu Boden. Er kam schnell wieder auf die Füße und zog sie hoch.

»Haben Sie nicht gehört, dass ich Ihnen befohlen habe, anzuhalten?«, schrie er.

Saber rang nach Atem. Für einen Moment konnte sie an nichts anderes denken als daran, ob der Sturz vielleicht ihr ungeborenes Kind verletzt hatte. Sie holte erst einige Male mühsam Luft, bevor sie aufrecht stehen konnte.

»Was wollen Sie von mir?«, fragte sie zornig.

»Wissen Sie nicht, wer ich bin?« Er starrte sie einen Augenblick lang an. »Aber sicher können Sie sich's denken.«

Sie musterte seine Gestalt eingehend. So sah also der Mann aus, der ihr so viel Leid zugefügt hatte. Sein pockennarbiges Gesicht und seine wässrig blauen Augen verliehen seinem Aussehen etwas Wildes, aber das Furchterregendste an ihm war der stechende Ausdruck seiner Augen. »Sie sind Graham Felton, und ich habe keinen Grund, Gutes von Ihnen zu denken.«

»Nun, wo ich Sie vor mir habe, weiß ich, warum dieser eingebildete Major so scharf auf Sie war.«

»Ich bin Mrs. Starrett«, berichtigte sie ihn, wobei sie hoffte, dass er so zur Vernunft kommen würde.

»Nicht für mich. Für mich sind Sie der Grund dafür, dass meine Schwester tot ist.«

Reese stieg ab und ergriff sein Gewehr. Leise stieg er den Felsen hinauf, immer darauf bedacht, nicht gesehen zu werden. Er konnte hören, wie Saber zu jemandem sprach, und er presste seinen Rücken gegen den Felsen, wobei sein Herz vor Angst um sie wild hämmerte.

»Mr. Felton, ich weiß gar nicht, warum Sie mir etwas antun wollen. Ich kenne Sie ja nicht einmal.«

»Nun, aber ich weiß alles über Sie.«

»Dann wissen Sie ja auch, dass ich nicht mit Matthew Halloway verheiratet bin. Wenn Sie etwas gegen ihn haben, dann machen Sie das doch mit ihm aus.«

»Ich bin doch kein Narr, obwohl mich viele dafür halten.

Kennen Sie die Sorte Mann, zu der Mr. Halloway gehört?«

»Ich weiß, dass er den Tod Ihrer Schwester verursacht hat.«

Reese konnte die Angst in Sabers Stimme hören. Sein Instinkt drängte ihn danach, ihr zu Hilfe zu eilen. Aber er wusste, dass er vorsichtig sein musste, weil er sonst riskierte, dass Felton Saber verletzte. Langsam schob er sich näher, bis er sie sehen konnte. Felton hatte Sabers Arm auf den Rücken gedreht, und sein anderer Arm lag auf ihrer Hüfte. Es war unmöglich, in dieser Situation, auf Felton zu schießen, weil Saber zwischen ihnen stand. Irgendwie musste er den Mann ablenken.

Sabers Arm schmerzte, doch als sie sich zu bewegen versuchte, wurde Feltons Griff noch fester. »Mr. Felton, ich habe Matthew nicht geheiratet, weil ich gemerkt habe, dass er nicht der Mann ist, für den ich ihn immer gehalten habe.«

»Er ist ein Teufel! Meine Schwester war gerade sechzehn, blauäugig und schön. Sie beobachtete Major Halloway immer, wenn er in die Stadt stolziert kam. Und er machte ihr schöne Augen und reizte sie damit, ob sie nicht vielleicht einen älteren Mann gern haben könnte.«

»Sie war erst sechzehn?«

»Jawohl. Ich habe nicht bemerkt, was sich vor meinen Augen abspielte. Sie hatte die Gewohnheit, manchmal für Stunden außer Haus zu sein, und es war nichts Ungewöhnliches für mich, dass sie allein ausritt; deshalb hab ich's kaum beachtet.«

Saber sah Tränen in den Augen des Mannes und hatte Mitleid mit ihm. »Es tut mir so Leid.«

Er riss heftig an ihrem Arm, und sie schrie vor Schmerz auf. »Es tut Ihnen nicht halb so viel Leid, wie es Ihnen noch Leid tun wird.«

»Ich habe Ihnen doch gesagt, ich habe nichts mit dem Tod Ihrer Schwester zu tun.«

»Vielleicht nicht. Aber Ihr Tod wird Halloway bis ins

Innerste treffen. Erst dann wird er wissen, wie es ist, jemanden zu verlieren, den man liebt.«

Saber erkannte, dass Feltons großer Schmerz über den Tod seiner Schwester ihn an den Rand des Wahnsinns getrieben hatte. Mit ihm konnte es kein vernünftiges Gespräch geben. Sie betete nur noch, dass jemand sie vermisste und nach ihr suchte. Aber niemand würde ausgerechnet hier nach ihr suchen.

»Meine Schwester tötete damals zwei Menschen«, fuhr Felton fort. »Sich selbst und das Kind, das ihr Halloway gemacht hatte.«

Saber stockte vor Entsetzen der Atem. »Lassen Sie mich Ihnen bitte helfen. Ich weiß, wie sehr Sie leiden. Setzen wir uns und sprechen wir darüber.«

»Sie wissen nicht, wie mir zumute ist.« Mit seiner groben Hand wischte er über seine Augen und verschmierte die Tränen. »Sie mussten sie nicht von dem Scheunenbalken schneiden, an dem sie sich aufgehängt hatte. Sie mussten sich nicht ansehen, wie ihr schönes Gesicht zerstört und rot war von dem Seil, das in ihren Hals schnitt. Sie mussten nicht die Stelle ihres Halses ansehen, die voller Kratzspuren war, weil sie im letzten Augenblick doch noch versucht hatte, sich von dem Seil zu befreien.«

Saber schluchzte auf. »Ich hatte keine Ahnung, Mr. Felton. Das alles tut mir schrecklich Leid. Es muss grauenhaft für Sie gewesen sein. Ich wünschte, ich könnte Ihnen etwas sagen, dass Sie von Ihrem Schmerz befreit, aber ich weiß, dass es keine passenden Worte gibt.«

Felton hielt inne und drehte ihr Gesicht dem ihren zu. »Weinen Sie, weil Sie Angst um sich selbst haben oder weil es Ihnen um meine Schwester Leid tut?«

Sie holte tief Atem, wobei sie sich wünschte, dass ihr Körper endlich aufhören würde zu zittern. »Beides, glaube ich«, gab sie ehrlich zu.

Er lockerte den Griff um ihren Arm ein wenig. »Sie sehen 'n bisschen wie meine kleine Schwester aus. Ihr Haar hatte ungefähr die Farbe von Ihrem, und Sie haben ihre blauen Augen.« Sein Blick wurde hart. »Wahrscheinlich hat deshalb dieser Schweinehund meine Schwester ausgewählt, um mit ihr seine Unzucht zu treiben. Sie hat ihn an Sie erinnert.«

»Ich bin so entsetzt wie Sie über das, was Major Halloway getan hat. Das ist auch der Grund, weshalb ich ihn nicht heiraten konnte.«

Felton griff sich an den Kopf. »Hören Sie auf zu reden! Sie wollen mich nur umgarnen. Aber Sie *müssen* sterben. Nur so kann ich mich an Halloway rächen.« Er holte seinen Revolver aus dem Halfter und hielt ihn an Sabers Schläfe. »Ich gebe Ihnen noch Zeit, Ihren Frieden mit Gott zu machen. Das ist mehr, als meine Schwester erhielt. Sie beerdigten sie in ungeweihtem Boden abseits von den Christen, weil sie sagten, sie sei unrein und unwürdig.«

Saber hob ihren Kopf, wobei sie den Lauf der Waffe kalt an ihrer Schläfe spürte. »Wenn Sie meinen, das würde Ihre Schwester sanfter ruhen lassen und Ihren Schmerz über ihren Tod mildern, dann nur zu, Mr. Felton. Drücken Sie auf den Abzug.«

Reese wartete nicht mehr darauf, noch mehr zu hören. Er trat vor, die Augen auf den Mann geheftet, der Saber bedrohte.

»Legen Sie die Waffe nieder, Mr. Felton. Meine Frau ist so unschuldig, wie Ihre Schwester es war. Sie wurde von Major Halloway genauso betrogen wie Ihre Schwester.«

In Feltons Augen lag Verzweiflung, und Reese erkannte, dass der Mann am Rande des Wahnsinns stand. Plötzlich schob Felton Saber von sich weg und zielte auf Reese. »*Sie* können für Halloway sterben. Wie ich höre, sind Sie ein Freund von ihm, obwohl ich nie gehört habe, dass Freunde sich gegenseitig die Frauen wegnehmen.«

»Ich bin Sabers Mann«, erwiderte Reese. »Lassen Sie meine Frau gehen und erschießen Sie mich an ihrer Stelle. Sie hatte mit alledem nichts zu tun.«

Felton runzelte die Stirn und griff sich wieder an den Kopf, wobei er mit der anderen Hand die Waffe auf Reese gerichtet hielt. »Sie bringen mich ganz durcheinander! Ich bin gekommen, um die Frau zu töten.«

»Saber, versprich ihm ...« Reese überlegte schnell. »Versprich ihm, dass du, wenn er dich am Leben lässt, dafür sorgen wirst, dass seine Schwester in geweihtem Boden begraben wird.«

Sie schüttelte den Kopf. Sie dachte daran, Mr. Felton von ihrem eigenen Kind zu erzählen, aber sie entschied sich dagegen. Reese würde doppelt so schwer an seiner Trauer zu tragen haben, wenn er wüsste, dass sie vor ihrem Tod sein ungeborenes Kind unter dem Herzen getragen hatte. »Reese, ich kann es nicht zulassen, dass er dich tötet.«

»Versprich ihm das, Saber! Sag, dass du dich um ein Begräbnis seiner Schwester auf einem Friedhof bemühen wirst«, sagte Reese mit Nachdruck.

»Nein!« Sie streckte ihre Arme nach Reese aus. »Mr. Felton, hören Sie nicht auf ihn! Er sagt das nur, damit Sie mich am Leben lassen.« Sie wandte sich mit traurigem Blick an Reese. »Weißt du denn nicht, dass ich ohne dich nicht leben will auf dieser Welt? Ich liebe dich – ich habe dich von Anfang an geliebt!«

In diesem Augenblick hielten sie sich mit ihren Blicken fest umschlungen, und ihre Augen sagten all die Dinge, die bisher ungesagt geblieben waren, von Beginn an. Liebe strahlte aus Reese' Silberaugen, und in Sabers tränenhellem Blick lag alle Zärtlichkeit der Welt.

Saber sah als Erste, wie Felton den Hahn seines Revolvers spannte. Alles, woran sie denken konnte, war, dass er nun Reese erschießen würde, und das konnte sie nicht zulassen. Sie wirbelte herum, wobei sich ihre Füße beinahe in ihrem Kleid verfingen und sprang Reese mit einem Hechtsprung an, den Kopf voraus. »Nein, nicht er!«, schrie sie. »Nicht meinen Mann!«

Reese fing sie in seinen Armen auf und versuchte, sie wegzuschieben. Aber der Schuss löste sich aus der Waffe, und ihr Körper ruckte hoch, als die Kugel in ihren Rücken drang.

Als er sie fest in den Armen hielt, rollte eine Träne über ihre Wange. »Ich … konnte … es nicht zulassen, dass er dich verletzt, Reese.« Sie fuhr sich mit der Zunge über die Lippen. »Trauere … nicht um mich.«

Wut und unerträglicher Gram zerrissen Reese' Innerstes. Er spürte das warme, klebrige Blut unter seinen Händen, und dann fiel Sabers Kopf gegen seine Schulter.

Felton stand beim Anblick von Sabers Blut reglos vor Schock. Aber in Reese wuchs der Drang zu töten wie eine böse Giftschlange. Sanft legte er Saber nieder und berührte ihre Wange. Ihre Augen waren geschlossen. Sie hatte ihr Leben für ihn geopfert, und in einer Welt ohne sie wollte auch er nicht mehr leben.

»Du elender Mörder!«, schrie Reese und sprang Felton an. Der Revolver flog ihm aus der Hand, und die beiden Männer fielen zu Boden. Reese, der Stärkere von beiden, drückte Feltons Arme nach unten. »Das ist der Tag, an dem du stirbst!«, knurrte er.

Da Felton sich nicht wehrte, umfasste er seine Hüfte und rollte mit ihm zum Rand eines Felsens, der sechzig Meter tief abfiel. Als Felton Reese' Absicht klar wurde, bäumte er sich auf und stemmte sich mit den Händen gegen ihn, um vom Rand des Abgrunds wegzukommen.

»Sie bringen uns beide um!«, schrie er entsetzt.

»Das ist genau das, was ich vorhabe, du Schwein!«

Saber hob ihren Kopf und versuchte, einen Schrei auszustoßen, aber es kam nur ein Flüstern über ihre Lippen. Reese war dabei, sich selbst und Felton den Felsen hinabzustürzen!

Sie sah ihnen nach, wie sie hinter der Kante verschwanden, hörte Feltons Schrei und dann das Aufschlagen eines Körpers. Alles war still.

Mit letzter Kraft versuchte sie, zum Rand des Felsens zu kriechen, aber Dunkelheit überkam sie, und sie verlor das Bewusstsein.

Jake und Zeb waren Reese' Spuren gefolgt und Zeugen der Tragödie geworden, aber sie hatten nicht schnell genug herankommen können, um sie zu verhindern. Als sie mit gezogenen Revolvern vorwärts stürmten, stellten sie fest, dass sie zu spät kamen.

Zeb ging in die Knie und hob Saber hoch, während Jake zum Abgrund lief, um nach Reese zu sehen. »Hast du gesehen, was da passiert ist?« Jake hatte Tränen in den Augen. »Ich hab schon mal so 'ne Geschichte gehört. Reese und Saber haben ihr Leben füreinander gegeben.«

Zeb nahm Saber in seine Arme. »Sei man nich so sicher dadrüber. Sie is 'ne Kämpferin.« Die Augen des alten Mannes waren von Tränen verschleiert. »Jawohl, sie is 'ne Kämpferin. Und so wie ich Reese Starrett kenne, is der auch 'n Kämpfer. Geh runter und hol ihn, Junge. Wir bringen sie zurück und schicken Reiter nach 'm Doktor und Rachel und Noble.«

Jake begann seinen Abstieg durch eine Felsspalte. »Ich kann mir nich vorstellen, dass irgendein Mensch so 'nen Sturz überlebt. Aber Reese ist ein Mann, den so leicht nichts umbringt.«

30

Über dem Haus der Starrett Ranch lag eine fast gespenstische Ruhe. Alle gingen leise und sprachen nur im Flüsterton. Nachbarn kamen vorbei und erkundigten sich nach Saber und Reese, und sogar der Gouverneur hatte einen Brief geschrieben, in dem er seiner Besorgnis Ausdruck gab.

Man hatte Reese auf ein Feldbett im Wohnzimmer gelegt. Er hatte sich Rippen und einen Arm gebrochen. Der Arzt hatte gemeint, er habe eine ernste Gehirnerschütterung, aber soweit er es beurteilen könne, keine inneren Verletzungen.

Saber lag im Schlafzimmer; sie war wesentlich schwerer verletzt, denn die Kugel hatte ihre Lunge getroffen. Als bei der Entfernung der Kugel eine Blutung eingesetzt hatte, hatte der Arzt entdeckt, dass Saber in anderen Umständen war. Er hatte Noble mitgeteilt, dass seine Schwester wahrscheinlich eine Fehlgeburt haben würde.

Noble hatte Tag und Nacht an Sabers Bett ausgeharrt. Er ließ ihre Hand nicht los, sprach zu ihr und betete zu Gott, dass er sie nicht hinwegnehmen möge von den Menschen, die sie liebten.

Am fünften Tag schlug Reese die Augen auf. Rachel saß neben ihm, und als er stöhnte, nahm sie seine Hand.

»Versuch, dich nicht zu bewegen, Reese. Du hast gebrochene Rippen und einen gebrochenen Arm.«

Er versuchte, seinen Blick auf sie zu richten, aber alles verschwamm im Nebel. Er konnte sich nicht erinnern, warum er hier lag und was geschehen war. Sein Arm steckte in einer Schlinge, und seine Rippen waren von dicken Verbänden umwickelt. »Ich bin … durstig.«

Rachel hielt ihm ein Glas an die Lippen und hob seinen

Kopf nur ein klein wenig an. »Nimm nur kleine Schlucke. Später kannst du mehr haben.«

Gehorsam folgte er ihrer Anweisung. »Was … tust du?« Plötzlich fiel ihm alles mit einem Schlag wieder ein, und voller Trauer griff er nach Rachels Hand. »Sie ist tot, nicht wahr? O mein Gott – Saber!«

Rachel zwang ihn zurück auf sein Kissen, was ihr nicht schwer fiel, weil er so schwach war. »Saber ist nicht tot, Reese.«

Seine Sehvermögen besserte sich, und er blickte in Rachels Augen. »Du sagst mir doch die Wahrheit, oder?«

»Ich belüge dich nicht, Reese. Saber lebt, aber sie ist schwer krank.«

Er befeuchtete seine aufgesprungenen Lippen. »Ich muss sie sehen.« Unter größter Anstrengung erhob er sich halb, und kein noch so großes Zureden konnte ihn dazu bringen, sich wieder hinzulegen.

»Noble, ich brauche deine Hilfe!«, rief Rachel. Sie wusste, dass Reese noch nicht aufstehen durfte, wenn sich sein Zustand nicht verschlimmern sollte.

Noble war sofort bei ihr, und mit vereinten Kräften brachten sie es fertig, ihn zu bändigen.

Mit besänftigender Stimme sprach Rachel zu ihm: »Wenn du still liegst, werde ich dir alles erzählen.«

Reese holte krampfhaft Luft und nahm das Unvermeidliche hin. »Ich verspreche es, aber sag mir die ganze Wahrheit.«

»Das werde ich, weil ich weiß, dass Noble auch alles würde wissen wollen, wenn ich an Sabers Stelle wäre.« Rachel und Noble sahen einander mit Tränen in den Augen an. Rachel versuchte zu sprechen, aber sie wusste, dass sie beim ersten Wort anfangen würde zu weinen und Reese sich dadurch noch mehr aufregen würde. Als sie die nackte Angst in Reese' Augen sah, blickte sie Noble an.

»Noble, bitte, sag du es ihm«, sagte sie schließlich.

Noble kniete sich nieder, sodass er auf eine Höhe mit Reese kam. »Die Kugel traf Sabers linken Lungenflügel, Reese. Der

Arzt hat die Kugel entfernt, aber Saber hat eine Menge Blut verloren.« Traurig senkte er seinen Kopf und wartete einen Augenblick, bevor er fortfuhr. »Was das Kind angeht, ist sich der Arzt unsicher, ob sie es behalten kann. Sie hatte Blutungen.«

Reese schloss seine Augen, und Tränen rannen aus seinen Augenwinkeln.

»Ein Kind!«, stieß er gequält hervor. »O Gott, sie trug mein Kind unter dem Herzen, und ich habe es nicht gewusst.« Sein Brustkorb hob und senkte sich heftig unter der Übermacht der Emotionen, die er so lange in seinem Inneren verschlossen gehalten hatte. Er versuchte sich aufzurichten, aber Finsternis umfing ihn, und er fiel zurück in wohltuende Bewusstlosigkeit.

Es war dunkel, als Reese seine Augen wieder öffnete. Rachel saß noch immer neben ihm und hielt seine Hand.

»Sprich nicht, wenn du es nicht willst. Wir können hier auch nur ganz einfach ruhig sitzen.«

»Ich möchte Saber sehen.«

»Du kannst noch nicht aufstehen, Reese. Aber wenn du etwas isst, werde ich den Arzt fragen, ob du sie morgen sehen kannst.«

»Sie ist tot, und ihr verschweigt es mir!«

»Nein. Ich verspreche es dir. Sie ist nicht tot. Tatsächlich haben die Blutungen aufgehört, und bis jetzt hat sie das Kind nicht verloren.«

Ein Schluchzer kam über Rachels Lippen, als sie die Tränen in Reese' Augen sah. Sie konnte sich vorstellen, welche Qualen er litt.

»Sie ist mein Ein und Alles.« Und er schämte sich der Tränen nicht, die ihm seine Sicht trübten. »Weißt du, dass sie vor mich hinsprang und die Kugel auffing, die für mich bestimmt war?«

»Ja. Zeb hat es mir gesagt. Er sah das Ganze, konnte aber nicht schnell genug da sein, um zu helfen. Er und Jake haben dich und Saber nach Hause getragen. Zeb hat mir auch erzählt, dass du dich vom Felsen gestürzt und Felton mitgerissen hast.«

»Soll er in der Hölle schmoren!«

»Er ist tot, Reese. Aber durch die Gnade Gottes habt ihr beide, Saber und du, überlebt. Ich muss einfach glauben, dass ihr beide wieder gesund werdet, weil ihr es verdient, zusammen zu leben.«

»Wo ist der Arzt? Ich möchte einiges von ihm über Saber erfahren.«

»Er schläft unten in der Schlafbaracke. Aber er ist die ganze Zeit über hier gewesen und wird erst gehen, wenn ihr beide außer Gefahr seid.«

»Ich werde etwas essen«, Reese drehte seinen Kopf zum Schlafzimmer, wo Saber lag, »wenn du mir versprichst, dass ich Saber morgen sehen kann.«

»Ich verspreche es. Ich bin sicher, dass es ihr schon hilft, wenn sie nur deine Stimme hört.«

Reese' Silberaugen schwammen in Tränen. »Wusstest du, dass Saber mich liebt?«

Rachel lächelte. »Ja, ich weiß es schon lange.«

»Ich habe versucht, meine Liebe vor ihr zu verbergen, weil ich dachte, dass ich nicht gut genug sei für jemanden wie sie.«

Rachel ergriff seine Hand. »Sie wusste, dass du sie liebst, Reese. Du glaubst doch nicht, dass sie dich sonst geheiratet hätte. Sie hat nur die ganze Zeit darauf gewartet, dass du es dir selbst gegenüber eingestehst und es ihr dann sagst.«

Er brachte ein Lächeln zustande. »Sie ist zu gut für jemanden wie mich.«

Rachel erwiderte sein Lächeln. »Wenn du meinst ... aber ich glaube nicht, dass Saber darin mit dir übereinstimmt.«

Jake und Noble stützten Reese, als sie ihm ins Schlafzimmer halfen. Reese kniete sich vorsichtig nieder und nahm Sabers schlaff herunterhängende Hand in die seine. Er berührte ihr

Gesicht, küsste ihre Lippen und ließ seine Finger durch ihr Haar gleiten. »Kannst du mich hören, Saber?«

Noble nickte Jake zu, das Zimmer zu verlassen, und dann folgte er ihm und schloss die Tür hinter ihnen. Noble und Rachel sahen sich an, und sie konnte die Ringe unter seinen Augen sehen. Keiner von beiden hatte geschlafen, seit sie die Nachricht von dem Unglück erhalten hatten.

»Ich weiß nicht, ob sie's schaffen wird, Rachel.« Noble umarmte seine Frau. Er brauchte ihre Nähe.

»Ich glaube doch, Noble. Wir müssen nur fest daran glauben.«

Als Jake ging, setzte sich Noble auf einen Stuhl und starrte an die Decke. »Dass das alles passieren musste, als sie auch noch schwanger war, macht es zu einer doppelten Tragödie.«

Rachel saß auf seinem Schoß und legte ihren Kopf an seine Schulter. »Saber ist nicht die Einzige, die ein Kind erwartet.«

Noble sah sie mit großen Augen an. »Willst du damit sagen, dass ... dass wir ...«

Sie glaubte, dass dies der richtige Zeitpunkt war, um es Noble zu sagen, denn er sehnte sich so sehr nach einem Kind, und er brauchte eine gute Nachricht nach dem, was Saber zugestoßen war.

»Ich will damit sagen, dass du Vater wirst, Noble. Wie findest du das?«

Er lächelte und drückte sie fest an sich. »Das finde ich wunderbar. Du machst mich zu einem glücklichen Mann, Rachel.« In seinen Augen lag Staunen. »Ein Kind, Grünauge. Das finde ich einfach wunderbar.«

Ihre Blicke gingen zu der geschlossenen Tür. »Es ist schon in Ordnung, Noble, wenn wir ein bisschen Glück tanken. Bald wird ein kleiner Vincente herumlaufen, und Saber wird einen kleinen Starrett haben, der zusammen mit unserem Kind spielen kann.«

Reese legte seinen Kopf leicht auf Sabers Brustkorb, um sich zu vergewissern, dass sie atmete. Er hörte einen ruhigen, kräftigen Herzschlag, aber sie war so bleich – und warum wachte sie nicht auf?

Er legte seine Hand auf ihren Bauch, wo sein Kind heranwuchs. Das Kind kämpfte auch um sein Leben. »Saber, du bist mein Leben. Ich weiß nicht, wie ich leben konnte, bevor ich dir begegnete. Seit dem Tag, an dem du in mein Leben getreten bist, bin ich ein vollkommen anderer geworden. Ich liebe dich. Bitte, mach die Augen auf.«

Er legte seinen Kopf neben sie, und ein heftiger Schluchzer erschütterte seinen Körper. »Ich liebe dich so sehr. Ich habe dir das niemals gesagt. Ich habe dir niemals gesagt, dass ich, seitdem du meine Frau bist, jeden neuen Tag freudig begrüße. Wenn ich nicht mit dir zusammen bin, kann ich es gar nicht erwarten, wieder nach Hause zu kommen, weil du da bist und auf mich wartest.« Er küsste ihre Hand. »Schon der Klang deiner Stimme und die Art, wie du bei deiner Arbeit vor dich hin summst, macht mich glücklich.« Er verflocht seine Finger mit ihren. »Du musst wieder gesund werden, hörst du? Ich brauche dich. Unser Kind braucht dich!«

Er drückte sein tränennasses Gesicht an sie. »Mein Herz, meine Liebe, ich kann nicht ohne dich leben.«

Nach einer Stunde gingen Noble und Rachel in das Schlafzimmer, weil sie Reese zurück ins Bett bringen wollten. Sie fanden ihn eng an Saber geschmiegt, die Arme um sie geschlungen, seine Wange an ihre gepresst und in tiefem Schlaf.

Auf Zehenspitzen gingen sie hinaus, weil sie dachten, dass es wohl das Beste für die beiden war, wenn sie zusammen waren.

»Außerdem«, sagte Rachel später zu Noble, »möchte ich nicht diejenige sein, die Reese Starrett sagt, dass er nicht bei Saber sein darf.«

☆ ☆ ☆

Als Reese wach wurde, hatte er das Gefühl, dass sich etwas geändert hatte. Er hatte gespürt, wie sich Saber bewegte!

Er hob seinen Kopf, sah auf sie nieder und beobachtete, wie ihre Augen flackerten und sich öffneten. Einen Augenblick lang blickte sie ihn verwirrt an, dann lächelte sie. »Träume ... ich, Reese?«

Er lachte. Plötzlich fühlte er sich von ganzem Herzen beschwingt. »Wenn du träumst, dann bin ich in demselben Traum.«

Plötzlich weiteten sich ihre Augen, und ihre Hand fuhr zu ihrem Bauch. »Unser Kind! O Reese, habe ich unser Baby verloren?«

Er ergriff ihre Hand und beugte sich vor, um sie zu küssen. »Nein, du hast unser Baby nicht verloren. Und du wirst wieder gesund werden, Saber.«

Sie berührte sein Gesicht und spürte seinen Stoppelbart. »Du musst dich rasieren.«

Er hatte Angst, sich zu bewegen und ihr dabei Schmerzen zuzufügen, deshalb küsste er ihre Stirn und ihre Lippen. »Ich liebe dich. Wusstest du das, Saber Starrett?«

In ihrem Lächeln lag alle Liebe, die sie für ihn empfand.

»Ja, ich weiß es. Ich habe es schon lange gewusst.«

Er versuchte, ihre Hand zu ergreifen und murrte unwillig, weil sein Arm in der Schlinge steckte. »Angefangen mit dem heutigen Tag, werde ich dir jeden Tag in unserem Leben sagen, wie sehr ich dich liebe.«

»Ich werde dich daran erinnern, Cowboy.« Sie blickte in sein Gesicht und sah, dass es bleich war. »Was hast du für Verletzungen?«

»Nichts Bedeutendes, wenn man den Absturz bedenkt, den ich hinter mir habe. Ich habe gebrochene Rippen und einen gebrochenen Arm.«

»Geht es dir wirklich gut?«

Er berührte zärtlich ihre Wange. »Jetzt ja.« Er rückte ein wenig zurück und legte seinen Kopf sanft auf ihren Bauch.

»Allein die Vorstellung, dass du mein Kind trägst …« Seine Augen waren von Stolz erfüllt, als er sie ansah. »Ich hoffe, es wird ein Mädchen, das seiner Mutter ähnlich sieht.«

»Und ich hoffe, dass es ein Junge wird, ebenso unbeugsam und dickköpfig wie sein Vater. Du musstest erst von einem Felsen stürzen, um mir deine Liebe zu gestehen.«

Noble und Rachel hörten Gelächter aus dem Schlafzimmer und stürzten hinein, um zu sehen, was los war.

»Noble«, stieß Reese zwischen zwei Lachanfällen hervor und griff sich an seine schmerzenden Rippen. »Weißt du, was deine Schwester zu mir gesagt hat?«

Noble schüttelte den Kopf. »Keine Ahnung.«

»Sie hat gesagt, mein Baby würde genauso dickköpfig werden wie ich.«

Alle vier lachten, obwohl sich Saber später fragte, was daran eigentlich so spaßig gewesen war. Wahrscheinlich lag es einfach nur daran, dass das Leben so schön war.

Reese hatte ihr endlich gestanden, dass er sie liebte.

Epilog

Es regnete, als Gwen Felton hinter der Kirche in einem kleinen Dorf unweit von Fort Worth begraben wurde. Durch Nobles Einfluss und Sabers Beharrlichkeit war es möglich geworden, sie in geweihtem Boden zu beerdigen.

Reese und Saber waren die beiden einzigen Anwesenden bei der Zermonie. Saber weinte um das junge Mädchen, dessen Tod so sinnlos war, und um das Kind, das nie eine Chance zu leben gehabt hatte.

Als der Gottesdienst vorüber war, sah Saber zu ihrem Mann auf, dessen Kopf gesenkt war, und sie schluckte schwer an dem Kloß in ihrem Hals. Traurigkeit herrschte am heutigen Tag, aber da war auch die Verheißung neuen Lebens, des Lebens, das in ihrem Leib heranwuchs.

Reese begegnete ihrem Blick, und in seinen Augen lag nichts als Liebe. »Ich möchte, dass du diese Tragödie hinter dir lässt, Saber. Nichts kann das ungeschehen machen, was Matthew und Graham Felton getan haben. Aber zumindest haben wir ein Versprechen eingelöst. Lass das dein Trost sein.«

Sie stand einen Augenblick lang mit gesenktem Kopf im Gebet versunken da. Dann legte sie die Blumen, die sie in ihrer Hand umklammert hielt, auf das frische Grab. »Ich habe es nicht für Felton getan, sondern für das Mädchen, das Matthew ins Unglück gestürzt hat.«

Reese' Arm steckte noch immer in einer Schlinge, deshalb benutzte er seine andere Hand, um Saber vom Grab wegzugeleiten. Er half ihr in den Einspänner und kletterte neben sie.

Als sie aus der Stadt fuhren, war jeder von ihnen in Gedanken versunken.

Schließlich sagte Saber: »Es wird gut sein, nach Hause zu kommen.«

In seinen Blick trat jenes Leuchten, das sie so gut kannte und liebte. »Es wird gut sein, zu Hause wieder mit dir ins Bett zu gehen. Es ist schon allzu lange her.«

Sie kuschelte sich eng an ihn und legte ihren Kopf an seine Schulter. »Dann werden drei in unserem Bett sein«, sagte sie und lächelte vor sich hin.

Er hielt den Einspänner an und starrte sie an. »Saber, ich möchte keine Gespenster in unserem Bett. Was den Feltons zugestoßen ist, war nicht unsere Schuld.«

Sie schüttelte den Kopf und lächelte noch immer. »Ich habe nicht von einem Geist gesprochen, sondern einem wirklich lebenden Geschöpf. Ich habe von unserem Baby gesprochen, du Dummer.«

Er lachte, und seine Silberaugen funkelten vor Freude. »Du hast mich zu einem in jeder Hinsicht glücklichen Mann gemacht. Du hast aus meinem Haus ein richtiges Zuhause gemacht, und nun haben wir auch noch eine Familie.« Er legte seine Hand auf ihren leicht gewölbten Bauch. Er wollte, dass sie mit seinem Kind möglichst bald richtig rund wurde, sodass es jeder sehen konnte. »Ich kann es kaum erwarten, das Baby unserer Liebe in meinen Armen zu halten.«

»Ich liebe dich so sehr, Reese.«

Eine nie gekannte, wohlige Zufriedenheit durchströmte ihn, und seine Augen wurden weich. Er musste einen Augenblick warten, ehe er wieder sprechen konnte. »Mein Baby wächst in dir.« Er zog sie zu sich heran und hielt sie fest an sich gepresst. »Saber, ich hätte es schon am ersten Tag wissen müssen, als du so verloren und ängstlich ausgesehen hast, dass du meine ganze Welt auf den Kopf stellen würdest.«

»Und ich hätte an diesem ersten Tag wissen müssen, dass du der einzig richtige Mann auf der Welt für mich warst. Ich habe dir nie gesagt, dass ich mich schon an jenem Tag, als du mich berührt hast, zu dir hingezogen fühlte, sogar als ich dachte, du wärest Graham Felton.«

Er hob ihr Gesicht an und streichelte ihre Wange. »Ich liebe dich so sehr, Saber. Erst seit du in mein Leben getreten bist, weiß ich, was Glück bedeutet.«

»Ich möchte dich glücklich machen«, antwortete sie mit leuchtenden Augen. »Ich wusste immer, dass du zu wahrer Liebe fähig bist – du musstest nur vertrauen lernen.«

Er schob die Schlinge zur Seite und zog Saber noch näher an sich. »Saber, hör nie auf, mich zu lieben.«

»Bis zu meinem letzten Atemzug werde ich dich lieben«, versprach sie.

Reese schloss die Augen und atmete den Wohlgeruch seiner Frau ein. Sie hatte ihm gezeigt, wie man liebte und vertraute. »Was kann ich dir jemals geben, um die Schuld abzutragen für alles, was du mir gegeben hast?«

»Das ist nicht schwer.« Sie setzte sich zurück und sah ihn mit einem schelmischen Blitzen in ihren Augen an. »Du kannst mir noch drei oder vier kleine Starretts schenken, die ums Haus herumtollen.«

Er warf seinen Kopf zurück und lachte. »Das, mein liebster Schatz, wird mir ein Vergnügen sein.«

Saber legte ihren Kopf an seine Schulter und sprach ein Gebet der Dankbarkeit dafür, dass ihr das Leben eine solche Liebe geschenkt hatte.

Der zweite Band der Connie-Mason-Trilogie über die Gentry-Brüder!

Genau wie sein Bruder Rafe wird auch Jess Gentry wegen eines Verbrechens gesucht, das er nicht begangen hat. Es passt ihm daher gar nicht, als er plötzlich einem Kopfgeldjäger gegenübersteht.
Jess ändert jedoch seine Meinung, als sich herausstellt, dass es sich dabei um eine Frau handelt. Und noch dazu die schönste Frau, der Jess je begegnet ist! Ganz gegen seinen Willen fühlt er ein Verlangen in sich wachsen, gegen das er sich nicht wehren kann ...

ISBN 3–404–18293–6

Schon als Achtjährige wurde Marsali Gunn mit Patrick Sutherland verlobt. Doch als die beiden zwölf Jahre später heiraten sollen, ist eine erbitterte Fehde zwischen ihren Clans entbrannt, und Marsali wird einem anderen Mann versprochen.
Doch der waghalsige Patrick entführt die Frau, die ihm rechtmäßig zusteht, und schürt damit den Hass zwischen den Clans. Marsali muss sich entscheiden: Zwischen der Loyalität zu ihrer Familie und dem Mann, dem schon lange ihr Herz gehört …

›Patricia Potter ist eine meisterhafte Geschichtenerzählerin.‹ Mary Jo Putney

ISBN 3–404–18292–8

BASTEI LÜBBE

Auf der Suche nach ihrem kleinen Sohn gerät Willa Peachwood in die Fänge eines legendären Piraten, dessen männlicher und erotischer Anziehungskraft sie sich kaum entziehen kann. Doch Raiden Montegomery zu erliegen ist Willa undenkbar – bis er ihr ein ungewöhnliches Angebot macht: Er hilft ihr bei ihrer Suche, wenn sie seine Geliebte wird …

›Die beste Piratengeschichte des Sommers!‹
ROMANTIC TIMES

ISBN 3–404–18294–4

BASTEI
LÜBBE